DOCES MAGNÓLIAS
Quase uma família

SHERRYL WOODS

DOCES MAGNÓLIAS

Quase uma família

TRADUÇÃO
FLORA PINHEIRO

Rio de Janeiro, 2022

Copyright © 2007 by Sherryl Woods
Título original: Feels Like Family

Todos os personagens neste livro são fictícios. Qualquer semelhança com pessoas vivas ou mortas é mera coincidência.

Direitos de edição da obra em língua portuguesa no Brasil adquiridos pela Editora HR LTDA. Todos os direitos reservados. Nenhuma parte desta obra pode ser apropriada e estocada em sistema de banco de dados ou processo similar, em qualquer forma ou meio, seja eletrônico, de fotocópia, gravação etc., sem a permissão do detentor do copyright.

Direitos exclusivos de publicação em língua portuguesa cedidos pela Harlequin Enterprises II B.V./ S.À.R.L para Editora HR Ltda.

A Harlequin é um selo da HarperCollins Brasil.

Contatos: Rua da Quitanda, 86, sala 218 — Centro — 20091-005
Rio de Janeiro — RJ
Tel.: (21) 3175-1030

Diretora editorial: *Raquel Cozer*

Editor: *Julia Barreto*

Copidesque: *Camila Berto*

Revisão: *Isis Pinto, Kátia Silva*

Ilustração da capa: *Shutterstock*

Design de capa: *Renata Vidal*

Diagramação: *Abreu's System*

CIP-Brasil. Catalogação na Publicação
Sindicato Nacional dos Editores de Livros, RJ

W86q
   Woods, Sherryl, 1944-
     Quase uma família / Sherryl Woods; tradução Flora Pinheiro.
– 1. ed. – Rio de Janeiro: Harlequin, 2022.
     384 p.   (Doces magnólias ; 3)

     Tradução de: Feels like family
     ISBN 978-65-5970-110-0

     1. Romance americano. I. Pinheiro, Flora. II. Título.
III. Série.

21-74208   CDD: 813
                                   CDU: 82-31(73)

Camila Donis Hartmann - Bibliotecária CRB-7/6472

Querida leitora,

Estou muito feliz que você tenha em mãos o terceiro volume da série Doces Magnólias, ainda mais após o lançamento da série homônima da Netflix, estrelada por JoAnna Garcia Swisher, Brooke Elliott e Heather Headley. Quando tive a ideia de uma série sobre três grandes amigas que haviam se apoiado nos bons e maus momentos, não fazia ideia de quantas mulheres acabariam se juntando a esse trio original ao longo dos anos nem de como as leitoras adorariam esses laços e a comunidade de Serenity, na Carolina do Sul. Espero que os assinantes da Netflix também as adorem.

Acredito que nós, mulheres, sabemos que, além da família, nossas amigas são as pessoas mais importantes de nossa vida. E as amizades que resistiram ao tempo, com mulheres que conhecem nossa história, nossos erros, nossos segredos constrangedores e nos amam mesmo assim são os laços mais fortes que existem. As amigas estão lá para levantar nosso ânimo, seja por um dia ruim ou uma crise catastrófica. Elas nos fazem rir, comemoram e choram conosco e nos fazem lembrar que mesmo nos piores dias a vida ainda vale a pena.

Se você está conhecendo Maddie, Dana Sue e Helen, espero que goste delas. Se sua amizade com elas já é de longa data, espero que esta releitura traga alguns sorrisos. Acima de tudo, espero que tenha amigas calorosas e maravilhosas em sua vida e que aproveite cada minuto com elas.

Tudo de bom,

Sherryl Woods

CAPÍTULO UM

Embora se orgulhasse de ser uma mulher sensata e competente, sempre confiando em sua inteligência para ganhar um caso, Helen Decatur saiu do tribunal de Serenity com um desejo quase incontrolável de esmurrar os homens tradicionais da Carolina do Sul até eles desenvolverem bom senso e decência.

Não que ela pudesse provar — apesar das partidas semanais de golfe — que o juiz, o advogado da oposição e o futuro ex-marido de sua cliente estavam em conluio para privar sua cliente do que era seu por direito após os quase trinta anos que ela dedicara ao homem, à carreira dele e aos filhos que tiveram juntos. Ainda assim, era evidente que os atrasos e adiamentos tinham o objetivo de desgastar Caroline Holliday até que ela aceitasse uma mixaria em vez de tudo o que o marido lhe devia.

Hora ou outra, Caroline acabaria fazendo isso. Helen tinha visto o olhar de derrota de sua cliente quando o juiz concedeu ao advogado de Brad Holliday mais um adiamento. Jimmy Bob West alegou não ter visto os documentos que Helen havia protocolado no tribunal semanas antes. Mesmo a apresentação de um recibo assinado no dia em que a papelada foi entregue não serviu para convencer o juiz, Lester Rockingham, a mudar de ideia a respeito do pedido do outro advogado.

— Vamos lá, Helen, não há motivo para tanta pressa — disse o juiz, em tom condescendente. — Todos nós queremos a mesma coisa aqui.

— Não exatamente — murmurou Helen baixinho, mas se conteve e aceitou a decisão.

Talvez pudesse usar o tempo extra para investigar mais a fundo as finanças de Brad. Helen tinha um palpite que poderia tirar aquele sorriso presunçoso da cara dele. Homens que apresentavam uma documentação tão extensa com a rapidez de Brad costumavam enterrar segredos financeiros debaixo daquela avalanche, torcendo para que continuassem soterrados.

Embora a expressão presunçosa de Brad a incomodasse, pelo menos tinha o prazer de ver que Jimmy Bob evitava contato visual. Ele a conhecia havia tempo suficiente para temer seu temperamento quando ela enfim explodisse. Sozinho, ele só a pressionaria até certo ponto. Com o incentivo de um cliente, porém, o advogado às vezes ficava tentado a correr riscos — como era o caso naquele momento.

Jimmy Bob, com seu cabelo lambido para trás, pele avermelhada e senso de humor vulgar, havia esbarrado em Helen tantas vezes que ela já sabia o que esperar do colega. Nascido e criado na Carolina do Sul, usava a lábia para se safar de problemas desde a época do colégio. Embora, até onde Helen soubesse, nunca tivesse agido de forma antiética, ele pisava na linha com tanta frequência que era uma surpresa que ainda não tivesse entrado em uma enrascada profissional.

— Sinto muito — disse Helen a Caroline enquanto recolhia seus documentos. — Eles não vão se safar para sempre.

— Claro que vão — respondeu sua cliente, cansada. — Brad não está com a menor pressa. Está ocupado demais tomando Viagra e correndo atrás de qualquer rabo de saia para perder tempo se preocupando com o fim do divórcio. Na verdade, é a desculpa perfeita para evitar algo mais sério com outra mulher. Ele está no paraíso agora, livre para fazer o que quiser sem consequências. Ele deve pensar que qualquer mulher que durma com ele o faz por sua própria conta e risco.

— O que você viu em um homem desses? — perguntou Helen.

Era uma pergunta que Helen vinha fazendo com frequência a suas clientes nos últimos tempos. Como mulheres inteligentes e bonitas acabavam com homens que nem de longe as mereciam? Para ela, o casamento era algo a ser evitado. As amigas diziam que ela estava simplesmente amargurada depois de lidar com tantos divórcios horrorosos e, embora não pudesse negar esse fato, Helen poderia contar nos dedos de uma só mão o número de relacionamentos bem-sucedidos que tinha visto. Sua amiga e parceira de negócios, Maddie Maddox, era um exemplo — embora só depois de se recuperar de um primeiro casamento ruim —, e sua outra amiga e parceira, Dana Sue Sullivan, havia voltado com o ex, e até mesmo para os olhos céticos de Helen parecia que daquela vez o relacionamento seria duradouro.

— Brad nem sempre foi assim — disse Caroline, com uma expressão levemente nostálgica nos olhos. — Quando nos conhecemos, ele era gentil e atencioso. Era um ótimo pai, um excelente provedor e, até alguns meses atrás, eu diria que tínhamos um casamento sólido.

Helen já tinha ouvido aquela história antes, ou alguma versão bem parecida. Brad levou um susto com um câncer de próstata que ameaçou sua virilidade. Depois disso, perdeu a noção da realidade. Só conseguia pensar em provar que ainda era um homem, e fez isso transando com inúmeras mulheres mais jovens — embora um homem de verdade teria ficado com a família que o apoiou ao longo de todo o processo de tratamento e recuperação.

Quando saiu do tribunal, Helen sentia-se ainda mais cética do que de costume. Teria dado qualquer coisa para ir ao Spa da Esquina, o negócio que abrira com Maddie e Dana Sue, e passar uma hora malhando, mas sabia que tinha uma agenda cheia no escritório. Normalmente, um dia cheio a teria deixado mais calma, mas nos últimos tempos ela começara a se perguntar qual era seu propósito ao continuar com aquele ritmo de trabalho.

Helen tinha sucesso profissional, dinheiro no banco — muito dinheiro, na verdade — e uma linda casa em Serenity que mal conseguia aproveitar. Tinha boas amigas, mas a família que uma vez imaginara para si mesma nunca se concretizou. Em vez disso, bancava a tia postiça adorada para os filhos de Maddie — Tyler, Kyle, Katie e Jessica Lynn — e para a filha de Dana Sue, Annie.

Era culpa dela mesma, Helen sabia. Sempre tinha sido muito ambiciosa e se dedicara demais aos clientes que dependiam dela, relegando o tempo em que poderia buscar um relacionamento sério que pudesse levar a um casamento. E, à medida que trabalhava em mais e mais divórcios, passou a se desencantar com a ideia de arriscar o próprio coração, ainda mais numa aposta que não era garantida.

Quando Helen chegou ao escritório, uma casa pequena em uma rua lateral perto do centro de Serenity, sua secretária lhe entregou uma pilha de recados e acenou com a cabeça em direção ao escritório principal.

Barb Dixon tinha quase 60 anos e cabelo grisalho assumido, e começara a trabalhar para Helen no dia em que ela abrira o escritório. Uma viúva que criara três filhos sozinha e conseguira mandar todos para a faculdade, Barb tinha paciência e compaixão infinitas com os clientes e era ferozmente leal à chefe. Também achava que era seu direito e dever dar bronca em Helen de vez em quando, uma das poucas pessoas na Terra que ousavam fazer tal coisa.

— Sua cliente das duas horas está esperando no seu escritório há uma hora — ralhou ela. — Daqui a pouco a das três vai chegar.

Helen deu uma espiada por cima do ombro de Barb para a agenda que a secretária mantinha com zelo. Barb sabia instintivamente quando dar tempo extra para um cliente e quando uma reunião deveria ser de apenas quinze minutos, de modo a não esgotar a paciência de Helen.

— Karen Ames? — perguntou Helen. — Ela trabalha para Dana Sue no Sullivan's. O que está fazendo aqui?

— Não me disse, só falou que era urgente. Uma pessoa desmarcou o horário de hoje à tarde, então liguei para ela ontem e a encaixei. Se for algo rápido, talvez você consiga recuperar o atraso.

— Certo, já vou começar então. Peça desculpas à sra. Hendricks quando ela chegar. Ofereça uma xícara de chá e alguns daqueles cookies do Sullivan's. Ela vai dizer que está de dieta, mas eu sei que não. Eu a flagrei tomando um sundae de morango na Wharton's outro dia.

Barb assentiu.

— Muito bem.

Helen entrou na sala, decorada com mobília antiga e paredes pêssego-claras. Karen estava sentada na ponta da cadeira, roendo as unhas, nervosa. O cabelo loiro estava preso em um rabo de cavalo que enfatizava as maçãs do rosto frágeis e os grandes olhos azuis. Não parecia muito mais velha que uma adolescente, embora tivesse, na verdade, vinte e tantos anos e dois filhos pequenos em casa.

— Peço desculpas por deixá-la esperando, Karen — disse Helen. — Meu processo lá no tribunal atrasou, e demorou mais do que eu esperava para entrarmos em acordo sobre a nova data de audiência.

— Está tudo bem — respondeu Karen. — Agradeço por me receber.

— Como posso ajudá-la?

— Acho que Dana Sue vai me demitir — desabafou Karen, com lágrimas nos olhos. — Não sei o que fazer, srta. Decatur. Tenho dois filhos. Meu ex-marido não paga pensão há um ano. Se eu perder o emprego, podemos acabar na rua. Meu locador já está ameaçando nos despejar.

Helen se condoeu pela jovem pálida e obviamente esgotada sentada à sua frente. Não havia dúvida de que Karen estava no limite.

— Você sabe que Dana Sue e eu somos amigas, além de sócias do Spa da Esquina — disse Helen. — Por que me procurou? Não posso ser sua advogada, mas será um prazer recomendar alguém.

— Não, por favor — protestou Karen. — Acho que só esperava que você pudesse me dar alguns conselhos, *porque* vocês duas são amigas. Sei que tenho deixado ela na mão ultimamente, mas é só por causa das crianças. Tem sido um problema atrás do outro: sarampo e depois a demissão da babá. Eu sou mãe em primeiro lugar. Tenho que ser. Sou tudo o que as crianças têm.

— É claro que elas são sua prioridade — disse Helen, embora, para seu crescente pesar, ela nunca tivesse precisado conciliar filhos e carreira.

— Morro de medo só de pensar em ser despejada com duas crianças pequenas para cuidar.

— Não vamos deixar isso acontecer — respondeu Helen, decidida. — Você já conversou com Dana Sue e explicou sobre seu ex e as ameaças de despejo?

Karen balançou a cabeça.

— Fico com vergonha. Acho que não é profissional falar dos meus problemas financeiros no ambiente de trabalho, então não conversei com ela nem com Erik sobre isso. Quando ligo para avisar por que não posso ir, digo a verdade, mas, como tem sido um problema atrás do outro com as crianças, ela já deve estar cansada. Assumi o compromisso de estar lá, e Dana Sue tem todo o direito de esperar que eu o cumpra.

— Então você entende o lado dela — disse Helen.

— Claro que entendo — respondeu Karen na hora. — Ela não tem uma equipe enorme para redistribuir o trabalho. Na verdade, já é muita coisa quando estamos todos nós lá. Estou procurando outra babá para as crianças, mas você não faz ideia de como é difícil encontrar uma pessoa disposta a cuidar de duas crianças doentes menores de 5 anos durante o período em que preciso trabalhar.

É quase impossível. Além disso, as creches não funcionam até tarde e, de qualquer maneira, não teriam aceitado ficar com elas nos dias em que ficaram doentes. — Os ombros dela estavam curvados, ela parecia derrotada. — Antes disso tudo, eu era uma boa funcionária. Você pode perguntar a Dana Sue ou a Erik como trabalhei duro. Amo o Sullivan's. Dana Sue me deu uma oportunidade fantástica quando me tirou da lanchonete, e odeio estar estragando tudo.

— Você ainda não estragou tudo — consolou Helen. — Eu sei que Dana Sue gosta muito de você, mas você tem razão. Ela precisa de uma equipe com a qual possa contar.

— Eu *sei* — disse Karen, triste. — E ela merece. Acho que só estou me sentindo completamente sobrecarregada agora. Você pode ajudar? O que devo fazer?

Helen pensou um pouco. Embora questões trabalhistas não fossem sua área, tinha quase certeza de que a lei permitia que Dana Sue demitisse um funcionário com muitas faltas, ainda mais se houvesse dado advertências antes. Ao mesmo tempo, sabia que a amiga nunca prejudicaria alguém que estivesse passando por dificuldades. O Sullivan's era um sucesso em parte porque Dana Sue sempre pensara na equipe pequena como uma família. Era um dos motivos de sua relutância em expandir.

— Por que não conversamos com Dana Sue e vemos se conseguimos pensar em algumas soluções? — sugeriu Helen. — Dana Sue é uma pessoa com muita compaixão. Tenho certeza de que, assim como você, ela não gosta da ideia de demiti-la. Além disso, sei que ela investiu muito tempo treinando você para se tornar *sous* chef do Sullivan's. Ao contrário do homem que começou a trabalhar lá quando ela abriu o restaurante, você se encaixou perfeitamente. Também sei que você tomou a iniciativa de pensar em novas receitas para o cardápio. E Dana Sue *pôde* contar com você quando ela passou por uma crise familiar. Talvez eu possa mediar uma conversa para vocês chegarem a um acordo e ganharem tempo até você ajeitar as coisas em casa.

— Isso seria incrível — disse Karen.

— Infelizmente, isso só resolve parte do problema, não a parte de encontrar uma babá confiável — lembrou Helen. — Mas Dana Sue e eu conhecemos muitas pessoas. Com certeza há alguém por aí com tempo livre que ficaria feliz em cuidar das crianças.

A esperança brilhou nos olhos de Karen, mas logo desapareceu. Sem dúvidas ela era alguém que tinha passado a aceitar a derrota como seu normal.

— Sinto muito se estou pondo você em uma situação delicada — disse ela.

— Imagine — respondeu Helen. — Se a questão fosse você querer processar o Sullivan's por demissão sem justa causa, eu não poderia ajudá-la por causa da minha proximidade com Dana Sue. Mas neste caso somos só três mulheres sensatas em uma conversa franca. Acho que ser direta e honesta com Dana Sue é a única opção aqui.

Karen a olhou com uma expressão preocupada.

— Não tenho ideia de quanto você cobra, mas prometo que pagarei o mais rápido possível. Você pode checar e ver que meu nome está limpo. Por mais difícil que as coisas estejam desde que meu marido saiu de casa, trabalhei muito para pagar as contas em dia. Atrasei o aluguel apenas uma vez e o proprietário ficou doido, mesmo recebendo o dinheiro uma semana depois. Ele só está esperando mais um deslize para poder nos expulsar e cobrar mais da próxima pessoa.

— Não vamos nos preocupar com honorários por enquanto — disse Helen. — Como eu disse, vamos considerar essa conversa como um bate-papo informal entre amigas, está bem?

As lágrimas brotaram nos olhos de Karen e escorreram pelo rosto. Ela as secou com impaciência.

— Não sei como agradecer, srta. Decatur. Realmente não sei.

— Primeiro, me chame de Helen. E, antes de me agradecer, vamos esperar e ver se encontramos uma solução que seja boa para todo mundo, está bem?

Helen não achava que haveria problemas depois que Dana Sue soubesse a história toda. O Sullivan's estava indo bem o suficiente e ela conseguiria contratar outra pessoa para trabalhar meio período, caso necessário, para substituir Karen na próxima emergência familiar, algo inevitável quando se tinha filhos. No pior dos casos, a própria Helen poderia ajudar. Ela havia feito isso antes, quando Dana Sue teve problemas que a afastaram do restaurante.

Helen descobrira que trabalhar com Erik era divertido. Ele devia ser o único homem no planeta que não se sentia intimidado por ela, o que ela achava ao mesmo tempo agradável e frustrante.

Além disso, achara estranhamente reconfortante fatiar e cortar seguindo à risca os parâmetros de Erik. Depois de um dia difícil no tribunal, descer a faca na tábua imaginando uma testemunha difícil ou um juiz rabugento aliviara um pouco seu estresse. Depois de um dia como aquele, esfaquear mentalmente um juiz Rockingham, Jimmy Bob ou Brad Holliday teria sido um alento e tanto.

— Você vai trabalhar amanhã? — perguntou Helen a Karen.

— Se minha babá aparecer, eu entro às dez para cuidar dos preparativos para o almoço, então fico até as sete para ajudar na parte inicial do movimento do jantar.

Helen assentiu com a cabeça.

— Vou verificar a agenda de Dana Sue para ver quando ela estará lá e entro em contato com você, está bem? Vamos resolver isso, Karen. Eu prometo.

Se tivesse que ser uma substituta voluntária na cozinha do Sullivan's por um tempo, Helen faria o que pudesse para salvar o emprego de Karen. Talvez até conseguisse dar um jeito no marido que não cumpria suas obrigações, embora Karen não tivesse pedido ajuda com isso. Seria um prazer fazer o trabalho *pro bono*.

Karen saiu do escritório de Helen se sentindo muito melhor do que quando ligou desesperada para marcar uma reunião. Conhecia a advogada o suficiente para saber que ela trabalhava duro por seus clientes — trabalhava duro sempre, na verdade. Se Karen já conhecera alguém com uma personalidade controladora e organizada, era Helen. Ela fazia o perfeccionismo de Dana Sue na cozinha do Sullivan's parecer apenas um jeitinho peculiar e fofo.

Quando Karen voltou para o apartamento de dois quartos em um prédio quadrado e sem charme, foi bater na porta da vizinha. Frances Wingate, que devia ter mais de 80 anos, embora jamais fosse admitir, concordara em ficar com as crianças por algumas horas — o máximo que ela aguentava com os dois pestinhas, Daisy, de 5 anos, e Mack, de 3. Por duas horas, a menininha aceitava fazer desenhos com os lápis de cor ou ler seus livrinhos, e por metade desse tempo o irmão tirava uma soneca. Enquanto Karen esperava Frances atender a porta, conseguiu ouvir Mack chorando.

— Seu bebezão, olha só o que você fez com o meu desenho! — gritou Daisy assim que Frances abriu a porta.

Karen a olhou envergonhada.

— Me desculpe por ter demorado tanto.

Frances não parecia tão exausta quanto Karen esperava.

— Ah, imagina, não se preocupe com eles. Isso acabou de começar. Mack acordou agora e foi direto para a mesa em que Daisy estava desenhando. Ele rasgou o desenho favorito dela, que ela fizera para você. Eu estava justamente indo pegar biscoitos e leite para os dois, o que deve acalmar os ânimos. Por que você não entra e lancha também? São aqueles com gotas de chocolate. Fiz hoje de manhã.

— Tem certeza de que aguenta essa bagunça mais um pouco? — perguntou Karen, preocupada. — Você deve estar doida para ter um pouco de paz e sossego.

Frances lançou um olhar irônico.

— Na minha idade, paz e sossego não são tudo isso. Gosto de ter crianças por perto, porque assim me lembro das minhas, embora eu sinta dizer que já faz muito tempo que tiveram a idade Daisy e

Mack. Tenho bisnetos mais velhos do que esses dois. — Ela puxou Karen para dentro. — Agora, sente-se e descanse. Vou cuidar das crianças e então nós duas podemos conversar.

Quando perguntara a Frances se ela se importaria de cuidar das crianças, Karen dissera apenas que precisava conversar com alguém sobre alguns problemas no trabalho. A vizinha topara sem hesitar.

— Claro — dissera ela. — Pode ir resolver suas coisas.

Enquanto Frances ia para a pequena cozinha a passos apressados, Karen entrou na sala de jantar, onde as crianças ainda estavam no meio da discussão barulhenta sobre o desenho destruído. No instante em que Daisy a viu, correu para Karen e ergueu os braços pedindo colo.

— Mamãe, Mack rasgou meu presente para você — disse Daisy, indignada, enquanto os grandes olhos azuis brilhavam com lágrimas.

Embora Daisy estivesse ficando pesada demais para Karen segurá-la por muito tempo, ela pegou sua preciosa garotinha nos braços.

— Filhota, ele só tem 3 anos. Tenho certeza de que não era a intenção dele estragar o desenho.

— Mas ele estragou — chorou Daisy.

— Aposto que você pode desenhar um outro ainda mais bonito — sugeriu Karen. — Você é muito talentosa.

No meio da frase, porém, Mack já agarrara sua perna, sacudindo os ombros com os soluços de choro.

— Mamãe! Colo!

Karen sentiu o início de uma dor de cabeça forte. Dividida entre os dois filhos chateados, ela conseguiu se sentar à mesa, ainda segurando Daisy. Acomodando-a em um joelho, pegou Mack no colo. Daisy tentou descer para o chão na mesma hora, claramente se sentindo traída pela mudança de atenção para o irmão mais novo.

— Ainda não — disse Karen com firmeza. — Vamos conversar primeiro.

— Ele é um bebê — resmungou Daisy, mal-humorada. — Ele nunca escuta.

— E não é esse o xis da questão? — perguntou Karen. — Se ele é pequeno demais para entender que algo é importante para você, então você precisa agir como a irmã mais velha e deixar coisas importantes fora do alcance dele. Pode tentar fazer isso?

— Acho que sim — disse Daisy, parecendo resignada.

— Obrigada — agradeceu Karen em tom solene.

— Quem quer biscoitos com leite? — ofereceu Frances em tom alegre.

As duas crianças abandonaram Karen imediatamente, pulando do colo e indo em direção à cozinha, esquecendo a disputa. Os biscoitos de Frances sempre fizeram muito sucesso com Daisy e Mack, que não raro os preferiam às sobremesas mais chiques que Karen às vezes trazia do Sullivan's.

— Por que não fazemos um piquenique? — sugeriu Frances. — Vou colocar uma toalha de mesa bem grande no chão na frente da TV e vocês podem lanchar lá.

— Eu adoro piqueniques! — disse Daisy, animada.

— Eu também — confessou Frances. — E sabe qual é a melhor parte de fazer um dentro de casa?

— Qual? — perguntou Daisy.

— Nada de formigas.

Daisy deu uma risadinha.

Karen ajudou Frances a abrir uma pequena toalha de plástico com estampa xadrez vermelha, onde pousou um prato de biscoitos.

— Dois para cada um — disse Frances enfaticamente. — Mack, aqui está sua mamadeira, e Daisy, aqui está o seu copo de leite.

Ela ligou a TV e entregou o controle para Daisy.

— Ponha naquele canal de desenho que vocês dois gostam, ok?

Isso era outra coisa que fazia as crianças adorarem as visitas a Frances. Ela tinha TV a cabo, o que lhes oferecia uma programação muito variada que Karen não tinha dinheiro para contratar. Em casa, eles tinham apenas três canais nacionais abertos e um regional que transmitia reprises antigas.

— Isso deve manter as crianças ocupadas por um tempo — disse Frances. — Fiz um chá para tomarmos com os nossos biscoitos. Pode se sentar na sala de jantar e eu já vou trazer.

— Por favor, deixe-me ajudar — pediu Karen.

— O dia em que não conseguir carregar um prato de biscoitos e duas xícaras de chá até a mesa será o dia em que vou me internar naquela casa de repouso que construíram aqui na rua alguns anos atrás — respondeu Frances.

Karen achou melhor não discutir. Sua vizinha era obstinada e independente. Devia ser por isso que ela ainda ficava tão bem sozinha. De vez em quando, um dos filhos de Frances vinha fazer uma visita e conversava com Karen para saber se ela achava que a mãe já estava fraca demais para ficar sozinha.

Karen nunca sentiu necessidade de mascarar a verdade, nem de leve. Frances ainda estava muito lúcida e tinha bastante energia para uma mulher de sua idade. Era ativa na igreja e ia à biblioteca pelo menos uma vez por semana pegar algo novo para ler. Até alguns meses atrás, ela até fazia trabalho voluntário no hospital regional, mas a longa viagem tinha começado a ficar muito cansativa. Então Frances começou a passar uma hora ou mais por dia visitando pessoas internadas em instituições nas proximidades, para ajudar ou apenas conversar e ver se precisavam de algo além de alguns minutos de companhia.

Embora os apartamentos das duas vizinhas tivessem a mesma metragem, o de Frances era aconchegante e acolhedor de uma forma que o de Karen não era. Talvez fosse a vida inteira de lembranças exposta em fotos e coleções. Cada cacareco na sala tinha uma história fascinante. Surpreendentemente, as crianças — até mesmo Mack — aprenderam a olhar sem mexer. Na única vez em que, para desespero de Karen, um objeto foi quebrado, Frances não criara caso.

— É uma coisa a menos para juntar pó — disse Frances na ocasião, parecendo sincera.

Enquanto servia o chá em xícaras estampadas descombinadas, ela estudou Karen com um olhar atento.

— Você ainda está com uma cara preocupada. Sua reunião não foi bem?

— Até que foi melhor do que eu esperava — admitiu Karen. — Mas a verdadeira provação vai ser amanhã. A advogada com quem conversei acha que deveríamos sentar com minha chefe e pensar em uma solução para o problema que tenho enfrentado nos últimos tempos. Ela está otimista de que vai dar tudo certo, mas eu não tenho tanta certeza assim.

— Você não pode achar que Dana Sue iria despedi-la — disse Frances, abismada. — É isso que está pensando?

Karen assentiu com a cabeça.

— Eu não a culparia se fosse o caso.

— Querida, ela é uma das garotas mais doces que já conheci. Não é do feitio dela demitir alguém só porque a pessoa está passando por uma fase difícil. Sabia que eu fui professora dela no segundo ano? — Frances balançou a cabeça, e um sorriso enrugou seu rosto. — Ah, ela era uma peste naquela época. Fazia a sua Daisy parecer um anjinho.

Karen sorriu.

— Não consigo imaginar.

— Conheci os pais dela muito bem por causa disso — disse a vizinha. — E Dana Sue passava muito tempo de castigo durante o recreio, então eu a conhecia bem também. Ela me lembra disso toda vez que vou ao Sullivan's para almoçar com o pessoal da igreja. Diz que fui a última pessoa que conseguiu fazê-la se comportar. Posso falar com ela, se você achar que pode ajudar.

— A única coisa que vai me ajudar é encontrar alguém para cuidar das crianças, assim vou parar de faltar ao trabalho — lamentou Karen.

Frances a olhou com pesar.

— Você sabe que eu ajudaria se pudesse. Até consigo ficar de olho em Daisy por algumas horas, mas já estou velha demais para correr atrás de Mack.

— Olha, tem dias que sinto que *eu* estou velha demais para cuidar de Mack — disse Karen, sincera. — Sou muito grata por cuidar deles de vez em quando. Jamais lhe pediria para ficar com eles por mais tempo do que isso.

Frances a olhou com compaixão.

— Você teve notícias do pai deles? Ele já pagou a pensão?

Karen balançou a cabeça. Só de pensar em como Ray a deixara para se virar sozinha com os filhos quando saiu de casa, sua cabeça voltou a latejar.

— Não consigo nem pensar nisso agora — disse ela, sem tentar esconder a amargura. — Tenho que me concentrar em manter meu emprego e não ir para o olho da rua.

— Se isso acontecer, você vem morar aqui comigo até as coisas se acertarem — respondeu Frances na hora. — Não vou deixar você e seus bebês na rua, então nem precisa se preocupar com isso.

— Eu não poderia aceitar — protestou Karen.

— Claro que poderia. Amigas se ajudam. Posso não conseguir cuidar das crianças para você o dia todo, mas sem dúvida consigo oferecer um teto para elas.

Karen ficou sentada, atordoada e sem voz. Embora rezasse para nunca ter que aceitar a oferta de Frances, era a coisa mais maravilhosa e generosa que alguém já havia feito por ela. Isso e a disposição de Helen em ajudá-la a lutar por seu emprego tinham transformado, aos poucos, um dia que começou cheio de preocupações em um repleto de bênçãos.

CAPÍTULO DOIS

Eram quase sete da noite quando Helen terminou a reunião com o último cliente. Barb saíra havia uma hora, então ela apagou as luzes e trancou o escritório, aliviada por encerrar o dia de trabalho.

Do lado de fora, avaliou as opções: voltar para a casa vazia ou ir ao Sullivan's para uma boa refeição e alguns minutos roubados do tempo de Dana Sue. Sempre que podia encontrar uma das Doces Magnólias, como se chamavam antigamente, Helen aproveitava a oportunidade. Talvez pudesse adiantar algumas coisas antes da reunião formal com Karen e a amiga no dia seguinte no restaurante. Barb já tinha marcado a conversa para as duas horas, depois que o movimento da hora do almoço diminuísse.

O restaurante, especializado no que Dana Sue chamava de nova culinária sulista, estava lotado, como quase todas as noites. Embora a população de Serenity fosse de cerca de três mil e quinhentas pessoas, a boa fama do restaurante se espalhara por toda a região graças às excelentes críticas nos jornais de Charleston e Columbia.

Helen foi recebida na porta por Brenda, a garçonete apressada.

— Uma mesa vai vagar daqui a alguns minutos — disse ela a Helen. — Você se importa de esperar?

— Imagina. Acha que vou correr risco de vida se der uma passada na cozinha para dar oi a Dana Sue?

Brenda sorriu.

— Acho que depende se você está preparada para ajudar lá dentro. Ela e Erik estão bem ocupados esta noite. Tem sido uma loucura desde que saiu aquela crítica no jornal de Columbia. Se o movimento continuar assim, Dana Sue vai ter que contratar mais alguns funcionários para a cozinha e mais garçons. Paul e eu corremos feito duas baratas tontas hoje, mesmo com a ajuda dos garçons auxiliares. E, só para você já saber, os pratos especiais acabaram faz uma hora.

— Certo — disse Helen, então foi para a cozinha.

Quando passou pela porta, viu Dana Sue no enorme fogão a gás. Com o rosto corado por causa do calor, a cozinheira fazia malabarismos com meia dúzia de frigideiras diferentes, depois deslizava a comida para os pratos à sua frente, acrescentando molhos decorativos ou picantes e os levando para a área de coleta dos garçons.

Sua expressão ficou aliviada quando ela avistou Helen.

— Pegue um avental — ordenou Dana Sue. — Nós precisamos de você. Está uma loucura aqui.

— Parece que você está precisando de uma ajuda com mais experiência. Cadê o Erik? — perguntou Helen enquanto tirava o paletó.

Ela o pendurou em um cabide na despensa, encontrou um avental e o vestiu por cima da blusa de seda de duzentos dólares.

— Atrás de você — retumbou uma voz profunda. — Olha o pesado.

Helen se virou e o viu com uma bandeja cheia de tortas recém-saídas do forno. Ela sentiu o cheiro inebriante de pêssegos, canela e baunilha.

— Se me der um pedaço, faço o que você quiser pelo resto da noite — disse ela.

Erik sorriu.

— Vou guardar uma torta inteira, mas você não tem tempo de comer agora. Preciso que prepare mais chutney de manga e mamão para o peixe. — Ele deu uma boa olhada na roupa de Helen e balançou a cabeça. — Você sabe que essa blusa vai ter que ir daqui direto para a lavanderia, certo?

Helen deu de ombros. Tinha mais de dez daquele mesmo estilo no armário. Não seria uma grande perda.

— Sem problemas.

O olhar dele se tornou mais caloroso.

— Adoro isso em você. Não é nada metida. Debaixo desse jeito frio de advogada do qual já ouvi falar, está a alma de uma mulher apaixonada por comida e sempre disposta a ajudar os amigos, sem se importar com o custo para si mesma.

O elogio a pegou desprevenida. Quando Erik, em geral bem taciturno, dizia algo inesperado ou perspicaz, como acontecia de vez em quando, Helen ficava curiosa a respeito do passado dele. Ela deu uma piscadela.

— Só estou tão despreocupada assim porque, pelo movimento de hoje, Dana Sue vai ter dinheiro de sobra para me dar outra blusa.

— Não diga isso — protestou ele. — Está destruindo minhas ilusões. Você se lembra de como fazer o chutney?

Helen balançou a cabeça.

— Mas não precisa se preocupar. Sei onde ficam as receitas. Já vou lá pegar, e também os ingredientes na despensa. Em um minutinho vai ficar pronto. Não precisa me supervisionar.

— Até parece! — gritou Dana Sue, lá de perto do fogão. — Erik está tão animado em ter alguém para supervisionar pela primeira vez que não vai perder essa chance.

Em pouco tempo, Helen entrou no ritmo frenético da cozinha. Quando podia, lançava olhares para Erik, admirando a eficiência de seus movimentos quase tanto quanto as sobremesas que ele fazia com tanto primor. Embora tivesse sido contratado para ser o chef de confeitaria logo depois de se formar no Instituto de Culinária de Atlanta — onde foi estudar depois de ter abandonado alguma outra carreira que jamais mencionava —, Erik foi assumindo mais funções no Sullivan's com o passar do tempo. Dana Sue o considerava seu braço direito e o havia promovido a gerente assistente oficialmente havia apenas algumas semanas.

Beirando os 40 anos — ou um pouco mais que isso —, ele tinha um senso de humor irônico, um temperamento gentil e era ferozmente leal e protetor em relação a Dana Sue. Helen gostava disso, quase tanto quanto gostava das sobremesas, do abdômen tanquinho e das mãos habilidosas do cozinheiro. O fato de achá-lo atraente era uma surpresa, porque sempre preferira executivos sofisticados a homens fortes, quietos e atléticos.

Helen foi relegada às tarefas mais básicas pelas duas horas seguintes, mas gostou de fazer parte do caos da cozinha. Os aromas eram deliciosos, e a empolgação e o estresse, suportáveis. Se cozinhar em casa trouxesse metade daquela diversão, talvez fosse algo que fizesse com mais frequência. Em vez disso, suas empreitadas culinárias se resumiam a ovos mexidos, quando se lembrava de fazer compras, e batata assada vez ou outra. Apesar disso, sua margarita era muito boa, modéstia à parte. Devia isso a alguns verões em Hilton Head trabalhando como bartender durante a faculdade de Direito. Ela ganhara muito com as gorjetas, fizera ótimos contatos e aprendera bastante sobre a natureza humana.

Quando a derradeira refeição tinha sido servida e os últimos clientes tomavam café e comiam sobremesa, Helen já estava exausta por ter ficado em pé durante tanto tempo, além de morta de fome.

— Certo, vocês duas, por hoje é só — disse Erik, empurrando-as em direção à porta. — Podem ir se sentar lá no salão. Vou levar o jantar daqui a pouco.

Dana Sue balançou a cabeça.

— Só se você se juntar a nós. Você também não parou a noite toda.

— Pode ser — concordou Erik. — Mas você precisa comer, e Helen precisa tirar esse salto ridículo que insiste em usar.

Levemente irritada com o comentário, Helen estendeu o pé em sua sandália sexy de salto alto, sua indulgência mais extravagante.

— Qual o problema com os meus sapatos?

Erik examinou o pé com as unhas pintadas de rosa da advogada, então seu olhar subiu devagar pela perna até a barra da saia, erguida para mostrar alguns centímetros da coxa.

— Falando como homem, não há nada de errado com os sapatos — disse ele com um olhar divertido. — Mas, falando como alguém que viu você se equilibrando neles pelas últimas duas horas, eu diria que não são indicados para passar muito tempo em pé.

Apaziguada, ela sorriu.

— Talvez você tenha razão. Se eu começar a ajudar aqui com mais frequência, talvez seja melhor deixar um par de tênis no escritório de Dana Sue.

Dana Sue a olhou chocada.

— Você tem um par de tênis?

— Não me venha com deboche. O que você acha que uso quando vou para a academia?

— Ah, sim, aqueles tênis personalizados que você escolheu na internet para combinar com suas roupas de ginástica — disse Dana Sue.

Erik se virou para Helen, com ar de brincadeira.

— Qual o problema com os tênis do shopping?

Helen olhou para ele com desdém.

— Todo mundo tem igual — explicou ela. — Vamos lá, Dana Sue. Não estou com paciência para homens de jeans desbotados e camiseta suja de gordura que não entendem de moda, por mais sexy que se achem.

Erik riu, enquanto Dana Sue disse:

— No momento, a única coisa que importa para mim é que ele entenda de comida.

A cozinheira deu uma piscadela para Erik enquanto saía com Helen para o salão de jantar, onde se acomodaram em uma mesa no canto, afastada dos poucos clientes restantes.

Assim que se sentaram, Helen gemeu e tirou os sapatos debaixo da mesa.

— Por favor, não diga nada a Erik, está bem? Esses sapatos *são* uma tortura se fico muito tempo em pé. Com certeza jamais serão meus sapatos para virar uma noite dançando.

— Ainda assim, é um pequeno preço a pagar para ficar sexy. — Dana Sue sorriu. — Eu não uso sapatos assim há anos. Acho que acabaria levando um tombo.

— Da próxima vez que quiser deixar Ronnie maluco, pode pegar um par meu emprestado — disse Helen.

Dana Sue ergueu as sobrancelhas por um momento.

— Eu já deixo Ronnie maluco, não importa o que eu use.

— Então a lua de mel ainda não acabou?

— Pode parar de me fazer essa pergunta, sabe — disse Dana Sue, toda prosa. — Ronnie e eu devemos continuar na lua de mel por meses. Talvez anos. E, desta vez, vou fazer tudo ao meu alcance para garantir que o casamento não termine, mesmo que o clima de novidade acabe.

Helen a olhou melancólica.

— Nunca imaginei que diria isso depois de você voltar com Ronnie, mas tenho inveja.

A expressão de Dana Sue foi de compaixão, mas logo mudou para impaciência.

— E o que você está fazendo para resolver isso? Quando foi a última vez que teve um encontro, e não me refiro a tomar um café com algum advogado para discutir atos ilícitos ou mandados ou seja lá sobre o que vocês conversam.

— Quem tem tempo para isso? — disse Helen, na defensiva. — Com o trabalho, as coisas no spa e eu tentando me exercitar com mais regularidade, não tenho cinco minutos livres por semana.

— É mesmo? — perguntou Dana Sue, cética. — Porque você acabou de passar duas horas na minha cozinha. É tempo suficiente para um bom encontro.

Helen deu de ombros.

— Isto é divertido. Não estou sob pressão.

Dana Sue ergueu uma sobrancelha.

— É mesmo? Não está sob pressão? Nem mesmo com o tanto que Erik exigiu de você? Ele assustou os dois últimos candidatos que eu trouxe para fazer um teste.

— Ele é perfeccionista, só isso, e não é segredo que eu entendo e respeito isso. Há muita coisa em jogo para vocês dois. Eu só dou uma ajudinha de vez em quando. Se eu cometesse algum erro, o que vocês fariam?

— Eu provavelmente iria banir você para sempre, mas não posso responder por Erik — disse Dana Sue. — Aliás, você tinha algum motivo para ter vindo hoje à noite, além da chance de ser colocada para trabalhar?

— Para ser sincera, queria falar com você — admitiu Helen.

— Sobre...?

— Karen.

Dana Sue arregalou os olhos.

— Você quer falar comigo sobre Karen Ames? Por quê? É por isso que Barb ligou para marcar uma conversa para amanhã à tarde? Achei que fosse sobre o spa. — Ela ergueu a mão. — Um segundo. Erik está chegando com a nossa comida. Se o assunto é Karen, ele provavelmente precisa participar e acompanhar qualquer reunião que tivermos sobre isso.

Erik pôs na mesa três pratos de garoupa com chutney de manga e mamão, arroz selvagem e cenourinhas ao açúcar mascavo. Tudo estava muito bem empratado, como se estivesse sendo servido para os clientes.

— Cadê a minha torta? — perguntou Helen na hora.

— Só depois de limpar o prato — brincou ele, acomodando-se ao lado dela no sofá. — A torta é a recompensa, não a refeição.

Helen fechou a cara.

— Quem disse?

— O chef — retrucou ele. — Então. Vamos comer.

Os três pegaram os garfos e começaram a refeição. Depois de um minuto, Erik perguntou:

— Sobre o que vocês duas estavam conversando quando cheguei? Pareciam sérias demais para duas mulheres que deveriam estar relaxando e se divertindo.

— Karen — disse Dana Sue com uma expressão séria. Ela comeu outra garfada. — Helen tocou no assunto.

Erik olhou para a advogada, com uma expressão muito mais cautelosa.

— Por que você quer falar sobre Karen?

— Ela foi ao escritório hoje. Acha que está prestes a ser demitida.

Dana Sue e Erik se olharam com uma expressão de pesar que foi muito reveladora.

Helen suspirou.

— Vejo que ela acertou em cheio. É por causa das faltas frequentes, certo?

Dana Sue assentiu.

— Não estou nada feliz com isso, mas não tenho escolha, Helen. Não posso fazer a cozinha funcionar se um dos meus principais funcionários fica metade do tempo longe. Mesmo que eu encontre a pessoa certa para ajudar na preparação, andamos tão ocupados que preciso de um assistente com quem possa contar.

— Você sabe por que ela falta tanto?

— Toda vez que liga, é algum problema com as crianças — disse Erik.

— E eu fico com pena, de verdade — acrescentou Dana Sue. — Mas tenho que manter este lugar funcionando direito. Não é justo que Erik e eu tenhamos que trabalhar a mais o tempo todo. Preciso de um funcionário confiável. — Ela estudou Helen, preocupada.

— Ela vai entrar com um processo? Foi por isso que foi conversar com você?

— Não — respondeu Helen, baixando o garfo. — Não acho que precisa chegar a esse ponto, e eu não seria advogada dela se fosse o caso. Só quero que você se sente para conversar comigo e com Karen amanhã e veja se não há outra solução, algo que permita que você administre esta cozinha da forma ideal, mas sem que ela perca o emprego.

— Você está colocando Dana Sue em uma posição muito difícil — disse Erik em tom protetor. — Poxa, Helen, ela não é a vilã da história.

— Eu sei — emendou Helen. — Mas Karen também não é uma pessoa irresponsável. Você passou muito tempo a treinando. Deixe que ela se explique e veja se não conseguimos encontrar uma solução.

Embora Erik não parecesse muito animado com a ideia, Dana Sue assentiu.

— Isso eu posso fazer.

— Obrigada — disse Helen, então virou-se para Erik e acrescentou em tom severo: — E você, nada de julgamentos por enquanto, está bem?

— Vou fazer o possível, já que a defensora dos fracos e oprimidos está pedindo, mas não estou gostando da ideia. Pretendo estar nessa reunião. E, só para você saber, estou um pouco surpreso por você ficar do lado de Karen e não da sua melhor amiga.

Helen se irritou.

— Estou tentando *não* tomar partido — retrucou ela. — Uma boa negociação significa encontrar uma solução em que todos saiam ganhando.

— Então me diga exatamente o que Dana Sue vai ganhar com isso — interpelou ele.

— Ela pode continuar com uma funcionária excelente e bem treinada — respondeu Helen, determinada a manter o tom razoável, embora a atitude de Erik estivesse começando a irritá-la. Ele não era o único que se sentia protetor em relação a Dana Sue. Ela estava cuidando dos interesses da amiga havia muito mais tempo do que ele. Vendo o apetite diminuir, a advogada disse: — Você sabe que Karen é boa. Já ouvi você dizer isso mais de uma vez.

— Se ela nunca está aqui, isso pouco importa — bufou Erik.

A recusa dele em dar um desconto a Karen a irritou.

— Que exagero — retrucou Helen, perdendo a paciência.

— Opa — protestou Dana Sue. — É uma reunião, Erik. Karen merece. E Helen está certa. Quando Karen está aqui, ela é ótima.

— Contanto que você não deixe sua amiga fazer sua cabeça e convencê-la a tomar uma atitude que não seja o melhor para o restaurante — disse ele.

— Eu nunca fiz a cabeça de ninguém na minha vida — respondeu Helen, irritada.

Ela já havia perdido completamente o apetite.

— É mesmo? — zombou Erik. — E de quem foi a ideia de mandar Ronnie Sullivan embora da cidade quando ele e Dana Sue se separaram? Isso foi ótimo para a filha deles, não foi?

Dana Sue o olhou chocada.

— Isso já passou, Erik. Annie está bem agora, e Ronnie e eu também.

— Não graças à interferência de Helen — disse ele.

Helen o fulminou com os olhos, sentindo-se ferida pela acusação. Quando Dana Sue deu sinais de responder ao comentário, Helen a deteve com um olhar.

— Não preciso que briguem por mim — disse a advogada com firmeza, e então encarou Erik. — Você não estava aqui. Não faz ideia do que era melhor na época.

— Não — concordou ele, inclinando-se para a frente, com um olhar intenso. — Eu cheguei bem a tempo de ver tudo desabar quando Annie foi parar no hospital.

— Isso *não foi* culpa minha — protestou Helen ferozmente.

— É mesmo? O transtorno alimentar foi provocado em parte porque o pai a abandonou, ou por acaso entendi errado essa parte? — Erik não esperou por uma resposta antes de acrescentar em tom combativo: — Você provocou isso.

— Você está sendo um pouco simplista — disse Dana Sue, embora nenhum dos dois nem sequer olhasse para ela.

A advogada estava quase cara a cara com Erik.

— De onde tirou uma acusação dessas?

— Só estou dizendo o que eu vi, querida.

— Vá para o inferno! — bradou Helen, cutucando Dana Sue até a amiga sair do caminho para que ela pudesse deslizar para fora do sofá em U. Enquanto pegava os sapatos debaixo da mesa, a advogada olhou para Dana Sue. — Vejo você amanhã — disse ela, então fez cara feia para Erik. — Sugiro que você não vá à reunião.

— Sem chance — rebateu ele. — Alguém tem que garantir o bom senso.

— E você tem que ser esse alguém? — perguntou Helen. — O que você acha disso, Dana Sue?

— Estou muito chocada com a maneira como essa conversa saiu do controle — respondeu Dana Sue. — Qual o problema de vocês? Nunca vi nenhum dos dois se comportar assim antes.

— Acho que advogadas sabe-tudo despertam o que há de pior em mim — disse Erik em tom formal.

— Idem para homens que gostam de julgar e não escutam a voz da razão — emendou Helen.

Erik a olhou de uma maneira que fez seu sangue ferver quase tanto quanto sua raiva.

— Acho que então você não vai querer a torta, já que fui eu que assei.

Imaginar aquela torta de pêssego, que era tudo em que Helen conseguia pensar enquanto trabalhava na cozinha, criou um grande dilema. Sua boca ficou cheia d'água quando se lembrou da sobremesa. Seu orgulho ditava que ela não o deixasse saber disso.

— Eu nunca falei isso — retrucou Helen com raiva, então foi até a cozinha e pegou a torta no balcão.

Uma garfada, pensou ela ao respirar fundo e apreciar o aroma. Que mal faria? Helen largou a torta, pegou um garfo e o enfiou no recheio perfumado de pêssego e na crosta crocante, então suspirou enquanto sua raiva diminuía um pouco. *Talvez duas garfadas*, refletiu. Erik nunca saberia. Ela comeu a segunda, depois pegou a torta de novo, marchou de volta para o salão de jantar e, antes que pudesse desistir, jogou a torta na cara surpresa dele.

Ao lado de Erik, Dana Sue se sobressaltou, então pareceu tentar conter o riso. Helen ficou olhando a torta escorrer pelo rosto e pela camiseta de Erik. Ela estava tão concentrada vendo a sobremesa se espalhar pelo peitoral impressionante que não viu o brilho malicioso nos olhos do cozinheiro até ser tarde demais.

Antes que Helen pudesse fugir, Erik passou a mão no rosto, limpando a maior parte da sujeira, e se levantou. Em um instante, estava com os braços em volta dela, beijando sua boca quente e ávida, enquanto os restos daquela torta de pêssego incrível eram esmagados contra a blusa de seda.

Helen sabia que poderia comprar outra blusa, mas demoraria muito para apagar da memória aquele beijo de roubar o fôlego, ainda mais tendo Dana Sue como uma testemunha obviamente fascinada. A amiga jamais a deixaria esquecer. E, como ainda havia alguns clientes no restaurante e estavam em Serenity, a notícia se espalharia pela cidade no dia seguinte. Helen Decatur, a Doce Magnólia mais sensata, a que tirava as pessoas de enrascadas, tinha acabado de entrar em uma.

Quando Erik finalmente soltou Helen daquele beijo sem um pingo de pudor, lançou a Dana Sue um olhar de desculpas e foi logo para a cozinha. Precisava tentar entender que loucura o levara a provocar e então beijar uma mulher como Helen Decatur.

Ela era *mesmo* uma advogada insistente, arrogante e sabe-tudo, mas também era a melhor amiga de sua chefe e uma cliente fiel do Sullivan's. Além disso, mais de uma vez, incluindo aquela noite, Helen se oferecera para ajudá-los a segurar as pontas na cozinha.

Talvez fosse aquele o problema, concluiu Erik. Uma coisa era torcer o nariz para as roupas extravagantes e outras ostentações, mas na cozinha do Sullivan's ele conhecera outro lado dela. Ali estava uma mulher que se preocupava mais com a amiga e suas necessidades do que com coisas superficiais como roupas de marca. Helen também deixava o ego na porta e fazia tudo o que lhe pediam sem reclamar. E fazia muito bem, para ser sincero. Na maior parte do tempo, pelo menos, Erik até gostava dela. Naquela noite, a advogada o irritara por algum motivo. Apesar do que dissera antes, ele *sabia* que Helen jamais tomaria partido de outra pessoa em vez de Dana Sue.

A provocação, ele até podia entender. Agora o beijo... bem, aí era outra história, uma que teria um final infeliz. Erik passara do limite, uma atitude pela qual teria que se desculpar mais tarde.

Claro, ele não podia esquecer que ela retribuíra o beijo. Na verdade, Helen o beijara com calor e paixão inesperados, que o fizeram correr para se esconder. Ele não fugia de uma mulher desde o terceiro ano, quando Susie Mackinaw lhe dera um beijo indesejado e de surpresa, seguido das zombarias de seus amigos.

Não, Erik se corrigiu, servindo-se de uma xícara de café enquanto começava a limpar a cozinha metodicamente. A verdade é que estava fugindo das mulheres desde que sua esposa morrera no parto. Ele trabalhava como paramédico em Atlanta na época e estava com Samantha na ambulância quando ela entrou em trabalho de parto prematuro e começou a ter hemorragia. A viagem até o hospital demorara uma eternidade e, mesmo antes de chegarem à sala de emergência, Erik já sabia que era tarde demais. Sam havia perdido muito sangue, os sinais vitais estavam ficando fracos e o bebê era prematuro demais para ser salvo.

Aquele foi o dia em que seu coração foi arrancado do peito, junto com a capacidade de continuar em seu emprego. Se um paramédico não podia fazer nada para salvar a própria esposa, como poderia confiar em si mesmo para ajudar outras pessoas?

Depois de uma licença de um mês, durante a qual bebeu até apagar todos os dias, Erik foi até a sala do chefe e pediu demissão. Gabe Sanchez havia tentado dissuadi-lo, implorando para que fizesse terapia e depois voltasse, mas Erik sabia que seus dias na área da saúde haviam acabado.

Ele até poderia ter ficado sem rumo depois disso, mas uma amiga da esposa sugeriu que ele fosse estudar no Instituto de Culinária de Atlanta. No começo, Erik riu da ideia, mas Bree continuou insistindo. O marido dela também apoiou a sugestão.

— De todos os nossos amigos, você é o que cozinha melhor, sem dúvida — dissera Bree. — E, ainda mais importante, você gosta. No mínimo, assistir às aulas vai tirar você da fossa. Depois que se formar, quem sabe? Talvez você possa abrir seu próprio restaurante ou bufê, ou simplesmente vir me visitar uma vez por mês e cozinhar para mim, Ben e as crianças. Não importa. A distração é a parte principal. Sam odiaria ver o que você está fazendo consigo mesmo. Ela não ia querer que você ficasse sofrendo para sempre.

Erik provavelmente teria deixado a ideia de lado se Bree não tivesse aparecido em sua porta alguns dias depois com os formulários de inscrição. Ela ficou esperando enquanto ele os preenchia, então juntou um cheque que ela mesma havia assinado, enfiou tudo em um envelope e levou para o correio. Estava claro que a mulher não queria deixar nada ao acaso.

— Pense nisso como um presente meu e de Ben para o seu futuro — disse Bree. — Quando você tiver seu próprio restaurante, pode nos pagar com jantares por conta da casa no nosso aniversário de casamento.

Algumas semanas depois, Erik foi aceito e logo teve suas primeiras aulas. Ao fim do primeiro mês, já sabia que era a melhor coisa que lhe havia acontecido desde seu casamento com Samantha. Na época da formatura, ele se perguntou como podia ter considerado qualquer outra profissão, que dirá trabalhado em outra área.

Então Dana Sue entrou em contato com a escola para encontrar um chef de confeitaria, que era a especialidade de Erik. No início, ele estava com o pé atrás a respeito de se mudar para uma cidade pequena na Carolina do Sul, mas depois de visitar Serenity e conhecer o Sullivan's, foi convencido. Era exatamente a mudança de que precisava, uma chance de fugir de Atlanta e de todas as lembranças. Além disso, Dana Sue havia criado algo especial em uma comunidade que estava tentando se recuperar após alguns golpes duros na economia local. Como todas as críticas haviam afirmado com entusiasmo, o Sullivan's era um tesouro culinário raro, e Erik estava feliz por fazer parte dele.

Quanto à Dana Sue, ela também era especial. Ele até chegou a pensar, vez ou outra, que o relacionamento deles poderia passar de profissional para pessoal, mas logo ficou claro que a loira curvilínea ainda era apaixonada pelo ex-marido.

Ainda assim, Dana Sue, sua filha Annie e até Karen, que o irritava com suas faltas constantes, se tornaram sua família. E, por mais sem coração que ele tivesse parecido para Helen na conversa sobre Karen, Erik apenas se preocupava com a maneira como os problemas da funcionária afetavam Dana Sue, que simplesmente não precisava de mais estresse.

Ao contrário de Dana Sue, Helen não era uma mulher que necessitasse de alguém para cuidar dela, e era mais um motivo pelo qual Erik não conseguia explicar por que a beijara com tanto fervor alguns minutos antes. Ele tinha um instinto natural de cuidar das pessoas. A ideia de uma pessoa tão durona como Helen precisando de cuidados era risível.

Mas talvez o beijo tivesse sido inevitável. Ela era uma mulher linda, um pouco tensa demais para ele, sem dúvida *muito* obstinada para o seu gosto. Mas, às vezes, essa combinação podia acabar gerando uma explosão mais cedo ou mais tarde. Como o beijo já havia acontecido, a tensão estava liberada, e provavelmente isso jamais se repetiria.

Erik estava muito satisfeito consigo mesmo por fazer tudo parecer razoável quando Dana Sue entrou na cozinha e se aproximou dele na pia, onde lavava algumas panelas. Pegando uma frigideira ensaboada, ela o cutucou com o quadril.

— Então, o que foi aquele beijo? — perguntou Dana Sue, mantendo os olhos na frigideira gordurosa em suas mãos.

— Puro impulso — respondeu ele, em tom indiferente.

— Algo me diz que esse impulso não veio de hoje. Tem alguma coisa no ar toda vez que vocês dois ficam juntos no mesmo ambiente.

— Tensão — sugeriu ele.

— Tensão *sexual*, eu acho — respondeu Dana Sue, com um brilho no olhar. — Por que não tomou nenhuma atitude antes?

Ele revirou os olhos.

— Helen e eu? Você está doida?

— Acho que não. Você é um homem incrível. Ela é uma mulher incrível. Ambos merecem ter alguém especial na vida.

— Não posso falar por Helen, mas não estou procurando um relacionamento — disse ele.

— Você costumava dizer que me queria — lembrou Dana Sue.

Erik sorriu.

— Porque eu sabia que não havia a mínima chance de você dizer sim.

— Então você dizia me querer apenas porque eu era inalcançável?

— Isso mesmo.

— Não estou caindo nessa. Se você gosta de um desafio, então Helen é uma opção ainda melhor. Pense na diversão que seria tentar fazê-la mudar de ideia.

— E depois? Eu ia dizer a ela que tudo não passou de um joguinho?

— Não, seu idiota. Depois você se apaixona perdidamente e se casa com ela.

Erik riu.

— Não acho muito provável. Simplesmente não consigo imaginar as roupas de marca de Helen penduradas ao lado da minha calça jeans surrada no armário.

— Depois do beijo de hoje à noite, eu consigo — disse Dana Sue. — E, a julgar pela pressa com que Helen saiu correndo daqui, acho que ela também consegue.

— Pare de se meter, Dana Sue. Ela é sua amiga e só isso já é motivo suficiente para eu manter distância.

— Por quê? Estou dando minha bênção para ir em frente. Na verdade, estou até incentivando.

— E o que vai acontecer quando um de nós acabar de coração partido? De que lado você vai ficar?

Dana Sue pareceu desconcertada com a pergunta.

— Nunca chegaria a isso — declarou ela.

— É mesmo? Você agora consegue prever o futuro?

— Não, mas tenho fé em vocês e vi algo hoje à noite, uma faísca, que não estava lá antes em nenhum dos dois. Paixão de verdade, aquela que leva ao amor, é uma raridade. Estou aqui para dizer que não se deve ignorar uma faísca como essa.

— Bem, eu vou ignorar — disse ele categoricamente.

— Veremos — debochou Dana Sue. — Tenho certeza de que consigo fazê-lo mudar de ideia. — Ela deu de ombros. — Ou Helen. Só preciso convencer um de vocês para fazer a coisa começar.

— Não depende de você — disse Erik, embora soubesse que era um desperdício de tempo tentar dissuadi-la.

Ele teria que estar em alerta máximo daquele momento em diante.

Droga. Ainda tinha aquela reunião no dia seguinte. Ele teria que estar no mesmo cômodo que Helen e Dana Sue enquanto a lembrança daquele beijo ardente estava um pouco fresca demais.

CAPÍTULO TRÊS

O coração de Karen estava quase saindo pela boca durante toda a primeira parte do expediente antes da reunião que Helen havia marcado para as duas da tarde. Erik não parava de olhar feio para ela, como se estivesse com raiva de alguma coisa. Ela tinha a impressão de que ele se opunha à conversa. Dana Sue estava tentando compensar sendo legal demais, mas a tensão na cozinha estava começando a afetar Karen.

Além disso, tiveram uma cliente infernal, que devolveu a comida três vezes. Erik e Dana Sue tiveram que tirar no palitinho para ver qual dos dois iria até o salão lidar com a mulher e tentar fazer com que ela saísse do Sullivan's satisfeita. Sobrou para Dana Sue. Champanhe grátis e sobremesa para todos na mesa enfim acalmaram a mulher, mas a cliente arruinou o humor de Dana Sue, que havia ficado tão sombrio quanto o de Erik.

Às duas horas em ponto, Helen entrou toda confiante, usando um de seus terninhos, sapatos Jimmy Choo que deviam custar mais do que Karen ganhava em uma semana — talvez até em um mês — e óculos escuros de grife, que ela não tirou.

Ignorando Erik, ela sorriu para Karen e se virou para Dana Sue.

— Onde você quer conversar? Vai ficar um pouco apertado no seu escritório, a não ser que Erik tenha decidido não participar.

A voz da advogada tinha um tom frio e belicoso que Karen não reconheceu. Algo lhe disse que não era um bom sinal para a reunião que viria a seguir.

— Sem chance — respondeu Erik, ríspido, o que aumentou a tensão no ar.

— O último cliente já foi embora. Podemos nos sentar no salão — disse Dana Sue rapidamente. — Karen, você quer um refrigerante ou algo assim? Helen?

— Estou bem — respondeu Karen, nervosa demais para tentar engolir algo enquanto seu futuro estava em jogo.

— Não quero nada — completou Helen.

— Então vamos começar, que tal? — sugeriu Dana Sue em um tom alegre obviamente forçado, indo na frente.

— Posso falar com você primeiro, Helen? — perguntou Erik, com uma expressão sombria.

Dana Sue entrelaçou o braço ao de Karen e a conduziu pela porta que levava ao salão.

— Vamos deixar vocês a sós um minuto — disse ela aos dois.

— O que está acontecendo com eles? — perguntou Karen baixinho.

Dana Sue sorriu.

— Eles tiveram um pequeno desentendimento ontem à noite. Vai por mim, vai ser muito melhor se eles se resolverem antes da reunião.

Um segundo depois de as palavras saírem da boca de Dana Sue, porém, Helen apareceu atrás delas, ostentando uma expressão tão sombria quanto a de Erik.

Karen lançou um olhar preocupado para Dana Sue e se aproximou para sussurrar:

— Isso não é um bom sinal, é?

Dana Sue suspirou.

— Não muito — respondeu ela, franzindo a testa quando Erik saiu da cozinha logo atrás de Helen, com o semblante ainda mais tempestuoso do que antes.

— Muito bem — disse Helen quando todos estavam sentados. — Lembrem-se, esta é apenas uma conversa entre amigos. O objetivo é encontrar uma solução aceitável para todos. Karen tem consciência de que suas faltas têm colocado vocês dois sob muita pressão. Karen, por que não conta o que está acontecendo e por que você não disse nada antes?

Engolindo em seco, Karen evitou o olhar inflexível de Erik. Ela se concentrou em Dana Sue enquanto explicava sobre como as crianças pegaram sarampo, a babá que se demitiu e as dificuldades financeiras que estava passando porque Ray não pagava a pensão alimentícia.

— Eu não disse nada antes porque *meus* problemas pessoais não deveriam ser uma preocupação sua — disse ela. — Sei que não tem sido possível contar comigo e que isso é inaceitável. Mas juro que, se você puder aguentar mais um pouco, só até eu encontrar alguém que cuide das crianças, estarei aqui sempre que necessário. Não terá que procurar uma pessoa diferente todos os dias.

Helen ergueu a mão.

— Não faça promessas que não pode cumprir, Karen. Vamos encarar a realidade, ser mãe solo é imprevisível. Dana Sue, você com certeza sabe como é. Minha sugestão é a seguinte, ainda mais depois de ter ajudado aqui ontem à noite. Não está na hora de você pensar em contratar outro chef, ou pelo menos um ajudante que possa ser treinado assim como Karen? Assim, *se* ela tiver outro desses problemas inevitáveis, você terá algum suporte.

— Por que os problemas de Karen deveriam fazer Dana Sue contratar mais funcionários? — interpelou Erik.

— Porque essa ajuda já é necessária de qualquer maneira — disse Helen antes que Dana Sue pudesse responder. — Ontem à noite não era o turno de Karen e mesmo assim estava uma loucura na cozinha. Se eu não tivesse aparecido...

— Nós teríamos nos virado — interrompeu Erik. — Sempre nos viramos.

— Vamos lá, Erik, Helen tem razão — interrompeu Dana Sue. — Nós estamos mesmo com uma equipe pequena para o movimento do jantar nos últimos tempos. Entrevistei meia dúzia de pessoas para ajudar na preparação e fiz um teste com duas, mas nenhuma das opções deu certo. E eu realmente preciso acelerar isso. Estava adiando porque não tinha certeza se essa nova onda de popularidade iria durar. Às vezes é assim após resenhas positivas. A cozinha fica um caos por algumas semanas e então as pessoas voltam à rotina normal e você fica com mais funcionários do que o necessário, dependendo de você, e é preciso mandar gente embora.

— Contratar alguém para fazer o trabalho de preparação é uma coisa — admitiu Erik. — Mas, enquanto ainda contamos com Karen aqui, como isso resolveria o problema se ela precisar faltar?

— Outra pessoa treinada pode vir se Karen tiver uma emergência — disse Helen.

— E receber horas extras? — perguntou Erik. — Como isso é justo com Dana Sue? Ela tem que pensar nos custos, sabe? E o trabalho de ajudante é muito diferente de ser assistente ou *sous* chef. Precisamos de alguém que possa assumir essa posição, agora que sou gerente-assistente.

Karen estudou Erik e Helen e soube que havia algo acontecendo entre os dois que não tinha nada a ver com ela. Estava nítido, porém, que a discussão não lhe seria de muita ajuda a menos que pudesse propor uma solução. Felizmente, em algum momento no meio da noite, ela tivera uma ideia. Até então estivera hesitante em oferecê-la, mas agora parecia que não tinha nada a perder.

— Eu tenho uma sugestão — disse ela baixinho.

Todos os três a olharam surpresos, quase como se tivessem esquecido de que ela estava ali.

— Pode falar — incentivou Helen.

— Eu trabalhava com uma cozinheira na lanchonete, mas ela precisou sair porque teve o mesmo problema que estou tendo agora.

Tinha que criar os filhos sozinha, e eles precisavam ser sua prioridade. Doug a demitiu, como sei que vocês estão pensando em fazer comigo agora. Mas enfim, Tess era muito, muito boa, só que ela arrumou um emprego de telemarketing para poder trabalhar em casa. Sei que ela odeia e adoraria voltar a trabalhar em um restaurante.

A cara feia de Erik piorou.

— Se ela já foi demitida por faltar demais, por que arrumaríamos mais problemas contratando essa pessoa?

— Porque, sinceramente, ela tem justamente as habilidades de que você precisa — respondeu Karen, decidida a não recuar diante do ceticismo do colega. Ela precisava se defender. Para fazer isso, tinha que convencê-los a darem uma chance a Tess. — Ela é rápida. Aprende depressa. É criativa. Não se abala com crises. E já sabe como funciona uma cozinha.

— Isso ainda não resolve o problema principal — disse Erik.

— Deixe-a terminar, pelo amor de Deus — retrucou Helen.

— Ora, que ousadia a minha querer saber como isso resolve alguma coisa — zombou Erik, mantendo o olhar fixo no de Helen.

De repente, Karen entendeu. Qualquer que fosse o problema entre Erik e Helen, era porque havia algo pessoal acontecendo entre eles. Ela não tinha ouvido nada sobre os dois estarem namorando, mas isso não queria dizer que não tivesse acontecido alguma coisa. Havia faíscas suficientes ali para colocar fogo na toalha de mesa.

Contendo um sorriso, a funcionária acenou com a mão para chamar a atenção deles. Dana Sue parecia igualmente divertida.

— Aqui está a minha ideia — disse Karen. — Eu e Tess podemos dividir o trabalho de *sous* chef.

Helen pareceu surpresa, mas, para alívio de Karen, Dana Sue ficou intrigada.

— Como isso funcionaria? — perguntou Dana Sue. — Vocês duas não precisam de um emprego em tempo integral?

Karen assentiu com a cabeça.

— Mas você abre seis dias por semana, certo? E mais de oito horas por dia. Uma de nós pode trabalhar três dias, e a outra, quatro, e você pode programar nossos turnos para terem algumas horas em comum. Afinal, você está precisando da ajuda extra nos fins de semana de qualquer maneira. A parte de dividir seria que Tess e eu cobriríamos uma à outra caso tivéssemos uma emergência, então você nunca ficaria sem *sous* chef. Você teria duas pessoas treinadas e apoio o tempo todo. As chances de nós duas termos uma emergência no mesmo dia são ínfimas.

— Eu gostei! — exclamou Helen, animada. — Dana Sue, o que você acha?

Karen prendeu a respiração.

— Pode dar certo — disse Dana Sue, devagar. — Precisamos de mais ajuda. Eu teria que conhecer Tess e ver se ela pode fazer o trabalho e se tem interesse, mas isso resolveria muitos problemas. Erik, o que você acha?

Embora sua expressão continuasse sombria, ele assentiu.

— Tem potencial, desde que pelo menos uma de vocês venha, não importa o que aconteça — admitiu Erik a contragosto. Pela primeira vez, olhou para Karen de verdade. — Essa é uma das coisas que sempre gostei em você. Você pensa além do óbvio e não tem medo de tentar coisas novas.

Karen sorriu para ele.

— Obrigada. Desta vez foi em grande parte por desespero, mas eu realmente acho que vocês dois vão adorar Tess. Ela é inteligente, animada e ponta firme, e daria supercerto aqui. E sei que ela e eu podemos nos entender para que vocês nunca fiquem com pouca gente na cozinha.

— Certo, então peça para ela me ligar — disse Dana Sue. — Vamos chamá-la e fazer um teste.

Helen recostou-se com um sorriso satisfeito no rosto.

— Uma solução em que todos saem ganhando. Bom trabalho, Karen. Obrigada, Dana Sue.

Karen reparou que Helen ignorou Erik de propósito ao se levantar.

— Preciso voltar ao escritório — disse Helen.

Dessa vez, Erik pulou para fora do sofá.

— Vou acompanhar você — emendou ele em um tom determinado, sem dar margem para discussão. — Volto em dez minutos, Dana Sue.

Dana Sue o encarou.

— Leve o tempo que precisar.

Depois que os dois saíram, Karen olhou para Dana Sue, que tinha uma expressão divertida.

— Esses dois...?

— Ainda não — disse Dana Sue. — Mas prevejo que não vai demorar muito.

— Ora, ora — murmurou Karen, carregando no sotaque sulista —, acho que preciso de um chá gelado. Está um pouco quente aqui.

Dana Sue riu.

— Não é? Vamos lá. Também quero um. Algo me diz que vamos ficar sozinhas na cozinha por um tempo.

Helen se arrependeu de ter ido a pé do escritório até o Sullivan's. Se tivesse pegado o carro, poderia ter entrado no veículo e batido a porta na cara de Erik. Em vez disso, ele foi caminhando ao lado dela em um silêncio cada vez mais constrangedor. Por fim, não aguentou mais.

— Se está pensando em alguma coisa, diga logo — interpelou ela. — Caso contrário, me deixe em paz.

— Estou tentando pensar no que dizer — admitiu Erik.

— "Sinto muito" parece uma boa. Ou "eu estava errado". Essa também funciona.

— Certo, as duas coisas — disse ele, contraindo os lábios em um sorriso.

Helen parou e se virou para encará-lo.

— É isso? Eu lhe dou algumas opções e você nem mesmo as repete ou usa suas próprias palavras ridículas?

— Mas é você que é boa com as palavras — respondeu ele, irônico. — Achei que você falaria exatamente o que queria ouvir.

Helen revirou os olhos.

— Ah, pelo amor de Deus, você por acaso sabe pelo que está se desculpando?

— O beijo? — sugeriu ele, incerto.

Aquele indício de vulnerabilidade em um homem que sempre lhe pareceu extremamente confiante fez com que Helen baixasse a guarda.

— Seria um bom começo — concordou ela.

— E tem mais coisa? — perguntou ele.

Embora o tom de Erik fosse sério, Helen achou que havia um quê de provocação.

— E como. Por exemplo, você estava sendo um cavalo com Karen.

— Eu estava tentando pensar no que é melhor para o restaurante — disse ele. — Algo que achei que seria importante para você, sendo uma amiga tão próxima de Dana Sue e tal.

— É claro que é importante para mim — respondeu ela. — Então você não acha que a solução que encontramos lá dentro é a melhor para todos?

— Talvez — disse Erik. — Mas a própria Karen falou que a amiga foi demitida por não conseguir cumprir os horários. Para mim, não é a melhor das indicações, não importa quais sejam as habilidades dela.

— Você não só dá coices feito um cavalo, mas também é teimoso como uma mula — murmurou Helen baixinho.

— Eu ouvi isso — disse ele.

— Era para ouvir mesmo — respondeu Helen, que então o estudou com curiosidade. — Achei que você gostasse de Karen.

— Gosto de muitas pessoas que não quero que trabalhem na minha cozinha — retrucou Erik. — Ainda mais se elas não aparecem quando devem.

Os lábios de Helen se curvaram em um pequeno sorriso e ela voltou a andar.

— Isso significa também que você não se importa de ter alguém de quem não gosta trabalhando na sua cozinha?

— Se trabalharem direito... — respondeu ele, com os olhos se estreitando enquanto caminhava ao seu lado. — Aonde você quer chegar com isso?

— Você não parece gostar muito de mim no momento.

— Porque você está me irritando muito agora.

— E ontem à noite? — brincou ela.

— E ontem à noite também — concordou ele.

— E, ainda assim, trabalhamos muito bem juntos. Interessante — disse Helen, pensativa.

— O que há de tão interessante nisso?

— O jeito que sua cabeça funciona. Posso perguntar mais uma coisa?

— Acho que não posso impedir, visto que interrogar as pessoas é uma de suas principais habilidades profissionais.

— O que o beijo teve a ver com isso? — perguntou ela, claramente pegando-o desprevenido.

As bochechas de Erik coraram.

— Eu já pedi desculpas — lembrou ele.

— Eu sei, mas qual foi o motivo? Um súbito ataque de luxúria, a discussão acalorada, um desejo de vingança por causa da torta que joguei em você?

— Bem que eu gostaria de saber — disse ele.

— Vamos lá. Pense um pouco — insistiu Helen, parando para olhá-lo. — Só quero saber o que foi para evitar essa reação específica no futuro.

— Então somos dois — emendou Erik, estudando-a com um olhar atento. — Você pareceu gostar na hora.

— De jeito nenhum! — respondeu ela, indignada.

— Aposto que posso provar que você está mentindo.

Aquele era um desafio que era melhor evitar. E já que Helen parecia ficar cada vez mais desconcertada perto de Erik, talvez fosse hora de virar o jogo. Afinal, aquele homem era muito fofo quando ficava confuso. Sentindo-se para lá de ousada, ela se aproximou e deu um beijo na bochecha de Erik, na esperança de deixá-lo ainda mais sem jeito.

— Me conte quando descobrir como foi que acabamos nos beijando — disse ela. — Passamos pelo meu escritório faz uns cinco minutos e preciso voltar. Até logo.

— Espere! — ordenou ele antes que Helen se afastasse. — E o seu pedido de desculpas?

Helen franziu a testa.

— Como assim?

— Aquela torta que você jogou na minha cara — lembrou ele.

— Você mereceu — disse ela.

— Então talvez você tenha merecido aquele beijo — retrucou ele. — Talvez eu devesse cancelar meu pedido de desculpas. Afinal, pode acontecer de novo.

Helen o encarou com uma expressão severa.

— Nem pense nisso.

Havia um brilho ousado nos olhos de Erik quando ele deu um passo na direção de Helen. Ela recuou e quase tropeçou em uma rachadura na calçada.

— Certo, certo, sinto muito pela maldita torta — disse ela apressadamente. — Agora preciso mesmo ir.

Helen se virou e disparou rumo ao escritório o mais rápido que conseguiu, considerando os saltos de sete centímetros que usava. Para Erik, aquela pressa toda provavelmente não era a cena mais bonita do mundo, mas impressioná-lo não era uma das prioridades dela naquele momento.

— Mulheres! — murmurou Erik enquanto observava Helen atravessar o gramado com passos desajeitados e subir correndo os degraus da frente de seu escritório.

Mas não eram as mulheres em geral que o deixavam louco. Era *aquela ali*. Precisava manter o máximo de distância possível de Helen. Talvez conseguisse encontrar uma maneira de fazer Dana Sue bani-la da cozinha do Sullivan's. Não, isso não aconteceria, porque pelo visto Dana Sue estava querendo bancar a casamenteira. Aliás, pensando sobre isso agora, o plano provavelmente havia começado meses atrás, quando Helen foi chamada pela primeira vez para trabalhar na cozinha. Se Erik insistisse que Helen não devia trabalhar na cozinha do restaurante, seria quase certo que ela apareceria. Era melhor ficar de boca fechada.

Quando voltou para o Sullivan's, Karen e Dana Sue evitaram olhar para Erik, mas ele sabia que aquilo também não iria durar. A curiosidade de Dana Sue acabaria levando a melhor. Quando se tratava de interrogatórios, ela só não superava a amiga advogada.

Felizmente, ele ainda precisava terminar os preparativos para a sobremesa especial da noite, um pudim de pão com maçã que se tornara um dos favoritos dos clientes. Estava no menu toda sexta-feira à noite. Com muita rapidez, ele juntou os ingredientes, encheu duas assadeiras grandes com a massa de pão e maçã, derramou a mistura líquida por cima e pôs as duas assadeiras no forno. Depois de pronto, o pudim de pão seria cortado em quadrados e servido quente com calda de caramelo, chantilly ou sorvete de canela, a gosto do freguês.

Assim que as formas foram para o forno, ele notou que Dana Sue o encarava atentamente, mas, antes que ela pudesse bombardeá-lo com perguntas, Ronnie entrou e a atenção dela se voltou para o marido na hora. Erik ia ficar devendo uma cerveja ao homem pelo timing excelente.

— Olá, Erik, oi, Karen — cumprimentou Ronnie enquanto ia direto para a esposa e a puxava para seus braços. — Olá, meu bem. Como está minha chef favorita?

Dana Sue lançou um olhar afiado para Erik.

— Na verdade, eu estava prestes a sugerir a Erik que fizéssemos uma pausa antes da correria do jantar.

— Estou muito ocupado — disse Erik, indo à despensa atrás dos ingredientes para os brownies de nozes que poderia fazer e congelar para depois.

— Fazendo o quê? — perguntou Dana Sue, olhando-o desconfiada.

— Pensei em adiantar as coisas para semana que vem e já fazer alguns brownies — explicou ele.

— Parece uma desculpa para evitar conversar comigo. — Dana Sue sorriu e passou o braço pelo de Erik. — Vamos fazer uma pausa. Ronnie, que tal buscar um pouco de chá gelado para todos nós?

Ronnie olhou para Erik com compaixão.

— Desculpe, amigo. Ela é quem manda.

— Em casa também? — perguntou Erik.

Ronnie sorriu.

— Em casa há um delicado equilíbrio de poder que está sempre mudando — respondeu ele. — Infelizmente para você, estamos no restaurante dela agora. Tenho zero influência aqui.

— Lamentável — disse Erik. — Achei que homens fossem aliados.

— Em geral, sim — concordou Ronnie. — Mas, neste caso, tenho que admitir que também estou um pouco curioso sobre por que a ideia de conversar com minha esposa está deixando você de pernas bambas.

— Vocês dois já terminaram? — Dana Sue soou impaciente. — Nesse ritmo, não vamos ter tempo para uma longa conversa agradável.

— Ah, mas *que pena* — murmurou Erik.

Do outro lado da cozinha, Karen deu uma risadinha, então escondeu o rosto em uma toalha de papel em uma vã tentativa de abafar o riso.

— Outra traidora — observou Erik. — Certo, vamos acabar logo com essa inquisição.

Dana Sue franziu a testa para ele.

— Não é uma inquisição — disse ela, conduzindo-o até uma mesa no salão de jantar. — Somos só dois amigos pondo a conversa em dia.

Erik sorriu, apesar de seu humor estar cada vez pior.

— E desde quando a conversa não está em dia?

— Você passou meia hora longe! — exclamou Dana Sue. — Muita coisa pode acontecer em meia hora. — Ela se sentou e deu um tapinha bem ao seu lado no sofá. — Sente-se aqui.

— Acho que você deveria guardar esse lugar para o seu marido — disse Erik. — Eu vou sentar aqui.

Ele se acomodou no sofá, mais perto do corredor e do outro lado da mesa, o mais longe possível sem deixar de estar na mesma mesa.

Dana Sue o olhou, com ar divertido.

— Como foi sua conversa com Helen? Vocês dois fizeram as pazes? — perguntou ela enquanto Ronnie se juntava a eles.

Ronnie ergueu as sobrancelhas.

— Você e Helen? Por essa eu não esperava.

— Fique quieto — mandou Dana Sue.

— Não tem nada de "eu e Helen" — garantiu Erik. — Isso é tudo imaginação da sua esposa.

— Eu não imaginei aquele beijo ontem à noite — disse Dana Sue. — Que, aliás, foi quente o suficiente para soldar aço.

— E desde quando você entende de soldagem de aço? — perguntou Erik.

— Não é esse o ponto — respondeu Dana Sue. — Você me entendeu. Agora, me responda. Vocês fizeram as pazes quando a acompanhou até o escritório?

— Nós andamos. Nós conversamos. Fim da história. Posso ir agora? — interpelou Erik. — Meu pudim de pão já deve estar carbonizado.

— Ele precisa ficar mais dez minutos no forno e você sabe disso — disse Dana Sue sem hesitação. — Quero detalhes do que aconteceu entre você e Helen.

Erik deslizou para fora do sofá.

— Então ligue para ela. O restaurante abre em menos de uma hora e ainda tenho muito a fazer, algo que pensava que você, como proprietária, soubesse.

Ele se afastou sem olhar para trás.

— Não vou esquecer isso! — gritou Dana Sue na direção dele.

Infelizmente, Erik sabia que era verdade. Como a maioria das mulheres, Dana Sue tinha uma excelente memória. Pior ainda, tinha uma determinação que poderia competir com a de um general em tempos de guerra. Ele sentia que a campanha de sua chefe para juntá-lo com Helen havia apenas começado.

CAPÍTULO QUATRO

Helen não conseguia tirar da cabeça a maneira como sua noite no Sullivan's terminara alguns dias antes. Nem conseguiu esquecer os olhares curiosos que Dana Sue lançara a ela e Erik durante a conversa tensa com Karen no dia seguinte. A advogada conhecia aquele olhar de quem pensava que havia algo entre os dois. Ou talvez a amiga só *quisesse* que algo acontecesse para que pudesse ficar se gabando de suas habilidades de casamenteira. De um jeito ou de outro, Helen não estava ansiosa para a próxima vez que veria Dana Sue e a avalanche de perguntas que a aguardavam.

Infelizmente, era impossível continuar evitando a amiga. Ela, Dana Sue e Maddie haviam marcado mais uma de suas reuniões matinais no Spa da Esquina. Como Helen sempre fora a maior apoiadora daqueles encontros para discutir como iam os negócios, não poderia simplesmente faltar. Sua ausência apenas atiçaria a curiosidade de Dana Sue.

Além disso, com a agenda cada vez mais lotada de Maddie — um novo marido e uma bebê tomavam a maior parte de seu tempo — e as obrigações de Dana Sue no Sullivan's e seu novo casamento com Ronnie, as três quase não tinham tempo para ficarem sozinhas. Helen estava com saudade das conversas relaxantes, sobretudo porque começara a se sentir um pouco de fora das vidas atribuladas de suas amigas, embora as duas fossem ficar chocadas se soubessem que ela se sentia assim.

Tomada por um medo estranho, ela se preparou mentalmente enquanto cruzava a sala de exercícios movimentada. Elliott Cruz, o personal trainer, acenou para ela, assim como várias das mulheres que estavam suando em uma aula de spinning. O instrutor estava fazendo-as darem tudo de si nas bicicletas ergométricas.

Helen parou para enfiar a cabeça pela porta do spa cheirando a lavanda, onde Jeanette estava ocupada aplicando um tratamento facial em uma cliente tranquila. O aroma relaxante lembrou a Helen que já fazia semanas que prometera agendar uma massagem para si mesma, na esperança de que isso aliviasse a tensão constante que sentia nos ombros.

— Tudo bem com você? — perguntou a advogada a Jeanette, que elas roubaram de um spa muito luxuoso em Charleston.

Com seu cabelo preto curtinho e os enormes olhos escuros, havia algo de singular em Jeanette que fazia a maioria de suas clientes pensar que ela tinha vindo da Europa. Pelo menos até a ouvirem falar, já que seu sotaque era tão lento e doce quanto o de qualquer outra pessoa da Carolina do Sul.

— Tudo ótimo — disse Jeanette. — Não deixe de perguntar a Maddie sobre a ideia que tive outro dia.

— Pode deixar — prometeu Helen.

Jeanette tinha mais ideias do que todas as outras pessoas juntas, e a maioria era excelente. Ela trouxera muita experiência e criatividade quando veio trabalhar para elas. A receita dos serviços estéticos aumentou ainda mais rápido do que o número de matrículas da academia. Já se fora o tempo em que Helen pensava em seu investimento no Spa da Esquina como uma maneira de economizar nos impostos. O lugar atendia a um nicho surpreendentemente grande na região e os negócios estavam crescendo.

Jeanette já havia compensado a despesa de contratar outra técnica para ajudar a atender o aumento em número e variedade de tratamentos que ofereciam a uma clientela que queria se sentir mimada de verdade. Mesmo as mulheres de Serenity, que nunca haviam considerado a extravagância de fazer uma massagem, passaram a frequentar o spa em ocasiões especiais. E, graças ao boca a boca de Jeanette, tinham vendido mais de dez vales-presente só na semana anterior, antes mesmo que Maddie tivesse tempo de desenvolver um plano de marketing para o pacote. Se continuasse assim, o Spa da Esquina iria transformar Serenity, antes uma pequena cidade charmosa e pouco conhecida, em um ponto turístico.

Não podendo mais adiar aquele momento, Helen entrou no pátio e viu Maddie na sombra, com os olhos fechados. Ela parecia ter aproveitado a oportunidade para tirar uma soneca. A amiga hesitou em acordá-la.

Havia pouco tempo que Maddie contara que estava grávida de Cal pela segunda vez, algo que, segundo ela, pegou os dois de surpresa. Ainda assim, a gravidez anterior tinha corrido tão bem, e ela e o marido estavam tão encantados com a filha, que Maddie aceitou a nova gestação com calma, embora tivesse admitido que mantivera segredo durante o primeiro trimestre para o caso de haver complicações.

Foi Helen quem ficou chocada. Por que parecia tão fácil para Maddie ter um bebê enquanto ela continuava em dúvida a respeito de tomar uma atitude para ter um filho sozinha? Em algum momento durante o último ano, ao assistir a Maddie ter uma gravidez tranquila com um marido amoroso ao seu lado e, mais tarde, ao carregar Jessica Lynn nos braços e sentir aquele cheirinho de bebê saído do banho, Helen foi ficando cada vez mais obcecada com a ideia ter seu próprio filho. A intensidade do desejo a pegou completamente desprevenida. Até então, pensava que estava satisfeita e realizada com seu estilo de vida de solteira e bancando a tia amorosa para os filhos das amigas.

Uma vez que veio à tona, porém, esse desejo havia tomado conta da maioria das horas que passava acordada, pelo menos quando não estava se afogando em um mar de documentos jurídicos. Nos últimos tempos, vinha se esforçando muito para controlar a pressão alta, como aconselharam os dois obstetras para gravidez de alto risco com quem ela se consultara. Helen fizera várias listas dos prós e contras para ter uma ideia do que seria necessário para realizar seu sonho, mas, quando chegou a hora de dar o próximo passo, ela hesitou. Não sabia como interpretar aquela indecisão pouco característica. Algo a estava detendo, embora não soubesse o quê.

Deixando de lado as próprias dúvidas e a inveja da gravidez de Maddie, ela estampou um sorriso no rosto e foi se juntar à amiga.

— Tem certeza de que está só com alguns meses? — perguntou Helen, acordando Maddie da soneca. Ela deu um tapinha na barriga saliente. — Você nunca esteve com uma barriga grandinha assim tão cedo. Talvez esteja grávida de gêmeos desta vez.

— Vira essa boca para lá — disse Maddie. — Um bebê de cada vez é mais do que suficiente. Eu ficaria um caco se tivesse dois.

Helen a olhou com preocupação.

— Se você está tão cansada assim, não deveria estar em casa com os pés para cima?

Maddie sorriu.

— Minhas chefes são duas tiranas — explicou ela. — Este lugar fica mais movimentado e difícil a cada dia. Não consigo tirar uma folga. Além disso, o bebê é só para daqui a alguns meses.

Helen se sentou e estudou o rosto radiante de Maddie. Com quatro filhos — três do primeiro casamento com Bill Townsend, o pediatra —, Maddie, de 42 anos, não estivera tão ansiosa quanto Cal para tentar engravidar mais uma vez, porém, olhando para ela naquele momento, Helen sabia que a amiga estava tão animada com a chegada do novo bebê quanto o marido.

Maddie observou Helen com atenção.

— Você não toca no assunto há um bom tempo, mas ainda está pensando em ter um bebê também, não é?

Helen assentiu com a cabeça.

— Eu não fazia ideia de que sentiria um desejo maternal tão forte, mas cada vez que você me entrega Jessica Lynn e ela me olha com aqueles olhos azuis enormes e sopra aquelas bolhinhas ou sorri para mim, percebo o quanto sinto falta de ter algo assim.

— E? — cutucou Maddie. — Você já foi ao médico saber se sua pressão alta representa um risco muito grande? Quando você não falou mais nisso, Dana Sue e eu ficamos achando que você havia deixado a ideia de lado.

— Para ser sincera, estou um pouco surpresa por vocês ainda não terem me perguntado sobre isso — disse Helen. — Em geral não pensam duas vezes para bisbilhotar minha vida.

— Esta é uma daquelas decisões que você deve tomar sozinha. Nenhuma de nós queria influenciar você de um jeito ou de outro. Então, foi ao médico ou não?

Helen não tinha certeza de por que mantivera segredo sobre as consultas, mas, agora que ouvia uma pergunta direta, não viu motivo para mentir.

— Eu consultei dois especialistas em gravidez de alto risco — admitiu ela. — Os dois disseram que, se eu prometesse cuidar bem da saúde e ficar de repouso caso apresentasse o mínimo sinal de problemas de pressão, poderia engravidar.

Maddie levantou as sobrancelhas.

— Então por que você parece tão infeliz? Não era justo a notícia que você queria?

Helen assentiu.

— Só que dei de cara com a realidade. Ficar grávida não é tão fácil quanto pensei que seria. Quer dizer, algumas mulheres engravidam só de transar com alguém uma vez, mas não me vejo saindo e tendo alguma aventura na esperança de conseguir um bebê com isso.

Maddie sorriu.

— Sim, imagino que você gostaria de saber todo o histórico médico do homem e seu pedigree, o que inviabiliza a opção de transa casual.

Helen franziu a testa para a amiga, porque o comentário era um pouco verdadeiro demais.

— O que estou querendo dizer é que isso deveria significar alguma coisa, sabe? Não consigo me imaginar tendo que dizer a meu filho ou filha que conheci seu pai em um bar e nunca mais o vi.

— Certo. E inseminação artificial?

— Já pensei sobre isso — disse Helen. — Até pesquisei algumas clínicas de fertilidade que fazem o procedimento. Existem algumas bem-conceituadas. Eu poderia levar um doador ou usar um dos anônimos. — Ela se esforçou para traduzir seus sentimentos em palavras. — Parece tão, sei lá, *artificial*. Para ser sincera, minha reação me surpreendeu. Você me conhece, e em geral adoro assumir o controle. Não acho que precise de ninguém para nada, mas a ideia de ter um bebê assim me pareceu fria e impessoal demais.

— Então você desistiu? — perguntou Maddie, claramente surpresa.

— Não — protestou Helen. — Só dei um passo para trás. Estive pensando no assunto.

— Fazendo listas? — perguntou Maddie.

— Sim, fazendo listas — respondeu Helen. — Se mais pessoas fizessem isso, cometeriam menos erros.

— Opa! — disse Maddie. — Por acaso você acha que ter um filho poderia ser um erro?

Helen estremeceu com a emoção na voz de Maddie.

— Não fale assim. Eu quis dizer que engravidar era só uma das minhas preocupações. E se eu for egoísta demais, egocêntrica demais, ocupada demais para ser uma boa mãe?

— Ah, então é isso — concluiu Maddie. — Todo mundo que pensa em ter um filho pela primeira vez tem essas dúvidas. Você não é a única.

— Estou tentando ser responsável — respondeu Helen em tom defensivo. — Sou mais velha. Estou sozinha. Isso vai ser o melhor para uma criança? Quando meu filho estiver no jardim de infância, as outras crianças terão avós da minha idade.

— Você está exagerando — disse Maddie.

— Só um pouco.

— Quer saber o que eu acho? — perguntou Maddie, então continuou sem esperar pela resposta de Helen. — Acho que você só está com medo. Isso seria um passo importante, uma mudança radical em sua vida e, apesar de se dizer uma mulher moderna e independente, você está com medo de enfim encontrar algo na vida em que talvez não seja boa.

— Bem, você tem que admitir que seria uma coisa péssima de se errar — disse Helen, irritada com a sagacidade de Maddie.

— Certo, vamos do começo — sugeriu Maddie, estudando Helen com toda a atenção. — Tem certeza de que quer um filho? Ou você só gosta da *ideia* de ter um bebê?

Helen a olhou, infeliz.

— Bem que gostaria de saber.

— Desde quando você deixa de ir atrás das coisas que realmente quer? — pressionou Maddie.

— Você está querendo dizer que acha que não quero ter um filho de verdade? — perguntou Helen, assustada com a ideia.

— Só estou dizendo que seu relógio biológico começou a apitar quando engravidei de Jessica Lynn e você percebeu que era agora ou nunca. — Maddie segurou a mão de Helen. — Talvez seja nunca, querida. Nem toda mulher precisa ter filhos para se sentir realizada. Talvez o que você realmente esteja querendo seja um laço forte com outra pessoa.

— Um homem? — perguntou Helen, incrédula. — Você está me dizendo para esquecer essa ideia de ter filhos e arrumar um homem? Que ponto de vista mais esclarecido. Poxa, Maddie, acho que me conheço um pouco melhor do que isso. Além disso, mais do que todo mundo, eu sei que os relacionamentos nem sempre duram. Por que eu iria querer ter esse sofrimento?

— Só estou dizendo que talvez o que você esteja sentindo seja um vazio em sua vida que poderia ser preenchido de outra forma. Se ainda não fez nada para ter um filho, então, talvez em algum nível subconsciente, você saiba que não é o que quer de verdade.

— Ou talvez eu só queira ter um filho à moda antiga — retrucou Helen, irritada por Maddie estar questionando sua determinação, embora a amiga estivesse fazendo perguntas que a própria Helen já se fizera um milhão de vezes. — Você já pensou nisso? Talvez eu queira um homem, um bebê e essa família que você e Dana Sue têm.

— Mas você acabou de dizer... — começou Maddie, claramente confusa.

Helen não podia culpá-la. Ela mesma estava confusa. Para sua consternação, as lágrimas inundaram seus olhos e escorreram pelo rosto.

— Com licença. Preciso ir embora.

— Helen? — chamou Maddie. — Volte aqui. Vamos conversar.

Mas Helen fugiu — e com certeza ouviria poucas e boas sobre aquele episódio mais tarde. Na verdade, era provável que encontrasse Maddie e Dana Sue na porta de sua casa antes de anoitecer. Embora, quem sabe, quando isso acontecesse, ela milagrosamente tivesse descoberto que diabo estava acontecendo com ela e por que ter filhos ou não era a única decisão que não conseguia tomar.

Erik chegara ao restaurante mais cedo, na esperança de adiantar o suficiente para dar o fora assim que Dana Sue chegasse, evitando outra conversa sobre sua vida amorosa — ou a falta de uma.

Ele ficou surpreso quando a porta dos fundos se abriu e Annie Sullivan, filha de Dana Sue, enfiou a cabeça pelo vão.

— Posso entrar? — perguntou a jovem de 17 anos. — Você está ocupado?

— Só estou adiantando as coisas para hoje — disse Erik, gesticulando para que a jovem entrasse. — Você não deveria estar na escola?

— Só daqui a uma hora — respondeu Annie, largando os livros perto da porta e subindo no banquinho ao lado da bancada do cozinheiro. — Minha mãe não está por aqui, né?

— Não. Por quê? Você queria que ela estivesse?

— Não. Na verdade, eu queria conversar com você.

Erik a olhou com desconfiança.

— Por quê?

— Porque você é homem e não é meu pai.

— Então você está procurando um ponto de vista masculino imparcial — concluiu ele. — Tem certeza de que sou a pessoa certa? Não sou exatamente um especialista em relacionamentos. Imagino que a pergunta seja sobre Ty.

A menina sorriu.

— Claro.

Desde que Annie foi hospitalizada com graves complicações da anorexia, ela e o filho de Maddie, Tyler, ficaram mais próximos. Sempre foram amigos graças aos laços entre as famílias, mas Annie queria algo a mais, e Ty parecia finalmente estar demonstrando algum interesse. Antes de o garoto ir para a faculdade, haviam tido meia dúzia de encontros "de verdade" — como Annie gostava de chamá-los —, embora os dois não dissessem que estavam juntos.

— Qual é a sua pergunta? — disse Erik, estudando-a com atenção, em busca de qualquer sinal de que ela havia voltado aos antigos padrões alimentares que lhe fizeram tão mal.

Por mais que a visse com frequência, não conseguia parar de analisá-la em busca de indícios. Felizmente, a pele da menina tinha uma cor saudável, o cabelo estava brilhoso e, o mais revelador de tudo, ela estava usando roupas do tamanho certo e que mostravam um corpo que ainda era magro, mas estava longe da figura esquelética que fora um ano antes.

— Você sabe que Ty foi para a universidade Duke — começou ela.

Erik conteve um sorriso.

— Você mencionou uma ou duas vezes desde que ele foi para a faculdade no outono passado.

Annie fez cara feia diante da provocação.

— Eu falo muito isso porque ainda acho incrível que eu conheça um cara que estuda em Duke e que é a estrela do time de beisebol, embora seja apenas um calouro. O que é ainda mais incrível é que a gente sai de vez em quando para ir ao cinema e a festas. Ele até...
— Ela corou muito.

Erik estreitou os olhos.

— Ele até o quê?

— Me beijou — confessou a menina, tímida. — Foi maravilhoso.

Embora não fosse o pai dela, às vezes Erik sentia como se fosse, tão próximo era da família. E, como pai, não queria ouvir sobre nenhum cara, nem mesmo um jovem responsável como Tyler, beijando Annie. Com certeza Ronnie não ficaria feliz com a notícia também, embora os jovens daquela idade não raro fizessem muito mais do que beijar. Mesmo assim, talvez fosse um bom sinal Annie estar falando sobre o que acontecera. Se as coisas tivessem ido mais longe, Erik suspeitava que ela guardaria a informação para si. Meu Deus, ele ficava tão perdido com esses assuntos!

— Você sabe que não há nada de surpreendente em Ty gostar de você — disse ele, optando por uma lição de autoestima. — Você é uma jovem incrível e, se quisesse, poderia ter dez namorados em dez faculdades diferentes.

— Você é parcial demais, que nem o meu pai — retrucou Annie, com ar de desdém. — Mas enfim, minha pergunta é se devo pedir a Ty que venha me levar ao meu baile de formatura ou se isso seria idiota.

— O baile já está quase aí, não é? — perguntou Erik. — Acho que sua mãe comentou alguma coisa sobre ter levado você até Charleston para comprar um vestido.

— Faltam três semanas — disse ela. — Então é quase de última hora se eu o convidar agora.

— Por que você demorou tanto?

— É meio esquisito. Não é como se estivéssemos namorando ou algo do tipo. E não são os caras que gostam de fazer o convite?

— Como regra geral, sim — disse Erik. — Mas este é o seu baile, não dele. Meu palpite é que Ty deve estar se perguntando por que você ainda não o convidou. Você disse que não estão namorando oficialmente. E se ele achar que você vai com outro cara?

— Mas eu nunca faria isso — respondeu Annie, com uma expressão consternada. — Nem quero sair com outros caras.

— Então, se quiser que ele vá com você, convide-o. Um homem valoriza uma mulher que é direta com ele. — Ele deu uma piscadela. — Ao contrário das mulheres, somos criaturas muito simples. Se forem diretas e sinceras com a gente, nós fazemos o que pedem. Vocês que são misteriosas e complicadas.

— Eu me pergunto se Ty acha que sou misteriosa e complicada — disse Annie, parecendo intrigada com a ideia.

— Ah, garanto que sim. Ele tem 19 anos. Duvido que já entenda as mulheres. Tenho o dobro da idade dele e ainda não consegui.

Annie desceu do banquinho e o abraçou.

— Obrigada.

— Por que você não perguntou ao seu pai ou à sua mãe sobre isso? — perguntou Erik.

Annie deu de ombros.

— Eles são meus pais. Ficam superpreocupados achando que eu posso acabar saindo triste dessa história e aí escuto um sermão de meia hora sobre não esperar muito de Ty. Aí isso vira uma conversa sobre a decepção que leva à depressão, más decisões e transtornos alimentares, blá-blá-blá.

— Você quer dizer que estraguei a conversa por não incluir um sermão? — questionou Erik em inegável tom de brincadeira, embora sempre ficasse tenso com esses pequenos momentos em que suas habilidades como pai inexperiente eram testadas.

— E sou muito, muito grata por isso — garantiu ela. Annie pegou um brownie da travessa que ele tinha acabado de tirar do forno e deu uma mordida como se estivesse argumentando a seu favor. — Tenha um bom dia.

— Você também, querida. Depois me diga como ficaram as coisas quando você falar com Ty.

A menina sorriu, parecendo mais tranquila do que quando chegou ao restaurante.

— Eu ligo para você hoje à noite assim que falar com ele.

Assim que Annie saiu pela porta dos fundos, Dana Sue empurrou a porta que levava ao salão de jantar.

— Era a minha filha que vi agora escapando pelos fundos?

Erik a olhou com uma expressão inocente.

— Era?

Dana Sue revirou os olhos diante daquela tentativa patética de evitar o assunto.

— O que ela queria?

— Falar comigo.

— Sobre?

— Desculpe, é confidencial.

Dana Sue estreitou os olhos.

— Você e minha filha agora têm segredos? Não sei se gosto muito disso. Já me basta quando ela estava de segredinho com Maddie.

— Ela não deve ter achado que poderia perguntar a Maddie sobre isso — disse Erik.

— Então era sobre Ty — adivinhou Dana Sue na hora.

— Eu nunca disse isso.

— Ela vai convidá-lo para o baile ou não?

— Eu não sei de nada — insistiu Erik.

— Em vez disso, poderíamos falar sobre você e Helen — sugeriu ela.

— Desculpa. Tenho que ir.

— Para onde? — questionou Dana Sue.

— Para um lugar onde você não esteja — respondeu Erik na mesma hora. — Mas não leve para o lado pessoal. Você sabe que te amo.

— Eu acho que você ama Helen — rebateu ela. — Ou pelo menos gosta dela.

— O que disse? — perguntou o cozinheiro, já fechando a porta. — Não ouvi.

A porta se abriu antes que ele pudesse escapar do restaurante.

— Eu disse que acho que você está louco por Helen! — gritou Dana Sue na direção dele. — E, só para a sua informação, acho que ela também gosta de você! Conseguiu me ouvir agora?

Infelizmente, Erik teve a impressão de que metade da população de Serenity a ouvira. E, se fosse esse o caso, sua vida tinha acabado de passar de pacata e quieta, exatamente do jeito de que gostava, para complicada. Não havia esporte mais popular na cidade do que acompanhar — e então comentar — um jogo de gato e rato entre dois adultos.

Erik mal havia chegado nos limites da região central de Serenity quando literalmente deu de cara com a mulher que atormentava sua existência. Helen caminhava decidida com a cabeça baixa e os pensamentos bem distantes dali.

— Ei, para onde está indo com tanta pressa? — perguntou Erik, segurando-a enquanto ela piscava para ele, confusa.

Para surpresa dele, viu que a maquiagem de Helen estava manchada e que seus olhos estavam marejados.

— Helen, o que aconteceu?

Erik enfiou a mão no bolso e puxou um punhado de lenços de papel limpos, então os estendeu para ela.

Quando Helen os aceitou e secou as lágrimas, as bochechas dela coraram.

— Estou bem — murmurou ela, tentando passar por Erik.

— Até parece. A mulher mais forte e controlada que conheço está andando pela cidade aos prantos e agora diz que está bem. Não vou cair nessa, querida. Pode falar comigo.

— Erik, por favor — implorou Helen. — Apenas me deixe em paz.

— Desculpe. Não está nos meus genes me afastar de uma mulher em uma situação difícil.

— Eu não estou em uma situação difícil. Só estou confusa, e antes que você pergunte por que, não quero falar sobre isso.

— Certo, então podemos ir até a Wharton's e pedir um daqueles sundaes com calda quente que sei que vocês, Doces Magnólias, comem sempre que estão chateadas.

Helen o olhou com surpresa.

— Você sabia disso?

— Trabalho com Dana Sue há tempo suficiente para saber muitas coisas — respondeu ele.

— Ela fica tagarelando sobre as nossas vidas?

Erik riu da indignação dela.

— Não, eu apenas sou muito observador para um homem. Além disso, ouço coisas.

— Então você fica escutando a conversa dos outros?

— Eu só fico atento ao que acontece ao meu redor — retrucou ele.

— Como isso é diferente de escutar a conversa dos outros?

— Se você vier comigo, posso explicar.

— Eu não quero ir com você — murmurou Helen.

O cozinheiro se segurou para não sorrir.

— Venha mesmo assim. Pense bem no que estou oferecendo, um sundae com calda de chocolate quente e alguém disposto a ouvir todos os seus problemas. Sabe quantas mulheres implorariam para estar no seu lugar?

— Eu não sou uma delas — afirmou Helen. — Só quero ficar sozinha.

— Sem dúvida essa é sua maneira usual de lidar com as coisas — concordou ele. — Não parece estar funcionando tão bem hoje. Que tal tentar algo novo?

— E chorar minhas pitangas para você?

Erik assentiu.

Helen parecia estar realmente avaliando a oferta. Quando ela enfim concordou, ele sentiu um alívio muito maior do que deveria. Erik imaginou que era por ter sido poupado de jogá-la por cima do ombro e carregá-la para a Wharton's.

— Vamos lá, então — disse ele, entrelaçando seu braço ao dela. — Vou fazer o meu melhor para que isso não seja um tormento.

— Ah tá — bufou Helen, soando um pouco como uma criança petulante.

— Pense assim: se você tivesse que chorar as pitangas para um psiquiatra, estaria pagando cem dólares ou mais por hora. Eu sou uma pechincha.

— E ainda ganho um sundae com calda de chocolate quente — disse ela a contragosto. — Deve ser meu dia de sorte.

— Eu falei.

Restava saber se aquele seria o dia de sorte de Erik ou se seria apenas o próximo passo em um caminho sem volta.

CAPÍTULO CINCO

——◆◆◆——

Helen evitou o olhar preocupado de Erik e se concentrou em seu sundae com calda de chocolate. Eram só nove horas da manhã, mas o cozinheiro tinha razão. A combinação de um sorvete de baunilha saboroso com calda de chocolate e chantilly era exatamente do que ela precisava. Mal conseguia se lembrar do que provocara aquela pequena crise emocional que a fizera fugir do spa e de Maddie.

O que o sundae não estava resolvendo, Erik estava. Ele era um homem muito desconcertante. Poucos caras a teriam arrastado para tomar um sorvete àquela hora da manhã ou mesmo adivinhado que era disso que Helen precisava. Na verdade, a maioria teria se assustado com suas lágrimas e corrido na direção oposta.

— Você já está pronta para me dizer o que está acontecendo? — perguntou Erik depois de um tempo.

Ela pegou outra colher cheia de sundae para evitar ter que responder e balançou a cabeça.

— Mais cedo ou mais tarde você vai terminar o sorvete e aí não vai ter desculpa para não falar — lembrou ele enquanto se recostava no sofá em frente ao dela, aparentemente feliz com seu café enquanto ela se entupia de doce.

— Terei que ir embora assim que terminar de comer — disse ela, feliz em ter encontrado a desculpa perfeita. — Já estou atrasada para o trabalho. Barb vai chamar um grupo de resgate se eu não aparecer logo.

A boca de Erik se curvou em um sorriso.

— Tudo bem. Então é melhor você começar a falar logo.

— Olha — disse Helen —, eu não tomei café da manhã. Foi só por isso que você conseguiu me convencer a vir até aqui. Minha glicose devia estar baixa.

— E foi isso que a fez chorar em público?

Ela deu de ombros.

— Pode ter efeitos estranhos às vezes.

— Acredite em mim, chorar não é um deles — disse Erik.

Ele parecia muito seguro. Helen o estudou com curiosidade.

— E desde quando você entende disso?

— Você não tem ideia de quantas informações aleatórias eu guardo aqui — respondeu ele, batendo na cabeça.

— Mas você disse isso com um tom de bastante autoridade — rebateu Helen. — É porque você já leu sobre diabetes para poder ficar de olho em Dana Sue?

— Sim, é por isso — disse Erik, mas sua expressão tinha ficado mais fechada.

Helen percebeu que estava longe de ser toda a verdade. Deixando o sorvete de lado, ela apoiou os cotovelos na mesa e se inclinou na direção dele. Talvez pudesse evitar aquelas perguntas enxeridas adotando a mesma estratégia.

— Acabei de me dar conta de que sei muito pouco sobre você. Quem é você, Erik Whitney? E o que você fazia antes de virar chef?

— O que faz você pensar que eu era outra coisa antes disso? — perguntou ele.

— Porque você tinha acabado de se formar no Instituto de Culinária de Atlanta quando Dana Sue o contratou. A menos que você aprenda muito devagar, o que eu duvido que seja o caso, você devia fazer outra coisa antes de ir para lá.

Erik parecia cada vez menos à vontade com o rumo da conversa.

— Olha, só estamos aqui na Wharton's para você poder desabafar sobre o que quer que esteja incomodando — lembrou ele. — Eu não sou o foco aqui.

— Mas você é muito mais interessante ou, pelo menos, sua reação é. O que você está escondendo, Erik?

O cozinheiro a olhou incrédulo.

— O que faz você pensar que estou escondendo algo? E o que acha que estou escondendo, exatamente? Algum passado sombrio como ladrão de bancos, talvez? Ou talvez você ache que sou um desertor dos fuzileiros navais?

— Eu sou advogada, então me atenho aos fatos. Tento não ter ideias preconcebidas, e é por isso que estou perguntando a você. — Helen inclinou a cabeça e notou a expressão fechada no rosto dele. — Sabe o que eu acho muito fascinante?

— Não faço ideia.

— Você ficou todo reservado e quieto de repente. Por que isso, ainda mais se não tem nada a esconder?

— Nenhum motivo em especial, além de não gostar de ficar pensando no passado — respondeu Erik, em um tom indiferente, mas a mandíbula contraída indicava exatamente o contrário.

— Bem, só para você saber, é o tipo de coisa que atiça a curiosidade de uma advogada. Fazer um bom interrogatório depende de ser capaz de ler a linguagem corporal e a expressão facial das pessoas. — Helen o examinou demoradamente, depois acrescentou: — E falam que eu sou muito, muito boa nisso.

— Não é nada tão dramático quanto você está tentando fazer parecer — disse Erik. Quando Helen continuou a encará-lo, ele finalmente deu de ombros. — Certo, esta é a versão resumida: eu era paramédico e decidi que estava na hora de uma mudança. Não tem nada de mais.

Helen ficou menos surpresa com a revelação do que deveria. Aquilo explicava muito sobre a postura atenta que ele adotara a respeito de Dana Sue monitorar sua diabetes e a maneira como prestava atenção em Annie e seus hábitos alimentares. Ela não via motivos para Erik querer esconder algo do tipo, mas estava claro que ele relutara em revelar a informação. Helen não conseguia deixar de se perguntar por quê.

— Você gostava do trabalho? — perguntou ela.

— Por muito tempo, sim — disse Erik, ainda com uma expressão cautelosa. — Olha, se você está se sentindo melhor, preciso voltar ao restaurante.

— Vai fugir de mim justo quando as coisas estão ficando interessantes? — Helen balançou a cabeça. — Acho intrigante que o mesmo homem que estava tentando vasculhar minha psique há poucos minutos agora não consiga lidar com algumas perguntas mais pessoais.

— Não fui eu que tive uma crise em público — lembrou o cozinheiro. — Se isso acontecer comigo, fique à vontade para fazer todas as perguntas que quiser.

Erik jogou algumas notas em cima da mesa e foi embora antes que Helen pudesse formular uma resposta.

Ela ficou olhando na direção dele, então pegou a colher e comeu o resto de seu sundae, já derretido.

— Lá se vai um homem muito sexy — declarou Grace Wharton ao se aproximar de Helen. — Como você o deixou escapar?

— Acho que eu o assustei — admitiu Helen, levemente incomodada com a culpa que sentiu.

Erik havia sido gentil e lhe dera uma desculpa para tirar alguns minutos e recuperar a compostura depois da conversa com Maddie. E como Helen lhe retribuiu? Interrogando-o como se fosse um criminoso.

— Um homem assim não se assusta tão fácil — disse Grace. — Você não falou em casamento ou algo parecido, não é? É a única coisa que posso pensar que assusta um solteirão convicto.

— Com certeza não falamos em casamento — garantiu Helen. — O que faz você pensar que ele é um solteirão convicto?

— Já vi quase todas as mulheres da cidade darem em cima dele uma vez ou outra — disse Grace. — Erik até flerta de volta, mas não passa disso. Por um tempo achei que ele poderia gostar de Dana Sue, mas então Ronnie voltou e pôs um fim nisso.

— Interessante — murmurou a advogada.

Helen se perguntou o que Grace pensaria se soubesse sobre o beijo que Erik dera nela havia não muito tempo. Seus lábios ainda queimavam toda vez que pensava nele. Apesar disso, Erik não tinha demonstrado interesse em repetir o gesto. Se era um solteirão convicto e aquele beijo também o impactara profundamente, talvez só isso já bastasse para deixá-lo mais cauteloso perto dela, ainda mais quando a conversa tomava um rumo mais pessoal.

Antes que pudesse encontrar furos na própria teoria, seu celular tocou. Helen o tirou da bolsa.

— Você pretende vir trabalhar ainda hoje? — perguntou Barb ironicamente. — Tenho uma sala de espera cheia de clientes e eles estão ficando inquietos.

— Ai, meu Deus — disse Helen, olhando para o relógio. Já eram dez horas. — Eu me distraí.

— Com Erik Whitney, se os boatos forem verdade — emendou Barb, provando que as fofocas de Serenity eram mais rápidas do que a velocidade da luz.

Helen não caiu na armadilha.

— Chego em cinco minutos.

— Melhor em quatro — retrucou Barb. — O cliente com reunião para as nove está com cara de que vai sair quebrando tudo.

— Estou a caminho — disse Helen.

Quando desligou o telefone e o enfiou na bolsa, a advogada percebeu o olhar fascinado de Grace.

— Nunca vi você se atrasar para o trabalho — comentou a mulher. — Deve ter sido a companhia.

Helen franziu a testa diante da expressão divertida da dona da lanchonete.

— Nem comece.

— Você consegue pensar em algum outro motivo para ter perdido a noção do tempo assim? — brincou Grace.

— Tenho muita coisa na cabeça, é isso. Não tem nada a ver com Erik.

— Se você diz — respondeu Grace, mas parecia cética. — Talvez você estivesse esperando que ele a beijasse de novo, como fez no Sullivan's há alguns dias.

Helen quase gemeu. Grace tinha ficado sabendo, afinal. Infelizmente, não tinha tempo para ficar e debater o assunto com a mulher. E de que adiantaria, de qualquer maneira? Isso só botaria mais lenha na fogueira. Grace já tinha material suficiente para sua fábrica de fofocas na hora do almoço.

— Mamãe, estou com dor de estômago — informou Daisy a Karen na hora de sair do carro para entrar na creche.

Karen a havia buscado na escolinha cinco minutos antes e vira a filha escalando o trepa-trepa quando chegou. Ela olhou desanimada para a menina.

— Você não parecia doente quando estava brincando com seus amigos no parquinho.

— Porque eu não estava doente *naquela hora* — disse ela, claramente exasperada. — Eu quero ir para casa.

— Você não pode ir para casa. Não tem ninguém para cuidar de você e eu preciso ir para o restaurante. Vou trabalhar no jantar hoje.

O lábio inferior de Daisy estremeceu.

— Mas eu estou doente — lamentou a menina. — Posso ficar com Frances.

— Frances não pode cuidar de você a tarde toda e à noite, Daisy.

— Por favor!

Karen sentiu o próprio estômago embrulhar. Achava que tinha superado essas crises. Ela havia encontrado uma nova creche que ficava com as crianças até as cinco e, graças a Helen e Dana Sue, encontrara uma babá excelente para buscá-las e ficar com elas até que voltasse para casa. Já fazia uma semana que as coisas corriam bem.

Além disso, Dana Sue entrevistara Tess e agendara um teste durante o expediente para o dia seguinte. Karen sabia que Tess iria ser aprovada com louvor, e então seu plano poderia ser posto em ação.

Ela estendeu a mão para o banco de trás e a colocou na testa de Daisy. Não estava com febre, graças a Deus.

— Querida, você está com dor de estômago? Ou só está se sentindo enjoada?

— Enjoada — disse a menina em tom infeliz, então logo vomitou, demonstrando que era verdade.

Karen teve vontade de chorar. Não era culpa de Daisy, e ela precisava se lembrar disso. As crianças pegavam um milhão de germes na escola, ainda mais na idade da menina. Karen pegou alguns lenços de papel e lenços umedecidos, saiu do carro e abriu a porta de trás para limpar a filha.

— Desculpa, mamãe — disse Daisy, fungando.

— Está tudo bem, querida. Não é culpa sua se ficou doente.

A ideia de ligar para o restaurante para contar a Dana Sue e Erik o que estava acontecendo a fez se sentir enjoada também.

— Eu ainda tenho que ir para a creche? — perguntou Daisy com tristeza.

— Não, querida. Vou levar você para casa.

— E ficar comigo?

— Sim, vou ficar com você.

Talvez ela pudesse ir trabalhar assim que a babá chegasse, se ainda tivesse um emprego para o qual ir.

Meia hora depois, Karen havia acomodado Daisy no sofá em frente à TV com um copo de refrigerante de gengibre, para ver se isso ajudava a melhorar o enjoo. Estava se preparando para enfrentar a reação de Erik quando percebeu que poderia haver outra solução. Ela telefonou para Tess.

— Tess, sei que seu teste só está marcado para amanhã, mas estou com um problema — explicou Karen. — Daisy vomitou no carro. A babá só chega daqui a três horas. Há alguma chance de você trabalhar hoje, se Dana Sue concordar?

— Espere um pouquinho e me deixe ver com a minha mãe. Ela voltou mais cedo da colheita de legumes porque estava muito quente. Se ela topar ficar de babá, posso ir, sim. — Em poucos minutos Tess estava de volta. — Por mim, tudo bem. Me ligue assim que falar com Dana Sue. Vou me aprontando enquanto isso, só por via das dúvidas. Diga a ela que consigo chegar lá em meia hora.

— Obrigada! Você me salvou. — Assim que desligou, Karen ligou para o restaurante.

Infelizmente, foi Erik quem atendeu.

— Oi, é a Karen — disse ela.

— Você está atrasada — bufou ele, obviamente exasperado.

— Eu sei. Estava tudo indo bem, mas Daisy ficou doente. Tive que trazê-la para casa.

— Então você está a caminho?

— Na verdade, preciso ficar aqui com ela — admitiu Karen.

— De novo não — disse Erik, soando mais que irritado. — Karen, as coisas não podem continuar assim. Achei que essas faltas em cima da hora iriam acabar.

— Eu sei, e também achei. Mas não é tão ruim quanto antes. Já falei com Tess. Ela pode fazer o teste agora e me substituir. Disse que consegue chegar daqui a meia hora, se vocês concordarem.

— Tudo bem — respondeu ele, em tom tenso.

— Sinto muito — desculpou-se Karen. — De verdade, mas pelo menos isso mostra que minha sugestão de ter nós duas dividindo a função vai dar certo.

— Isso ainda precisamos ver — disse ele, então suspirou. — Diga a Daisy que espero que ela se sinta melhor. Ela tem passado por momentos difíceis ultimamente.

— Obrigada. Talvez você possa vir algum dia tomar chá com ela. Ela adorou — respondeu Karen, lembrando-se de como havia se divertido muito observando Erik, tão masculino, segurando uma das delicadas xícaras de chá de Daisy e tomando chá de mentirinha.

— Claro — disse Erik. — A gente marca.

Karen desligou e telefonou de novo para Tess, então ligou para a babá para dizer que não precisaria dos serviços dela naquela noite. Ela pediria a Frances para ficar com Daisy por alguns minutos enquanto ia buscar Mack na creche ou então levaria Daisy com ela.

Enquanto isso, afundou no sofá ao lado de Daisy, agora adormecida, e fechou os olhos. Ainda bem que tinha Tess. Sem a ajuda da amiga, Karen sabia que teria perdido o emprego e não haveria nada que Helen ou qualquer outra pessoa pudesse ter feito para salvá-lo. Não havia dúvidas de que a pouca paciência de Erik estava acabando. E, embora Dana Sue fosse dona do Sullivan's, a palavra de Erik valia muito quando se tratava de decisões sobre o que acontecia na cozinha.

Não pela primeira vez, Karen sentiu-se sobrecarregada ao pensar em como estava vivendo no limite. Praticamente não tinha dinheiro guardado e carecia de energia para essas emergências constantes. Às vezes, quando as crianças estavam gritando enquanto ela fazia malabarismos com as contas, Karen se perguntava por quanto tempo mais conseguiria aguentar sem explodir.

Então olhou para a filha adormecida, os cílios longos e escuros contra a pele pálida, e a força de seu amor por Daisy tomou conta dela. Karen faria qualquer coisa — *qualquer coisa* — para proteger seus bebês e lhes dar o lar amoroso e a segurança que ela mesma nunca havia recebido.

★ ★ ★

Helen não ficou nada surpresa quando abriu a porta de casa às oito da noite e viu Maddie e Dana Sue. A única surpresa foi elas terem demorado tanto.

— Você não deveria estar em casa? — perguntou a advogada a Maddie, então olhou com a mesma hostilidade para Dana Sue. — E você não deveria estar no trabalho?

— Nós duas estaríamos onde deveríamos se você não tivesse saído do spa chorando hoje de manhã — disse Maddie.

— E então ido parar na Wharton's com Erik, que ficou tão preocupado que a arrastou até lá para tomar um sundae com calda de chocolate — acrescentou Dana Sue.

— Pelo visto não demorou muito para a notícia correr pela cidade — comentou Helen, com ar de sarcasmo.

— Não precisou correr tanto — disse Dana Sue. — Erik me contou.

— É mesmo? Estou surpresa. Ele não parece disposto a falar muito sobre si mesmo — emendou Helen.

— É que nesse caso ele estava falando sobre você — retrucou Dana Sue. — Ele achou que eu deveria saber que minha amiga estava chateada. Quando Maddie ligou, ela confirmou e disse que também estava preocupada, então concordamos que precisávamos passar aqui e ver como você estava.

— Aqui estou, nada chateada — disse Helen. — Podem ir para casa agora.

— Acho que não — interrompeu Maddie, passando direto por Helen. — Eu preciso botar os pés para cima, e Dana Sue também. Foi uma noite difícil no restaurante. — Maddie foi em direção ao sofá e se afundou nas almofadas. — Tomara que vocês duas consigam me levantar quando estiver na hora de ir embora, mas agora está maravilhoso.

— Vamos dar um jeito — tranquilizou Helen, então estudou Dana Sue e viu que ela, de fato, parecia mais cansada do que o normal. — O que aconteceu no restaurante esta noite?

— Karen faltou de novo. Felizmente, deu um jeito para que aquela amiga dela, Tess, a substituísse, mas isso acabou complicando as coisas de certa forma.

Helen sentiu um nó no estômago.

— Como assim? Ela não é boa?

— Ela é ótima. Na verdade, acho que vai dar supercerto com ela, mas fazer o treinamento no meio da correria do jantar não é o ideal. Demoramos mais para explicar o passo a passo do que demoraríamos se Erik ou eu tivéssemos pegado e feito nós mesmos.

Helen a olhou preocupada.

— Mas você ainda vai dar uma chance para ver se a ideia de Karen funciona, certo?

Dana Sue assentiu.

— Eu prometi que faria isso, não?

— Eu deveria ligar para Karen e avisar — disse Helen. — Tenho certeza de que ela está com medo de que você esteja cansada dela e dos problemas com as crianças.

— Falei com ela agora há pouco para dizer que vamos contratar Tess e que está tudo bem — tranquilizou Dana Sue. — Você tem razão. Ela ficou aliviada.

— Agora vamos falar de você — disse Maddie, lembrando Helen que ela podia ser muito obstinada quando precisava.

— Que tal algo para beber? — sugeriu Helen. — Água mineral? Suco? Café descafeinado?

— Você não vai conseguir nos distrair — brincou Dana Sue. — Você conhece a gente. Maddie me contou sobre esse seu dilema sobre ter filhos. Por que não pega uma das milhões de listas que deve ter feito e a analisa com a gente? Talvez possamos ajudá-la a tomar uma decisão.

— Não — respondeu Helen, categórica. — Maddie estava certa hoje de manhã quando disse que isso era algo que eu precisava resolver sozinha.

Ambas as mulheres franziram a testa para ela.

— Isso foi antes — disse Maddie. — Isto é agora.

— Você estava *chorando* — emendou Dana Sue. — Em público. Isso não é algo que você faria normalmente. Está claro que é muita coisa para você lidar sozinha.

Helen suspirou.

— Sou mais forte do que pensam.

— Eu teria concordado antes desta manhã — disse Maddie.

— Ok, veja só — começou Dana Sue. — Maddie mencionou que talvez você queira mais do que um filho. Ela diz que você tem repensado toda a sua vida e que agora acha que quer uma família.

— E daí? Você vai estalar os dedos e conseguir uma para mim? — respondeu Helen, arrependida de ter tocado no assunto antes.

— Nós poderíamos — disse Dana Sue. — Na verdade, se você olhasse e visse o que está bem na sua cara, poderia ter tudo.

Helen suspirou. Ela já estava esperando por essa.

— Erik, eu presumo.

— É claro que sim — respondeu Dana Sue. — Ele é inteligente. É bonito. E gosta de você.

Maddie olhou para ela, surpresa.

— É mesmo? Como eu perdi isso?

— Você está com outras coisas na cabeça — disse Dana Sue para Maddie. — Você perdeu o beijo.

— Que beijo? — perguntou Maddie, claramente fascinada.

— É uma longa história — respondeu Dana Sue. — Vai por mim, mas saiba que eu fui direto para casa para os braços de Ronnie.

Helen gemeu.

— Eu não vou discutir isso com vocês. E pare de bancar a casamenteira. Erik e eu somos amigos — disse ela, então se corrigiu. — Aliás, nem isso. Somos conhecidos.

— Querida, se um homem beija você daquele jeito, você é mais do que uma mera conhecida — respondeu Dana Sue. — Vocês estão a um triz de irem para a cama.

— Grace Wharton diz que Erik é um solteirão convicto — rebateu Helen.

— Bobagem — disse Dana Sue com desdém. — Só porque ela não sabe da vida social dele não significa que ele não tenha uma.

— Se este for o caso, então o que faz você pensar que ele tem interesse em uma pessoa nova? — perguntou Helen. — Não dá para ser as duas coisas. Acho que seria melhor se você superasse de uma vez essa ideia de juntar nós dois. Sei que é por isso que você vem inventando desculpas para me fazer ajudar no restaurante. Com certeza não é porque você descobriu que tenho um talento culinário secreto.

O rosto de Dana Sue era pura inocência.

— Estávamos atolados toda vez que você veio ajudar, e você sabe bem disso.

— Então por que você nunca pediu ajuda para Maddie? Ela sabe cozinhar direito. E Ronnie também, por falar nisso. Você costumava pedir a ele.

— Sim, por que você não me pediu ajuda? — interpelou Maddie.

— Porque você passou bastante tempo grávida nos últimos dois anos — respondeu Dana Sue. — Você não deveria ficar muito tempo em pé. Quanto a Ronnie, agora que a loja de ferragens deslanchou, ele passa o pouco tempo livre que tem com Annie.

— Certo — disse Helen, cética. — É melhor assumir, Dana Sue. Eu sei o que você está fazendo e estou lhe dizendo agora para parar.

— Mas eu acho... — começou Dana Sue.

— Não ache nada. Vá para casa para os braços do seu marido. Talvez um pouco de ação na cama faça você parar de se preocupar com minha vida amorosa.

— Acredite em mim, isso não é um problema — disse Dana Sue, com as bochechas coradas. — Você é minha amiga. Quero que você seja tão feliz quanto eu.

— Eu também — emendou Maddie.

— Então, por favor, pare de falar sobre Erik e eu termos um bebê. Vou resolver isso sozinha quando for a hora certa.

— Só não queremos que você acorde um dia aos 50 anos e perceba que tem um monte de arrependimentos enormes — disse Maddie.

— A pergunta mais triste de todas é "E se...?".

— Tipo: "E se eu nunca tivesse mencionado para aquelas duas que pensei que queria ter filhos?". — respondeu Helen, irritada.

Maddie franziu a testa.

— Não, eu quis dizer tipo "E se eu tivesse percebido o quanto queria ser mãe antes que fosse tarde demais?". Você não vai poder voltar atrás, Helen.

O vazio dolorido dentro de Helen, a dor que ela tentava tanto fingir que não estava lá, voltou com força total.

— Acredite em mim, eu sei — disse ela com toda a calma. — É algo que nunca vou esquecer, e é por isso que estou sob tanta pressão. Eu sei que não posso demorar muito para tomar essa decisão.

— Então pegue essas suas listas e vamos discutir todos os prós e contras — insistiu Dana Sue.

— Mas... — começou Helen, apenas para suspirar quando as amigas a olharam com expressões impassíveis. — Certo, tudo bem. Vou buscar as listas.

Ela pegou sua pasta e dela tirou o bloco de notas que reservara apenas para aquele assunto específico. Havia preenchido página após página com suas anotações, incluindo tudo o que tinha ouvido dos obstetras que consultou. Embora tivesse ressalvas sobre aquela conversa, entregou as anotações para Maddie, cujos olhos se arregalaram enquanto folheava o material.

— Você poderia escrever uma tese de doutorado com tanta pesquisa — disse Maddie.

— Achei fundamental estar bem-informada — respondeu Helen, na defensiva.

Dana Sue olhou por cima do ombro de Maddie.

— Você consultou livros de medicina? — perguntou ela, incrédula.

— Bem, é claro que sim. Você não acha que eu confiaria em apenas duas fontes para algo tão importante, não é?

Dana Sue voltou a se sentar.

— Eu acho que você está pensando demais nisso. Esse é o problema. Tudo se resume ao seguinte, Helen: você quer ter um filho ou não?

— *Não* é tão simples — protestou Helen. — Não posso simplesmente agitar uma varinha mágica e ficar grávida.

Dana Sue a olhou com um sorriso malicioso.

— Bem, o cara certo poderia.

Maddie conteve uma risada.

— Dana Sue!

— Ué, e não é verdade? — respondeu Dana Sue.

— Não! — disse Helen. — Tenho que ter certeza com cada célula do meu ser que quero isso, que sou capaz de fazer as mudanças em minha vida que um bebê exigiria. Vocês eram muito mais novas quando engravidaram pela primeira vez. Casadas. Era a ordem natural das coisas, o momento certo. Mas, para alguém que passou a vida toda casada com a carreira, não é tão fácil. Caramba, Maddie, até você hesitou antes de ter outro bebê depois que você e Cal se casaram, e ele estava totalmente ao seu lado para apoiar sua decisão.

— Verdade — concedeu Maddie. — Mas ainda estou tentando entender o que está afligindo você. É o medo de ser incapaz de dedicar o tempo necessário para criar um filho? Você está preocupada com o processo de engravidar em si, inseminação natural *versus* artificial? Você está se perguntando o que será do seu filho caso algo aconteça com você? Ou só está com medo de não querer isso o suficiente para bagunçar sua vida? Se for o último caso, você está certa em estar se sentindo assim. Não é algo que deve ser feito a menos que você esteja totalmente comprometida.

Dana Sue se aproximou e segurou a mão de Helen.

— Você sabe que nós duas estaremos aqui para apoiá-la em todos os momentos, não é? Você e o bebê terão uma grande família. Se passar por algum tipo de dificuldade, não estará sozinha, mesmo que decida não fazer as coisas da maneira tradicional. Você seria uma mãe incrível. Annie também acha.

— Meus filhos concordam — acrescentou Maddie. — Eles adoram você.

Os olhos de Helen ficaram marejados de lágrimas pela segunda vez naquele dia.

— Eu sei disso — sussurrou ela, secando a prova irritante do que considerava uma fraqueza. — Acho que nunca pensei que me veria nessa situação. Achei que ia fazer tudo do jeito tradicional. Só que o tempo... passou.

— Bem, ainda não é tarde demais — disse Dana Sue com firmeza.

— Do ponto de vista médico, eu sei — concordou Helen. — Mas você mencionou algo que me preocupa. E se acontecer alguma coisa comigo? Saber que sou a única responsável pode fazer uma criança se sentir incrivelmente insegura.

— É por isso que seu filho sempre vai saber que pode contar com a gente — lembrou Dana Sue. — Agora vamos ao que interessa. Se for ajudar, podemos passar a noite toda aqui e examinar essas suas listas item por item.

Já um tanto aliviada pelas palavras de apoio e pelo comprometimento das amigas, Helen balançou a cabeça.

— Não, mas obrigada. Vou resolver isso.

— Logo — disse Maddie.

— Logo — concordou Helen, embora já sentisse a pressão aumentar de novo.

Infelizmente, sabia que não havia tempo a perder, que uma decisão daquela magnitude não poderia ser adiada para sempre.

Com a ajuda de Dana Sue, Maddie conseguiu se levantar do sofá. Se a amiga estava tão desajeitada agora com apenas quatro meses e meio de gravidez, Helen não conseguia imaginar como estaria por volta do nono mês. Por algum motivo, isso fez a advogada querer chorar de novo. Queria viver aquela experiência. A falta de jeito, a barriga protuberante, os chutes do bebê que não a deixariam dormir direito.

Era o que vinha depois que a deixava com medo — dar de mamar no meio da noite, andar de um lado para o outro tentando embalar um bebê choroso, soltar aquela mãozinha no primeiro dia de aula, ter que se justificar no tribunal quando a criança tivesse catapora, conferir se a lição de casa estava feita, falar para o filho ou a filha sobre os perigos do álcool, tabagismo e sexo antes do casamento. A montanha de coisas que poderiam fazer a diferença entre criar um filho feliz e íntegro e um filho fadado ao desastre a deixava morrendo de medo. Apesar dos elogios de Dana Sue, Maddie e seus filhos, e se ela fosse uma péssima mãe? E aí?

— Você está pensando demais de novo — disse Maddie, interrompendo as reflexões de Helen. Ela cutucou o peito da amiga. — Escute o seu coração. Não vai levar você por um mau caminho.

Helen abraçou as duas amigas bem apertado.

— Obrigada por não me ouvirem quando eu disse para vocês irem embora.

Dana Sue sorriu.

— Imagina. Passamos a vida inteira ignorando suas ordens. Nós gostamos.

— Isso é verdade — concordou Maddie. — Agora descanse um pouco. Talvez tudo fique mais claro para você amanhã.

Helen duvidava muito, mas se sentia melhor por ter suas velhas e queridas amigas lhe oferecendo apoio incondicional. Era algo com que podia contar, algo que deveria ter percebido muito antes daquela noite.

CAPÍTULO SEIS

Erik se preparara para não gostar de Tess Martinez, principalmente porque estava ressentido com a maneira como Helen havia manipulado a situação para convencer Dana Sue a contratar outra pessoa para a cozinha. Ele também tinha reservas sobre contratar outra mãe solo depois dos problemas recentes com Karen.

No entanto, Erik logo viu que era quase impossível não gostar de uma mulher que era do tamanho de um passarinho e cuja alegria e boa vontade para trabalhar despertavam nele respeito e aprovação. Depois de apenas alguns dias, o cozinheiro relutantemente admitiu para si mesmo — embora não para Dana Sue e muito menos para Helen — que Tess era um verdadeiro achado.

Naquele momento, quase uma hora depois de o restaurante ter fechado, Tess estava ao lado de Erik, observando cada um de seus movimentos enquanto ele terminava de decorar um bolo de casamento para uma recepção que aconteceria no Sullivan's no sábado.

— Tantas flores — sussurrou ela em tom reverente. — Parece uma foto.

— Como foi seu bolo de casamento? — perguntou Erik.

— Não tão bonito quanto esse — disse Tess com tristeza. — Não tínhamos dinheiro para essas coisas.

Ela nascera nos Estados Unidos, filha de imigrantes mexicanos que foram trabalhar numa plantação de açúcar na Flórida, e falava com uma mistura charmosa dos sotaques mexicano e sulista. A família havia trabalhado duro, economizado muito e, por fim, começou a cultivar vegetais em uma pequena fazenda na Carolina do Sul, a alguns quilômetros de Serenity. Vendiam seus produtos para supermercados e restaurantes locais e em feiras de agricultores aos fins de semana, incluindo a que começara no verão anterior na praça de Serenity. Assim que conheceu Tess, Dana Sue se deu conta de que muitas das verduras do Sullivan's vinham da fazenda da família da moça. Erik soube naquele momento da entrevista que Dana Sue contrataria Tess mesmo que as habilidades da jovem não fossem além de cozinhar um ovo.

Porém, como se isso não bastasse, Tess também lhes contou que seu marido, Diego Martinez, tinha sido repreendido no trabalho por não ter apresentado um visto válido e fora deportado para o México antes que pudessem provar no tribunal que ele estava no país legalmente, e que, mesmo que não fosse o caso, seu casamento de três anos com Tess teria lhe dado o direito de ficar nos Estados Unidos.

Erik suspeitava que aquele era um caso pelo qual Helen se interessaria assim que soubesse dos detalhes. Ir contra o sistema para unir duas pessoas apaixonadas poderia ser uma boa mudança em comparação aos divórcios com que normalmente lidava. E nos últimos tempos a advogada parecia estar se metendo em vários assuntos que não eram da conta dela, então por que não mais um?

Enquanto a situação não era resolvida, porém, Tess estava com dificuldade para sustentar duas crianças com menos de 3 anos. Ela havia tentado segurar as pontas sozinha, mas acabou voltando a morar com a família depois de ser demitida da lanchonete. Embora a ajudassem a tomar conta das crianças, os pais dela tinham rotinas longas e dias difíceis de trabalho no campo. Tess trabalhava para ajudar nas contas e juntar dinheiro para bancar a disputa legal que poderia trazer seu marido de volta à Carolina do Sul. Erik havia se sensibilizado com a situação difícil, mas o que o conquistou foi a rapidez da moça em aprender qualquer tarefa que lhe passavam na cozinha. Em menos de uma semana, ela já sabia muitas das receitas e as executava com perfeição.

— Você gostaria de fazer isso? — perguntou ele.

— Sério? — disse Tess, maravilhada. — Você me ensinaria a fazer um bolo tão lindo?

— Claro. Com a demanda que temos tido para fazer bufês de recepções de casamento, seria maravilhoso ter alguém para ajudar. Dana Sue teve que recusar um pedido esta semana porque já tínhamos compromisso na data.

— Eu poderia chegar mais cedo — ofereceu ela na mesma hora.

— Não deveria aprender enquanto estou sendo paga.

Erik sorriu.

— Acho que podemos encontrar um tempinho durante o seu expediente, Tess. Vou conversar sobre isso com Dana Sue e vamos encontrar uma solução.

— Mas estou disposta a chegar mais cedo — reforçou ela. — Por favor, diga isso a Dana Sue, para que ela não fique pensando que estou tentando me aproveitar da situação.

— Ninguém jamais pensaria uma coisa dessas — garantiu Erik. — Você trabalha tão duro quanto qualquer um aqui. Temos sorte de ter encontrado você.

Um sorriso luminoso se abriu no rosto magro de Tess, dominado por grandes olhos castanhos brilhantes.

— Não. Eu é que tive sorte de ter encontrado um emprego que amo. Sou muito grata a Karen por me indicar e a você e Dana Sue por terem me dado uma chance. Eu não vou deixar vocês na mão.

Erik decidiu abordar o assunto que sabia que era um peso para ela.

— Sabe, Tess, Dana Sue tem uma amiga que é advogada — começou ele. — Talvez ela possa ajudar com o caso de Diego.

Os olhos de Tess ficaram repletos de arrependimento.

— Ainda não guardei o suficiente para contratar outro advogado. O último pegou meu dinheiro e não fez nada.

Erik ficou irritado só de pensar em como alguém poderia tirar vantagem da moça naquela situação.

— Tenho certeza de que você e Helen entrariam em algum acordo sobre o pagamento. Na verdade, talvez ela possa até conseguir o dinheiro de volta desse advogado que não fez nada.

Ele suspeitava que Helen fosse gostar de fazer isso.

— Você acha mesmo? — perguntou Tess em tom solene, mas então olhou para o relógio. — Estou atrasada, como sempre. Meus pais vão ficar preocupados. Você precisa que eu faça mais alguma coisa antes de ir?

— Não. A gente se vê amanhã.

— E você vai falar com Dana Sue sobre os bolos?

— Com certeza — prometeu Erik.

— *Muchas gracias* — disse ela. — *Adiós*.

Não fazia muito tempo que Tess havia saído quando Dana Sue entrou. Erik franziu a testa para a cozinheira.

— Achei que você tivesse ido para casa há horas.

— Tive que resolver umas burocracias — respondeu ela, puxando um banquinho e se sentando ao lado dele. — O bolo está lindo. Os Lambert vão adorar.

— Tess também achou. Ela quer aprender.

— Ela está disposta a aprender tudo, não é? — disse Dana Sue com um sorriso. — Eu gosto dela. E você?

— Está dando muito mais certo do que eu esperava — admitiu Erik. — E com certeza melhorou a situação com Karen também. Nos últimos dias, ela não parece tão estressada quanto antes.

— Então, Karen e Helen fizeram uma coisa boa por nós, não é? — sugeriu ela, muito esperta.

— Sim, Dana Sue. Sua amiga fez uma boa ação. Quer que eu dê uma estrelinha para ela?

— Não. Só quero que você pare de manter distância dela.

— Eu não estou fazendo isso — retrucou Erik, embora soubesse que Dana Sue estava certa.

Desde que tinha encontrado Helen chorando, ele a evitava sempre que possível. Aquele indício de vulnerabilidade em uma mulher tão forte tinha mexido com ele. Certo, isso e a memória ainda vívida do beijo.

— Você por acaso passou mais que dois segundos sozinho com ela desde *o beijo*? — perguntou Dana Sue.

— Eu a levei até a Wharton's para tomar um sundae com calda de chocolate, lembra? Isso foi na semana passada.

— Ah, sim, acho que me lembro de alguma coisa sobre você ter saído correndo assim que ela começou a perguntar sobre você. Certo, e desde esse dia? Você a viu? Convidou-a para sair?

Erik franziu a testa para Dana Sue.

— Ainda não tive a oportunidade — respondeu ele. — Aliás, você falou com Helen sobre o que está acontecendo com o marido de Tess?

Dana Sue balançou a cabeça.

— Eu não sabia se devia me meter. Tess pode não querer que a gente se envolva na sua vida particular.

— Eu acho que você deveria. Parece um caso que Helen realmente conseguiria abraçar, ainda mais se algum outro advogado ficou com o dinheiro de Tess.

Dana Sue o olhou chocada.

— Eu não sabia dessa parte. Isso é horrível mesmo.

— Concordo — disse ele. — Achei que isso deixaria Helen furiosa.

— Com certeza — concordou Dana Sue. — Por que você não fala com ela?

Erik deu de ombros com indiferença.

— Você encontra com ela. Eu, não.

— Você poderia — rebateu Dana Sue. — Pegue o telefone e ligue para ela. Convide-a para um café para discutirem uma questão jurídica, já que você é covarde demais para convidá-la para um encontro de verdade.

Erik fez cara feia para ela.

— Eu não sou covarde. Só não quero sair com ela.

— Ah, me poupe — disse Dana Sue com desdém. — Tente uma mentira mais convincente. Você se sente atraído por ela e por isso está com medo. Só não entendo por quê.

Erik havia pensado no assunto provavelmente mais do que deveria, então tinha uma resposta na ponta da língua.

— Somos dois completos opostos, para início de conversa. Não gosto de advogadas implacáveis. E por aí vai.

— Você não ouviu dizer que os opostos se atraem? E Helen só é desse jeito no tribunal.

— Sim, deu para perceber quando levei uma torta na cara porque ela estava um pouco chateada comigo.

Os lábios de Dana Sue se contraíram.

— Você tem que admitir que foi bem imprevisível e engraçado, ainda mais vindo de Helen. Em geral ela é tão certinha.

— E por acaso você me viu rindo?

— Não, mas vi você a beijando, o que também foi imprevisível, mas foi quente demais para ser minimamente divertido.

— Ah, que seja.

Dana Sue parecia achar ainda mais graça de sua falsa indiferença.

— Bem, você quem sabe. Eu acho que você está certo quanto a Helen ser a pessoa perfeita para lidar com o caso de Tess, mas vou deixar isso nas suas mãos.

Erik sabia qual era o plano dela, mas não iria cair nessa.

— Vamos lá, Dana Sue. Você pode conversar com ela.

— Acho que não. Não sobre isso, de qualquer maneira.

— Você deixaria Tess passando por esse sofrimento só para fazer esse joguinho comigo e com Helen?

— Eu prefiro pensar nisso como um motivo para vocês dois se encontrarem. Eu sei como você é maravilhoso e compassivo. Não vai deixar Tess nessa situação por muito tempo. Uma hora todos nós conseguiremos o que queremos.

— Você é quase tão irritante quanto Helen — murmurou Erik. — Você sabe disso, não é?

— Claro que sim — disse Dana Sue em tom alegre. — Mas sugiro que você não me beije para me fazer calar a boca como fez com ela, ou Ronnie não vai gostar.

Erik riu.

— Sim, eu imagino. Vá para casa, Dana Sue. Está tarde. Pegue suas coisas e eu vou acompanhá-la até o seu carro.

— Acho que consigo andar os vinte metros até o meu carro sem escolta — disse ela.

— Não enquanto eu estiver aqui, mesmo que Serenity não seja um lugar perigoso — rebateu Erik. — Vá pegar sua bolsa ou sei lá. Eu a encontro na porta.

Depois de ele finalmente tê-la levado até o carro, Dana Sue se acomodou e abaixou o vidro.

— Helen precisa de alguém como você — disse ela.

— Alguém como eu? O que isso significa?

— Um cavaleiro em um cavalo branco.

— Acho que você escolheu o homem errado — respondeu ele. — Já faz muito tempo que não tenho um cavalo branco.

— Vou arrumar um para você amanhã mesmo — brincou Dana Sue —, mas, acredite em mim, não vai fazer diferença. Sua natureza já é essa. Boa noite, Erik. Durma bem.

Ele ficou olhando enquanto Dana Sue dirigia pela rua escura, iluminada apenas pelas estrelas.

Erik se surpreendeu ao constatar a impressão que Dana Sue tinha dele, mesmo quando isso estava tão longe da verdade, tão longe de como ele se via desde aquela noite em que sua esposa morreu. Dana Sue podia comprar o cavalo mais branco do mundo, mas Erik duvidava que fosse ser suficiente.

Sentada no tribunal, Helen olhou para o outro lado do corredor, na direção de Jimmy Bob West e Brad Holliday.

— Que desculpa você acha que eles vão inventar desta vez para conseguir outro adiamento? — perguntou Caroline Holliday, já parecendo conformada com outro atraso no processo de divórcio.

— Na verdade, eu estava pensando em virar o jogo — disse Helen. — Se você concordar, é claro.

Caroline se endireitou.

— O que você está pensando em fazer?

— Pedi para um detetive que faz uns serviços para mim de vez em quando investigar algumas coisas. Acho que tenho provas suficientes para mostrar ao juiz que Brad está tentando ocultar alguns de seus bens no processo. Vou pedir um adiamento para podermos encontrar cada centavo que esse homem escondeu.

Caroline a olhou chocada.

— Mas eles nos entregaram demonstrações financeiras que batem com os registros que eu tenho.

— Claro. Eles entregaram tudo o que sabiam que não conseguiriam esconder. Mas, para azar deles, deixaram de esconder vários documentos interessantes. Brad é sócio de alguns empreendimentos imobiliários fora do estado que valem uma boa quantia.

— Mentira! — disse Caroline, cada vez mais bem-humorada. — E eu tenho direito a parte dessas propriedades?

— Ou do dinheiro da venda dessas propriedades — explicou Helen. — E, pela minha experiência, se um homem se esforça tanto para ocultar alguns de seus bens, provavelmente é só a ponta do iceberg. — A advogada estudou a cliente que estava ali ao seu lado, cujas bochechas finalmente recobravam a cor, os olhos revelando um brilho de determinação. — Então, vamos nessa?

— Claro — disse Caroline. — Nem que seja para eu poder ver a cara de Brad quando ele perceber que descobrimos a verdade.

Helen riu.

— Também mal posso esperar.

Quando o juiz entrou alguns minutos depois, Helen se pôs de pé antes que Jimmy Bob pudesse empurrar sua cadeira para trás.

— Meritíssimo — começou a advogada, lançando um olhar cortante para Jimmy Bob que o fez se sentar de novo imediatamente. — Gostaríamos de pedir um adiamento.

Por um instante, Brad ficou com cara de quem tinha acabado de ganhar na loteria. Jimmy Bob, entretanto, a estudava com um olhar desconfiado. Ele parecia saber que Helen estava tramando algo e que aquilo não seria bom para seu cliente.

— Imagino que você pretenda me explicar o porquê — disse o juiz. — Visto que tem se oposto a todos os adiamentos que o advogado da oposição pediu.

— Posso explicar, sim — começou Helen. — Posso me aproximar? Estou com alguns documentos aqui para justificar meu pedido.

A advogada entregou alguns papéis para o juiz e outros para Jimmy Bob. Ele viu a primeira página e fez cara feia para o cliente.

— O que é isso? — interpelou Brad.

Helen tentou não sorrir.

— Posso explicar com todo o prazer se me permitir, meritíssimo.

— Fique à vontade.

Helen começou a explicar as descobertas do detetive.

— Esses papéis me levam a crer que o sr. Holliday tentou deliberadamente enganar tanto a esposa como a Corte sobre seus ativos financeiros. Gostaríamos de tempo para investigar a questão mais a fundo para termos certeza de que qualquer acordo estabelecido aqui seja feito com base em *todo* o seu patrimônio, e não apenas naquele que o sr. Holliday revelou de maneira tão seletiva.

O juiz olhou os papéis e, por cima dos óculos de leitura, encarou Brad Holliday e Jimmy Bob. Estava evidente que não estava feliz em ser colocado naquela posição.

— Alguma objeção? — perguntou o juiz a Jimmy Bob.

O advogado se recostou na cadeira, com um suspiro.

— Nenhuma — murmurou ele.

— Bem, eu tenho — disse Brad, pondo-se de pé, com os olhos brilhando de raiva. — Eu tenho muitas objeções. Que direito elas têm de bisbilhotar por aí?

O juiz Rockingham bateu com o martelo na mesa e encarou Brad de tal forma que o fez se sentar de novo.

— Todo o direito — respondeu ele.

— Obrigada — disse Helen em tom doce, encantada por ver Brad sendo posto em seu devido lugar pela primeira vez. — Será que posso fazer mais um pequeno pedido à Corte?

O juiz gesticulou para que ela continuasse.

— Meritíssimo, poderia ordenar ao sr. Holliday e a seu advogado que nos forneçam um novo levantamento de todos os ativos financeiros? Desta vez uma versão completa. Não que eu vá tomar como certa, mas vai ser interessante compará-la com o que descobrimos.

— Pedido concedido — disse o juiz. — Verei todos novamente em duas semanas. Sr. West, entregue uma lista atualizada dos ativos financeiros à srta. Decatur até o fim do expediente da sexta-feira.

— Mas... — começou Jimmy Bob.

— Nada de "mas"! — rebateu o juiz, já sem paciência.

Indignado com a decisão do amigo e zangado por ser derrotado por Caroline e Helen, Brad passou direto pelas duas e já estava fora do tribunal assim que a porta da sala do juiz se fechou. Jimmy Bob olhou para Helen com admiração.

— Acho que você ganhou essa rodada — disse ele.

Helen se irritou com aquele pensamento de que aquilo era um jogo, embora soubesse que o divórcio muitas vezes se transformava em uma competição de estratégia e raciocínio rápido.

— Se você e esse seu cliente desprezível jogassem limpo com a gente, poderíamos acabar logo com isso, em vez de arrastar o processo. — A advogada deu de ombros. — Mas talvez você goste, já que ganha por hora. Vai ter o suficiente para dar entrada em uma casa à beira-mar se trabalhar bastante?

Helen fechou a pasta e passou por ele, cuja boca se abriu e fechou como a de um peixe pego pelo anzol. Caroline a seguiu logo atrás.

Parada no corredor, a mulher olhou satisfeita para Helen.

— Isso foi quase divertido. Conseguir o divórcio seria melhor, mas até que foi bom ver como Brad ficou pálido.

— Eu acho que acabaremos com isso de uma vez na próxima vez que viermos aqui — disse Helen à cliente. — Eles estavam contando que íamos ficar sentadas esperando enquanto eles faziam seus joguinhos. Agora o jogo virou. Acho que Brad está doido para acabar logo com isso antes que a gente descubra mais segredos.

A expressão de Caroline ficou séria.

— Ele ficou mesmo furioso. Eu nunca o vi assim.

Helen franziu a testa.

— Você está preocupada que ele tente se vingar?

A expressão sombria de Caroline logo desapareceu.

— Não, claro que não. Fui casada com ele por anos, pelo amor de Deus.

Embora seu tom fosse firme, Helen pensou ter ouvido um quê de dúvida.

— Tem certeza?

— Sim — assentiu Caroline, que olhou para o relógio logo em seguida. — É quase meio-dia. Você está com tempo para almoçar? É por minha conta. Podemos ir ao Sullivan's.

— Eu bem que gostaria — disse Helen. — Mas tenho que correr. Minha agenda está lotada hoje. Mas podemos ir outra hora.

A advogada enfiou a mão na pasta e pegou um vale-presente para o Spa da Esquina. Cada uma das sócias havia ficado com meia dúzia de vale-presentes de cortesia para usar na promoção do spa. Quando entregues às pessoas certas, eram excelentes para divulgar os serviços que ofereciam.

— Escute. Que tal ir ao spa e fazer uma massagem ou tratamento facial para comemorar a vitória de hoje? Vou ligar para Jeanette e pedir para ela encaixar você.

Os olhos de Caroline brilharam.

— Eu adoraria. Estava doida para conhecer o spa porque todas as minhas amigas têm falado sobre ele, mas, desde que essa confusão com o divórcio começou, tive que cortar todos os gastos não essenciais.

— Isso vai mudar assim que conseguirmos o divórcio — prometeu Helen. — Você e as crianças terão uma boa pensão.

— Depois de hoje, estou começando a acreditar nisso — disse Caroline. — Obrigada.

— Só estou fazendo meu trabalho — respondeu Helen.

Karen deu uma última mexida no gaspacho que havia preparado para a sopa especial do dia, então guardou-o na geladeira para esfriar. Estava tão exausta que mal conseguia andar, mas tinha ido trabalhar mesmo assim. Não ousara pedir mais uma folga, mesmo sabendo que Tess poderia substituí-la.

O cansaço da funcionária devia ser evidente, porque Erik entrou na cozinha e logo perguntou:

— Você está bem?

— Só estou cansada — respondeu ela. — Daisy ainda está doente, mas a babá pôde ficar com ela hoje.

— Ela não deixou você dormir à noite? — perguntou Erik.

Karen assentiu com a cabeça.

— Mas eu estou bem. O gaspacho está pronto e as saladas também estão na geladeira.

— Então por que você não descansa uns minutinhos? — sugeriu ele. — Tome um pouco de gaspacho. Da última vez que você preparou, estava delicioso. Os clientes têm pedido com mais frequência, ainda mais nestes dias de calor.

— Sabe, acho que vou fazer isso mesmo — disse Karen, depois despejou em uma tigela um pouco da sopa fria, uma combinação temperada de tomate, pimentão verde e cebola.

Puxou um banquinho até o balcão e experimentou. Para sua surpresa, quase fez sua boca explodir.

— Meu Deus! — exclamou ela, cuspindo de volta na tigela. — Vamos ter que jogar fora.

Erik a olhou chocado.

— O que houve?

Karen estremeceu.

— Devo ter colocado molho picante demais pensando que era o molho inglês — disse ela. — Sinto muito. Eu não sei onde estava com a cabeça.

— Provavelmente tentando tirar o atraso da falta de sono — opinou Erik. — Acontece. Felizmente, temos tempo para preparar mais. Vou ajudar você a picar os legumes.

— Talvez seja melhor você temperar. Não dá para confiar em mim — argumentou ela.

Erik a olhou preocupado.

— Karen, tem mais alguma coisa acontecendo? Você também está ficando doente?

— Não — respondeu ela com firmeza, sentindo-se em pânico só de pensar que Erik poderia insistir que ela fosse para casa. Não só porque seria outra bola fora, mas também porque precisava do dinheiro. Seus dois últimos pagamentos haviam sofrido com todas as folgas não remuneradas que ela precisou tirar. — Vou tomar outra xícara de café e estarei bem na hora do almoço.

— Se você tem certeza... — disse Erik, bastante cético.

— Olha, eu sei que você não está feliz comigo nem com o meu trabalho, mas estou me esforçando — explicou Karen. — Por favor, tenha só um pouco mais de paciência comigo.

— Estamos tentando — ponderou ele. — Mas você sabe que há um limite. Não podemos permitir que a qualidade da comida seja prejudicada porque você está praticamente sonâmbula.

Lágrimas brotaram dos olhos de Karen.

— Eu sei. Só que alguns dias são muito puxados, você sabe. Eu não estou dormindo bem. E não vejo saída nessa história. Além de tudo, estou preocupada com as contas. — Ela se conteve. — Me desculpe. Não tenho nada que ficar chorando minhas pitangas. Não é problema seu.

Erik a olhou com uma compaixão inesperada.

— Mas você faz parte da equipe — lembrou ele, falando com seu tom mais gentil. — E, embora seja duro com você, eu me preocupo com o que está acontecendo na sua vida. Se Dana Sue e eu pudermos ajudar de alguma forma, é só falar.

— A menos que você queira ficar de babá dos meus filhos para eu poder dormir por uma semana, não sei o que mais pode fazer, a não ser ter paciência comigo. Estou fazendo tudo o que posso.

— Eu sei — disse ele.

Talvez fosse o tom gentil de Erik ou o medo de que ela estivesse perto de estragar tudo, mas Karen desatou a chorar e saiu correndo da cozinha, deixando-o bem confuso.

No banheiro, ela jogou uma água no rosto e segurou firme a beirada da pia para se equilibrar. Estava tão perto de perder as estribeiras que ficava apavorava. Graças à total irresponsabilidade de sua mãe, Karen aprendera desde cedo que só podia contar consigo mesma. Sua mãe vivia ocupada demais namorando para prestar atenção na filha. Mesmo quando seu casamento deu errado, Karen manteve o controle. Nos últimos tempos, porém, qualquer besteira parecia sobrecarregá-la.

— Controle-se — murmurou ela, estudando o rosto pálido no espelho. — Você não pode perder este emprego.

Karen respirou fundo uma vez, depois outra, até que finalmente se sentiu mais calma e recomposta. Ela tirou um batom do bolso e retocou o rosa brilhante nos lábios. A cor ajudou.

Quando estava prestes a voltar para a cozinha e se desculpar, Dana Sue entrou, com a expressão bastante preocupada.

— Você está bem? Erik está se sentindo péssimo por ter feito você chorar.

— Não foi culpa dele — garantiu Karen. — Eu é que não estou bem. — Ela forçou um sorriso. — Mas juro que estou pronta para a correria do almoço.

Ela fez menção de passar direto por Dana Sue antes que tivesse outro ataque de choro, mas a chefe a impediu.

— Você precisa de uma folga? — perguntou ela. — Posso dar um jeito de pagar por uma ou duas semanas de férias, se isso ajudar.

Karen balançou a cabeça.

— Eu tenho que aprender a lidar com tudo que está acontecendo na minha vida. Se eu não fizer isso, algumas semanas de folga não vão mudar nada.

— Você poderia descansar um pouco. As coisas sempre parecem piores quando a gente está exausta.

— Agradeço a oferta, mas é melhor não.

— Karen, não recuse ajuda — disse Dana Sue. — Não vai ser bom nem para a gente nem para os seus filhos se você desmoronar.

— Existem muitas mães que criam os filhos sozinhas passando por mais dificuldades do que eu — insistiu Karen. — Você já fez mais por mim do que eu poderia esperar.

— Porque quando você está bem, é uma excelente candidata a *sous* chef — disse Dana Sue.

— E vou provar que você está certa em apostar em mim — respondeu Karen. — Eu vou acertar as coisas, prometo.

Dana Sue suspirou.

— Só me avise se mudar de ideia e quiser uma folga.

Karen assentiu com a cabeça.

— Agora é melhor eu voltar ao trabalho. Tenho outra leva de gaspacho para fazer.

Ela também tinha muito a provar às duas pessoas que estavam fazendo de tudo para acomodar todas aquelas crises. Falhar com Erik e Dana Sue simplesmente não era uma opção.

CAPÍTULO SETE

— Qual é o seu problema? — interpelou Dana Sue quando Helen entrou no pátio do Spa da Esquina algumas manhãs depois de ter tentado fazer Erik ligar para a amiga.

Helen franziu a testa. Por mais que gostasse de confrontos e disputas no tribunal, não queria passar por isso com as amigas.

— Oi? O que eu fiz para você?

— Não foi para mim. Para o Erik. O homem mais sexy e legal que apareceu em sua vida em anos lhe dá um beijo daqueles e você não faz nada — acusou Dana Sue. — Achei que você quisesse um relacionamento de verdade. Isso não estava naquela lista infinita de metas que você fez há algum tempo? Isso e ter um filho? E aprender a relaxar? Você está tão relaxada hoje em dia quanto uma cobra prestes a dar o bote. Fico me perguntando o que o dr. Marshall e aqueles obstetras caríssimos que você consultou teriam a dizer sobre isso.

Helen desviou o olhar para Maddie.

— Imagino que você concorde com ela.

Maddie deu de ombros.

— Basicamente.

— Já não tivemos essa conversa antes? — A cara feia de Helen ficou mais evidente quando ela se virou para enfrentar Dana Sue. — Eu não quero falar sobre isso de novo.

— Até parece que eu ligo — respondeu Dana Sue. — Você está jogando fora uma possível chance de conseguir tudo que diz querer só porque é teimosa.

— Eu não sou... — O sorriso de Maddie e o olhar incrédulo de Dana Sue a impediram de terminar a frase. — Certo, eu sou teimosa, mas esse não é o problema. É a minha vida. Eu tomo minhas próprias decisões.

— Então aja de uma vez! — rebateu Dana Sue. — Pare de perder tempo.

— Não posso tomar uma decisão precipitada sobre ter um filho — disse Helen. — Tem muita coisa em jogo.

— Então, pelo menos saia para um encontro com Erik — implorou Dana Sue. — Não pode ser uma decisão difícil de tomar.

Helen deu de ombros.

— Ele não me chamou para sair.

— Então chame você — rebateu Dana Sue. — Desde quando você é uma menininha tímida que espera ser convidada? Você não é uma mulher que se orgulha de ser direta, de ir atrás do que quer?

— Eu concordo — disse Maddie, então alisou a barriga. — E, por mais fascinante que seja ver você tentando se livrar das garras casamenteiras de Dana Sue, acho que talvez seja melhor deixar essa conversa para outro dia. Precisamos começar a pensar sobre como vamos administrar o spa enquanto eu estiver de licença-maternidade.

Helen respirou fundo, aliviada pela mudança de assunto, e sorriu para Maddie.

— Você gosta de planejar tudo com antecedência, não é? Pelos meus cálculos, ainda falta bastante tempo.

— Vou me sentir melhor se tivermos um plano definido — disse Maddie. — Vou poder resolver uma das minhas pendências. Cal parece ter uma lista própria e precisa da minha ajuda.

— Que lista é essa? — perguntou Helen, curiosa.

— Ele quer transformar o sótão em uma espécie de quarto de brinquedos. Parece uma dessas coisas que apareceriam em um romance de Jane Austen. Sabe, trancar as crianças lá em cima com uma babá. — Maddie balançou a cabeça. — De qualquer forma, Cal está decidido. Acha que Jessica Lynn e o novo bebê deveriam ter um lugar especial. Ontem ele voltou da loja de Ronnie com amostras de papel de parede e de tinta suficientes para decorar a cidade inteira. Vou levar dias apenas para olhar tudo.

— Eu poderia ajudar — ofereceu-se Helen. — Seria divertido.

— Fique à vontade — disse Maddie. — Mas, por enquanto, vamos nos concentrar, gente. Precisamos de um plano.

Dana Sue deu de ombros.

— Achei que você ia administrar o spa de casa — brincou ela. — Não foi isso que fez da última vez, embora na teoria tenhamos deixado Jeanette no comando?

— É disso que eu me lembro também — concordou Helen.

Maddie fez uma careta para elas.

— Está bem, nós sabemos que sou bastante controladora. E talvez tenha funcionado com um bebê em casa, mas com dois vai ser completamente diferente. Kyle insiste que não vai mais trocar fraldas. Desde que Jessica Lynn nasceu, Katie fica ressentida de não ser mais a caçula da família, então não está muito animada com a chegada de mais um bebê. Duvido que possa contar com a ajuda dela. É primavera, então Cal tem treinos e jogos de beisebol dia sim, dia não. Tyler vai ficar em Duke por mais duas semanas... E, de qualquer maneira, ele não ajudaria muito, pois está decidido a encontrar um emprego durante o verão.

Helen olhou para Dana Sue, que assentiu.

— É um pouco cedo para isso, mas nós achamos que você poderia estar se sentindo um pouco sobrecarregada mesmo — disse ela, pegando sua pasta e tirando dela um pacote achatado e retangular. — É por isso que compramos uma coisinha para você, já que se recusou a nos deixar organizar outro chá de bebê.

Maddie pegou o presente, olhando-o com desconfiança.

— O que é?

— Você vai ver — respondeu Dana Sue. — É só abrir.

Helen ficou olhando enquanto Maddie desfazia o laço bem devagar e, em seguida, removia o papel de embrulho e o dobrava com todo o cuidado.

— Anda logo — apressou ela.

Maddie sorriu.

— Adoro aumentar o suspense — disse ela ao tirar um vale-presente que estava por baixo do papel de seda. Maddie o estudou por vários segundos, então olhou para as amigas com uma expressão atordoada.

— Vocês contrataram um serviço de babá para mim? Por um ano?

Helen e Dana Sue comemoraram com um "bate aqui" diante da expressão chocada da amiga.

— É você quem vai entrevistar e contratar a que preferir — disse Helen. — Mas já está tudo pago. Precisamos que você continue feliz e serena e achamos que uma babá poderia ajudar. Cal concordou que era o presente perfeito.

— Perfeito? — repetiu Maddie. — É incrível e generoso. Generoso até demais, na verdade.

— Não seja boba — disse Dana Sue. — Pense nisso como um dos benefícios deste trabalho, além de ser nossa amiga. Graças a você, este lugar virou uma mina de ouro. Além disso, nós te amamos.

Maddie recostou-se na cadeira, apertando o vale-presente com força.

— Eu estou... estou sem palavras.

— Bem, é bom que você entenda muito bem quando dizemos que não queremos que ponha os pés neste lugar por no mínimo seis semanas depois de o bebê nascer, e até mais tempo, se você aguentar — alertou Helen. — Você treinou Jeanette para lidar com cada detalhe. Deixe que ela faça isso.

— E vamos ficar de olho nela — prometeu Dana Sue. — Se houver algum problema, Jeanette pode pedir ajuda para qualquer uma de nós. Você pode descansar, curtir sua família e aproveitar os treinos gratuitos que Elliott vai lhe dar em casa quando você estiver pronta para recuperar seu corpinho de garota.

— Não tenho um corpinho de garota há vinte anos — disse Maddie com tristeza. — Mas sabem de uma coisa? Pela primeira vez acho que vou ouvir vocês e não vou fazer nada por algumas semanas, pelo menos.

Dana Sue a olhou com um ar brincalhão.

— Com duas crianças com menos de 2 anos, você acha mesmo que vai ficar sem fazer nada? Está maluca.

— Mas a babá vai ajudar — disse Helen. — E pode sempre ligar para mim e para Dana Sue se precisar de reforços.

Maddie a estudou com atenção.

— Você está achando que seria bom praticar um pouco?

— Não começa — implorou Helen. — Ainda estou em dúvida sobre as minhas opções e não, não quero falar sobre isso, caso pensem que mudei de ideia nos últimos três minutos.

— Então acho que não há nenhum ensinamento fascinante por aqui — disse Dana Sue, resignada. — Preciso voltar para o restaurante. Karen não tem se saído muito bem nos últimos dias, então preciso ficar de olho nela.

Helen franziu a testa.

— Você ainda está tendo problemas com ela? Achei que contratar Tess resolveria tudo.

— Sem dúvida ajudou — explicou Dana Sue. — Mas o problema é o psicológico de Karen, que está exausta por ficar sem dormir. Ela tem ido trabalhar, mas não está bem da cabeça. Não se preocupe. Tenho certeza de que logo ela vai conseguir encontrar uma maneira de lidar com tudo que está acontecendo. Criar os filhos sozinha nunca é fácil, mesmo nas melhores circunstâncias.

— É verdade — disse Maddie. — Os meses que passei sozinha lidando com o mau comportamento de Ty, Kyle todo fechado e Katie chorando pelo pai todas as noites foram alguns dos piores momentos da minha vida. E isso com Bill a apenas um telefonema de distância, minha mãe ajudando e Cal na jogada. Não imagino como eu teria aguentado sem toda essa rede de apoio e vocês por perto para me ouvir.

— Eu posso conversar com Karen de novo — ofereceu-se Helen, que de alguma maneira se sentia responsável pela funcionária de Dana Sue.

Talvez, no fundo, até temesse que a aparente incapacidade de Karen de dar conta das crianças e do trabalho fosse um aviso sobre as dificuldades que ela própria enfrentaria se decidisse ter um filho sozinha.

— Ah, não — protestou Dana Sue. — Não é problema seu.

— Talvez não seja, mas Karen claramente não tem a rede de apoio que todas nós temos — disse Helen. — Talvez a gente pudesse encontrar uma maneira de criar algo nesse sentido para ela.

Dana Sue balançou a cabeça.

— Não, acho que neste momento nossa intromissão, especialmente a minha, só vai aumentar a pressão para ela.

Helen pensou um pouco, então suspirou.

— Você provavelmente tem razão. Mas me avise se achar que posso ajudar.

— Claro — disse Dana Sue. — Tem *outro* problema que acho que você talvez pudesse resolver, mas Erik prometeu que iria conversar com você sobre isso.

Helen a estudou com desconfiança.

— Isso foi ideia sua ou dele?

— Faz diferença? — perguntou Dana Sue.

— Com certeza — murmurou Helen.

O estranho, no entanto, foi que a advogada sentiu um pequeno zumbido de ansiedade percorrer seu corpo ao pensar em cruzar com ele outra vez, não importava o motivo.

Provavelmente não era um bom sinal.

★ ★ ★

Erik tentava sair para dar uma volta todas as tardes depois da hora do almoço e antes da correria do jantar. No passado ele teria ido correr, mas ultimamente seu joelho doía se ele tentasse. Caminhar não era a mesma coisa, mas pelo menos lhe proporcionava um momento para organizar seus pensamentos, que estavam bem caóticos. Helen Decatur parecia passar muito mais tempo em sua cabeça do que ele gostaria.

Aumentando o ritmo naquela tarde quente e úmida, Erik passou pelo centro de Serenity, se é que poderia ser chamado assim, tendo apenas a Wharton's com sua máquina de refrigerante e sorvete e a loja de ferragens de Ronnie como pontos comerciais relevantes na praça principal. Muitas vitrines permaneciam vazias e assim continuariam até que mais gente se mostrasse disposta a assumir o risco que Ronnie correra ao revitalizar um antigo estabelecimento, com um espírito criativo que o tornou economicamente viável outra vez. Trabalhar com empreiteiras locais para vender os materiais de construção de que precisavam tinha sido uma ideia brilhante.

Quando chegou ao parque da cidade, onde cisnes nadavam em um pequeno lago cintilante, Erik ficou grato pela sombra oferecida pelos antigos carvalhos cobertos de barba-de-velho.

Concentrado em manter o ritmo, estava quase caindo em cima de Helen quando a viu. A advogada estava sentada em um banco com uma expressão estranhamente pensativa no rosto.

— Oi — disse ele, parando diante dela. — Você fugiu do trabalho de novo?

Sobressaltando-se com o som da voz de Erik, ela o olhou e suas bochechas coraram.

— Mais ou menos — respondeu Helen.

— É a mesma coisa que estava incomodando você no outro dia?

— Acho que sim — disse ela sem emoção. — O que você está fazendo aqui a esta hora do dia? Não deveria estar picando, fatiando e marinando para o jantar agora?

— Daqui a pouco — explicou Erik, então se sentou ao lado dela. — Na verdade, estava querendo falar com você.

— Ah, é? Por quê?

Ele sorriu ao ouvir a desconfiança na voz de Helen.

— Você sempre suspeita de motivos escusos quando alguém quer falar com você?

Ela deu de ombros com uma expressão triste.

— Na maioria das vezes.

— Bem, minhas motivações são verdadeiras. É sobre Tess, a amiga de Karen.

— Ah, sim — disse Helen. — Como estão as coisas com ela?

— Dana Sue já deve ter contado — respondeu Erik.

— Ela contou, mas eu gostaria de ouvir a sua opinião.

— Bem, ela é ótima — disse ele, então lançou um olhar de soslaio para a advogada. — Dana Sue diz que devemos isso a você.

— Foi Karen quem a encontrou, não eu.

— Mas você fez com que nos abríssemos para a possibilidade de encontrar outra solução que não envolvesse demitir Karen e substituí-la — disse ele.

— Se Tess está indo tão bem, por que quer falar sobre ela comigo?

Erik respirou fundo.

— Ela precisa de ajuda jurídica, mas não está ganhando tanto assim. Não acho que seja o tipo de problema que deveria esperar para ser resolvido até ela conseguir contratar um advogado, ainda mais quando o anterior pegou seu dinheiro e nunca fez nada para ajudá-la.

Helen imediatamente se endireitou no banco.

— Como assim? — perguntou na mesma hora.

Erik lhe contou o pouco que sabia sobre a situação de Diego Martinez e o advogado anterior de Tess.

— Você acha que pode fazer alguma coisa para ajudar?

— No mínimo posso ir atrás desse idiota e pegar o dinheiro de volta. E posso dar uma olhada no caso do marido dela, embora imigração seja bem diferente da área em que costumo atuar. Ela sabe que você veio falar comigo?

— Eu comentei que uma amiga de Dana Sue talvez pudesse ajudar, mas Tess não está querendo aceitar por causa da questão do dinheiro.

— Diga a Tess para não se preocupar com isso. Peça para ela me ligar. — Helen olhou para o relógio. — Ela está trabalhando hoje? Se estiver, posso voltar para o Sullivan's com você e conversar com ela agora.

— Não, ela está de folga hoje, mas vai estar lá amanhã — disse Erik. — Pode ser?

— Vou tentar e, antes que você me lembre, vou evitar os horários de pico.

— Está cansada de ser chamada para trabalhar na cozinha? — brincou ele.

— Não. Para ser sincera, é uma das poucas coisas que parece me relaxar nos últimos tempos.

Erik a olhou com surpresa.

— É mesmo? E por que você anda tão tensa? Você é inteligente. Bem-sucedida. Bonita.

— Obrigada, mas me disseram há pouco tempo que há mais coisas na vida.

Ele riu ao ouvir isso, embora tenha olhado para a advogada demonstrando compaixão.

— Dana Sue não para de falar na sua orelha, Helen?

— Ela e Maddie — confirmou. — Suspeito que você também tenha sido uma vítima.

— E como — disse ele.

— Algum conselho?

— Ei, você conhece Dana Sue há mais tempo do que eu. É você que provavelmente poderia me dar algumas dicas.

— Parece que meus argumentos não funcionam mais, ainda mais agora que ela voltou com Ronnie e acha que o mundo deveria funcionar em pares como se fosse a arca de Noé.

Erik a encarou. Ele não conseguia desviar o olhar depois do indício de vulnerabilidade que viu mais uma vez nos olhos de Helen.

— Acho que nós dois só precisamos nos manter firmes.

— Pois é — concordou ela, embora com pouquíssimo entusiasmo, para a surpresa dele.

— Poderíamos sair para tomar um café algum dia desses, planejar nossa estratégia para fazer Dana Sue parar de se meter em nossa vida — sugeriu Erik. — Até que ponto ela pode nos atingir se nós dois estivermos com tudo combinado?

Algo que poderia ter sido decepção surgiu no rosto de Helen, mas ela se recompôs com tanta rapidez que Erik teve certeza de que se enganara.

— Parece um bom plano — concordou ela com alegria forçada na voz. — Acho que Grace estava certa a seu respeito.

— Grace? O que ela tem a ver com isso?

— Ela disse que você é um solteirão convicto.

— Nem sempre — respondeu Erik, claramente pegando Helen de surpresa.

— Você já foi casado?

Ele assentiu.

— Divorciado?

Ele balançou a cabeça.

— Ela morreu. — Antes que Helen pudesse importuná-lo com um monte de perguntas que ele não tinha a menor intenção de responder, Erik se levantou. — Obrigado por concordar em dar uma olhada no caso de Tess, Helen.

— Imagina. Veja só, até as advogadas sabe-tudo têm seu lado bom.

Erik estremeceu.

— Desculpe por chamá-la assim.

— Ei, cada um tem a sua opinião. E, para ser sincera, fico até orgulhosa de ser chamada assim. Se você precisa enfrentar a justiça, uma advogada implacável é exatamente quem quer brigando por você.

— Então, ainda somos amigos?

Helen sorriu.

— Claro que somos, mas acho que ajudaria se você respondesse algumas das minhas perguntas, em vez de ficar sempre tão fechado. Uma amizade verdadeira não pode ter conversas unilaterais.

— Pois é — disse Erik.

— Então você vai me contar todos os seus segredos mais ocultos e sombrios? — perguntou Helen.

— Não — respondeu ele. — Isso estragaria a diversão. Acho que gosto de ver você frustrada, querendo mais.

— Isso é por causa do seu ego?

— Não. É por eu ser homem. Até a próxima. Venha ajudar na cozinha quando puder — convidou ele. — Sentimos sua falta. E vamos tomar aquele café um dia desses.

Enquanto se afastava, Erik se deu conta de que o comentário despretensioso sobre ela fazer falta era absolutamente verdadeiro. Ele gostava de tê-la em sua cozinha. Quando Helen estava no território dele, a parte sabe-tudo desaparecia e ela era apenas uma mulher inteligente e atraente que fazia seus nervos se atiçarem e ficarem mais reativos. Já fazia muito tempo desde a última vez em que uma mulher tivera esse efeito sobre ele.

E isso era algo que Erik torcia para que Dana Sue *jamais* descobrisse, ou ela faria da vida dele e de Helen um pesadelo casamenteiro.

Mack mal tinha fechado os olhos para dormir quando acordou aos gritos. Karen, que tinha caído no sono na frente da TV, despertou de sobressalto e correu para o quarto para encontrar o filho tentando sair do berço enquanto Daisy tentava empurrá-lo de volta, o que só fez o menino de 3 anos chorar mais.

— Está tudo bem — disse Karen a Daisy. — Vou pegar seu irmão.

— Se ele pode ficar acordado, eu também quero — resmungou Daisy, com uma expressão teimosa no rosto.

— Não — respondeu Karen, mantendo o controle por um fio. — Você precisa dormir. Você tem aula amanhã.

— Não é justo — lamentou Daisy.

— Eu não estou nem aí se é justo ou não. É assim que as coisas são — disse Karen enquanto Mack continuava a soluçar nos braços dela. — Por favor, querida, vou tentar acalmar seu irmão. Volte a dormir.

— Ele está fazendo muito barulho — protestou Daisy.

— É por isso que vou levá-lo para a sala — explicou Karen com toda a paciência. — Agora, volte para a cama. Você vai dormir rapidinho.

Depois de dirigir à mãe um último olhar teimoso, Daisy finalmente obedeceu. Karen se curvou para beijar a testa da filha e saiu com Mack para a sala de estar.

— Ok, querido, o que houve? — perguntou ela, pousando a mão na bochecha úmida e macia de Mack. — Você está com febre? Ou foi só um pesadelo?

Mack choramingou e olhou para a mãe, os olhos azul-escuros cheios de lágrimas. Ele abraçou o pescoço de Karen bem apertado. Quando ela tentou se desvencilhar, o menino começou a chorar mais alto.

— Ah, filhote, o que houve? Por favor, acalme-se. Mamãe está aqui. Está tudo bem.

Karen se acomodou em uma velha cadeira de balanço de madeira que encontrara num bazar antes de Daisy nascer e tentou embalar o menino. Sempre funcionava, mas, naquela noite, a cada vez que os olhos de Mack começavam a se fechar, ele se sacudia e começava a chorar alto de novo. Nada do que Karen tentava parecia acalmá-lo.

A cada nova rodada de choro e soluços, o controle de Karen ficava um pouco mais débil. Quando Daisy apareceu, implorando por um copo d'água, algo dentro dela se partiu.

— Não! — gritou ela. — Quero que você volte para a cama agora!

Sua filha a encarou por um segundo, sem dúvida assustada pelo tom ríspido, e então começou a chorar também. O barulho dos dois chorando juntos fez Karen tremer de raiva e angústia. Completamente sobrecarregada, ela saiu correndo do apartamento e atravessou o corredor, com Mack ainda em seus braços e Daisy logo atrás. Sem pensar no horário, Karen bateu freneticamente na porta de Frances.

— Meu Deus, o que é isso? — disse Frances, vestindo um roupão, o cabelo preso em bobs, quando abriu a porta.

Bastou uma olhada para Karen e as duas crianças aos prantos para incentivá-los a entrar na sala, onde a TV estava ligada em um programa de entrevistas noturno. Tirando Mack dos braços de Karen, Frances começou a dar tapinhas nas costas do menino, então mandou Daisy até a cozinha para buscar um copo d'água.

Seu tom tranquilizador e prático conseguiu fazer o que Karen não conseguira. As duas crianças se acalmaram quase de imediato.

— Eu não consigo — suplicou Karen a Frances, enxugando as próprias lágrimas. Nunca na vida tinha se imaginado como o tipo de mãe que poderia explodir e bater em um de seus filhos ou até mesmo gritar como fizera com Daisy. — Não aguento mais. Tenho medo do que vai acontecer se eu continuar.

— Ah, não diga uma coisa dessas — murmurou Frances, acalmando-a como se ela fosse uma das crianças chorosas. — Você é uma boa mãe. Você os trouxe para cá, não foi? Você nunca machucaria seus filhos.

— Ai, meu Deus. — disse Karen. — Fico enjoada só de pensar nisso.

— Então vamos ver o que podemos fazer para resolver isso — propôs Frances no mesmo tom calmo e prático. — Deixe os dois aqui um pouquinho, está bem? Volte para a sua casa e tire uma soneca.

— Não posso deixá-los com você! É demais.

— Nós vamos ficar bem. Você precisa de uma noite de sono tranquila. Só quero ver você de volta aqui amanhã de tarde. Vou falar com Dana Sue e explicar o que aconteceu.

— Você não pode fazer isso — protestou Karen. — Vai ser a gota d'água. Eu sei que vai.

— Não seja ridícula — disse Frances com firmeza. — Dana Sue vai entender. Eu garanto. Agora pode ir. As crianças e eu ficaremos bem esta noite e posso levá-las para a escola e a creche amanhã. Estou com sua chave reserva para pegar mais roupas e conheço a rotina de vocês.

— Você tem certeza? — perguntou Karen, sem muita convicção.

A ideia de uma noite inteira de sono a atraía como um farol mostrando o caminho para casa. Um sono sem interrupções seria uma dádiva dos deuses.

— Sim — assentiu Frances. — Amanhã conversamos. Venha para cá quando acordar e vou preparar um bom café da manhã.

Impulsivamente, Karen voltou e abraçou Frances e Mack, que tinha caído no sono no colo da mulher mais velha.

— Obrigada. Sinceramente, não sei o que faria se você não estivesse aqui. E obrigada por se oferecer para falar com Dana Sue.

Mesmo se a chefe a despedisse no dia seguinte, valeria a pena pela noite inteira de sono, sem precisar ouvir o barulho das crianças acordando, e por uma manhã em que pudesse acordar revigorada em vez de exausta. Não podia continuar assim. Aquela noite havia deixado isso claro.

Derrotada, Karen se arrastou de volta pelo corredor e subiu na cama. Agarrando o travesseiro, começou a chorar, liberando toda a frustração e o medo que haviam sido reprimidos por semanas. Não sabia o que o dia seguinte lhe guardava, mas tinha que ser melhor do que aquela montanha-russa emocional que estava vivendo.

CAPÍTULO OITO

O telefone tocando tirou Helen de um sono profundo. Acostumada a ser acordada para lidar com emergências jurídicas que aconteciam com suas clientes de vez em quando, ela estava sentada na beirada da cama, o abajur aceso e uma caneta na mão antes mesmo de pegar o aparelho.

— Helen, é Dana Sue. Estamos com um problema — disse ela, parecendo abalada.

— O que houve? — perguntou Helen, com um nó no estômago. Da última vez que Dana Sue teve uma crise no meio da noite, sua filha foi levada ao hospital devido a complicações da anorexia. Temendo o pior, a advogada perguntou: — É Annie?

— Não, é Karen.

— Karen? Não entendi. O que está acontecendo com ela a esta hora? E por que está ligando para mim?

— Por favor, você pode vir ao apartamento dela agora? Já estou aqui e posso explicar tudo quando você chegar.

Helen não era do tipo que perdia tempo com perguntas desnecessárias em um momento de emergência, ainda mais quando se tratava de uma das Doces Magnólias pedindo ajuda, então anotou o endereço rapidamente.

— Já estou indo. Me dê dez minutos.

— Obrigada.

Helen se vestiu, sem se preocupar em ajeitar a blusa por dentro da calça. Calçou um par de mules caros, que eram os sapatos mais casuais que tinha, pegou a pasta por força do hábito e saiu de casa em menos de cinco minutos.

Quando chegou ao prédio onde Karen morava, do outro lado da cidade, viu que as luzes de dois apartamentos do andar de baixo estavam acesas, apesar de ser bem tarde. Assim que entrou no edifício, Dana Sue cumprimentou a amiga e a conduziu até um apartamento à direita.

— Karen teve um colapso nervoso ou algo do tipo — disse ela em voz baixa, olhando em direção a uma porta fechada que devia dar para o quarto daquele apartamento apertado. — A vizinha me ligou depois que Karen foi até lá e a acordou, implorando por ajuda. Ela me disse que Karen estava com medo de machucar os filhos. Frances... você a conhece, certo? Frances Wingate...

Helen assentiu com a cabeça. Frances havia sido professora delas quando estavam na escola. Era uma pessoa rigorosa, mas justa, e não era alguém com tendência a exagerar. Se estava temerosa por Karen e pelas crianças, então havia motivo.

Tentando não reagir de maneira exagerada, a advogada perguntou:

— Ela bateu neles? Sacudiu?

— Não, eles estão bem — respondeu Dana Sue. — Mas Karen está trancada no quarto. Está histérica. Frances ia esperar para me ligar amanhã, porque achava que Karen conseguiria dormir e teria uma boa noite de sono. Mas Frances veio ver se estava tudo bem e encontrou Karen trancada no quarto chorando. Frances me ligou para perguntar o que eu achava que ela deveria fazer. Ela estava achando que Karen pode precisar de ajuda médica ou algo assim.

— Então você veio correndo, claro — disse Helen.

— Claro. O que eu deveria fazer? Karen é minha funcionária e amiga. Ela está completamente perturbada. Não abriu a porta para mim. Pensei até em chamar Ronnie para arrombar a porta e irmos todos ao hospital, mas fiquei com medo. Não sei se o conselho tutelar poderia vir e levar as crianças embora. É por isso que queria que você viesse antes de fazermos qualquer coisa.

Helen assentiu com a cabeça.

— Me deixe falar com ela. As crianças estão bem no outro apartamento agora?

Dana Sue assentiu.

— Você conhece Frances. Ela é inabalável. Parece que as crianças ficam com ela quando Karen tem que dar uma saída. Por causa da idade, não consegue tomar conta deles o tempo todo, mas obviamente os adora. Ela é uma avó postiça. Acho que Daisy e Mack não entendem o que está acontecendo. Os dois estão dormindo agora.

Mais tranquila ao saber que as crianças estavam sãs e salvas, Helen bateu na porta do quarto.

— Karen, é a Helen. Por favor, me deixe entrar para a gente conversar. O que quer que esteja acontecendo, eu quero ajudar.

— Vá embora — implorou Karen. — Não quero que ninguém me veja nesse estado. Vou ficar bem se conseguir dormir um pouco.

— Não me parece que você está nem perto de dormir. Conversar com alguém vai deixar você mais aliviada, ajudá-la a relaxar — argumentou Helen. — Eu nunca consigo dormir quando minha cabeça está a mil por hora.

A resposta ao comentário foi o silêncio, então ela tentou de novo.

— Espero que você não esteja com medo de que, se falar comigo, eu vá correndo contar para Dana Sue. Ela está no apartamento de Frances. A conversa vai ficar entre nós.

— Vá embora — pediu Karen outra vez. — Preciso resolver isso sozinha.

— Resolver o quê? — insistiu Helen. — Me conte. Duas cabeças pensam melhor do que uma. O que quer que esteja acontecendo, posso ajudá-la a resolver.

— Dana Sue nunca deveria ter ligado para você — disse Karen. — Eu não preciso de uma advogada.

— E de uma amiga? — perguntou Helen em tom gentil. — Por favor, me deixe ser sua amiga.

Um longo minuto se passou antes que a chave finalmente girasse na fechadura. A porta continuou fechada, mas Helen conseguiu abri-la quando virou a maçaneta. Tateando no quarto escuro como breu, procurou o interruptor e acendeu a luz. Karen estava de bruços na cama, com um roupão de microfibra bem gasto, toda descabelada e o rosto inchado de tanto chorar. Ela olhou para Helen como que se desculpando, então enfiou o rosto no travesseiro.

— Sinto muito por Dana Sue ter tirado você da cama no meio da noite — disse Karen, as palavras abafadas. — Sinto muito que ela tenha sido arrastada para essa confusão. Odeio ter a minha chefe envolvida nos meus problemas pessoais.

Helen sentou-se na beira da cama com todo o cuidado.

— Não se preocupe com isso. Não é importante. Você pode me contar o que aconteceu?

Karen assentiu com a cabeça, uma expressão sombria no rosto.

— Tenho me sentido cada vez mais sobrecarregada, sabe? Preocupada com o trabalho. Dinheiro. Ray ainda não está pagando pensão para as crianças. E, embora Tess e eu estejamos seguindo aquele plano que criamos com Dana Sue, ainda não estou conseguindo trabalhar direito. Dana Sue tem sido compreensiva, mas sei que Erik acha que estou tirando vantagem dela. E é claro que ela não pode me pagar quando não estou lá, então meu salário deu uma boa diminuída. E parece que toda hora uma das crianças fica doente. É muita coisa. Eu não aguento mais.

— O que aconteceu hoje à noite? — perguntou Helen com toda a cautela.

— Meu filho de 3 anos, Mack, acordou chorando — disse Karen, com um soluço. Ela enxugou as lágrimas no rosto com a manga do roupão. — Não conseguia acalmá-lo de jeito nenhum. — Mais uma vez, sua voz falhou. — E então Daisy ficou brava porque Mack estava recebendo toda a minha atenção, então começou a dar um escândalo. — Karen olhou para Helen como se implorasse sua compreensão. — Os dois já fizeram birra antes, mas não ao mesmo tempo, e não quando eu já estava no meu limite. Eu conseguia perceber que estava perdendo o controle. Quando senti um ímpeto de sacudir Mack para fazê-lo parar de chorar e gritei com Daisy, me dei conta de que precisava fazer alguma coisa, então atravessei o corredor e pedi ajuda para Frances. Ela insistiu em ficar com as crianças, mas elas não podem ficar lá sempre. Tenho que descobrir outra solução, pelo menos até poder confiar em mim mesma para ficar com meus filhos de novo.

— Você fez a coisa certa ao levá-los para a casa de Frances — tranquilizou Helen. — Reconhecer que você estava no seu limite é uma coisa boa, Karen.

Karen a olhou alarmada de repente.

— Ninguém vai tentar tirá-los de mim por causa disso, vai?

— Não se eu puder evitar — afirmou Helen. — Mas você sabe que precisa de ajuda, não é? Não dá para simplesmente engolir o choro e esperar que todos esses sentimentos desapareçam.

Karen assentiu, parecendo derrotada.

— Mas eu não posso me internar em uma clínica. Se fizer isso, com certeza vou perder meu emprego e meus filhos.

Helen sabia que essa era uma possibilidade, então não podia discordar dela.

— Que tal o seguinte? — propôs a advogada. — Vamos marcar algumas sessões de terapia. Dana Sue conhece uma psiquiatra, a dra. McDaniels, que ajudou Annie com seu distúrbio alimentar. Talvez possa encaixar você amanhã e agendar sessões diárias por algumas semanas.

— Mas isso vai custar uma fortuna — argumentou Karen.

— Você tem plano de saúde pelo restaurante, certo? — perguntou Helen. — Ele deve cobrir o tratamento. Se não, nós pensamos em alguma coisa. O principal é procurar alguém que a ajude a se acalmar e a ter outra perspectiva. Talvez a dra. McDaniels possa ensinar outras formas de lidar com o estresse. Então veremos o que fazer.

— E as crianças poderiam ficar aqui comigo? — perguntou Karen, esperançosa.

Helen não estava certa se isso seria muito prudente.

— Não sei se é uma boa ideia. No momento, as crianças estão contribuindo para o seu estresse. Acho que você precisa de um tempo para recuperar as forças. Isso não quer dizer que você não seja uma boa mãe, Karen. De modo algum. Só acho que você está exausta e precisa dar um tempo.

— Mas e as crianças? — perguntou Karen, preocupada. — Frances e a babá podem ajudar, mas não podem ficar com elas o tempo todo.

— O Serviço Social pode... — começou Helen, mas, antes que terminasse a frase, Karen estava balançando a cabeça.

— De jeito nenhum — disse ela ferozmente. — Não quero meus filhos com estranhos. Além disso, quando entram no sistema, é difícil sair. Sei disso por experiência própria. Passei a maior parte da minha vida em lares temporários porque minha mãe não conseguia ajeitar a vida dela. Jurei que nunca repetiria esse padrão. — Karen escondeu o rosto nas mãos. — Meu Deus, eu me sinto um fracasso. Sempre julguei minha mãe por não conseguir lidar com as coisas e aqui estou eu, igualzinha a ela.

— Certo — disse Helen —, tive uma ideia. Posso ficar com as crianças temporariamente. — As palavras foram pronunciadas antes que ela pudesse desistir da ideia maluca e impulsiva, mas, para sua surpresa, não sentiu a menor vontade de voltar atrás. — Elas podem ficar lá em casa. Continuaremos com a mesma babá e vou garantir que Frances vá visitá-las todos os dias, para que não sintam tanto a mudança. Você também pode ir quando quiser.

— Não posso pedir que você faça isso — argumentou Karen, parecendo atordoada. — Eles dão muito trabalho. Você nunca teve filhos. Não faz ideia de onde está se metendo.

— Ah, eu faço, sim — disse Helen, pensando nas vezes que os filhos de Maddie passaram a noite em sua casa.

Claro, seria por mais tempo do que uma festa do pijama, mas com certeza ela daria conta, ainda mais com a ajuda da babá e de Frances. E seria uma oportunidade para ver como ela se sairia tentando conciliar as demandas do trabalho com o cuidado das crianças. Talvez tivesse sido essa a verdadeira motivação por trás de sua proposta: não generosidade, e sim egoísmo. Se o medo do fracasso a estava impedindo de tomar uma decisão a respeito de ter seu próprio filho, aquele seria um bom teste. Mas não tinha tempo de analisar seus motivos a fundo naquele momento. A oferta estava na mesa.

— E aí? — perguntou ela a Karen. — Você ficaria bem com isso?

— Claro — respondeu Karen, com um alívio óbvio.

Pela primeira vez desde que Helen chegara, seu rosto havia perdido a expressão tensa e desesperada.

— Então é isso que vamos fazer — disse Helen, decidida. — Arrume as coisas deles. Vou falar com Dana Sue sobre começar as consultas com a psiquiatra logo amanhã. Talvez seja melhor você vir comigo esta noite e ficar lá em casa também. Isso vai facilitar um pouco a transição para as crianças. Ou podemos deixá-las dormindo e eu venho buscá-las amanhã.

— Acho que seria melhor, ainda mais se eles finalmente conseguiram pegar no sono — disse Karen. — Você tem certeza mesmo? Não quero atrapalhar ainda mais sua vida. Já devo muito a você por ter salvado meu emprego.

— Vai ficar tudo bem — garantiu Helen. Em seguida, ela foi atrás de Dana Sue, que havia voltado ao apartamento de Karen e estava esperando pela amiga na sala de estar.

Quando a advogada explicou o plano, Dana Sue a olhou incrédula.

— Você vai ficar com eles? Todos eles, inclusive Karen?

— Karen vai vir comigo hoje à noite — disse Helen. — Acho que ela não deveria ficar aqui sozinha. Amanhã ela vai me ajudar a acomodar as crianças e eu vou levá-las para a escola. Depois, Karen vai voltar para cá se a médica disser que não tem problema. Ela só precisa de um tempo para se restabelecer. Também precisa conseguir trabalhar. Isso vai dar a ela um pouco de liberdade para fazer isso sem se preocupar com os filhos.

— Você tem alguma ideia da situação em que está se metendo? — interpelou Dana Sue. — Você por acaso tem estrutura para hospedar uma família sob seu teto, mesmo que por algumas semanas? Deus do céu, você tem uma casa cheia de antiguidades frágeis!

— Eu me viro — disse Helen. Suas habilidades de organização foram ativadas. — Assim que chegar em casa, já guardo as coisas mais frágeis em um armário ou algo assim. Vou fazer uma lista de tudo que preciso do mercado e pedir uma entrega para amanhã cedo. Você pode me ajudar com isso. Vou ver com Karen como são os horários das crianças e levá-las à creche e à escola. A babá pode ir para a minha casa. Vou convidar Frances para visitá-las todas as tardes também.

Dana Sue balançou a cabeça.

— Eu deveria ter imaginado que você apareceria com uma estratégia completa em dez segundos ou menos — disse ela ironicamente. — Só que tem uma coisa em que você não pensou.

— O que foi?

— Crianças tendem a acabar com qualquer plano. Não são previsíveis.

Helen percebeu a preocupação na voz de sua amiga, mas deu de ombros.

— Então vai ser um bom teste para a minha flexibilidade, não é?

Dana Sue lançou um olhar preocupado para a amiga.

— Esse é o meu ponto, querida. Você não é flexível.

— Se algum dia vou ter filhos, precisarei ser — disse Helen. — Vai ser um ótimo treino, melhor até do que ter os filhos de Maddie ou Annie lá em casa por uma noite.

— Você tem certeza de que quer fazer isso?

Helen assentiu com a cabeça. Misturada a seus medos cuidadosamente enterrados, ela sentiu uma leve empolgação.

— Então está bem — emendou Dana Sue rapidamente. — Vou ajudar Karen a arrumar as coisas deles. Você devia pelo menos dar uma olhadinha nas crianças. Se vai levá-los para casa amanhã, seria bom se puder pelo menos reconhecê-los.

— Isso não tem a menor graça — disse Helen, embora se sentisse apreensiva ao atravessar o corredor e entrar para falar com Frances, que a conduziu até um quarto de hóspedes onde as duas crianças dormiam profundamente.

Bastou olhar para aqueles rostos doces e inocentes para Helen ter certeza de que estava fazendo a coisa certa. Ela iria cuidar deles e protegê-los até que Karen pudesse assumir as rédeas da situação de novo. Quão difícil poderia ser?

— Eles parecem dois anjinhos, não é? — perguntou Frances.

— Parecem — concordou Helen.

— Não acredite — disse Frances, a voz cheia de diversão e afeto. — São dois pestinhas, como todas as crianças dessa idade. Pode vir amanhã cedo e eu vou com você levá-los à escola e à creche. Passarei na sua casa amanhã à tarde, para o caso de você estar arrancando os cabelos.

— Mas a babá... — começou Helen.

— Não vale um centavo do que Karen está pagando a ela — interrompeu Frances em tom de desgosto. — Sei que foi você quem a encontrou para Karen, mas ela não sabe como lidar com essas crianças. Eu sei. Juntas, podemos dar conta. Demitir a babá vai economizar o dinheiro de Karen.

— Mas eu tenho que trabalhar... — começou Helen, então suspirou. Ela suspeitava que era apenas a primeira de muitas concessões que teria que fazer. — Vou ligar para minha secretária e remarcar meus compromissos da tarde.

Frances a olhou com aprovação.

— Agora temos um plano.

Helen teve a estranha sensação de que o destino lhe dera não apenas duas crianças para testar sua aptidão para a maternidade, mas também uma guia sábia e experiente para ajudá-la quando as coisas ficassem difíceis.

Erik olhou para Dana Sue como se ela tivesse acabado de anunciar que Helen havia sido abduzida por alienígenas.

— Você está me dizendo que Helen vai cuidar dos filhos de Karen por enquanto — repetiu ele, ainda sem ter certeza de que havia ouvido direito.

— Exatamente — confirmou Dana Sue. — Também fiquei chocada quando ouvi.

— E ela por acaso entende de crianças?

— Bem, ela sempre devolveu Annie inteira para mim. O mesmo com os filhos de Maddie.

Erik balançou a cabeça.

— Aquela mulher é cheia de surpresas, não é?

— É, sim — concordou Dana Sue. — Mas essa foi demais, até para mim. A boa notícia é que Karen já está se sentindo menos estressada agora que sabe que as crianças estão bem e sendo bem cuidadas. Ela teve sua primeira consulta com a dra. McDaniels e vai chegar para trabalhar na hora hoje. Está decidida a usar os próximos dias para colocar sua vida de volta nos eixos.

— Mas o que vai acontecer depois? Uma hora ou outra as crianças vão voltar para casa, certo?

— Esse é o plano. Helen está convencida de que Karen só precisa respirar um pouco. Veremos se a dra. McDaniels concorda. Acredito que sim. Eu gosto de Karen e quero que isso dê certo.

— Mas você não vai se incomodar se eu continuar cético — disse Erik.

— Eu não o culpo, mas estou decidida a ser otimista. Olha, vou dar uma saída, está bem? Cuide das coisas por aqui.

Dana Sue mal tinha saído quando Erik ouviu o telefone tocar. Ele quase o ignorou, já que o restaurante ainda não estava aberto, mas o barulho continuou, então o cozinheiro finalmente decidiu atender.

— Eu preciso de Dana Sue — anunciou Helen sem ao menos cumprimentá-lo.

— Ela não está — respondeu ele. — Posso ajudar?

— Só se você tiver alguma ideia de quem ou o que é Elmo — disse ela. — Mack parece estar obcecado querendo um.

Erik conteve uma risada ao ouvir o pânico na voz normalmente confiante da advogada.

— É um brinquedo — explicou Erik com paciência. — Da *Vila Sésamo*.

— Como você sabe disso?

— Tenho sobrinhos — disse ele. — Sabe, você não precisa dar a uma criança todos os brinquedos que ela pedir.

— Tente dizer isso a uma criança de 3 anos com a determinação de um pit bull — resmungou Helen.

— Distraia-o — aconselhou Erik. — Ele tem 3 anos. Não deve ser muito difícil.

— Distraí-lo com o quê?

— Biscoitos — sugeriu ele. — Sorvete. Um desenho na TV. Se estiver passando *Vila Sésamo* agora, você vai matar dois coelhos com uma cajadada só, oferecendo uma distração *e* Elmo.

— Tem desenho animado passando no meio da tarde?

Erik riu do tom confuso que havia na voz de Helen.

— Querida, você acabou de entrar em um mundo totalmente novo. Essa é só uma das alegrias da TV a cabo.

— Vou tentar. Obrigada.

— Ei, Helen — emendou Erik, estranhamente determinado a impedir que ela desligasse.

— O quê?

— O que você está fazendo é incrível — disse ele, sem nem tentar esconder sua admiração.

— Acho melhor você esperar antes de me elogiar. Ainda tenho bastante tempo para estragar tudo.

— Você não vai estragar nada — respondeu ele com confiança.

— Como você sabe?

— Porque conheço você. Quando foi a última vez que estragou algo que decidiu fazer?

O silêncio da advogada foi resposta suficiente.

— Caso encerrado — disse ele baixinho. — Ligue de novo se precisar de qualquer outro conselho, ok?

— Pode deixar. Obrigada, Erik.

Ele desligou e ficou parado feito um idiota olhando para o telefone. Helen era mesmo uma mulher incrível e imprevisível. Ele havia visto Daisy e Mack uma ou duas vezes quando Karen os levou até o restaurante e sabia no que Helen tinha acabado de se meter sem saber. Daria tudo para vê-la correndo atrás daquelas crianças em seu terninho de grife e salto agulha. Talvez ele pudesse assar biscoitos com gotas de chocolate antes de sair do Sullivan's naquela noite. Poderia levá-los na manhã seguinte para que Helen os incluísse na lancheira das crianças. Isso lhe daria a oportunidade de assistir de camarote enquanto a advogada, acostumada a estar sempre no controle, vivia uma situação que não estava em suas mãos. Provavelmente seria o ponto alto do seu dia.

Preparar duas crianças para sair de casa antes das oito da manhã deixou Helen sem fôlego, esgotada e prestes a jogar a toalha. Quando a campainha tocou, ela deixou Mack sob a supervisão de Daisy e foi correndo atender, rezando para que fosse Maddie ou Dana Sue. Em vez disso, encontrou Erik, com uma expressão estranhamente presunçosa ao ver a advogada com o cabelo todo despenteado, o rosto sem maquiagem, a blusa para fora da calça e os pés descalços.

— Achei que você poderia estar precisando de uma ajudinha — disse ele. — E eu trouxe biscoitos.

— São sete e quarenta e cinco da manhã e você trouxe biscoitos? — interpelou ela. — Você está maluco? A última coisa que esses dois precisam é de mais açúcar.

— Guarde os biscoitos para depois da escola — propôs ele. — Ou ponha na lancheira.

Helen o olhou com uma expressão perplexa.

— Eles precisam de lancheiras?

— Eu acho que sim — respondeu Erik, mal contendo um sorriso.

— Eu estava pensando em dar dinheiro para comerem no refeitório da escola — disse ela, então se lembrou dos sacos de papel que Frances lhes dera no dia anterior. — Tem certeza de que eles não podem almoçar na escola?

O cozinheiro balançou a cabeça.

— Duvido muito. Cadê Daisy? Podemos perguntar a ela.

— Daisy está tomando conta de Mack enquanto ele decide o que quer vestir hoje — disse Helen. — Ele não aceitou minhas sugestões de jeito nenhum.

Erik riu.

— Você está deixando uma criança de 3 anos decidir?

— Claro — respondeu ela com raiva. — Bem, com a ajuda de Daisy, de qualquer maneira. As crianças devem desenvolver seu próprio estilo desde cedo.

— Talvez eu possa ir ajudá-lo — sugeriu Erik. — Você cuida do lanche deles. Sugiro sanduíche de manteiga de amendoim e geleia. É coisa simples.

Helen franziu a testa.

— Certo, ainda tenho os ingredientes da última visita de Katie, mas algumas crianças não são alérgicas a manteiga de amendoim? Eu li um artigo...

Erik a interrompeu.

— Eles não são. Os dois já foram ao restaurante algumas vezes, e Karen fez sanduíches de manteiga de amendoim e geleia.

— Tem certeza? — perguntou Helen, preocupada.

— Tenho. Agora vá logo ou Daisy vai se atrasar para a escola e você vai ter que explicar por que foi você quem a levou em vez da mãe. Imagino que isso não seria bom.

— Tem razão. Seria uma saia-justa. Vou ser rápida. Vou me arrumar em dois minutinhos e aí vejo como eles estão — garantiu ela. Helen estremeceu diante da expressão cética no rosto de Erik.

— Eu consigo — repetiu a advogada, então disparou para cumprir a promessa.

Talvez mais tarde ela pudesse pensar por que a chegada de Erik lhe parecera uma salvação em vez de uma intromissão irritante.

Erik percorreu a casa espaçosa até encontrar Mack em um quarto que devia ser do tamanho do apartamento de Karen. O menino parecia um pouco perdido, sentado no chão com short vermelho e tênis, cercado por uma pilha de camisetas do avesso. Daisy estava revirando a pilha.

— A camiseta do Super-Homem não está aqui — explicou a menina. — É a que ele usa com o short vermelho. — Daisy franziu a testa e acrescentou com bastante ênfase, para o caso de Erik não ter entendido: — *Sempre!*

O cozinheiro olhou para a pilha de camisas e viu uma do Homem--Aranha.

— Essa ficaria bem legal com o short vermelho — sugeriu ele. — Na verdade, o Homem-Aranha é tão sensacional que combina com tudo.

Daisy estudou a camisa com ceticismo.

— Você acha?

— Eu tenho *certeza* — confirmou Erik, já vestindo Mack. — Agora, vamos logo, campeão. Você precisa ir para a creche.

— Como eu vou para a escola? — perguntou Daisy.

— Helen vai levar você.

— Você pode vir também? — perguntou a menina.

— Se quiser, eu posso. Alguma razão em especial para querer que eu vá junto?

— Para você fazer Helen ficar no carro e não me levar até a porta segurando minha mão. Eu consigo ir sozinha.

Erik conteve um sorriso.

— Aposto que sim.

— Então você vai pedir a ela para não fazer mais isso?

— Você mesma poderia pedir a ela — sugeriu Erik.

— Eu não quero deixar Helen triste. Mamãe disse que precisamos ser legais com ela.

— Tudo bem. Eu falo com ela — prometeu ele.

Poucos minutos depois, Helen acomodou Daisy e Mack nas cadeirinhas que Karen havia emprestado. Ela estava prestes a abrir a porta do motorista quando viu Erik se acomodando do lado do carona. A advogada o olhou surpresa.

— Você vai com a gente?

— Atendendo a pedidos — sussurrou Erik, gesticulando sutilmente na direção de Daisy. — Ela quer que eu vá junto para garantir que você não a leve de mãos dadas até a porta da escola.

Helen soltou uma exclamação surpresa.

— Achei que era isso que as mães faziam. Deu para ver pela cara dela que Daisy não gostou, mas ela não disse nada.

— Ela não queria deixar você magoada.

A advogada suspirou.

— Será que algum dia vou conseguir fazer isso direito?

— Você está indo bem, ainda mais para alguém sem experiência.

— Mas você não tem filhos e parece ter noção do que fazer. Você já sabia sobre os brinquedos, os desenhos animados e o sanduíche do almoço.

— Como falei ao telefone, tenho sobrinhos. Não é nenhum grande mistério, Helen, só requer prática.

— Espero que sim — disse ela, parecendo conformada.

Na frente da escola, porém, ela estacionou o carro junto ao meio-fio, então se virou para Daisy e deu um sorriso que quase não pareceu forçado. Só os nós dos dedos, brancos de tanto apertar o volante, denunciavam sua tensão.

— Tenha um bom dia, ok? Frances vem buscá-la hoje à tarde.

Daisy abriu um largo sorriso para ela.

— Certo. Ah, não deixe Mack ir sozinho, porque ele não sabe de nada. Ele vai se perder.

Helen a olhou com seriedade.

— Pode deixar.

Depois que Daisy estava em segurança dentro do prédio, a advogada se virou para Erik.

— Até que correu tudo bem, não é? E eu nem sou mãe — disse Helen.

Ele a olhou com atenção.

— Você já quis ser?

— Já pensei sobre isso — respondeu ela em um tom que o avisava para não fazer mais perguntas. — E você?

— Antes eu queria, mas já faz muito tempo — admitiu Erik.

— Antes da sua esposa morrer — disse ela.

Ele assentiu.

— Sim, esse sonho morreu com ela. — De alguma maneira, Erik conseguiu falar em uma voz mais leve quando se virou para o banco de trás para olhar Mack, que abriu um daqueles sorrisos luminosos capazes de derreter o coração. — Vamos levar esse mocinho para a creche. Fica a apenas alguns quarteirões daqui. Algo me diz que ele regrediu um pouco no uso das fraldas. Precisamos ser rápidos, a menos que você queira lidar com isso.

Helen sorriu diante do tom conspiratório de Erik, então começou a rir.

— Ah, eu topo. Acha que consegue deixá-lo lá dentro enquanto espero no carro com o motor ligado?

— Com certeza — disse ele. — Já vamos estar do outro lado da cidade quando eles perceberem.

Pela primeira vez desde que Erik surgira em sua casa, Helen parecia relaxada.

— Que tal tomarmos aquele café e comer alguma coisa quando tivermos cumprido a missão? — sugeriu ele, cedendo a um impulso que teria sido mais prudente ignorar.

— Será que eu não consigo convencê-lo a preparar o café lá no Sullivan's? — sugeriu Helen. — É o melhor da cidade.

Ele sorriu.

— Você está querendo uma das minhas omeletes também?

A advogada o olhou com uma gratidão inconfundível.

— Por favor.

— Você vai ajudar?

— Depois de duas xícaras de café, farei o que você quiser — disse Helen com sinceridade.

Erik a olhou até as bochechas dela corarem.

— É uma oferta interessante — comentou ele. — Não vou esquecer.

Inclusive, Erik suspeitava que demoraria um bom tempo antes de conseguir tirar aquelas palavras da cabeça.

CAPÍTULO NOVE

— Eu só preciso criar uma rotina — disse Helen, tirando um bloco de notas da pasta e colocando-o na mesa ao lado do prato vazio.

Ela havia comido cada migalha da omelete de presunto e queijo que Erik fizera, assim como as batatas coradas com cebola e pimentão que a deixariam satisfeita por uma semana. Também estava na terceira xícara de café de torra francesa. Sentia-se invencível em comparação com uma hora antes.

Enquanto escrevia "Rotina" e sublinhava a palavra no topo da página, Helen percebeu Erik apertando os lábios.

— O que foi? — interpelou ela.

— Você está falando sobre Daisy e Mack, certo? — perguntou o cozinheiro, com ar divertido. — Duas pessoinhas desta altura?

Helen franziu a testa.

— Isso. Aonde você quer chegar?

— Acho que querer uma rotina é um pouco otimista demais — disse Erik.

— Mas crianças precisam de rotina — argumentou ela, olhando-o perplexa. Sem dúvida havia faltado rotina na infância dela. Era o item número um da lista de coisas que Helen faria de forma diferente se tivesse filhos. Ela expôs seu ponto de vista para Erik. — Eles precisam saber que podem contar com certas coisas. Precisam de metas e expectativas.

— Aos 5 e 3 anos de idade?

— Nunca é cedo demais para começar a ensinar essas coisas — insistiu Helen. — É importante deixar claro quais são suas expectativas e as consequências de não corresponder a elas. Você tem que ser coerente, porque mensagens contraditórias deixam as crianças confusas.

— Você tem lido livros sobre criação de filhos, não é?

— Bem, óbvio que sim — disse ela. — E tenho um pouco de experiência também.

— Está falando das festas do pijama com Annie na sua casa ou das visitas dos filhos de Maddie?

— Não, é mais do que isso. Minha infância foi caótica, para dizer o mínimo. Eu nunca sabia quando meus pais iam estar lá, nenhum dos dois. Nunca tive hora para estar em casa. Nós sempre comíamos em um horário diferente, ainda mais depois que meu pai morreu e minha mãe passou a ter dois, às vezes três empregos.

Erik assentiu.

— Ah, isso explica.

— Explica o quê?

— Sua obsessão com organização e rotina.

— Você não está entendendo — acusou Helen. — Se Daisy e Mack vão ficar comigo, mesmo que só por algumas semanas, preciso fazer as coisas do jeito *certo*. E se eu fizer alguma besteira e deixar os dois traumatizados pelo resto da vida? Preciso estar preparada para qualquer imprevisto. É assim que se age com responsabilidade.

— Então, quantos livros você *realmente* leu, Helen? — provocou ele.

Evitando o olhar do cozinheiro, ela respondeu:

— Não sei direito. Alguns.

Conforme Erik ganhava uma expressão cada vez mais brincalhona, Helen começou a sentir vergonha de sua necessidade obsessiva de ler tudo que pudesse sobre como educar crianças. Pelo visto, as outras pessoas assumiam os papéis de responsáveis de maneira mais instintiva. Ela estava perdida. Teria sido melhor se os pais dela tivessem lido alguns livros. Vários, na verdade.

Claro que era difícil encontrar cinco minutos para ler esses livros com duas crianças cheias de energia em casa, e era por isso que Helen havia ficado acordada até depois da meia-noite na noite anterior. Ela culpava a privação de sono por estar tão esgotada naquela manhã. Também era mais fácil entender por que Karen andava tão estressada.

— O que você fez? Mandou aquela sua secretária toda eficiente ir à livraria e comprar a seção inteira de livros sobre como criar filhos? — perguntou Erik.

Helen franziu a testa. Fora exatamente o que tinha feito. Como era irritante que ele pudesse lê-la tão bem.

— Eu queria vários pontos de vista.

Erik assentiu.

— Muito justo. Quer ouvir mais um?

— Você não tem filhos e me disse que nem pensa em ter — protestou ela.

— Não, mas eu já fui um, assim como você. Você mesma disse que esse tipo de experiência vale. E também tenho vários sobrinhos. Você tem os filhos de Annie e Maddie. Eles nunca se machucaram ficando na sua casa, não é?

— Não, mas nunca ficaram mais de uma noite comigo. Não acho que seja possível estragar uma criança em uma noite fazendo tudo o que elas querem. E foi isso o que eu fiz, sabe. Pizza, doce, pipoca, sorvete, metade da noite vendo filmes. O que eles quisessem. Minha casa não tinha regras. — Diante do olhar incrédulo de Erik, ela deu de ombros. — O que posso dizer? Eu queria ser a tia divertida. Queria que gostassem de mim. Mas até eu sei que não dá para viver assim o tempo todo. Se tentar fazer isso com Daisy e Mack, vou devolvê-los para Karen estragados. Não acho que seja esse o caminho.

Erik assentiu com a cabeça.

— Certo, você tem razão. Talvez a resposta seja encontrar uma rotina para você, não para as crianças. Tenho a impressão de que é você quem está passando por mais mudanças nessa situação.

Helen o olhou com espanto.

— Você tem razão — disse ela imediatamente, agarrando-se à ideia como a tábua de salvação que ele esperava que fosse. — Se eu estiver organizada e no caminho certo, tudo vai correr com muito mais tranquilidade. Claro que a programação de hoje não funcionou. Preciso acordar às quatro e meia, não às cinco.

Helen anotou e programou aquela meia hora extra como seu tempo para preparar o almoço das crianças, sua própria comida e café. Muito café.

— Como foi o banho deles ontem à noite? — perguntou Erik.

— Banho? — repetiu ela, com ar surpreso. — Meu Deus, eles não tomaram banho, Erik. Mandei as crianças para a escola todas sujas.

— Não precisa entrar em pânico — consolou Erik. — Tenho certeza de que eles ficaram felicíssimos, deve ter sido por isso que Daisy não disse nada. Mas talvez valha anotar isso. E também garantir que eles escovem os dentes.

Helen havia se lembrado de fazer com que escovassem os dentes, mas escreveu "BANHO" em letras bem grandes, então lançou um olhar pensativo para Erik.

— Talvez você pudesse dar uma passada lá em casa para ajudar — sugeriu ela, esperançosa.

— Eu só saio do Sullivan's perto da meia-noite — lembrou ele.

— Eles precisam estar na cama muito antes disso.

Helen suspirou.

— É verdade.

Erik a olhou com pena.

— Mas estou de folga amanhã. Que tal eu passar lá para ajudar? Podemos levá-los para jantar, comer um hambúrguer, então eu ajudo a botá-los para dormir.

— Levá-los para jantar? — repetiu ela, incrédula. Helen não tinha levado Annie ou os filhos de Maddie a qualquer tipo de restaurante antes dos 6 anos de idade, pelo menos. — Eles não vão atrapalhar os outros clientes? Não tem nada mais irritante do que aguentar os filhos dos outros correndo pelo salão enquanto você está tentando curtir o jantar.

— Essa é uma das alegrias dos restaurantes de fast-food — disse Erik. — Você estará na companhia de outras pessoas que têm filhos descontrolados. Eles não vão prestar atenção aos seus.

— Fast-food, é claro — concordou ela, anotando. — Perfeito.

Erik conseguiu manter a expressão séria.

— Estarei na sua casa amanhã à tarde, às cinco e meia — prometeu ele. — Agora é melhor eu começar a trabalhar antes que Dana Sue resolva descontar do meu salário.

Helen o olhou com gratidão.

— Não sei como agradecer pela ajuda hoje de manhã. Eu estava à beira de um ataque de pânico quando você apareceu.

— Ah, não foi nada. Você teria dado conta.

— Não sei, viu? Essas crianças não parecem estar seguindo o combinado como eu esperava. Eu não boto medo nelas.

— Você queria pôr ordem com essa tática?

— Cheguei a pensar nisso — admitiu ela. — Mas me pareceu uma má ideia.

— Viu só? Você é capaz de fazer escolhas inteligentes no que diz respeito às crianças — disse ele.

Erik falou com tamanha confiança que Helen deixou o Sullivan's sentindo que tinha tudo sob controle outra vez. Provavelmente era uma ilusão, mas pelo menos isso lhe daria forças ao longo do dia até que o próximo desafio chegasse.

Helen mal tinha saído e Erik ainda estava recolhendo os pratos sujos quando Dana Sue veio correndo para o salão de jantar do Sullivan's.

— Helen acabou de sair daqui? — perguntou ela.

— Talvez — disse o cozinheiro, evasivo.

Dana Sue franziu a testa para ele.

— Não ouse tentar me enganar em um desses detalhes técnicos dos quais você tanto gosta. Você sabia que quando fala assim fica igualzinho a Helen interrogando uma testemunha?

— Então vou parar imediatamente — disse Erik, brincalhão.

— Não tente mudar de assunto. Helen estava aqui ou não?

— Estava — admitiu ele com relutância.

— E vocês tomaram café da manhã juntos — supôs Dana Sue, olhando o amontoado de pratos, xícaras e talheres que ele estava segurando.

— Isso.

— Interessante — murmurou ela, então o estudou com toda a atenção. — Como isso aconteceu?

Aquela era uma caixa de Pandora que Erik não queria abrir diante da casamenteira-mor. Ele deu de ombros.

— Nada de mais. Nós nos encontramos por acaso.

— Onde? — persistiu Dana Sue. — E por que você a traria até aqui, em vez de irem à Wharton's, que abre para o café da manhã?

— O que posso dizer? — disse Erik, fazendo-se de desentendido. — Ela prefere o nosso café. Agora, se não se importa, preciso começar a trabalhar.

— E eu digo que você tem tempo para responder mais algumas perguntas.

— Se tenho tanto tempo assim, posso sair e resolver umas coisas — rebateu ele.

— Você só quer evitar minhas perguntas — acusou Dana Sue.

Erik sorriu para ela.

— Poxa, você acha mesmo?

— Vou perguntar a Helen.

— Fique à vontade.

— Ela vai me dizer o que você está escondendo — avisou ela.

— Duvido muito. Não acho que ela esteja mais interessada em botar pilha nesse seu plano do que eu.

— Que plano?

— Empurrar nós dois um para o outro até dar certo.

Dana Sue franziu a testa.

— Eu não colocaria nesses termos.

Erik riu.

— É, aposto que não. Você escolheria palavras bonitas e românticas, mas tudo se resume a se intrometer em algo que não é da sua conta.

— Vocês são meus amigos. Então é da minha conta, sim — disse Dana Sue quando Erik passou direto por ela e foi para a cozinha.

Era esperar demais que ela fosse simplesmente desistir.

— Você já mencionou a situação de Tess para ela? — perguntou Dana Sue, seguindo-o.

— No outro dia — respondeu ele, aliviado pela mudança de assunto.

— Então hoje de manhã vocês não estavam conversando sobre isso? — perguntou ela com uma expressão pensativa. — O que ela disse quando você contou?

— Que ela falaria com Tess. Não a lembrei hoje porque ela já tem preocupação de sobra no momento com os filhos de Karen em casa. — Erik fez cara feia. — Vá embora, Dana Sue. Estou falando sério. Confeitaria exige concentração.

— Ah, pelo amor de Deus, você pode preparar isso com uma mão amarrada atrás das costas enquanto ouve música.

— Nenhuma dessas coisas me tira do eixo como você falando no meu ouvido — disse ele. — Eu tenho que preparar as coisas de hoje e de amanhã, lembra? Ou quer que os clientes de amanhã tenham o sorvete do mercado como única opção de sobremesa?

Dana Sue suspirou, mas desistiu.

— Está bem. Estarei no meu escritório se precisar de mim ou se decidir que quer conversar.

— Não vou querer conversar — garantiu ele.

Aquela conversa foi um aviso, Erik disse a si mesmo depois que Dana Sue se foi. Se alguma vez fosse tolo o suficiente para convidar Helen para um encontro de verdade, Erik poderia muito bem chamar Dana Sue e Maddie para irem juntos. Caso contrário, teria que contar tudo tim-tim por tim-tim mais tarde.

Ele se perguntou como Ronnie Sullivan e Cal Maddox tinham conseguido se aproximar de suas esposas enquanto as outras duas mulheres supervisionavam cada interação. Sair com Helen já seria complicado o suficiente. Ter as amigas dela no meio da história o deixaria completamente louco. De jeito nenhum. Da próxima vez que tivesse aquele frio na barriga ou sentisse um desejo repentino de puxar Helen para seus braços e beijá-la, Erik precisava se lembrar disso.

E então teria que sair correndo na direção oposta o mais rápido possível.

Karen estava morrendo de saudade dos filhos. Quando voltava para o apartamento depois do trabalho, o lugar lhe parecia extremamente silencioso e solitário. Ela deveria querer cair na cama e recuperar um pouco do sono perdido, mas em vez disso andava de um cômodo até o outro, ligando a TV e o rádio só para ter algum ruído de fundo.

Ela falava com Mack e Daisy todas as tardes quando as crianças voltavam da escola e mais uma vez antes de irem dormir. Não havia dúvidas de que os dois se adaptaram bem a morar com Helen, mas de certa forma aquilo era ainda mais difícil de suportar. Karen queria que os filhos sentissem falta dela, pelo menos um pouco. Naquela manhã, ela conversara com a dra. McDaniels sobre seus sentimentos contraditórios.

— É perfeitamente normal se preocupar se você está sendo excluída da vida de seus filhos — disse a dra. McDaniels. — Mas, acredite, isso não está acontecendo. Você ainda é a mãe deles. Helen não vai substituí-la, mesmo se fizer um bom trabalho cuidando deles nesse período. Fique feliz por Mack e Daisy estarem se adaptando bem e use esse tempo para resolver as suas coisas, para ficar forte novamente. Na verdade, recomendo que você comece a se exercitar no Spa da Esquina. A atividade física vai fazer bem.

Quando Karen protestou que não poderia pagar a mensalidade do spa, a dra. McDaniels logo descartou a objeção.

— Posso dar um jeito nisso se você me prometer que não vai furar.

Embora Karen tivesse praticado esportes quando era obrigada nas aulas de educação física do ensino médio, nunca havia se exercitado de forma mais consistente depois de adulta.

— Você acha mesmo que vai ser bom para mim? — perguntou ela. — Eu era péssima na educação física da escola.

A psiquiatra riu.

— Não só você — disse a dra. McDaniels. — Mas há vários estudos que dizem que a prática de atividade física intensa ou até mesmo moderada não só mantém o corpo em forma como também aumenta a produção de serotonina no cérebro, o que faz a pessoa se sentir mais feliz.

— Sério? — questionou Karen, ainda cética, mas disposta a tentar. — Se você conseguir resolver isso, eu vou. Você disse que ia recomendar duas coisas. Qual era a outra?

— Quero que você converse com um consultor financeiro e crie um plano para pôr suas finanças em ordem. Se conseguir quitar suas dívidas e administrar seu dinheiro com sabedoria, vai aliviar muitas de suas preocupações.

Karen também não tinha visto motivo para discutir.

— Você indica alguém?

Ela aceitou o cartão de visita que a dra. McDaniels lhe ofereceu e ligou para marcar uma reunião assim que chegou ao trabalho. O consultor financeiro havia agendado o primeiro encontro para a semana seguinte. E mais tarde naquele mesmo dia, Dana Sue disse que lhe daria acesso gratuito ao Spa da Esquina.

— A dra. McDaniels falou com você? — protestou Karen, humilhada. — Eu sinto muito.

— Pare com isso — respondeu Dana Sue. — Os negócios estão indo de vento em popa no spa. Você pode usar a academia de graça, e Elliott disse que ficará feliz em ajudá-la a começar.

Karen tinha visto o personal trainer sexy de relance uma ou duas vezes. Sem dúvidas olhar para ele mais de perto não seria ruim.

Ela se sentou na beirada do sofá de uma das mesas e pensou em todas as coisas boas que aconteceram desde que tomou coragem para enfrentar o caos que sua vida se tornara. Finalmente estava começando a acreditar que poderia assumir as rédeas da situação outra vez. E, com tudo o que Dana Sue e Helen estavam fazendo para apoiá-la, era obrigação dela não desperdiçar a oportunidade.

Ainda assim, havia um enorme vazio onde os filhos deveriam estar. Karen os queria de volta em casa. Ninguém havia estabelecido uma data para a volta *definitiva* das crianças, mas ela esperava que fosse logo. Falar ao telefone ou até mesmo passar uma hora com eles a cada poucos dias não era suficiente.

Ao ver o urso de pelúcia favorito de Mack na outra ponta do sofá, Karen o agarrou e o abraçou com força. Os pelos do bicho estavam embolados, a fita ao redor do pescoço estava manchada de papinha, mas ainda cheirava a talco de bebê, xampu e seu filhinho. Ela estava um pouco surpresa que Mack estivesse conseguindo dormir sem ele, mas Helen não mencionara qualquer dificuldade em fazer o menino pegar no sono. Mesmo assim, Karen resolveu deixar o urso na casa da advogada na manhã seguinte, e quem sabe ver os filhos rapidinho antes de ir para o primeiro treino na academia. Era quase impossível imaginar que apenas alguns dias antes ela achara que não conseguia segurar a barra e dar conta das crianças.

Uma leve batida em sua porta a sobressaltou. Aliviada com a perspectiva de uma visita, Karen largou o urso e correu para abri-la. Frances estava parada ali fora com um recipiente de sopa em uma das mãos e o rosto cheio de compaixão.

— Ouvi você chegar há alguns minutos. Achei que talvez estivesse se sentindo um pouco perdida — disse ela. — Quer companhia?

— Ah, sim, por favor — respondeu Karen com entusiasmo, puxando-a para dentro. — Está muito quieto por aqui.

Frances deu um tapinha no braço da vizinha.

— Eu entendo. Lembro de como fiquei arrasada quando meu último filho foi para a faculdade. A síndrome do ninho vazio não é brincadeira. Eu ainda dava aulas e meu marido ainda era vivo, mas quase fiquei doida sem aquele bando de adolescentes me pedindo comida o tempo todo. Meus filhos foram embora um por um, depois de dezoito anos de cuidados e preocupações. Os seus ainda são praticamente bebês e saíram da noite para o dia. Não tem como você estar preparada para uma coisa dessas.

— Eu quero as crianças de volta agora — admitiu Karen, pegando o recipiente das mãos de Frances e o levando até a cozinha. — Tive que ligar a TV e o rádio para ter algum barulho por aqui depois de voltar do trabalho.

Frances a empurrou para uma cadeira próxima à mesa.

— Sente-se aí e me deixe esquentar essa sopa. Imagino que você ainda não tenha comido, não é?

— Eu passo o dia beliscando lá no restaurante — disse Karen, então percebeu que estava com fome. — Mas sopa parece uma boa.

Frances encontrou uma panela, em que despejou a sopa de ervilha grossa, e então acendeu o fogão.

— Que tal um sanduíche para acompanhar? Se não tiver nada, posso dar um pulo e buscar lá em casa. Tenho um presunto cozido com mel delicioso.

Quando Karen fez menção de protestar dizendo que estava dando muito trabalho, Frances a interrompeu.

— Que besteira. Eu já volto. Fique de olho na sopa. Não deixe ferver.

Karen assentiu, sem mostrar que achava graça na ideia de Frances pensar que uma pessoa que trabalhava num restaurante precisava de instruções para cozinhar. O que a moça precisava, porém, era desfrutar daquela presença maternal, algo que infelizmente faltara em sua vida.

Quando voltou a passos apressados para a cozinha, Frances já tinha em mãos um generoso sanduíche de presunto com uma fatia grossa de pão multigrãos de uma padaria da cidade.

— Eu não sabia se você ia preferir mostarda ou maionese, então não passei nenhuma das duas — explicou a vizinha.

— Gosto de maionese. Vou pegar — disse Karen.

— Não, sente-se e relaxe. Você passa o dia todo em pé enquanto eu não faço nada além de ficar sentada.

Karen riu.

— Frances, nunca vi você passar mais do que alguns minutos parada. Você está sempre fazendo alguma coisa.

Frances deu de ombros.

— É a única maneira que conheço de manter a mente e o corpo ativos — admitiu ela. — Mas também passo muitas horas com os pés para cima. Agora, conte-me como foi seu dia.

Karen contou à vizinha sobre o plano de fazer consultoria financeira e passar a se exercitar no spa.

— Isso é maravilhoso — disse Frances com entusiasmo. — O exercício vai fazer muito bem para você. Minha aula de ginástica no centro para idosos sempre me faz sentir melhor, não que eles sejam muito exigentes, já que ficam com medo de a gente cair duro no chão.

Ela colocou uma tigela de sopa na frente de Karen e puxou uma cadeira para si.

— Sabe — começou Frances em tom conspiratório —, ouvi dizer que há um personal trainer naquele spa que parece um deus grego. Estou tentada a assinar um plano só para poder ir vê-lo pessoalmente.

— Frances! — disse Karen, rindo. — Estou chocada.

— Qualquer mulher que disser que não gosta de olhar está mentindo — brincou Frances. — Tire umas fotos escondidas para mim. Posso viver por meio dos seus olhos.

— De jeito nenhum. Mas vou verificar se poderia levá-la como convidada um dia, se você achar que seu coração aguenta. Eu já o vi e ele realmente é muito bonito.

— Então talvez valha a pena acabar no hospital só para dar uma olhada nele. — Frances deu um tapinha na mão de Karen. — Agora vou sair para você terminar de comer e dormir um pouco. Você quer estar bonita quando for para a academia.

— Vou lá para fazer exercício — lembrou Karen.

— Aham, claro — disse Frances. — Mas não há mal nenhum em exercitar a libido ao mesmo tempo, não é? Talvez fosse bom ter um homem em sua vida.

— Eu poderia dizer o mesmo sobre você — retrucou Karen. — Sei que há pelo menos meia dúzia de homens lá no centro de idosos interessados em você.

— Ah, me poupe — disse Frances com desdém. — Quem quer ouvir um bando de velho reclamando de dor? Já tenho dores o suficiente.

— Mesmo assim, ter companhia tem seus benefícios — argumentou Karen. — Com certeza você também deve se sentir sozinha às vezes.

— De vez em quando — admitiu Frances —, mas nunca fico entediada, nem por um segundo. Se a pessoa correr atrás, sempre há muito o que fazer. E também tenho você, Daisy e Mack. Vocês ocupam um lugar importante na minha vida, que provavelmente seria dos meus filhos e netos se eles morassem mais perto. Então minha vida está cheia. Não tenho do que reclamar.

— Você é incrível — disse Karen com total sinceridade. — Quero ser que nem você quando eu crescer.

— Você vai ser você mesma — corrigiu Frances. — Você é única e precisa se lembrar disso, Karen. Aproveite esse tempo sozinha para descobrir exatamente quem você é e quem quer ser. Seus filhos ficarão muito mais felizes se tiverem uma mãe confiante que sabe para onde está indo e como planeja chegar lá.

— Você acha mesmo que vou conseguir descobrir isso? — perguntou Karen, melancólica. — Eu mal tinha terminado a escola quando conheci Ray. Ele achava que a faculdade era uma perda de tempo, então não estudei e comecei a trabalhar na lanchonete. Aí engravidei da Daisy, nos casamos e as crianças vieram. Eu não planejei nada disso. Agora, parece que meu único objetivo é não me afogar.

— Eu sei que você vai superar isso. Agora durma um pouco. Não deixe de passar lá em casa amanhã e me contar tudo sobre aquele personal sexy do spa.

— Eu te amo — disse Karen, dando um abraço impulsivo em Frances. — Tenho tanta sorte em ter você como minha vizinha e amiga.

— Digo o mesmo — respondeu Frances. — Dê um beijo nas crianças por mim se as vir amanhã de manhã. Diga que vou passar lá à tarde. Vou fazer biscoito de aveia e passas para elas.

— Elas vão adorar.

Karen esperou no corredor até Frances fechar e trancar a porta de seu apartamento, então voltou para casa e arrumou a cozinha. Sentindo-se mil vezes melhor do que no início da noite, desligou a TV e as luzes, então vestiu seu pijama favorito e se arrastou até a cama. Programou o rádio para se desligar sozinho mais tarde e abaixou o volume, embalada pelo som de melodias antigas.

Para sua surpresa, no instante em que a cabeça tocou o travesseiro, ela sentiu que estava pegando no sono, com um sorriso nos lábios. Lá no fundo havia uma sementinha de otimismo a respeito do futuro, algo que não existia havia meses, talvez anos.

CAPÍTULO DEZ

Karen tinha ido ao Spa da Esquina diversas vezes para entregar saladas, muffins e outros itens leves do cardápio que o Sullivan's preparava para o café do spa, mas jamais tinha entrado na sala de ginástica. Vestida com short, tênis velhos e camiseta, ela se aproximou com cautela, surpresa com a variedade de aparelhos e a multidão de mulheres, a maioria das quais parecia se conhecer.

A cor das paredes era um tom alegre de amarelo. As portas de correr permitiam a entrada de uma brisa primaveril e davam para uma vista tranquila de uma área arborizada. Havia uma música de fundo bem baixinha, algo clássico e relaxante, mas o barulho predominante era de conversa e risos.

Intimidada e insegura demais para experimentar qualquer um dos aparelhos, Karen parou onde estava, tentando decidir o que fazer. Ela se arrependeu de não ter voltado para seu apartamento depois de ter ido à casa de Helen para deixar o urso de pelúcia de Mack e passar alguns minutos com as crianças antes da escola. No spa, sentia-se tão sem jeito e deslocada como no ensino médio, quando esperavam que ficasse animada por jogar hóquei sobre grama.

— Você deve ser a Karen — disse uma voz masculina grave, aproximando-se dela por trás.

Aquele tom grave e sexy, que teria desencadeado uma resposta instantânea na cama, soou ainda mais inesperado em meio às vozes femininas estridentes. Karen se virou e encarou olhos castanhos, escuros como café expresso. Era a primeira vez que via Elliott Cruz de perto, e ela não conseguia desviar o olhar. Ao ver o longo cabelo, escuro como carvão, preso em um rabo de cavalo e a expressão incrivelmente marcante, além de peito e ombros largos e coxas musculosas, a moça entendeu por que o personal trainer era tão popular entre as mulheres de Serenity.

— Eu sou Elliott Cruz — apresentou-se ele. — Dana Sue me disse para ficar de olho em você.

Karen deixou escapar um sorriso.

— E minha vizinha me disse para ficar de olho em você — respondeu ela.

Os olhos de Elliott expressaram surpresa.

— Ah, é? Ela frequenta o spa?

— Não, mas ela quer vir só para poder olhar você — disse Karen antes que conseguisse se conter. — Ela está na casa dos 80. Não acho que o choque seria bom para ela.

Para surpresa dela, a pele marrom-clara de Elliott ficou vermelha.

— Me desculpe. Não quis deixar você constrangido.

Ele deu uma risadinha.

— Eu não poderia trabalhar com tantas mulheres se eu não aguentasse alguns olhares e provocações. Já estou imune agora.

Karen discordava. O constrangimento do personal era inconfundível e sugeria que ele ainda era pego de surpresa com elogios descarados. Elliott a conduziu pela academia em direção a uma esteira.

— Por que não começamos aqui? — sugeriu ele, com a mão apoiada no aparelho.

— Você vai me colocar *nisso*? — perguntou ela.

— A menos que sua definição de treino seja ficar olhando todo mundo suar, você precisa começar em algum lugar — disse ele. —

Isso é só uma caminhada, o exercício mais básico de todos. Você consegue fazer isso, né?

— Em uma calçada, não em um aparelho.

— É quase a mesma coisa, a diferença é que a esteira permite controlar o ritmo da pessoa e desafiá-la — explicou o personal, apontando todos os botões e os números no visor digital. — Você pode escolher a velocidade, a distância, quantas calorias quer queimar e assim por diante. Suba e vamos ver como você se sai.

Karen subiu no aparelho e pôs os pés onde Elliott indicou enquanto ele ligava o aparelho.

— Quando estiver pronta, é só pisar na lona e começar a andar — disse ele. — Escolhi uma das velocidades mais baixas por enquanto.

Ela seguiu as instruções e imediatamente agarrou as barras à sua frente com toda a força enquanto tentava andar no ritmo da esteira.

— Está indo um pouco rápido, não? — perguntou Karen, sentindo que deslizava para trás enquanto tentava acompanhar o ritmo.

Elliott sorriu.

— Isso só quer dizer que você precisa andar um pouco mais rápido — disse ele, recusando-se a diminuir o ritmo. — Você consegue. Não é exercício se não for um pouco difícil.

Ela acelerou o passo e sentiu que estava caminhando em um ritmo mais natural. No fim das contas, não era tão ruim assim.

— Por quanto tempo tenho que andar?

— Faremos dez minutos hoje e veremos como você se sai. Eu gostaria que você chegasse a trinta minutos a cada treino.

Dez minutos não parecia muito difícil. Depois que se acostumasse com o aparelho, seria moleza.

— Quanto tempo já fiz?

— Dois minutos.

Karen franziu a testa. Só isso? Sem dúvida ela estava andando havia mais tempo. Quase como uma provocação, suas pernas de repente ficaram pesadas e sua respiração ficou um pouco ofegante.

— E você quer mais oito minutos? — perguntou ela.

Elliott a olhou solenemente.

— Isso mesmo.

— Tem certeza de que não aumentou a velocidade?

— Não. Está na mesma velocidade. Você consegue. Ouvi dizer que você tem filhos, então eles devem mantê-la ativa. Com certeza está apta a fazer uma caminhada rápida.

Algo naqueles olhos bonitos do homem despertava em Karen a vontade de fazer tudo o que ele esperava dela. Ela suspeitava que era por isso que Elliott era um personal trainer tão bom. Todas as mulheres no spa provavelmente queriam corresponder às expectativas dele, por mais impossíveis que parecessem.

Sentindo um desejo travesso de atormentá-lo da mesma maneira que ele fazia com ela, Karen o encarou e perguntou:

— Se eu terminar os dez minutos, você pode me fazer um favor?

Elliott a olhou com uma expressão suspeita.

— O quê?

— Tirar a camisa para eu poder ver se o seu abdômen é isso tudo que o pessoal fala — disse ela no mesmo tom solene que o personal acabara de usar.

A risada grave de Elliott a preencheu.

— Ah, se eu fizesse isso todas as vezes que me pedem, o spa ia acabar com fama de *strip club*. — Ele olhou fixamente para ela. — Se quiser ver meu corpo, Karen, vai ter que se esforçar muito mais.

Ela ficou sem fôlego ao ouvir o tom sugestivo na voz do personal. Tinha esperado uma resposta divertida, mas se surpreendeu ao perceber algo mais malicioso e sério nas profundezas daqueles olhos. Era algo tão masculino que os joelhos de Karen fraquejaram e ela quase tropeçou e caiu da esteira. Elliott desligou a máquina a tempo e a segurou.

— Você está bem? — perguntou ele.

Será que ela estava? Fazia anos que Karen não flertava com um homem, anos desde que uma simples insinuação sexual era capaz de fazer seu sangue ferver e seu corpo tremer. O casamento dela havia perdido aquela paixão muito antes de terminar. Talvez fosse por isso que uma brincadeira sem importância para Elliott Cruz fazia os hormônios de Karen dispararem.

Ela estampou um sorriso no rosto.

— Estou bem. Qual é o próximo exercício?

O sorriso caloroso de Elliott derrubou a última de suas defesas.

— Algo me disse que você se tornaria uma aluna afoita — brincou ele.

Karen estava afoita, realmente. Mas aquela sensação tinha menos a ver com a tortura que Elliott tinha em mente para a próxima hora e mais com a expectativa do que poderia acontecer em um ambiente mais privado.

— Idiota — murmurou ela baixinho.

Sem dúvida todas as mulheres no spa pensavam que conseguiriam chamar a atenção de Elliott. Karen teria que ser uma tola para achar que ele a acharia especial depois de apenas alguns minutos na companhia dela.

— Você disse alguma coisa? — perguntou ele.

— Não, nada — disse ela. — Só estou falando sozinha.

E, com um pouco de sorte, talvez sua libido em polvorosa entendesse o recado. Karen tinha a impressão de que as sensações agradáveis que estava experimentando não eram as que a dra. McDaniels mencionara ao discutir os benefícios dos exercícios.

Helen estava muito orgulhosa de si mesma. As crianças estavam de banho tomado e roupas impecáveis quando Erik tocou a campainha às cinco e meia da tarde para levá-las para jantar.

— Meu Deus, vocês dois estão muito chiques — disse ele a Daisy e Mack, pegando a garotinha no colo para lhe dar um beijo estalado na bochecha que a fez rir, e o menino estendeu os braços pedindo o mesmo.

Então Erik olhou para Helen, e sua expressão mudou. Ele parecia estar se esforçando para conter o riso.

— O que foi? — perguntou a advogada.

— Você já se olhou no espelho? — disse ele com delicadeza.

— Não.

Desde que chegara em casa do trabalho, Helen esteve ocupada demais arrumando Mack e Daisy para sair. Erik havia chegado antes que ela tivesse tempo de retocar a maquiagem, muito menos de pensar em trocar de roupa.

— Talvez seja uma boa ideia fazer isso — sugeriu ele. — Não que não esteja incrível, porque está. — Um sorriso malicioso se espalhou por seu rosto. — Acredite em mim, você está ótima.

Helen franziu a testa porque o olhar de Erik parecia estar indo e voltando para seus seios.

— Eu já volto.

No banheiro, ela olhou para o espelho de corpo inteiro atrás da porta e gemeu. Sua blusa de seda tinha ficado completamente encharcada durante o banho das crianças. Estava colada no peito, revelando a estampa do sutiã rendado. Não era de admirar o olhar de Erik.

A saia, embora não tão reveladora quanto a parte de cima, também estava molhada. Helen entrou no quarto, pegou outra blusa e uma calça de linho e calçou sapatos mais confortáveis. O cabelo e a maquiagem foram rápidos de consertar.

Certa de que estava mais apresentável, Helen voltou para a sala e encontrou os três no sofá assistindo a desenhos animados. Erik parecia tão absorto quanto as crianças.

— Detesto interromper a diversão, mas não deveríamos ir? — perguntou ela.

Daisy protestou, mas bastou um olhar de Erik para silenciá-la. Mack parecia feliz em fazer o que o homem sugerisse e ficou especialmente animado quando o cozinheiro o colocou nos ombros para carregá-lo nas costas.

— Avante! — ordenou o menino, em tom de autoridade.

Erik riu.

— Ele já está puxando você — disse ele a Helen enquanto se dirigia para a porta.

— Algo me diz que isso não é um elogio.

Helen o seguiu para fora da casa e trancou a porta.

Eles decidiram usar o carro de Helen porque estava com as cadeirinhas, mas a advogada aceitou prontamente quando Erik se ofereceu para dirigir. Ela mal conseguia manter os olhos abertos e não fazia ideia de como seria cansativo tentar acompanhar as crianças por vários dias seguidos.

O restaurante fast-food ao qual Erik os levou ficava na cidade vizinha e tinha um playground coberto. Daisy o identificou na hora.

— Podemos ir brincar? — implorou a menina.

— Só depois de comermos — disse Erik. — Por que vocês não encontram uma mesa e eu pego a comida? Daisy, quer vir comigo para ajudar?

— Claro! — respondeu ela, claramente felicíssima por receber atenção de Erik.

Helen acomodou Mack em uma cadeirinha e ficou olhando Erik se abaixar para consultar Daisy enquanto faziam o pedido. Ela ficou surpresa ao ver como o cozinheiro ficava à vontade com crianças. Embora tivesse relaxado bastante nos últimos dias, Helen ainda se sentia insegura com eles. Dizia a si mesma que era porque Mack e Daisy haviam chegado de repente e que ela nem os conhecia antes. Sinceramente, porém, era mais do que aquilo. Era a responsabilidade de mantê-los sãos e salvos e fazer com que se sentissem bem até que pudessem estar com sua mãe outra vez. Por mais que odiasse admitir, Helen precisava tanto de uma rede de apoio quanto Karen. Frances estava ajudando, mas ainda precisavam de reforços. Talvez Annie estivesse disposta a ficar de babá ou dar uma passadinha rápida para dar uma folga para Helen à noite.

A advogada ainda estava avaliando as possiblidades quando Erik e Daisy se aproximaram.

— Por que a cara amarrada? — sussurrou Erik no ouvido de Helen enquanto colocava a bandeja cheia de comida na mesa. — Você já está pensando demais de novo?

A advogada forçou um sorriso.

— É bem provável.

— Querida, eles são gente. Aproveite. — Ele dividiu a comida e sugeriu: — Daisy, por que você não conta para Helen sobre a história que sua professora leu na escola hoje?

Daisy a olhou com esperança.

— Você quer ouvir?

— Adoraria — disse Helen.

A menina começou com o que deveria ser bem o começo do livro e contou a longa e desconexa história de um dinossauro, adicionando alguns detalhes que Helen suspeitava não estarem no original. A narrativa, entretanto, foi repleta de drama e entusiasmo suficientes para manter Mack fascinado e Helen rindo.

— Bravo! — aplaudiu ela quando Daisy terminou. — Você é uma excelente contadora de histórias.

— Eu posso ler para você hoje à noite — ofereceu a menina, animada. — Trouxe o livro para casa. A professora disse que eu podia.

— Eu adoraria — disse Helen, e percebeu que falava sério.

— Mack e eu podemos ir brincar agora? — implorou Daisy a Erik depois que terminaram de comer.

Erik olhou para Helen.

— Tudo bem por você?

Ela olhou para o parquinho interno onde várias outras crianças pequenas já estavam brincando.

— Tem certeza de que é seguro?

Erik assentiu com a cabeça.

— Tenho.

Helen deu seu aval.

— Mas fiquem onde a gente consiga ver vocês.

Depois que as crianças se afastaram, Erik a olhou com atenção.

— Deixá-los partir não foi tão difícil assim, foi?

— Não, estou tentando melhorar nisso. — Ela suspirou. — Sei que sou muito tensa, mas ser responsável por crianças é assustador.

— Imagino que todos se sintam assim quando deixam o hospital com o primeiro bebê. Já você levou para casa duas crianças que já têm personalidade, vocabulário e que sabem andar sozinhas. Sem dúvida foi um choque, mas você vai pegar o jeito.

— O que eu não entendo — começou Helen, olhando-o com curiosidade — é por que alguém tão à vontade com crianças quanto você não tem o menor interesse em ter filhos.

A expressão de Erik se fechou de repente, como se ela tivesse tocado em um assunto muito pessoal que qualquer pessoa com bom senso devesse saber que não deveria ser mencionado.

— Eu disse algo errado? — perguntou Helen, sem entender por que ele era tão sensível ao tema.

Ele balançou a cabeça.

— Claro que não. Só não tenho planos de ter uma família. Eu já falei isso.

— Mas você seria...

— Não vai acontecer, ok? — interrompeu Erik.

Se ele não parecesse tão abalado, Helen poderia ter insistido. Em vez disso, deixou o assunto morrer.

— Me desculpe.

Ele cobriu a mão de Helen com a sua.

— Não, *eu* é que peço desculpa por ser tão ríspido. Era uma pergunta completamente plausível. Só fico um pouco sensível com esse assunto, porque todos os meus planos de ter filhos estavam ligados à minha esposa. Quando ela morreu, aquela parte da minha vida também morreu.

Erik parecia tão triste que Helen não pôde deixar de se perguntar se a perda era recente.

— Há quanto tempo sua esposa morreu?

— Faz seis anos e sete meses — respondeu ele sem emoção.

Helen sabia que não havia um tempo certo para o luto, mas parecia tempo demais para sofrer pela perda de alguém.

— Foi antes de ir para a escola de culinária? — perguntou ela.

Ele assentiu.

— Eu precisava fazer uma mudança radical depois que a minha esposa morreu. Uma amiga sugeriu a escola de culinária, principalmente como uma distração, porque ela sabia que eu gostava de cozinhar. No fim, acabei adorando. Os professores disseram que eu tinha um talento natural. E depois de um tempo essa nova profissão me trouxe de volta à realidade.

— Mas não totalmente — emendou Helen antes que pudesse se conter.

Erik a olhou com uma expressão dura.

— O que você quer dizer com isso?

— Por favor, não me leve a mal, mas ainda parece que uma parte sua morreu com sua esposa.

Em vez de ser ríspido de novo, ele apenas assentiu.

— Suponho que seja verdade.

— Você devia amá-la muito — disse Helen.

— Ela era maravilhosa. — Os olhos de Erik se encheram de uma tristeza tão crua que devia ser idêntica à do dia em que a esposa morreu. — Não era perfeita, de maneira alguma, mas mesmo assim era maravilhosa.

Helen não conseguia desviar o olhar, embora testemunhar tamanho sofrimento parecesse uma intromissão. Forçando-se a procurar as crianças na área de recreação, pensou em como era uma pena um homem tão decente como Erik ter se fechado emocionalmente.

— Por que você está tão pensativa de repente? — perguntou ele. — Não foi minha intenção deixar você para baixo.

— Acho que estou com um pouco de inveja — admitiu ela. — Tive alguns relacionamentos, se é que dá para chamá-los assim, mas ninguém jamais teve tamanha importância para mim quanto sua esposa claramente teve para você. Na verdade, até algum tempo atrás eu não tinha certeza se acreditava que o amor poderia ser tão profundo.

— O que aconteceu para convencê-la de que é possível?

— Ver Cal e Maddie juntos — respondeu Helen. — E, nos últimos tempos, até Dana Sue e Ronnie estão me fazendo acreditar.

— Imagino que seja a sua área que a tenha deixado tão amargurada — disse Erik.

— Você não é o primeiro a me dizer isso — respondeu ela.

— Já pensou em mudar de área dentro do Direito?

Helen balançou a cabeça.

— Para ser bem sincera, não. Eu gosto de defender mulheres cujos casamentos não deram certo. Elas em geral estão tão abaladas emocionalmente que precisam de alguém que lhes dê apoio e seja forte o suficiente para lutar pelo que merecem.

— Mas olhe o quanto isso está custando — argumentou ele. — Como você mesma admite, você se fechou emocionalmente.

— Você também — respondeu Helen.

Erik abriu um sorriso triste.

— *Touché*. Mas pelo menos amei e me entreguei por completo uma vez.

A advogada assentiu devagar. Pela primeira vez, entendeu de verdade o que o poeta Tennyson quis dizer quando escreveu que era melhor ter amado e perdido do que nunca ter amado. Ela olhou novamente para o parquinho e viu Mack e Daisy começando a brigar.

— No momento, acho que tenho outros problemas para resolver. Parece que aqueles dois estão ficando cansados, então provavelmente deveríamos levá-los para casa.

Enquanto Erik ia buscá-los e Helen ficava esperando, uma sensação estranha tomou conta dela. Por um breve instante, parecia que ela fazia parte de uma família.

E a sensação era muito, muito boa.

Erik não conseguia se livrar do estado de espírito sombrio que as perguntas de Helen lhe despertaram. Ele sabia que era apenas a curiosidade natural dela que a fazia querer saber mais sobre seu passado, mas, cada vez que se lembrava de tudo que havia perdido quando Samantha morreu ainda grávida, Erik parecia voltar à noite da tragédia e repassava os acontecimentos mil vezes, perguntando-se se havia alguma coisa que ele poderia ter feito diferente, qualquer coisa que teria mudado o desfecho. Todos os médicos e socorristas que ele consultara garantiram que Erik fizera tudo certo, mas a confirmação deles não era suficiente. Ele ainda se culpava.

Se dependesse só dele, teria deixado Helen e as crianças em casa e ido embora, mas Daisy tinha outros planos.

— Vou ler uma história, lembra? — disse a menina quando Erik tentou se despedir na porta da frente.

— Acho que Mack e Helen serão uma ótima plateia — respondeu ele. — Você não precisa de mim.

— Por favor — implorou Daisy, olhando-o com uma expressão tão triste que ele não conseguiu dizer não.

— Vou ficar meia hora — concordou Erik com relutância.

— Viva! — exclamou a menina. — Vou pegar o livro.

— Ela faz gato-sapato de você — comentou Helen, balançando a cabeça, divertida.

Ele deu de ombros.

— O que posso dizer? Não resisto a uma mulher que implora.

— Mais um motivo pelo qual você e eu jamais daríamos certo — respondeu a advogada. — Eu *nunca* imploro.

Erik riu.

— Inclua esse motivo na lista e diga isso a Dana Sue da próxima vez que ela começar a se meter. — Ele estendeu os braços para pegar Mack do colo de Helen. — Ele está exausto. Vou colocá-lo na cama.

Helen o deixou pegar o menino.

— Daisy vai ficar arrasada agora que a plateia se resume a só nós dois.

— Acho que *nós* somos os mais importantes para ela. Mack é só seu irmão mais novo. Ela pode ler para ele a qualquer hora.

— Bem, eu não vejo a hora. Não me lembro quando foi a última vez que li um bom livro sobre dinossauros.

Erik acomodou Mack na cama, que tinha formato de carro e havia sido pintada de vermelho brilhante.

— Você comprou uma cama para ele? — perguntou Erik a Helen. — Por que, se ele vai ficar aqui apenas por um tempo?

Ela corou.

— Eu queria que ele tivesse algo especial. Achei que tornaria a visita uma aventura.

— Ele tem 3 anos. Pode dormir até em uma pedra.

Helen deu uma risadinha.

— Porém duvido que isso seja recomendado.

Erik acomodou Mack na cama e cobriu o menino, então se virou e viu uma expressão estranhamente melancólica no rosto de Helen.

— Você está bem?

Ela assentiu.

— Vê-lo assim, parecendo tão doce e inocente, faz com que eu me lembre do que perdi.

Não era a primeira vez naquela noite que Helen chegava perto de admitir que sua vida não havia saído do jeito que ela esperava. Só mostrava que as pessoas eram mais complicadas do que pareciam.

— Você queria ter filhos? — perguntou Erik.

— Eu achava que os teria, mas o tempo simplesmente passou — admitiu ela. — Tenho me arrependido muito nos últimos tempos.

— Não é tarde demais — disse ele, embora mentalmente estivesse acrescentando a vontade dela de ter filhos à lista de motivos pelos quais não dariam certo como casal. — Mulheres com carreira têm filhos na sua idade o tempo todo.

— Eu sei.

— E então?

— Ainda estou avaliando minhas opções — respondeu Helen. — Devo dizer que ter Mack e Daisy aqui foi revelador.

— No bom sentido?

Ainda com o olhar fixo em Mack, ela assentiu.

— Sim, no bom sentido.

Daisy apareceu na porta.

— *Afinal*, vocês vêm ouvir a história?

Erik riu da impaciência da menina e a pegou no colo.

— Que tal colocarmos você na cama e Helen ler para você? — sugeriu ele. — Mack já está dormindo.

Daisy olhou para Helen com uma expressão séria.

— Você pode? Gosto quando a mamãe lê para mim.

Helen pareceu vagamente assustada com o pedido, mas então seus lábios se curvaram em um sorriso.

— Eu adoraria, mas só se Erik fizer todos os barulhos de dinossauro.

— Combinado — disse ele na hora, surpreendentemente ansioso para compartilhar essa experiência com ela.

A cada dia Erik descobria coisas novas sobre Helen, e suas ideias preconcebidas desabavam como pinos em uma pista de boliche. Para um homem determinado a manter distância dela, aquilo não era nada bom.

CAPÍTULO ONZE

Em uma manhã de sábado, vários dias após terem saído com Erik, Helen acordou com a sensação de que alguém a observava. Abrindo um olho, viu Mack parado ao lado da cama chupando o dedo. O menino parecia tão cansado quanto ela ainda se sentia, mesmo depois da primeira noite de sono ininterrupto que teve desde que as crianças chegaram. Pela segunda vez na semana, disse a si mesma que precisava encontrar reforços o mais rápido possível.

Ela olhou para o relógio e viu que já eram oito da manhã. Nunca dormia até tão tarde, nem mesmo aos fins de semana. Não era de admirar que Mack tivesse ido atrás dela. Helen prestou atenção no som que vinha da sala de estar e percebeu que a TV estava ligada, o que devia estar mantendo a independente Daisy entretida.

Mack tirou o polegar da boca por tempo suficiente para perguntar em tom esperançoso:

— Você está acordada?

— Agora estou — confirmou ela. — Está com fome?

O menino assentiu enfaticamente.

— Parece que você também precisa trocar de roupa — sugeriu Helen. — Você deve estar ficando cansado dessa camiseta do Homem-Aranha.

— Não! — disse Mack.

— Certo. Que tal eu lavá-la agora de manhã?
— Não! — repetiu ele.

Bem, não valia a pena brigar por isso. Na segunda-feira mandaria Barb tentar encontrar mais algumas peças idênticas àquela.

Enquanto isso, vestiu um robe e foi até a sala de estar, com Mack cambaleando atrás. Daisy estava sentada na frente da TV... e estava chorando! Helen sentiu um nó na garganta ao vê-la naquele estado. A menina parecia tão perdida e solitária apesar da camiseta rosa alegre, do short laranja e do tênis vermelho brilhante. O cabelo sedoso estava emaranhado e as lágrimas escorriam pelas bochechas.

Helen imediatamente cruzou a sala e se sentou ao lado dela, puxando-a para um abraço.

— Ai, querida, o que houve?

Daisy ergueu o rosto úmido para Helen e perguntou com tristeza:

— Será que algum dia vamos morar com a mamãe de novo?
— Claro que vão — respondeu Helen na mesma hora.
— Quando?
— Muito em breve.
— Mas quando? — insistiu Daisy.
— Assim que a médica disser que ela está bem — disse Helen.
— Ela está muito, muito doente? — perguntou Daisy. — Quando estou doente, fico em casa só alguns dias. Mas a mamãe está doente há muito tempo. — A menina olhou para Helen esperançosa. — Ela não parecia doente da última vez que veio nos visitar. Talvez já esteja melhor.

Helen se perguntou como poderia explicar a situação de uma maneira que uma criança de 5 anos conseguisse entender.

— Eu sei que deve parecer muito tempo, mas você só está comigo há algumas semanas — explicou ela, embora sentisse que duas semanas poderiam parecer uma eternidade para uma criança. — E o que sua mãe tem não é como uma dor de barriga ou sarampo. Não passa assim tão rápido.

— Então como ela vai ficar boa de novo? — perguntou Daisy, parecendo mais perplexa do que nunca.

— Ela precisa descansar e conversar com algumas pessoas e então vai ficar forte de novo.

— Mas ela está forte agora — protestou Daisy. — Ela consegue levantar um monte de coisa pesada.

Helen concluiu que estava apenas piorando as coisas.

— Tive uma ideia. Por que não ligamos para ela agora, para você e Mack poderem falar com ela? Talvez sua mãe até tenha tempo de passar aqui antes do trabalho.

Os olhos de Daisy brilharam, embora ainda estivessem com o vestígio das lágrimas.

— Podemos ligar para ela?

— Claro que podem — disse Helen, arrependida de não ter deixado isso claro para Daisy muito tempo antes. Em vez disso, era Karen quem tinha que ligar e passar para visitá-los. Não havia dúvida de que Daisy precisava saber que ela mesma poderia ligar para a mãe, caso quisesse. — Pode pegar o telefone e eu ajudo você a fazer a ligação.

Daisy pulou do sofá e correu para a mesa onde o telefone estava pousado na base.

— Falar — pediu Mack.

— Espere um pouco — respondeu Daisy, então acrescentou, toda orgulhosa: — Eu sei meu número de telefone.

— Então você pode ligar — disse Helen.

Karen deve ter atendido no instante seguinte, porque um sorriso apareceu no rosto de Daisy.

— Mamãe! Sou eu.

— Falar com a mamãe também! — choramingou Mack.

Helen olhou para Daisy com uma expressão suplicante que fez a menina entregar o telefone. Mack balbuciou feliz por um minuto, então a irmã puxou o telefone de volta.

— Mamãe, você pode vir aqui?

A resposta de Karen do outro lado fez Daisy franzir a testa e estender o telefone para Helen.

— Ela quer falar com você — disse a menina, soando traída.

Helen pegou o telefone.

— Oi, Karen.

— Está tudo bem? — perguntou ela, preocupada. — Daisy parece chateada. Ela está chorando?

— Sim, mas está tudo bem, sério. Daisy estava apenas com muita saudade. Achei que você gostaria de vir tomar café da manhã com a gente, se tiver tempo.

— Sério?

O tom de surpresa na voz de Karen deixou Helen confusa.

— Claro. Eu disse que você seria bem-vinda aqui a qualquer hora.

— Eu sei — disse Karen. — Mas da última vez que estive aí fiquei com a sensação de que estava atrapalhando a nova rotina. Já que você tem sido tão generosa em ficar com eles, eu não queria atrapalhar ou dificultar as coisas para você.

— Ah, Karen, sinto muito — respondeu a advogada, chateada. — Eu não imaginava que tinha feito você se sentir assim. Embora ninguém goste mais de ter uma rotina do que eu, descobri que às vezes as melhores coisas da vida acontecem inesperadamente. Por favor, venha. As crianças precisam ver você.

— Estarei aí em quinze minutos — prometeu Karen, parecendo tão ansiosa quanto Daisy. — E não faça nada. Me deixe cozinhar. O mínimo que posso fazer é preparar o café da manhã para todos vocês.

— Isso seria maravilhoso — admitiu Helen. Seu repertório de cereais ou ovos mexidos já tinha perdido a graça dias antes. — Até daqui a pouco.

— Ela está vindo? — perguntou Daisy no instante em que Helen desligou o telefone.

— Sim, ela chega daqui a pouco — confirmou Helen, pegando Mack. — Por que você não lava o rosto e escova os dentes enquanto me visto? Se der tempo, vou fazer uma trança no seu cabelo.

— Certo! — disse Daisy, animada, e saiu correndo.

No entanto, em vez de voltar para seu quarto para trocar de roupa, Helen deu um tapinha nas costas de Mack, apreciando a sensação do corpinho quente do menino em seus braços. Por enquanto, ele estava perfeitamente satisfeito em ficar aninhado no colo de Helen, algo que ela sabia que não duraria depois que ele visse a mãe. Estava ficando cada vez mais difícil para a advogada aceitar que aquelas duas crianças incríveis ficariam com ela por no máximo mais algumas semanas. Elas já tinham uma mãe que estava fazendo o possível para poder cuidar delas outra vez.

Helen não podia deixar de admirar o quanto Karen estava se esforçando para colocar sua vida em ordem, mas uma pequena parte dela — cuja existência jamais admitiria — esperava que ainda demorasse muito, muito tempo. Apesar dos surtos iniciais de dúvida e períodos de exaustão total e absoluta que sentira, a maternidade — mesmo que *temporária* — estava se tornando mais gratificante do que ela jamais imaginara.

Helen parecia ter desaparecido da face da Terra. Erik não a via fazia semanas. Finalmente arriscou perguntar a Dana Sue se as crianças haviam trancado a advogada em um armário ou algo assim.

— Não, mas ela com certeza está sobrecarregada, embora jamais vá admitir — disse Dana Sue. — Annie passa lá quase todas as noites para dar uma ajuda. Ela diz que Helen põe o pijama e fica pronta para dormir assim que as crianças pegam no sono. Para alguém como ela, que adorava ficar acordada até tarde, isso diz muito.

— Ela está arrependida de ter se oferecido para ficar com as crianças? — perguntou Erik.

Dana Sue o olhou com curiosidade.

— Por que tanto interesse, Erik?

Ele fingiu indiferença.

— É estranho não a ver mais por aqui.

— Você sempre pode ligar para saber como ela está — sugeriu Dana Sue.

— Não começa — disse ele. — Eu perguntei sobre ela, só isso.

Dana Sue sorriu.

— Eu acho que tem coisa aí. Acho que você está com saudade.

Ele revirou os olhos e foi em direção à despensa. Dana Sue disse em voz alta:

— Não, ela não se arrepende de ter se oferecido para ficar com as crianças. Diz que foi a melhor coisa que já fez.

Erik não sabia como se sentir ouvindo a resposta de Dana Sue. Claro, ficava feliz por Helen estar gostando da experiência da maternidade, mas se ficar com as crianças havia cristalizado o desejo dela de ter filhos, então não havia futuro para os dois. E aquilo o incomodava mais do que ele gostaria de admitir. O que o surpreendeu ainda mais foi que sua chefe estava certa. Ele estava *mesmo* com saudade de Helen.

Alguns dias depois de sua conversa com Dana Sue, Erik ainda estava remoendo a descoberta de que sentia falta de Helen quando esbarrou com a advogada na Wharton's. Com uma expressão desanimada, ela olhava fixamente para uma xícara de café, que permanecia praticamente intocada. Ele se acomodou no sofá diante dela. Dado o aparente estado de espírito da mulher, ficou surpreso por não haver uma taça de sorvete vazia na frente dela.

— Teve algum caso difícil no tribunal hoje? — perguntou ele.

Helen balançou a cabeça.

— As crianças estão dando problema?

Ela soltou um suspiro pesado.

— Não, elas são ótimas.

— Então por que você está com essa cara de enterro?

— Conversei com a dra. McDaniels hoje sobre Karen.

Erik ficou tenso. Tinha acontecido mais algum problema e ele não sabia? Dana Sue poderia muito bem estar escondendo alguma coisa, pois sabia que ele ainda tinha um pé atrás a respeito de Karen.

— Ah, é? — perguntou Erik em tom casual. — O que houve com ela?

— A dra. McDaniels diz que Karen está indo muito bem, inclusive até melhor do que o esperado. Diz que as crianças podem voltar para casa para morar com a mãe em uma ou duas semanas e está convencida de que Karen está no caminho certo.

Helen o olhou com uma expressão que ele não conseguia decifrar. Era quase como se ela não quisesse acreditar que a psiquiatra estava certa.

— O que você acha? — perguntou ela.

A pergunta confirmou as suspeitas de Erik, mas ele sabia que sua resposta não seria o que Helen queria ouvir.

— Sei que ela tem cumprido a escala de trabalho, está se esforçando mais do que nunca e seu humor melhorou muito. A médica parece estar certa. Já está na hora de ela ter os filhos de volta.

Helen suspirou.

— É o que penso também. Acho que no começo eles poderiam ficar com ela só nos dias de folga, mas não vai demorar muito para voltarem para casa de vez.

— Achei que você ficaria feliz em ter sua vida e sua casa de volta — disse Erik.

— Eu teria pensado a mesma coisa um mês atrás — admitiu ela. — Eu não tinha ideia de que me apegaria tanto às crianças. Deixá-las ir vai ser mais difícil do que eu esperava.

— Elas devem ficar com a mãe — lembrou ele.

— Vai por mim, eu sei — disse Helen. — Isso não facilita as coisas.

— Não, imagino que não, mas o que você fez por essa família foi incrível. Isso deve deixá-la com uma baita sensação de missão cumprida.

— Ah, eu sou uma santa mesmo — disse ela, com uma ponta de amargura que o surpreendeu.

Erik a encarou.

— Certo, o que está acontecendo? Isso é sobre aquela história de ter filhos?

Para surpresa dele, quando Helen ergueu a cabeça para encará-lo de volta, seus olhos estavam marejados de lágrimas. Ela assentiu.

Erik disse a si mesmo que não deveria deixar que ela o afetasse daquela forma, mas o que fazer? Helen parecia arrasada. Instintivamente, ele segurou a mão dela do outro lado da mesa.

— Helen, se é isso que você realmente quer, há algumas maneiras. Mack e Daisy não são as únicas crianças que precisam de um lar temporário ou permanente, aliás. Você pode abrigar outras crianças ou inclusive adotar. Faça o que for preciso para atender essa necessidade, se é tão importante assim para você.

— Você não acha que estou sendo egoísta?

— Não, acho que adotar crianças ou oferecer lar temporário é extremamente generoso. Mas você sabe que isso mudará sua vida, não é? No caso de Daisy e Mack, você sempre soube que eles acabariam voltando para casa, mas adotar um filho será para sempre. Vai ter seus perrengues também.

Helen abriu um sorriso vacilante.

— Faz um mês que estou catando cereal das almofadas do sofá. O banheiro de hóspedes fica todo molhado e cheio de patos de borracha. Já sei de cor as músicas de meia dúzia de filmes infantis. Acho que estou começando a entender o impacto de um filho na minha vida.

— Você teve sorte, porque eles não ficaram doentes e você não teve que mudar todos os seus horários. Crianças são imprevisíveis e você gosta de levar uma vida bem planejada. Os últimos dois meses foram uma aventura, mas você sempre soube que haveria um fim.

Helen franziu a testa ao ouvir o alerta de Erik.

— Eu sei. Entendo que não posso simplesmente devolver uma criança se ela causar muitos problemas. E sei que é um compromisso para a vida toda.

— De verdade?

— Por que você é tão solidário em um segundo e tão negativo no outro?

— Porque já vi o suficiente para saber que você gosta de ordem, não de caos. E, como você mesma admite, nunca teve um relacionamento que durou mais do que alguns encontros.

— Você está dizendo que não acha que fui feita para ser mãe? — perguntou Helen.

— Eu jamais diria uma coisa dessas. Só estou dizendo que você está prestes a perder Mack e Daisy e está sentindo esse vazio em sua vida agora. É natural querer outra coisa para preenchê-lo. Só tenha certeza de que está fazendo isso porque é a coisa certa para você a longo prazo, e não como uma solução provisória por se sentir um pouco solitária sem Mack e Daisy por perto.

A expressão irritada dela sugeria que o comentário de Erik tinha tocado na ferida.

— Eu preciso ir trabalhar — disse Helen em tom tenso, começando a se levantar.

Erik pegou a mão dela.

— Espere — pediu ele. — Eu não disse nada disso por mal.

— Eu sei. Você só acha que sou egoísta e egocêntrica demais para ser mãe.

O cozinheiro a olhou incrédulo.

— Eu *não* disse isso. Acho que você é uma mulher extremamente competente e capaz de fazer qualquer coisa que se proponha a fazer. Dá conta de milhares de coisas ao mesmo tempo. Eu estava só bancando o advogado do diabo. Se vai se tornar mãe, precisa saber o que a aguarda. As crianças precisam de pais totalmente comprometidos em dar a eles tudo do que precisam e que merecem.

— Eu já sei disso, provavelmente até melhor do que você — retrucou ela. — Estou pesando os prós e os contras há tanto tempo que estou quase tonta. — De repente, sua atitude combativa desapareceu e ela o olhou resignada. — Mas isso tudo era teoria, entende o que quero dizer? Ter Mack e Daisy foi algo concreto. Recebê-los foi uma espécie de experiência, para ver se eu conseguiria dar conta. Não esperava ficar tão apegada ou que eles virassem minha vida de pernas para o ar e me fizessem querer ter muito mais do que já tenho. Fico assustada de pensar no quanto quero ter filhos. Sempre fui muito independente e gostava das coisas assim. Mas agora parece que passei os últimos vinte anos no piloto automático, sem viver de verdade.

Erik entendia. A vida real sempre tendia a ser muito mais confusa do que se esperava. Ele via isso o tempo todo nas recepções de casamento que eram planejadas com tanta atenção aos mínimos detalhes, apenas para que um fornecedor deixasse de entregar algo com que estavam contando ou a noiva mudasse de ideia sobre o cardápio uma semana antes do evento.

Pessoas com filhos ou que trabalhavam no ramo de restaurantes e bufês precisavam adotar uma atitude descontraída ou acabariam com úlceras ou um ataque cardíaco. Porém, abraçar a mudança e a imprevisibilidade não era fácil. Helen, com sua vida toda certinha, acabara de se deparar com essa constatação e descobrir que, no fim das contas, ela era capaz de fazer isso. Ela parecia tão surpresa quanto Erik.

— Você não me perguntou o que deveria fazer, mas vou dizer assim mesmo — começou ele. — Sei muito bem como a vida pode ser curta e como as coisas podem mudar de repente. Se quer algo de verdade, você precisa agarrar. Não espere até que seja tarde demais e depois acabe vivendo com arrependimentos.

— Que nem *você*? — perguntou ela.

Erik assentiu.

— Que nem eu.

Ele se arrependeria até o dia de sua morte por não ter concordado em ter filhos assim que Samantha tocou no assunto pela primeira vez, logo depois de se casarem. Eles estavam com vinte e poucos anos, apenas começando a vida, suando para pagar as contas. Erik queria que o casamento e as finanças estivessem mais estabelecidos antes de ter um filho. Com relutância, a esposa concordou em esperar.

Talvez, se tivessem tentado antes, quando os dois eram um pouco mais jovens, as coisas tivessem sido diferentes e ele ainda teria sua esposa e uma família.

A triste verdade, porém, era que Erik não poderia voltar atrás para mudar isso e saber se teria feito alguma diferença. Ele iria para o túmulo se questionando sobre isso, sobre a noite em que Sam e seu filho morreram, sobre tantas coisas.

Erik percebeu o olhar perturbado de Helen.

— Se sua vontade é ter filhos, se já pensou nisso de todos os ângulos, então tenha, Helen. Você tem uma excelente rede de apoio e não estará sozinha. Fora que tem os meios para contratar toda a ajuda de que precisar. Não deixe sua vida ser governada por dúvidas e incertezas. Você não é dessas.

O sorriso que surgiu no rosto da advogada era surpreendentemente radiante, e o fez se lembrar da reação de Sam quando ela finalmente concordou em começar a tentar ter um bebê.

— Obrigada — disse ela baixinho. — Você não imagina como me ajudou a pôr em palavras tudo em que estive pensando.

Helen se levantou e desta vez ele deixou. Quando ela se abaixou e deu um beijo na bochecha de Erik, ele sentiu um anseio surpreendente. Era mais do que o desejo sexual que sentia por ela em geral. Era parte uma necessidade de ser incluído na nova vida que ela estava planejando para si mesma, parte tristeza por saber que isso jamais aconteceria. Helen estava tomando um rumo que ele jamais se atreveria a seguir. Erik já aceitara que nunca teria sua própria família. Convencera-se de que não merecia.

Mesmo sabendo disso, porém, não conseguiu deixar de fazer uma sugestão ridícula apenas para ver como Helen reagiria. Seria um teste de quão flexível e ousada ela havia se tornado.

— Tive uma ideia — começou ele em tom inocente antes que ela pudesse se afastar.

— O quê?

— Que tal eu passar na sua casa mais tarde e levar alguns equipamentos de acampamento?

Helen o olhou sem entender.

— Equipamentos de acampamento? — Parecia que ela estava dizendo aquelas palavras pela primeira vez na vida.

— Isso, barraca, grelha para fazer hambúrgueres ou marshmallows assados. O tempo está perfeito para acampar no quintal. As crianças vão adorar. — Erik teve que conter um sorriso diante da expressão horrorizada que ela estava tentando disfarçar. — Você topa?

Erik percebeu na hora que Helen nunca tinha acampado na vida, e a ideia não lhe atraía nem um pouco.

— Você acha que seria bom para as crianças? — perguntou ela em dúvida.

Ele assentiu.

— Mack e Daisy ficarão bem. E você?

Helen parecia estar travando um debate interno consigo mesma, mas acabou sorrindo.

— Acho que você ficou maluco, mas claro, por que não? — disse ela corajosamente. — Será outra aventura.

Erik admirou o comprometimento.

— Ótimo. Vou dar uma passada lá depois do almoço e armar a barraca no seu quintal. Podem começar a aproveitar o clima enquanto não chego. Como é sexta-feira, pode ser que demore no restaurante.

— Eu cuido das coisas até você chegar. As crianças podem tirar um cochilo, assim elas vão conseguir ficar acordadas até mais tarde.

— Helen o olhou com ar de quem ia fazer uma ressalva. — Mas, só para que não haja mal-entendidos, não quero histórias de fantasmas.

— Eu já imaginava — disse ele. — Como se sente em relação a insetos?

— Tento evitá-los a todo custo — respondeu ela com um pequeno arrepio.

Erik conteve o riso.

— Vou levar repelente.

— Onde eu estava com a cabeça? — murmurou Helen enquanto se afastava.

— Vai ser divertido! — gritou ele atrás dela.

Ela se virou com uma expressão de incerteza no rosto.

— Se não for, estarei de pijama de seda na minha cama macia cinco segundos depois de você chegar lá em casa.

Erik quase gemeu. Não era a imagem que ele precisava ter na cabeça poucas horas antes do que planejava que fosse um momento totalmente amigável e platônico com Helen. Mas, a partir do momento em que fez a sugestão, Erik sabia que aquela noite seria uma tortura.

Helen pegou a pasta e uma pilha de documentos às quatro e meia da tarde e saiu de sua sala. Com uma expressão de espanto, Barb ergueu os olhos do computador.

— Você já vai? — perguntou a secretária, incrédula.

— Não tenho mais reuniões hoje — disse Helen. — Pode olhar na agenda.

— Mas, mesmo assim, você nunca vai para casa antes das seis.

— Nunca tive duas crianças em casa, então estou me adaptando. E Frances precisa sair mais cedo porque vai visitar o filho e a família dele. Eu disse que chegaria no máximo às cinco.

Barb a olhou com curiosidade.

— Como vai a família instantânea? Ainda está tudo bem? Você não falou muito sobre isso nas últimas semanas, então presumi que estava tudo indo bem.

Helen se sentou ao lado da mesa.

— Está indo surpreendentemente bem. Mack e Daisy são tão curiosos sobre tudo, inteligentes e cheios de energia. Estou esgotada na hora de dormir, mas é uma exaustão boa, sabe?

— Ah, eu sei — disse Barb. — Para ser sincera, nunca pensei que você duraria tanto.

— Que escolha eu tinha? — respondeu Helen. — Tive que me adaptar.

— Não, você não tinha. Você *escolheu*. Existe uma grande diferença. Na verdade, você se ofereceu para dar um lar a essas crianças enquanto a mãe delas recebia a ajuda de que precisava. — A testa de Barb se franziu de preocupação. — O que vai acontecer quando elas voltarem para a casa da mãe? Você vai ficar bem?

— Claro — disse Helen. — Esse sempre foi o plano.

— Planos são uma coisa — argumentou a secretária. — As emoções tendem a ser menos organizadas. Essas crianças acabaram conquistando seu coração, não é?

Embora tivesse admitido isso para Erik naquela manhã, Helen não tinha certeza se queria contar a Barb quão apegada ficara às crianças em tão pouco tempo. Depois que criou uma espécie de rotina e percebeu que Daisy e Mack eram bastante adaptáveis, começou a gostar de tê-los por perto. Ela passou a explorar um novo mundo de jogos, televisão e filmes para a família. Inclusive, a melhor parte de seu dia não era o tempo que passava no tribunal ganhando um caso para suas clientes, e sim à noite, quando ela, Daisy e Mack se acomodavam no sofá e assistiam a um filme juntos antes de dormirem. Embora estar com eles tivesse concretizado seu desejo de ser mãe, ela não conseguiu extrair nenhuma pista sobre a melhor maneira de fazer isso.

Infelizmente, assim como Barb sugerira, havia uma desvantagem em seus novos instintos maternos. Ela estava começando a ficar ressentida com o tempo que Karen passava com Mack e Daisy. Helen sabia que não só estava sendo injusta, mas que aquela reação era um sinal de alerta tão alto que poderia ser ouvido do outro lado da cidade. Deixar as crianças irem embora, não apenas para passar alguns dias com a mãe delas, mas em caráter permanente, arrancaria um pedacinho de seu coração.

— E aí? — cutucou Barb. — Você gosta de tê-los em casa, não é?

— Bem, claro que sim — disse ela.

— E o que vai acontecer quando voltarem para a mãe?

— Eu lhe digo na segunda-feira — respondeu Helen, forçando um tom de voz alegre. — Karen vai buscá-los no domingo para passarem dois dias juntos. Ela estará de folga e todos concordam que consegue recebê-los, pelo menos por meio período.

A expressão de Barb imediatamente ficou cheia de compaixão.

— Ah, Helen, sinto muito.

— Não precisa. Eles deveriam passar um tempo com a mãe. O lugar deles é com ela. — Helen disse as palavras de forma mecânica, tentando ser sincera, mas falhando miseravelmente.

Além disso, tinha dúvidas sobre se a transição seria tão fácil quanto diziam. Na véspera, depois de sua conversa com a dra. McDaniels, ela se sentara ao lado da cama de Mack e depois da de Daisy, observando-os dormir e tentando imaginar como seria a vida sem eles. Seu coração doeu com a ideia do silêncio que voltaria a recebê-la no fim do dia, da ausência de abraços apertados e beijos grudentos.

— Helen, estou preocupada com você — disse Barb. — Posso ver em seus olhos. Visitar a mãe é uma coisa, mas quando forem embora de vez você vai ficar devastada.

— Bem, ainda não chegou a hora. Por enquanto ainda estão na minha casa e preciso voltar para ficar com eles. Erik irá para lá assim que conseguir sair do Sullivan's e vamos acampar no quintal.

Barb olhou boquiaberta para Helen.

— Oi? Eu ouvi direito? Você vai acampar no quintal, no escuro? Em quê? Uma barraca?

— Sim, uma barraca — respondeu Helen. — Erik tem uma.

— Bem, deve ser muito aconchegante — emendou Barb, com um olhar divertido. — Ele sabe que você nunca se hospedou em nada inferior a um hotel quatro estrelas?

— Deve saber — disse Helen, lembrando o brilho nos olhos de Erik quando ele fez a sugestão. Ela havia sacado que toda aquela história era um desafio mal disfarçado. — Acho que ele está pensando que vou entrar em pânico assim que aparecer o primeiro inseto.

Barb riu.

— Só espero que ele filme.

Helen franziu a testa para a secretária.

— Vou proibir câmeras. Vocês dois iriam se divertir muito com isso.

— Diversão? — Barb balançou a cabeça. — Eu estava pensando no dinheiro da chantagem que ia garantir minha aposentadoria.

— Você não é nada engraçada — disse Helen.

— Eu não preciso ser engraçada. Sou eficiente e estou prestes a ficar rica.

Helen olhou feio na direção de Barb uma última vez, mas abriu um sorriso assim que saiu do escritório. A ideia de acampar, mesmo que no próprio quintal, era bem ridícula. Nos últimos tempos, porém, havia sido convencida a tentar muitas coisas novas, nem todas ruins. Na verdade, passar a noite na companhia de Erik, ainda que em uma barraca com duas crianças como acompanhantes, parecia mais intrigante do que a maioria dos encontros que tivera nos últimos anos.

Quando Erik sugeriu acampar, Helen contivera a resposta negativa que estava na ponta da língua. Ela precisava criar mais algumas lembranças como aquelas para depois. Também seria bom ter os conselhos sensatos e racionais do cozinheiro. As coisas sempre corriam bem com as crianças quando ele estava por perto. Não havia dúvida de que elas o adoravam. Helen se perguntara mais de uma vez por que Erik e Karen não tinham acabado juntos, já que era óbvio que a ligação dele com Mack e Daisy não era recente. Talvez perguntasse isso a ele naquela noite. Suspeitava que as razões de Erik eram mais complexas do que alguma objeção nobre a namorar uma subordinada. Talvez tivesse mais a ver com seu desejo explícito de não ter filhos.

Talvez fosse melhor não trazer o assunto à tona. Ele simplesmente diria que ela não estava numa posição diferente de Dana Sue para saber mais sobre sua vida amorosa. Além disso, a conversa naquela manhã não havia deixado dúvida de que ele ainda estava muito longe de esquecer seu passado. Grace Wharton estava certa, no fim das contas. Erik era um solteirão convicto, e a descoberta de que talvez não tivesse sido sempre assim não importava. Se ele só estava disposto a lhe oferecer sua amizade, Helen aceitaria. Nunca tinha sido amiga de um homem antes, pelo menos não de algum que parecia conseguir ver a alma dela como Erik fazia de vez em quando. Era bom. Mais do que bom, na verdade.

Claro, se a amizade viesse com um beijo capaz de fazer seu mundo balançar, melhor ainda.

CAPÍTULO DOZE

Para alívio de Erik, Helen não estava vestindo nada parecido com um pijama de seda quando ele chegou para acampar por volta das nove e meia da noite. Quando Dana Sue ficou sabendo dos planos do cozinheiro, insistiu para que fosse embora assim que o movimento do jantar diminuísse. Ele imaginou que pagaria caro por isso quando tivesse que passar por uma sabatina na manhã seguinte.

Erik deu outra olhada em Helen e afastou Dana Sue e seu jeito enxerido da cabeça. Helen usava calça jeans justa e uma camiseta rosa-claro que combinava com seu tom de pele. Seus tênis eram do mesmo tom de rosa, com detalhes em branco. Ele se lembrou de Dana Sue provocando a amiga por comprar tênis personalizados para combinar com suas roupas. Mesmo assim, apesar dos calçados de marca, seu visual estava muito mais prático e acessível do que o do dia a dia.

Erik deu um beijo na bochecha dela, então viu que Helen havia tentado acender o carvão na grelha que ele deixara no pátio. As bordas estavam avermelhadas, mas longe de estarem quentes o suficiente para cozinhar.

— Você já fez churrasco antes? — perguntou ele.

— Não. Por quê? Estou fazendo alguma coisa errada?

— Bem, você precisa de mais calor.

— Eu não queria que o carvão acabasse antes de você chegar — justificou ela. — Você chegou cedo. Como isso aconteceu?

— Dana Sue me dispensou.

Helen o olhou com curiosidade.

— Por que ela faria isso?

— Ela sabia que eu estava vindo para cá.

— Você ficou doido? Por que contaria isso para ela?

— Eu precisava pegar com ela a cópia da chave da sua casa. Você não viu a bandeja de hambúrgueres que deixei na geladeira hoje mais cedo?

— Tem hambúrgueres na minha geladeira?

— E mais outras coisas que pensei que precisaríamos — disse ele, ignorando as manchas coradas nas bochechas de Helen. — Vou pegar a comida.

Enquanto o seguia para dentro, ela estreitou os olhos.

— O que você disse a Dana Sue que a convenceu a lhe dar a chave da minha casa? — perguntou a advogada em um tom gélido que sugeria que ela não estava satisfeita com a conversa ou a invasão dele.

Erik ignorou o aborrecimento de Helen. Estava seguro de que ela superaria — uma hora ou outra, de qualquer maneira.

— A verdade — disse ele. — Que eu ia preparar o jantar e passar a noite aqui e precisava cuidar de alguns preparativos com antecedência. Funcionou.

— Então ela pensa que você veio aqui me seduzir?

— Tipo isso — respondeu Erik, sem um pingo de arrependimento. — Ela ficou felicíssima.

— Aposto que sim. Imagine como ela ficará feliz quando eu contar a ela o que de fato aconteceu esta noite.

Helen parecia tão exasperada que ele não conseguiu evitar a provocação.

— Você não pode ter certeza do que vai acontecer quando as crianças estiverem dormindo.

Erik deu um beijo na ponta do nariz dela enquanto saía com a comida.

— Ah, posso sim — disse ela, recuperando a confiança. — E, só para você não ter mais ilusões, não vai ser uma cena bonita. Você vai ter sorte se não sair daqui algemado.

— Veremos — respondeu Erik em tom presunçoso, nem um pouco intimidado pela ameaça dela. Ele olhou ao redor do quintal.

— Cadê Mack, por falar nisso?

— Ele está na barraca. Caiu no sono esperando por você. — Helen olhou na direção de Daisy, que estava deitada em um cobertor, com os olhos se fechando. — Algo me diz que ela também vai perder os hambúrgueres.

— De jeito nenhum — murmurou a menina, sonolenta. — Eu estava esperando muito por eles. E os marshmallows.

— Então vou acelerar a produção — prometeu Erik, abanando o carvão e revivendo as brasas. — E, quando estiver tudo pronto, vamos acordar Mack.

— Só por cima do meu cadáver — murmurou Helen. — Você sabe como é difícil fazê-lo voltar a dormir depois que ele acorda?

— Mas aí é que está a diversão de um acampamento — argumentou Erik. — O objetivo é ficar acordado a noite toda.

— Sim! — concordou Daisy, já totalmente desperta. — Eu nunca fiquei acordada a noite toda antes.

— Vamos, querida, siga a programação — disse Erik a Helen. — Seria bom ter um pouco de música.

— Tem um aparelho de som lá dentro ao lado da porta dos fundos. Mas mantenha o volume baixinho. Os vizinhos podem não gostar de ouvir música clássica a essa hora da noite.

Erik olhou Helen com reprovação.

— Música clássica? Acho que não. Mas esqueça isso. Vou pegar a tigela de salada de batata. Quando eu voltar, vamos cantar.

— Cantar o quê? — perguntou Helen.

— Pensei em "Reme, Reme seu Barquinho" — disse ele. — Todo mundo conhece essa, certo, Daisy?

— *Eu* conheço — respondeu a menina na mesma hora, e começou a cantar alto e desafinado.

Erik sorriu para Helen.

— Agora sim temos um acampamento!

A julgar pelo olhar azedo de Helen, ela não ficou tão impressionada.

Duas horas depois, tinham cantado todas as músicas que ele conhecia. Helen participara de vez em quando, mas estava claro que aquele tipo de canção não era seu forte. Agora as brasas haviam morrido e as crianças tinham pegado num sono profundo dentro da barraca, apesar do esforço delas para continuarem acordadas. Eles se entupiram de hambúrgueres e marshmallows tostados com Tang. O menu era bem nojento para os padrões culinários de Erik, mas Daisy e Mack adoraram. Até mesmo Helen tinha entrado na onda do marshmallow e havia um restinho do doce nos cantos dos seus lábios.

Antes que pudesse se conter ou pensar sobre as consequências, Erik segurou a nuca de Helen e se aproximou para saborear o sabor doce de marshmallow de sua boca.

Quando ele a soltou, Helen engoliu em seco e olhou para ele.

— O que foi *isso*?

— Não pude resistir — respondeu Erik, dando de ombros.

— Tem certeza de que não queria só mostrar que estava certo? — perguntou ela.

Ele sorriu para a expressão desconfiada de Helen.

— Certo em relação a quê?

— Que você não estava mentindo para Dana Sue quando deu a entender que iria me seduzir esta noite.

— Tem duas crianças naquela barraca — lembrou Erik, em um tom de voz escandalizado. — Eu nunca tentaria seduzi-la quase na frente delas.

— E você tentaria me seduzir em alguma outra situação?

Ao ouvir o tom surpreendentemente desejoso de Helen, o sangue correu para uma parte de seu corpo que ele estava tentando ignorar a noite toda.

— Está dizendo que gostaria? — perguntou Erik em uma voz que tinha ficado rouca.

— Não tenho certeza — confessou ela. — Mas já pensei nisso.

— Eu também.

— Talvez devêssemos continuar pensando nisso — disse Helen.

Erik assentiu devagar. Considerando o momento da vida em que cada um estava — muito diferentes, aliás —, o comentário dela não foi uma grande surpresa.

— Bem, mantenha-me informado sobre o que decidir, está bem?

Os lábios de Helen se curvaram ligeiramente ao ouvir aquilo.

— Você com certeza vai ser o primeiro a saber se eu chegar a alguma conclusão.

Erik se forçou a desviar do calor nos olhos dela. Ele fitou as brasas apagadas do churrasco e desejou que o fervor que rugia em seu sangue pudesse desaparecer com a mesma rapidez. Não, o que ele realmente queria era que aquele desejo nunca tivesse sido aceso. A conversa sobre sedução, o beijo, tudo o estava levando por um caminho que ele jurou não seguir, ainda mais com Helen.

— Pode ir deitar com as crianças — disse ele, brusco. — Vou ficar aqui fora.

— Você não vai dormir na barraca? Por quê?

— É melhor assim — respondeu Erik.

Helen lhe lançou um olhar que dizia que ela sabia a verdade. Não era melhor. Só era mais seguro.

Quando a campainha tocou em uma tarde de domingo, algumas semanas depois do acampamento no quintal, Helen sentiu o coração parar. Mesmo quando Daisy e Mack correram em direção à porta gritando "Mamãe! Mamãe!", ela ainda tentava pensar em algo que justificasse não abri-la.

Não era como se fosse a primeira vez que Karen vinha buscar as crianças. Elas já tinham ficado no apartamento com a mãe várias vezes para visitas de dois dias. Agora, porém, seria definitivo. As breves estadias foram um sucesso tão grande que a dra. McDaniels achava que tinha chegado a hora de voltarem para casa. Helen temia a chegada daquele dia havia alguns meses.

Mesmo assim, ela se obrigou a abrir a porta. Porém, em vez de se deparar com Karen, viu Maddie e Dana Sue, ambas carregando sacolas de supermercado.

— O que é isso? — perguntou a advogada.

— Sabemos que hoje vai ser um dia difícil para você, então trouxemos mantimentos — anunciou Dana Sue. — Trouxe os ingredientes para fazer nachos e uma tigela enorme do meu guacamole apimentado.

— E eu trouxe os ingredientes para margaritas — disse Maddie.

— Você não pode beber — lembrou Helen. — Você está grávida.

— Não, mas você pode. E uma limonada bem gelada vai me fazer sentir como se estivesse numa festa com vocês.

Daisy olhou com uma expressão acusatória para Helen.

— Você vai dar uma festa? Por quê? É porque estamos indo embora? Você está contente?

A advogada a pegou no colo.

— Claro que não. Vou morrer de saudade de você e de Mack.

— Então podemos ficar para a festa? — perguntou a menina. — Eu adoro nachos.

— Nachos! — repetiu Mack com entusiasmo.

Dana Sue sorriu.

— Vou começar a fazer os nachos agora, assim vocês podem comer um pouco antes de sua mãe chegar. Maddie, vá se sentar antes que caia para a frente. Sua barriga está do tamanho de seis melancias.

Não sei como você aguenta parar em pé. Algo me diz que o bebê vai nascer crescido e pronto para a faculdade.

— Obviamente o médico e eu erramos a data prevista para o nascimento. Depois do meu último ultrassom, ele me disse que o bebê vai chegar muito mais cedo do que esperávamos — explicou Maddie. Ela pôs a mão na barriga. — Fiquei tão aliviada que quase tasquei um beijo nele. Eu estava começando a achar que ia explodir se tivesse que esperar mais um mês. — Ela olhou para sua poltrona favorita com ceticismo. — Não sei como vou conseguir levantar daí depois.

Helen sorriu, achando graça ver no que se transformara a estrela do balé de quando tinham 10 anos, agora desajeitada demais para se mover com qualquer delicadeza.

— Não se preocupe. Vamos levantar você depois.

— Como? Com um guindaste?

— Se for preciso — disse Dana Sue. — Agora sente-se. Eu já volto. Helen, você pode fazer a limonada para Maddie e as crianças e preparar as margaritas para nós enquanto eu cuido dos nachos.

Quando estava prestes a sair da sala, Helen viu Daisy avançando timidamente em direção a Maddie. Quando estava perto o suficiente, colocou sua mãozinha na barriga da gestante.

— Tem um bebê aí?

Helen sentiu um aperto no peito ao ouvir a admiração na voz de Daisy e ver a delicadeza do toque da menina.

— Tem — confirmou Maddie. — Você é muito inteligente.

— Mack também ficava dentro da minha mãe. Eu lembro.

— Você também ficava dentro da sua mãe — disse Maddie à menina.

Daisy pareceu intrigada.

— Eu não me lembro.

— É porque quando os bebês nascem há tantas novidades para eles descobrirem que acabam esquecendo o lugarzinho quente e seguro onde estavam antes — explicou Maddie, levantando o olhar na direção de Helen.

Naquele instante, Helen soube com certeza o que queria. Não qualquer bebê, mas seu próprio bebê. Um que ela abrigasse e nutrisse por nove meses antes de trazê-lo ao mundo. Era uma necessidade esmagadora. Com medo do que sua expressão pudesse revelar demais, seguiu Dana Sue até a cozinha e se ocupou em preparar as bebidas.

Mal prestou atenção nos comentários alegres de Dana Sue. Naquele instante, Helen só conseguia pensar em como tudo fizera sentido em sua mente com uma clareza surpreendente. Uma serenidade tomou conta dela, que permaneceu mesmo depois da chegada de Karen. Ainda se sentia tranquila quando Karen, Daisy e Mack saíram de casa pela última vez.

Embora Helen tivesse voltado para dentro com os olhos marejados, seu coração não estava tão pesado quanto esperara. E era por causa da epifania que tivera.

— Você está bem? — perguntou Maddie, estudando-a com um olhar preocupado. — Eu sei que deixá-los ir embora deve ter sido difícil, embora você esteja se preparando para isso há algumas semanas.

Helen assentiu com a cabeça.

— Eu fico repetindo para mim mesma que eles vão ficar bem e que posso vê-los de novo em breve. Não é como se estivessem se mudando para o outro lado do mundo. Estão logo ali, do outro lado da cidade. E Karen prometeu trazê-los sempre que eu convidar.

— Você está mais calma do que eu esperava — disse Dana Sue, franzindo a testa. — Por quê? Você está aliviada por ter sua casa só para você de novo?

— Não, não é nada disso — jurou Helen. — Só aceitei a situação.

— Não estou caindo nessa — insistiu Dana Sue, mas então sua expressão de repente ficou astuta. — Ou será que Erik ter passado a noite aqui algumas semanas atrás fez com que você pensasse em outras coisas? Ele veio mais vezes do que fiquei sabendo?

Maddie olhou para as amigas.

— Erik passou a noite aqui?

— Foi só uma noite. Acampamos no quintal — corrigiu Helen.

— Com as crianças. — Ela franziu a testa para Dana Sue. — Você fala disso toda vez que a gente se vê. Precisa deixar para lá, sem transformar em algo maior.

— Bem, alguma coisa ajudou você a superar esta tarde — argumentou Dana Sue. — Ter um homem na sua vida faria isso.

— Talvez tenha sido apenas ter vocês aqui — sugeriu Helen.

— Eu não estou caindo nessa — repetiu Dana Sue.

— Você quer que ela fique triste, Dana Sue? — perguntou Maddie. — Se Helen disse que está bem, então devemos aceitar e ficar felizes por ela. Foi uma tarde difícil e nossa amiga sobreviveu sem entrar em crise. Eu diria que isso merece um brinde.

Ao erguer o copo, Maddie de repente estremeceu e respirou fundo.

— O que foi? — disse Helen na hora, correndo para o lado da amiga. — Você está bem, Maddie?

— Não tenho certeza, mas talvez tenha sido uma contração — admitiu Maddie.

Helen a olhou alarmada.

— Como você pode não ter certeza? Você teve quatro filhos. Não deveria saber se é uma contração se fosse o caso?

— Eu estou sentindo algumas pontadas intermitentes — disse Maddie. — Pensei que fosse porque exagerei ajudando Cal a arrumar algumas coisas no quarto de brinquedos no andar de cima. — Ela respirou fundo e assentiu. — Sim, tenho certeza de que foi só isso. Vejam, estou bem. Vocês não têm nada com que se preocupar.

Dana Sue já estava aflita.

— De qualquer maneira, talvez devêssemos ir ao hospital para fazer um exame. E você não devia ficar arrastando móveis a essa altura da gravidez. Estou surpresa que Cal tenha deixado.

Maddie revirou os olhos.

— Você está brincando, não é? Cal só me deixou carregar alguns brinquedos pelo quarto. Quando tentei tocar na cadeira de balanço, ele teve um ataque e insistiu que eu me sentasse e só lhe dissesse onde queria que ele pusesse todo o resto.

— Mas você está se sentindo bem agora? — perguntou Helen. — Nenhuma outra pontada?

— Nenhuma — respondeu Maddie, então gemeu e agarrou a barriga. — Ah, *agora* com certeza foi uma contração. — Ela sorriu, apesar da dor óbvia. — Este bebê claramente está cheio de surpresas.

Helen olhou para Dana Sue.

— O que fazemos agora?

— Você a tira dessa poltrona e a leva para o carro — respondeu Dana Sue com toda a calma. — Vou ligar para Cal e pedir que ele nos encontre no hospital. Se as contrações dela estão tão próximas, não temos muito tempo.

Helen deixou Maddie agarrar seus ombros, então a puxou para cima. Quando estava firme, a advogada olhou diretamente para a amiga.

— Você não vai parir no banco de trás do meu carro, entendeu?

Maddie respondeu com um olhar irônico.

— Então acho melhor não perdermos muito tempo aqui paradas conversando. Quase não cheguei ao hospital a tempo com Jessica Lynn. Algo me diz que este aqui vai ser ainda mais impaciente.

Ela deu um passo, então praguejou.

— O que foi? — interpelou Helen.

— Minha bolsa estourou — disse Maddie. — Acho melhor acelerarmos as coisas.

Dana Sue desligou o celular.

— Cal está indo para o hospital. Vamos botar o pé na estrada. Se ele chegar lá antes de nós, vai surtar.

— Ele me avisou para não sair hoje — disse Maddie. — Vai ficar uma fera se o bebê nascer em qualquer lugar que não a sala de parto.

— Você pode andar mais rápido? — perguntou Dana Sue, o que fez Maddie encará-la com um olhar fulminante. — Está bem, está bem. Você está fazendo o melhor que pode.

Cinco minutos depois, Maddie estava deitada no banco de trás com Dana Sue enquanto Helen dirigia. Cada vez que Maddie soltava um grito, as mãos de Helen apertavam o volante com um pouco mais de força e ela pisava mais fundo no acelerador.

Fizeram o trajeto de meia hora até o Hospital Regional em tempo recorde, mas Cal havia sido mais rápido e já estava esperando na entrada do pronto-socorro com uma expressão desesperada no rosto. Um enfermeiro aguardava a chegada de Maddie com uma cadeira de rodas ao seu lado.

— Precisamos dar entrada na sua ficha — disse o enfermeiro.

— Não vai dar tempo — respondeu Maddie, cerrando os dentes.

— Sala de parto agora!

— Mas...

— Anda — disse Cal. — A papelada pode ficar para depois.

— Eu cuido disso — interveio Helen. — Podem ir.

A advogada passou vinte minutos apaziguando o funcionário, depois foi atrás de Dana Sue. Helen mal havia encontrado a amiga na sala de espera da unidade de obstetrícia quando Cal saiu da sala de parto parecendo atordoado.

— É um menino — anunciou ele, como se fosse uma notícia. Todos sabiam disso havia meses. — Ele saiu gritando a plenos pulmões.

— Provavelmente reclamando do meu guacamole — supôs Dana Sue.

— Parabéns — disse Helen a Cal, com um misto confuso de prazer, admiração e inveja.

Será que ela poderia estar ali no ano seguinte? Talvez, caso se empenhasse. Poderia fazer isso sem o apoio de alguém como Cal? Claro, respondeu a si mesma com firmeza. Ela teria suas duas melhores amigas ao seu lado. Até mesmo Cal e Ronnie a apoiariam, e provavelmente Erik também. Isso mais do que bastaria. Ela tinha certeza. Certeza suficiente para começar a planejar o próximo passo no dia seguinte.

Karen parou na porta do quarto das crianças e as olhou sob o luar que entrava pela janela. Tê-las de volta em casa e saber que seria para sempre lhe dava tanta alegria que ela mal conseguiu reagir quando Mack derrubou leite no chão da cozinha e Daisy teve um acesso de raiva ao ser proibida de comer um doce antes do jantar.

Na verdade, Karen tinha esperado apavorada que sua cabeça fosse começar a latejar ou que seus ombros ficassem tensos, o que se tornara comum antes de as crianças irem passar um tempo com Helen, mas ela aguentou os dois incidentes com calma. Nem mesmo precisou recorrer às técnicas de relaxamento que a dra. McDaniels lhe ensinara. Estava simplesmente feliz demais para deixar qualquer coisa incomodá-la naquela noite.

Quando Daisy e Mack voltaram para a casa de Helen depois da última visita, Karen redecorou o quarto deles. Mack mal percebeu as mudanças, mas Daisy ficou felicíssima. O quarto simples e prático foi transformado em algo especial. As paredes agora tinham a mesma tonalidade amanteigada presentes no Spa da Esquina. Na verdade, a tinta viera de lá. Quando Dana Sue soube que a funcionária queria decorar o quarto das crianças, ofereceu a tinta que sobrara após a reforma da antiga casa vitoriana que havia se tornado um dos melhores estabelecimentos da região.

Dana Sue e o marido inclusive passaram uma tarde ajudando Karen a pintar o quarto. Também olharam alguns bazares na região e encontraram móveis que depois pintaram de branco, além de uma caixa de brinquedos amarela com bolinhas e listras vermelhas, azuis e verdes. Com alguma sorte, os cacarecos de Mack e Daisy acabariam guardados pelo menos parte do tempo, em vez de espalhados pelo apartamento.

Frances costurara novas cortinas para o quarto das crianças com um tecido de bolinhas que combinava com a caixa de brinquedos. E havia sobrado material suficiente para fazer almofadas idênticas para as camas.

Karen também comprara adesivos coloridos que espalhou nas paredes. Queria que a decoração alegre representasse o futuro deles — novo e brilhante para os três.

Ao sair do quarto, encontrou Frances arrumando a cozinha após o jantar, em que servira macarrão com queijo caseiro de Karen, ervilhas frescas e uma das tortas de maçã de Erik com sorvete de baunilha.

— As crianças ficaram bem? — perguntou Frances.

— Já estão dormindo. Espero que saiba o quanto sou grata por toda a sua ajuda decorando o quarto deles. Daisy adorou e tenho certeza de que Mack também.

— Talvez devêssemos cuidar do seu quarto agora — sugeriu Frances. — Você já passou muito tempo morando aqui como se fosse apenas um lugar provisório. Você precisa transformá-lo em uma casa de verdade.

— Em outras palavras, é hora de pegar esses limões e fazer uma limonada — disse Karen com uma pontada de ironia. — Você está certa. Eu estava tão ocupada ressentida por ter que viver em um apartamento minúsculo de dois quartos que nunca quis fazer nada para torná-lo mais aconchegante. Eu só queria ir embora.

— Estar feliz com o agora nunca é algo ruim — explicou Frances. — E tampouco significa que está jogando a toalha.

Karen franziu a testa.

— Como assim?

— Acho que você tem medo de que, se fizer alguma coisa para transformar este apartamento em um lar, vai significar que aceitou a situação ruim em que ficou quando seu marido foi embora. Como se estivesse desistindo ou se entregando. Você ainda pode ter ambições, querida, mas esta é a realidade por enquanto. Aproveite-a ao máximo.

— Acho que finalmente entendi — disse Karen. — Só espero que meus filhos não tenham pagado um preço muito alto.

— Mack e Daisy estão bem. Morar com Helen foi uma grande aventura, mas o lugar deles é aqui com você. Você não percebeu como eles ficaram animados quando chegaram hoje à tarde? O melhor de tudo é que você está forte de novo e pronta para lidar com o que vier pela frente.

— Você acha? — perguntou Karen. — Acha mesmo?

— Eu tenho certeza. Vi hoje à noite no jantar. Quando Mack derrubou o leite no chão, você nem piscou. E não sei se você percebeu, mas Daisy ficou aliviada quando você só limpou a sujeira sem dizer uma palavra.

Karen suspirou.

— Ela já me ouviu perder a calma muitas vezes, não é?

— Provavelmente sim, mas você não pode mudar o que já aconteceu. Só pode fazer as coisas de maneira diferente daqui em diante. Já tem alguma ideia do que gostaria para o seu futuro?

— Ficarei feliz só de conseguir manter tudo sob controle por enquanto — respondeu Karen. — Preciso me lembrar de como ser uma boa mãe.

Frances franziu a testa.

— Acho que por enquanto tudo bem — concordou ela. — Mas você precisa de sonhos, Karen. Precisa de metas para si mesma. Também merece ser feliz.

— Se meus filhos estão bem, estou feliz — insistiu ela.

— Vou aceitar isso por enquanto, mas você precisa pensar um pouco sobre seu futuro. Prometa que vai fazer isso.

— Prometo — respondeu Karen, dando um abraço na vizinha.

— Tudo bem, então — disse Frances, evidentemente satisfeita. — Agora eu já vou, assim você pode ter uma boa noite de sono. Se precisar de alguma coisa amanhã, me avise. Não tenha medo de se apoiar nas pessoas, Karen. Isso foi o que deixou você com problemas antes. Você estava tentando resolver tudo sozinha.

Karen deu outro abraço apertado em Frances.

— Sinceramente, não sei o que faria sem você.

Frances sorriu.

— Então não é maravilhoso que você nunca tenha que descobrir?

— Eu te amo.

Frances afastou uma mecha de cabelo do rosto de Karen.

— E você é como uma filha para mim, Karen. Boa noite, querida.

— Boa noite — respondeu Karen baixinho, com lágrimas nos olhos.

Naquele momento, a vida dela parecia estar quase perfeita, mas era bom saber que, da próxima vez que começasse a desmoronar, haveria alguém com quem ela podia contar do outro lado do corredor. Por tantos anos Karen se perguntara como sua vida teria sido diferente se tivesse tido uma mãe de verdade ou um lar sólido com o qual pudesse contar. Agora, de diversas maneiras, ela encontrara a resposta.

Maddie já estava de volta do hospital havia duas semanas e Helen tinha ido visitá-la todas as noites. Segurar o bebê Cole Maddox apenas solidificava a epifania que tivera no dia em que Maddie falou sobre como seu corpo era um abrigo seguro e quente para o bebê.

E enfim admitira para Maddie que havia tomado uma decisão. Queria engravidar e ter um filho, independentemente do que as pessoas de Serenity pensariam dela. Poderia lidar com as fofocas e, se ela desse à criança um lar amoroso e uma grande família, sem dúvida seu filho não sentiria que estava perdendo alguma coisa.

Maddie examinou o rosto de Helen.

— Você tem certeza? Você decidiu que quer mesmo ter um bebê à moda antiga? Achei que ficar com os filhos de Karen podia ter assustado você.

— Eu também achei, pelo menos nos primeiros dias, mas depois melhorou. Eu me saí bem nessa coisa maternal, melhor do que eu esperava. — Helen olhou Maddie diretamente e acrescentou, exaltada: — Esse anseio que venho sentindo todos esses meses se transformou em algo supermaternal. Tenho certeza. Certeza absoluta.

— Mas, querida, tem uma grande diferença entre assumir esse papel de mãe temporariamente e fazer isso a longo prazo — advertiu Maddie.

— Eu sei — disse Helen, impaciente. — Tenho ouvido isso com bastante frequência nos últimos tempos. Mas estou pronta para assumir a responsabilidade. Eu *quero* assumir a responsabilidade.

— E casamento? Você vê um pai nesse arranjo? — perguntou Maddie.

— Sinceramente, não consigo imaginar isso — admitiu Helen. — Tenho 42 anos. Se até agora não conheci ninguém com quem estaria disposta a me casar, por que seria diferente nos próximos meses ou mesmo no ano que vem?

— Sim, isso exigiria um namoro muito rápido — concordou Maddie, soando brincalhona. — Isso não deve ser um problema para uma mulher obstinada como você.

— Infelizmente, os homens tendem a ser mais ariscos quando se trata de algo assim, ainda mais se eu mencionar logo no primeiro encontro que meu relógio biológico está apitando tão alto que dá para ouvi-lo lá da Geórgia.

O sorriso de Maddie se alargou.

— Isso pode desencorajá-los.

— Então o que eu faço?

— Não há nenhum homem por quem você se sinta atraída que possa ser um bom marido, um bom pai? — perguntou Maddie. — Você não é conhecida por permitir que os homens tenham muito tempo para causar uma boa impressão, mas talvez agora seja a hora de repensar e dar uma outra chance a alguns dos pretendentes que você dispensou. — Ela lançou a Helen um olhar malicioso. — E tem o Erik. Dana Sue está convencida de que há algo entre vocês dois.

Assim que Helen se lembrou do cozinheiro, a memória recente demais de um beijo intenso voltou à mente dela como um farol na escuridão. Talvez não precisasse encontrar um homem com quem pudesse se casar. Talvez não precisasse encontrar alguém interessado em ser pai em tempo integral. Helen tinha uma carreira, dinheiro e era mais do que capaz de criar um filho completamente sozinha. Então talvez só precisasse mesmo de um homem disposto a dormir com ela, sem compromisso. Erik sem dúvida cumpriria esse requisito.

Não havia dúvida de que ele se sentia atraído por Helen e vice-versa. Nem havia dúvida de que ele não tinha o menor interesse em se casar ou ser pai, inclusive já tinha sido bem claro sobre isso. Erik era o candidato perfeito, alguém de quem Helen gostava, alguém por quem tinha respeito e afeição. Assim, a experiência não pareceria tão calculada e impessoal. Ela poderia dizer ao filho com toda a sinceridade que o pai dele era um homem bom e decente e que ela nutria sentimentos profundos e amorosos por ele.

Se necessário, uma vez que estivesse grávida poderia preparar todos os documentos necessários para garantir a Erik que ela nunca pediria pensão alimentícia e que o papel dele na vida da criança poderia ser limitado apenas ao que lhe fosse mais conveniente. Se Erik não quisesse qualquer envolvimento, então assim seria. Helen não podia deixar de pensar que o afastamento seria uma perda para ele e seu filho, mas Erik era tão inflexível sobre não querer ser pai que ela presumia que essa seria sua resposta.

Desse modo, ele não passaria de um doador de esperma, embora de uma maneira mais direta e tentadora, mas Helen sinceramente não conseguia ver o lado negativo disso. Erik teria um ótimo sexo por um tempo, que parecia ser justamente tudo que ele queria de um relacionamento. Já ela teria um bebê. Não era justo?

— O que está se passando nessa sua cabeça? — perguntou Maddie depois de vários minutos. — Foi o que eu falei sobre Erik?

— Não, claro que não — insistiu ela, rezando para que Maddie não percebesse que estava certa. Helen forçou um sorriso. — Mas posso ter um plano, finalmente.

— É mesmo? O quê? — perguntou Maddie, parecendo muito mais preocupada do que aliviada.

— Provavelmente é melhor você não saber — disse Helen.

E com certeza seria melhor se Dana Sue não soubesse. Ela podia estranhar a ideia de Helen usar Erik para conseguir o bebê que queria.

Caramba, havia uma possibilidade de o próprio Erik estranhar. E se ela sugerisse e ouvisse um não? E se ela apenas o seduzisse e contasse depois? Não gostava do que tal estratégia diria a seu respeito. E sem dúvida confirmaria todas as coisas negativas que Erik já havia pensado sobre ela, destruindo a amizade que tinham construído nos últimos tempos. Isso a desanimava mais do que gostaria de admitir, mas a necessidade intensa de ter filhos superava qualquer desânimo.

E Helen poderia garantir que um filho seu tivesse tudo de que poderia precisar — amor, uma boa educação, um lar maravilhoso. Eram as únicas coisas que realmente importavam.

Mas e um pai?, questionou uma vozinha irritante em sua cabeça. Muitas crianças viviam bem sem a presença de um pai, Helen disse para si mesma. Como ela própria. Na verdade, depois de ver a mãe batalhando em uma sequência interminável de empregos sem perspectivas para conseguir lhe dar uma vida decente após a morte do pai, Helen crescera com o desejo de sempre ser capaz de sustentar a si mesma e qualquer família que viesse a construir. Aliás, havia sido essa determinação que a colocara na situação em que estava. Ela não se deixava distrair por nada que não contribuísse para sua segurança financeira e seu sucesso.

Satisfeita com o raciocínio, Helen se levantou de repente.

— Eu preciso ir — disse ela a Maddie.

— Mas Dana Sue e Jeanette estão para chegar — argumentou Maddie. — Íamos conversar sobre expandir o spa.

— Peça desculpas por mim — respondeu Helen. — Vamos remarcar para a semana que vem.

— Mas você é quem queria conversar sobre a abertura de um segundo spa — protestou Maddie, enquanto a advogada devolvia Cole para os braços da mãe. — Você teve a ideia de marcar essa reunião.

— Isso pode esperar — disse Helen. — Você, Dana Sue e Jeanette podem trocar ideias e me dizer o que acham.

Maddie estava intrigada.

— Algo me diz que você está prestes a fazer algo por impulso, e com você isso nunca é uma coisa boa.

— Não é por impulso e não preciso conversar sobre isso. Já refleti muito. Provavelmente até mais do que deveria.

Bem, não a parte que envolvia Erik, mas talvez fosse melhor não pensar demais. Helen poderia começar a duvidar se seu plano era inteligente, e não tinha tempo para incertezas.

— Bem, você sabe que Dana Sue e eu vamos apoiá-la, não importa o que você faça — disse Maddie, embora sua testa estivesse franzida de preocupação.

Helen a abraçou.

— Eu sei, e você não tem ideia do quanto isso é importante para mim. Obrigada por não me achar louca.

Maddie sorriu.

— Eu disse isso?

— Não, mas você me ouviu e não me chamou de louca, então estou interpretando isso como um bom sinal.

— Tem alguma coisa que eu possa dizer que vai impedi-la de fazer o que está prestes a fazer? — perguntou Maddie.

Helen deu de ombros.

— Provavelmente não.

Na verdade, naquele segundo, a advogada não conseguia pensar em nada que pudesse interferir em seu planejamento. E em algum momento no caminho do spa até o Sullivan's, ela decidiria quanto de seu plano revelaria a Erik e quanto guardaria para si mesma.

CAPÍTULO TREZE

O fondant estava pronto para ser colocado sobre a camada superior do bolo de casamento de três andares quando Erik se virou para Tess, que o observava com toda a atenção.

— Pode fazer — disse ele.

Os olhos castanhos da mulher se arregalaram.

— Eu não consigo — disse Tess, embora estivesse claramente tentada.

— Claro que consegue. Quantas vezes já praticou essa etapa?

Ela balançou a cabeça e deu um passo para trás.

— Mas isso era treino. Agora é de verdade. E se eu estragar tudo?

— Você não vai — respondeu Erik com confiança. — E, mesmo que estrague, não é o fim do mundo. Nós podemos fazer de novo. Vamos lá, Tess. Você já praticou o suficiente. Tem que fazer para valer algum dia.

Quando Tess estava prestes a colocar a cobertura lisa sobre o bolo, a porta da cozinha se abriu e Helen entrou. Sobressaltada, Tess deixou o fondant no chão e olhou Erik com uma expressão desolada.

— Sinto muito — disse Tess, apontando para a bagunça. — Eu disse que não conseguiria.

Erik suspirou, olhando para Helen com exasperação.

— Você não pensou em bater antes de entrar aqui a esta hora?

— Não, assim como não passou pela sua cabeça falar comigo para pedir a chave da minha casa no outro dia — retrucou ela, então balançou a chave em seu dedo. — Esta é a minha chave do Sullivan's. Eu tenho desde que Dana Sue inaugurou o restaurante.

Erik balançou a cabeça.

— Por que eu não sabia disso?

— Porque não é o seu restaurante? — sugeriu ela em uma voz doce.

— Pouco importa — murmurou Erik, então se abaixou para ajudar Tess, que estava limpando o fondant do chão.

Quando o cozinheiro se levantou, Helen encarava-o com uma expressão incerta.

— Cheguei realmente em uma má hora?

Erik conteve um sorriso.

— O que você acha? Quase matou a pobre Tess de susto e estragou o bolo de casamento de Jane Downing.

— Jane Downing vai se casar pela quarta vez — protestou Helen. — A meu ver, o casamento está tão fadado ao fracasso quanto o bolo dela. Não é grande coisa. — Ela se virou para Tess. — Mas me desculpe por assustar você. Eu sou Helen Decatur, amiga de Dana Sue e, apesar dessa atitude hostil, amiga de Erik também.

— Helen é a advogada de quem falei, Tess — acrescentou Erik. — Ela disse que a ajudaria com a história de Diego.

— Você faria isso mesmo? — perguntou Tess como se não ousasse ter esperança.

— Com certeza. Eu teria vindo conversar com você antes, mas estava com os filhos de Karen e, sendo bem sincera, estava um pouco sobrecarregada.

Tess deu um sorriso tímido.

— Crianças dão muito trabalho.

— É verdade — disse Helen. — Por que não deixamos Erik terminar o bolo e você pode me contar o que aconteceu com seu marido?

— Boa ideia — emendou Erik, aliviado por ter um tempo para lembrar a si mesmo por que não deveria se sentir atraído por Helen ou agir de acordo com sua vontade poderosa de beijá-la.

Ele decidiu não tomar uma atitude, a não ser que ela o procurasse e deixasse claro que queria algo sem compromisso. Quando Helen entrara um minuto antes, parte de Erik imediatamente chegara à conclusão de que ele estava prestes a receber a resposta na qual pensara por várias noites insones.

— Você prefere conversar só nós duas? — perguntou Helen a Tess.

Para a decepção de Erik, que esperava um pouco de tempo para recuperar a compostura, Tess recusou.

— Erik sabe o que aconteceu com Diego — explicou ela a Helen. — Não me importo se ele ouvir.

Helen puxou dois banquinhos para o lado e se acomodou em um, o que fez sua saia justa subir até a metade das coxas, dando a Erik um vislumbre instigante da pele nua. Ele não conseguiu evitar seguir a curva da perna até o tornozelo elegante e os saltos sexy que a advogada estava usando. Aquela mulher amava sapatos. Ele não se lembrava de tê-la visto repetindo um mesmo par. Erik talvez não entendesse de sapatos de grife, mas sabia reconhecer algo de qualidade quando via. Estava claro que o hábito custava uma fortuna a Helen.

Aparentemente, ela percebeu o olhar do cozinheiro, porque estendeu o pé.

— Manolo Blahnik — disse ela, como se isso fosse significar algo para ele.

Erik abriu um sorriso.

— Eles ficam bem em você.

Aqueles sapatos também exigiam muito da determinação de Erik. Eram pura sedução.

— Também acho — concordou Helen, então se virou para Tess. — Erik disse que você contratou um advogado que cobrou e nunca trabalhou no caso. Isso é verdade?

Tess assentiu.

— Jimmy Bob West. Ele era o único advogado que eu conhecia.

Erik viu Helen ficar visivelmente tensa. Sua determinação de não se intrometer na conversa caiu por terra.

— Você conhece esse cara? — perguntou ele.

— Já nos esbarramos algumas vezes — respondeu a advogada.

— Jimmy Bob não é nenhum santo, mas nunca pensei que ele fosse fazer algo tão baixo. Tess, diga-me exatamente o que ele lhe disse, quanto ele cobrou e o que ele fez.

Enquanto Tess contava a história triste, Helen fazia anotações, mantendo a testa franzida. Havia raiva genuína nos olhos da advogada quando Tess terminou o relato.

— Você vai ter seu dinheiro de volta até o fim da semana — garantiu Helen. — De um jeito ou de outro.

— Mas e Diego? Ele é o que importa — disse Tess. — Tenho todos os documentos provando que ele estava no país legalmente. Como podemos reverter a deportação?

— Vou cuidar disso também — prometeu Helen. — E, se for muita burocracia, sei exatamente quem pode me ajudar com isso. Pode não acontecer da noite para o dia, Tess, mas vamos trazer seu marido de volta.

— Não sei como agradecer — disse Tess. — Seria um milagre para mim e meus filhos. — Ela olhou para o relógio na parede. — Está tarde. Preciso voltar para casa. — Voltou os olhos para Erik, preocupada. — Não consegui ajudar você esta noite.

— Você terá outras oportunidades — garantiu ele. — Você é boa, Tess. É só uma questão de pegar o jeito.

— Estou de folga amanhã — disse ela. — Acho que vou praticar fazendo um bolo de aniversário surpresa para minha mãe. Se tudo correr bem, trago uma foto. — Ela olhou para Erik com uma expressão pensativa. — Deveríamos criar um álbum, sabe? Para as pessoas poderem ver todos esses bolos lindos que você faz. Poderíamos fazer um site também. Meu irmão poderia cuidar dessa parte. Ele está se formando em webdesign e informática no curso técnico. Não há nada que ele não consiga fazer. — O rosto dela ficou radiante de orgulho.

Surpreso por Tess ter pensado no lado comercial do negócio, Erik assentiu, intrigado.

— É uma excelente ideia, Tess. Vou falar com Dana Sue sobre isso. Peça para seu irmão me ligar, ok?

— Pode deixar — respondeu ela. — Obrigada de novo, srta. Decatur. Sou muito grata pelo que você está fazendo por mim.

— É um prazer, Tess — disse Helen. — Boa noite.

Depois que Tess foi embora, Erik estudou Helen.

— Você não fica feliz em ajudar só porque se preocupa com Tess e Diego, não é? Tem algo a ver com esse tal de Jimmy Bob West.

A advogada sorriu.

— Você é muito observador. Quero acabar com a raça daquele desgraçado. O que ele fez com ela foi imoral.

— Por acaso ele é o advogado da outra parte em algum divórcio do qual você está cuidando?

— É sim, na verdade. Nosso último encontro no tribunal serviu como meu primeiro aviso. Advogados como Jimmy Bob estragam a reputação de todos nós.

— Ainda assim, você parece ter orgulho de ser chamada de implacável — observou Erik.

— Ser implacável é uma coisa. Aquele ali é a escória da escória, um babaca sem um pingo de ética.

— Em outras palavras, você não gosta dele.

— Não preciso gostar de todos os advogados que conheço — argumentou ela. — Mas prefiro respeitá-los. Mal posso esperar para ter uma conversinha com Jimmy Bob assim que entender melhor esta situação.

Erik sorriu.

— Agora que eu já deixei você com sangue nos olhos, o que a fez vir aqui hoje? Imagino que soubesse que Dana Sue não está, já que ela comentou que teria uma reunião com você e Maddie. Não me diga que você faltou só para vir me ver.

Helen pareceu um pouco contrariada por ele saber sobre a reunião.

— Saí mais cedo — respondeu ela, soando estranhamente na defensiva. — Pensei que poderia ser a oportunidade perfeita para a gente conversar sem estarmos sendo vigiados por Dana Sue.

— Interessante — disse ele. Parecia que Helen estava pouco à vontade com algo. — Algo em especial?

— Não fique assim tão animado — advertiu ela. — Faz tempo que não tenho uma boa briga.

— É mesmo? Foi por isso que você veio? Para podermos discutir?

— Tipo isso.

Erik balançou a cabeça.

— Não estou caindo nessa, querida. Você tinha outro motivo. Vamos lá, pode falar.

Para surpresa dele, as bochechas de Helen ficaram vermelhas.

— Você está corando — disse ele, assustado.

— Estou nada. Deve ser só uma onda de calor.

O cozinheiro estremeceu ao ouvir isso. Se Helen estava tendo ondas de calor, ele não queria ouvir a respeito. Ela não era um pouco jovem para isso? Erik tentou se lembrar do que havia aprendido sobre a menopausa em sua formação de paramédico, mas, como a maioria das aulas era voltada para emergências, quase nada lhe vinha à mente.

No entanto, gostou de saber que, de alguma forma, havia conseguido deixá-la desconcertada e decidiu mantê-la assim.

— Não tem problema admitir que você veio até aqui porque não conseguiu ficar mais um segundo longe de mim — brincou ele. — Não precisa ter vergonha de me achar irresistível.

Helen o encarou com uma expressão indignada, então desviou o olhar.

— Isso foi um erro.

— O quê?

— Pensar que poderia passar mais de quinze minutos com você sem querer estrangulá-lo.

Erik conteve um sorriso.

— Passamos uma noite inteira juntos não faz muito tempo e não me lembro de você querer me estrangular naquele dia.

— Você esqueceu minha reação quando descobri que você enganou Dana Sue para conseguir minha chave?

— Ah — disse ele com desdém. — Você não ficou chateada de verdade com isso.

— Fiquei, sim.

— Mas você superou — rebateu ele. — Você só criou caso porque achou que deveria.

Helen fechou a cara.

— Eu criei caso porque o que você fez foi sorrateiro e dissimulado.

De repente, ela ficou pálida.

— Eu preciso ir embora — disse Helen, pegando a bolsa e indo em direção à porta.

Erik parou na frente dela, preocupado com sua palidez.

— Você está bem? Você não está passando mal, né?

— Não. Eu, hã, acabei de lembrar que preciso fazer uma coisa.

Ele logo viu que era mentira.

— Uma coisa? — repetiu Erik sem acreditar. — A essa hora?

— Sim. Eu deveria ter cuidado dela há horas. — Helen começou a andar. — A gente se vê.

Erik ficou olhando-a se afastar. O que tinha acontecido? Num minuto ela era a mesma Helen briguenta de sempre, no segundo depois a mulher saía correndo como um coelho assustado. Não havia dúvida de que, pela maneira como evitava qualquer contato visual, Helen estava mentindo descaradamente. A única coisa que ela tinha a fazer era sair de perto dele.

Ele tentou deixar a confusão de lado. Era outro lembrete de que Helen era complexa e complicada demais para ele. Se baixasse a guarda e deixasse outra mulher entrar em sua vida, queria que ela fosse serena e fácil de entender. Helen era tudo menos isso.

Então por que Erik não conseguia tirá-la da cabeça?

Bem, isso sem dúvida foi um desastre, pensou Helen enquanto dirigia para longe do Sullivan's. Assim que acusou Erik de ser sorrateiro e dissimulado por causa da história da chave, ela se deu conta de que seu plano era mil vezes pior. E, no entanto, agora que a ideia de o ter como pai de seu filho tinha ganhado força, ela não conseguia abandoná-la.

Em casa, cumpriu sua rotina mecanicamente, sentindo falta do caos que Daisy e Mack traziam. Ela chegou a pegar o telefone para ligar para eles, mas, quando olhou o relógio, viu que era tarde demais.

Na cama, fez listas mentais de todos os prós e contras de envolver Erik em seus planos de ter filhos. Os pontos positivos superavam os negativos — ou talvez ela só tivesse chegado àquela conclusão para que pudesse continuar com sua ideia. No fim, ela teria o filho que desejava com todo o seu coração. Não era a única coisa que importava?

Mas e os desejos de Erik?, uma voz irritante retrucou. Ele não poderia ter deixado mais explícito que não queria filhos. Depois de sofrer com aquela dura verdade pela maior parte da noite e no dia seguinte, Helen conseguiu se convencer de que Erik não se importaria quando soubesse que ela não esperava nada dele. Nesse meio-tempo, Helen só teria que encontrar uma maneira de viver com a culpa de saber que o estava enganando sobre suas verdadeiras intenções ao começar um caso com ele.

 Exausta e irritada depois de algumas noites sem dormir e incontáveis ligações frustrantes para lidar com a burocracia da imigração do caso de Diego, a advogada saiu de casa na quarta-feira de manhã e foi direto para o escritório de Jimmy Bob. Ela estava com o humor perfeito para confrontá-lo sobre o que ele tinha feito com Tess.

 O escritório de advocacia da West & Davis ficava no mais novo complexo comercial de Serenity, um aglomerado de edifícios de tijolos rosa-claro com venezianas pretas. O empreendimento havia sido construído alguns anos antes por meio de uma parceria de vários profissionais da cidade em troca de isenções nos impostos. O ex-marido de Maddie era um dos sócios. As salas de Bill Townsend para sua clínica pediátrica dominavam um prédio inteiro. West & Davis ocupavam outro. O terceiro prédio abrigava os negócios mais modestos de um dentista, um contador e uma incorporadora local. Uma das empresas imobiliárias em crescimento havia acabado de ocupar o quarto edifício.

 Era cedo o suficiente para que o estacionamento estivesse quase todo vazio. Helen logo viu o novo BMW conversível de Jimmy Bob estacionado na frente de seu escritório. As vagas que deviam ser usadas pelos funcionários ainda estavam vazias, assim como aquela reservada para o sócio, o que significava que ela poderia fazer um escândalo com Jimmy Bob sem medo de ser ouvida.

 Com a pasta na mão, Helen foi direto até a sala dele sem se preocupar em bater antes de entrar. Jimmy Bob olhou para cima com uma expressão alarmada antes de disfarçá-la cuidadosamente com um sorriso falso.

 — Helen, como é bom ver você. Tínhamos uma reunião marcada hoje de manhã?

— Não. Mas pensei que talvez você tivesse alguns minutos antes de seu dia ficar muito atribulado.

— Bem, é claro. Sente-se. Aceita um café? Eu mesmo preparei com grãos especiais que compro pela internet. Devo dizer que é o melhor da cidade.

— Por favor — disse ela. — Adoraria uma xícara.

Jimmy Bob a serviu, então foi para trás de sua mesa imponente, uma estratégia para intimidá-la, sem dúvida.

— Imagino que você tenha vindo falar sobre o caso Holliday. Caroline está pronta para fazer um acordo?

Helen o olhou incrédula.

— Com o seu cliente com a corda no pescoço? Acho que não — respondeu Helen. — Tendo a crer que você vai achar os bens ocultos de Brad bastante fascinantes. Pelo menos foi a minha reação. A do juiz Rockingham também, e é por isso que aceitou o segundo adiamento que solicitei. De repente, ele parece tão ansioso quanto nós para conhecer as finanças de Brad em mais detalhes. — Ela o olhou com ar inocente. — Mas isso deve estar deixando as coisas um pouco tensas para vocês três no campo de golfe.

Jimmy Bob estremeceu.

— Olha, eu não fazia ideia de que Brad estava escondendo coisas de mim — justificou Jimmy Bob. — Espero que saiba disso. O juiz também foi pego de surpresa. Ele está furioso e deixou isso bem claro para Brad. Sempre digo aos meus clientes que, em situações como esta, é necessário me contar tudo.

— Não duvido — disse Helen, embora não fosse bem o caso. Era uma briga para outro dia. — Estou aqui para tratar de outro assunto.

Jimmy Bob pareceu confuso.

— Estamos representando lados opostos em outro divórcio?

— Não, quero falar sobre Tess Martinez.

Por um instante, a expressão do advogado ficou confusa, mas então ele balançou a cabeça devagar.

— É claro. Eu me lembro de Tess. Uma situação muito triste. Ela alega que seu marido foi deportado embora estivesse no país legalmente.

— Ela não apenas alega, Jimmy Bob. É a verdade.

— Todos dizem isso — insistiu o advogado, dando de ombros.

— Na maioria das vezes, é mentira.

— Não é mentira no caso de Diego Martinez. Ele tem todos os documentos, Jimmy Bob. Eu sei que Tess mostrou a você. E sei que ela pagou você para representá-la e resolver a situação para que o marido pudesse voltar para a família.

Ele franziu a testa enquanto olhava os papéis que Helen buscara com Tess antes de ir para o escritório.

— São excelentes falsificações — concluiu Jimmy Bob. — É por isso que não pude fazer nada por ela.

— Ou você é incrivelmente preguiçoso ou um idiota completo, ou talvez seja apenas mau-caráter — disse ela. — Pude confirmar que essas informações eram verdadeiras com apenas alguns telefonemas. — Certo, havia levado dois dias, mas ainda assim. — É tudo legítimo. Os documentos de Diego estão em ordem. Ele deveria ter voltado há meses. Em vez disso, você pegou o dinheiro de Tess e depois a deixou na mão.

O advogado se mexeu no assento, desconfortável.

— Ela está enrolando você, Helen. Não achei que você fosse dessas que acreditam em qualquer história triste.

Helen olhou para ele.

— Então você está dizendo que sou ingênua e você só estava cumprindo seu dever cívico ao aceitar o dinheiro de uma cliente e depois não fazer absolutamente nada para ajudá-la?

— Não havia nada que eu pudesse fazer — insistiu Jimmy Bob.

Ela balançou a cabeça.

— Isso é inacreditável. A pessoa com quem falei no Departamento de Imigração disse que podemos resolver isso até o fim desta semana e Diego pode voltar para sua família em algumas semanas, no máximo.

— Não acredito — disse Jimmy Bob, com o rosto vermelho. — Esta cidade não precisa de mais nenhum desses ilegais chegando para roubar os empregos dos americanos, Helen. Qual é o seu *problema*?

A advogada apenas balançou a cabeça ao ouvir o comentário revoltante.

— Não tenho problema nenhum, quem tem problema é um advogado que age de má-fé pegando o dinheiro de uma pessoa que tem tão pouco e não fazendo absolutamente nada para ajudá-la.

— Estou dizendo, estão passando a perna em você — vociferou ele.

— Pelo visto, o governo federal discorda de você — disse Helen. — Mas, em vez de ficar aqui batendo boca com você sobre os méritos do caso de Diego, me contento com um cheque devolvendo o dinheiro de Tess. Assim ela e Diego vão poder arrumar um lugar para a família quando ele voltar. Se for inteligente, você vai incluir os juros para que eu não espalhe esta história por aí.

— Isso é chantagem — acusou Jimmy Bob.

— Podemos debater a questão na frente do Comitê de Ética da Ordem dos Advogados — ofereceu ela.

Jimmy Bob a encarou fixamente. Quando Helen não vacilou, ele puxou um talão de cheques da mesa e começou a preencher. A advogada olhou para o valor e assentiu com a cabeça, satisfeita.

— Obrigada. Vejo você no tribunal em alguns dias. Acho que podemos resolver o caso Holliday desta vez, não é?

— Vou fazer o possível para convencer Brad, mas ele está furioso com o que você aprontou. Acho que nunca o vi com tanta raiva. Está uma fera, fazendo várias ameaças ridículas.

Helen estreitou os olhos.

— Ameaças?

Jimmy Bob acenou a mão com desdém.

— Não precisa se preocupar. É tudo da boca para fora.

— Você tem certeza?

— Claro que tenho. Brad sempre foi um membro respeitado desta comunidade. Não vai fazer nenhuma estupidez. — Jimmy Bob balançou a cabeça. — Não significa que eu consiga fazer com que ele escute a voz da razão quando se trata de resolver o caso. — O advogado fez uma pausa e a olhou com uma expressão pensativa. — Sabe, Trent e eu estávamos pensando em incluir outro sócio no escritório. Você tem interesse?

— Em trabalhar com você? — perguntou Helen.

O homem estava brincando?

— Por que não? Você é inteligente. Durona. Eu admiro isso.

— Embora aprecie o elogio, Jimmy Bob, infelizmente não tenho estômago para trabalhar com você.

Para surpresa dela, o advogado sorriu.

— Isso é exatamente o que gosto em você, Helen. Você não pega leve. Pense na proposta.

— Não preciso — garantiu ela.

— Nem mesmo se isso significasse que você poderia gastar seu tempo livre tentando dar um jeito em mim?

Helen riu.

— Algo me diz que você é um caso perdido, Jimmy Bob. — Ela acenou com o cheque antes de guardá-lo na pasta. — Mas você fez a coisa certa desta vez. Eu agradeço.

O advogado a acompanhou até a porta.

— Cuide-se, ouviu?

— Você também.

Enquanto dirigia, Helen não pôde deixar de se perguntar se Jimmy Bob era o canalha que ela sempre imaginou que fosse ou apenas um rapaz à moda antiga que gostava de testar as pessoas para ver quem o desafiaria. Levando em conta o cheque que havia recebido sem grandes protestos de Jimmy Bob, ela estava começando a pensar que poderia ser o segundo caso.

Karen ia religiosamente ao Spa da Esquina todas as tardes por uma hora durante o intervalo entre o almoço e o jantar no Sullivan's. Por mais que no início odiasse fazer exercício, percebeu que sempre se sentia melhor depois. Nunca correria uma maratona ou levantaria seu próprio peso em halteres, mas os modestos objetivos e desafios que Elliott estabelecera para ela estavam fazendo a diferença em sua resistência geral e em seu condicionamento físico.

Karen ficou decepcionada quando ele disse que ela estava pronta para treinar sozinha, mas a jovem entendia que o tempo do personal era valioso. Elliott tinha outras clientes pagantes que mereciam a atenção dele. Ainda assim, Karen sentia certa dose de inveja vendo-o treinar as outras mulheres enquanto ela caminhava na esteira ou usava a bicicleta ergométrica.

A jovem suspirava quando Elliott se inclinava para mais perto de uma nova cliente, sussurrando palavras de incentivo como antes fizera com ela. Lembrou a si mesma que o personal estava apenas fazendo seu trabalho. Apesar da atração que sentira, era óbvio que ela fora apenas mais uma aluna. Por que se permitiu dar tanta importância àquele tempo juntos?

Porque era uma idiota, essa era a verdade.

Ela terminou o alongamento e foi para o vestiário. De repente, Elliott apareceu na sua frente.

— Você não estava se esforçando hoje — disse ele. — O que está acontecendo?

Karen corou sob o olhar intenso do personal.

— Acho que eu estava distraída.

— Quer conversar?

Não com você. Ela balançou a cabeça.

— E que tal ir ao cinema comigo neste fim de semana?

O convite, feito logo depois que Karen se convencera de que o interesse de Elliott era coisa de sua cabeça, a pegou completamente de surpresa.

— Ao cinema?

Elliott sorriu.

— Por incrível que pareça, de vez em quando sento no escuro e olho imagens em uma tela grande. É relaxante.

— E eu aqui achando que você não passava um segundo sentado.

— Você ainda não me respondeu — disse ele. — Que tal irmos ao cinema?

Karen ficou tentada, mas havia tantas complicações em sua vida que ela não sabia se conseguiria lidar com mais uma. Talvez fosse melhor continuar com a fantasia.

— Não sei se é uma boa ideia — respondeu ela por fim.

Elliott pareceu sinceramente decepcionado.

— Talvez outro dia?

Decidindo explicar o motivo pelo qual estava recusando o convite, Karen disse:

— Você tem um minuto? Gostaria de falar com você sobre isso.

Ela queria que Elliott entendesse que a recusa não era nada pessoal. Dessa forma, talvez não fechasse aquela porta para sempre.

— Claro, posso fazer uma pausa — respondeu ele na mesma hora. — Vou buscar uma água e encontro você no pátio nos fundos.

— Me dê dez minutos para eu tomar banho e me vestir.

— Pode deixar.

Karen ficou grata por ter cabelo curto. Foi capaz de ajeitá-lo ainda úmido e estava mais ou menos apresentável quando foi se juntar a Elliott do lado de fora. Várias mulheres a estudaram com interesse quando ela se sentou à mesa.

O personal lhe entregou uma garrafa d'água e se recostou na cadeira. Embora sua atenção estivesse toda em Karen, ele ainda conseguia parecer completamente relaxado e à vontade. Ela o invejava.

— Elliott — começou Karen, hesitante —, eu não recusei o convite porque não gosto de você. Eu... — Tentou de novo. — Minha vida é complicada e... — Ela parou. — Não, na verdade é uma bagunça. Ou tem sido nos últimos tempos. Tenho dois filhos. Meu ex-marido não paga pensão desde que saiu de casa. Meus filhos têm ficado doentes direto. Acabei faltando um monte ao trabalho. Ando super estressada. Na verdade, um dos motivos para eu estar aqui no spa é porque minha psiquiatra achou que o exercício ajudaria com o estresse e Dana Sue conseguiu um plano de graça para mim. Em resumo, essa é a minha vida.

O olhar dele permaneceu firme enquanto Karen despejava tudo. Quando ela terminou, Elliott apenas assentiu.

— Eu já sabia de tudo isso, ou quase tudo. Não sabia sobre o ex--marido caloteiro, mas já tinha ouvido falar sobre o resto.

— E você ainda quer sair comigo? — perguntou ela, surpresa.

Ele riu da reação.

— Eu vejo as coisas da seguinte maneira. Você é uma mulher linda que passou por desafios. É uma boa mãe. Está se esforçando muito para reconstruir sua vida. Seus filhos estão de volta em casa agora, o que prova como você trabalhou duro. O que não há para admirar e gostar nisso?

— Mas por que você ia querer se envolver nesse meu drama? — perguntou ela, sinceramente confusa.

— Eu não falei que você é linda? E engraçada?

Karen riu.

— Você não tinha falado a parte de eu ser engraçada ainda — brincou ela. — *Agora* eu entendi.

— Olha, é só um filme. Podemos fazer um programa mais família, se for mais fácil para você do que tentar encontrar uma babá. Eu gosto de crianças. Graças a Deus, porque, com todos os meus irmãos e irmãs, tenho dez sobrinhos no total. Estão sempre lá na casa dos meus pais. Minha mãe leva muito a sério seus deveres como *abuela*.

Karen pensou um pouco.

— Daisy, minha filha de 5 anos, está implorando para ver aquele desenho que acabou de sair. Você aguentaria?

— Minhas sobrinhas me disseram que é ótimo e elas são excelentes críticas de filmes de animação — respondeu ele.

Karen tomou uma decisão impulsiva pela primeira vez em muito tempo.

— Tenho que trabalhar no sábado. O que acha de domingo à tarde?

— Domingo à tarde seria ótimo. Podemos ir comer uma pizza depois do filme.

— Você é um homem muito corajoso — disse ela.

— Heroico, talvez? — brincou Elliott.

Karen riu.

— Talvez.

Mas, ela admitiu para si mesma, Elliott estava dando todos os sinais de que daria um excelente herói.

Erik não conseguia entender que diabo estava acontecendo. De repente Helen vivia na cozinha do Sullivan's, mas não parecia estar lá para ver Dana Sue. Na verdade, ele estava com a forte impressão de que a advogada queria flertar com ele, o que não fazia sentido. Eles tinham conversado sobre nenhum dos dois estar procurando um compromisso. Embora não houvesse dúvidas de que Helen estava dando em cima dele, ela ainda não tinha dito ou feito nada que pudesse sugerir que estava pronta para algo além disso. Na verdade, os sinais por parte dela eram tão confusos que Erik não conseguia decifrá-los, mas isso não significava que ele não estava gostando de tentar.

Mais peculiar do que o comportamento de Helen era o fato de que Dana Sue, pelo visto, não tinha nada a ver com aquela história. Na verdade, ela parecia estar tão confusa com a presença de Helen quanto ele.

Depois que a advogada apareceu todas as noites da semana, Erik decidiu confrontá-la. Dana Sue tinha ido para casa com Ronnie depois de Helen se oferecer para ficar e ajudar Erik a limpar a cozinha. Naquele momento, aparentemente a missão dela era polir cada superfície metálica à vista.

Erik se sentou em uma bancada e ficou observando-a trabalhar, a testa franzida, o cabelo começando a cachear ao redor do rosto devido ao vapor que havia enchido a cozinha depois de ele ter aberto a lava-louças. Helen tirara os sapatos, outro par daquelas sandálias de salto alto que valorizavam suas pernas bem torneadas. Os quadris se moviam no ritmo de alguma música que ela estava cantando, na maior parte do tempo de forma desafinada. O cozinheiro não conseguiu conter o sorriso enquanto a ouvia assassinar a letra e melodia. Era mais uma faceta inesperada de uma mulher muito complexa, fascinante e irritante na mesma medida.

Aparentemente sentindo que Erik olhava fixamente para ela, Helen se virou devagar.

— O que você está olhando?

— Você — respondeu ele.

— Por que você não está limpando?

— Porque é mais divertido olhar você fazendo isso.

— Se sou tão interessante assim, talvez eu deva começar a pedir um salário.

— Você conseguiu manter o emprego de Karen, nos convenceu a contratar Tess e fez Dana Sue trazer mais funcionários de meio--período, então não sobrou o suficiente para pagar você também. Mas me diga uma coisa. — O tom de Erik ficou sério. — Por que você tem passado tanto tempo aqui ultimamente? Está entediada? Ficou sem casos importantes de repente?

Para surpresa dele, Helen o encarou.

— Talvez seja a companhia.

Isso o deixou sem reação. Não esperava que ela fosse tão direta. Mas não havia motivo para surpresa. Helen era uma das mulheres mais diretas que ele já tinha conhecido e não media palavras. A única surpresa devia ser a advogada ter demorado tanto para agir dessa maneira.

Helen jogou a esponja na pia, então atravessou a cozinha para ficar bem na frente de Erik e pôs a mão no peito dele.

— Já nos beijamos algumas vezes. Lembro disso o tempo todo — disse ela, parecendo um pouco sem fôlego. — E você?

Ele deu de ombros, já que não estava pronto para admitir quão difícil tinha sido evitar pensar naquilo.

— Não tive que me esforçar muito para esquecer — afirmou. — Você disse que queria um tempo para pensar nas coisas. Achei que fosse me avisar quando chegasse a alguma conclusão.

Helen pareceu cética.

— É mesmo? Você não pensou sobre aqueles beijos? Talvez eu esteja me lembrando mal. Podemos tentar de novo. Desta vez, sem eu jogar uma torta em você primeiro, é claro. Ou sem crianças por perto para evitar que as coisas saiam do controle.

Quando a advogada se aproximou, Erik pôs as mãos nos ombros dela e a estudou. Queria ter certeza e precisava que ela também sentisse o mesmo. Algo lhe dizia que daquela vez um beijo levaria a outro e depois a muito mais.

— O que realmente está acontecendo aqui, Helen?

Os lábios dela se contraíram.

— Achei que minhas habilidades de comunicação fossem melhores. Quero que você me beije de novo, Erik. Ou posso beijar você. Pouco me importa como vai começar.

Ele sorriu.

— Você não ouviu por aí que os homens gostam de tomar a iniciativa?

— Então tome — disse Helen.

Mas, em vez disso, Erik roçou o polegar na bochecha dela, então ao longo da curva da mandíbula. A pele dela corou sob aquele toque.

— Você é tão contraditória — murmurou ele, começando a perder o bom senso, que gritava para que ficasse longe daquela mulher. Por mais direta que Helen estivesse sendo, havia algo mais por trás daquela atitude, algo que ele achava que deveria saber antes de se envolver mais. No entanto... Erik acariciou o braço dela, a pele aveludada. — Tão contraditória — repetiu. — Durona em alguns aspectos, mas tão suave em outros.

Helen devolveu o olhar, esperando, em silêncio pela primeira vez. Então umedeceu os próprios lábios e Erik perdeu o controle. Aquela boca atormentava seus sonhos já havia algum tempo. E a situação só tinha piorado depois que ele a beijara e descobrira a maciez de seus lábios, a paixão com que ela retribuía o beijo. Erik mentira sobre ter conseguido esquecer aqueles momentos. Era tudo em que pensava havia semanas.

— Isso é uma péssima ideia — murmurou Erik, antes de se inclinar para enfim tomar a boca de Helen.

Duas horas depois, quando ele acordou em sua cama, os lençóis emaranhados ao redor deles, o corpo de Helen junto ao dele, a ideia lhe parecia muito melhor do que à primeira vista.

CAPÍTULO CATORZE

Helen não sabia bem o que esperava quando decidiu seduzir Erik naquela noite, mas com certeza não era o sentimento de culpa que tomou conta dela menos de cinco segundos depois de um dos orgasmos mais incríveis de sua vida. Sua consciência, que em geral permanecia leve dada a vida relativamente honrada que sempre levara, estava tão pesada que afundou a parte dela que queria ficar ali, quietinha, aproveitando o momento. Ela até mentira na cara dele sobre métodos contraceptivos, insinuando que Erik não precisava se preocupar porque essa parte estava resolvida. As coisas estavam tão quentes na hora que ele não a questionou.

— O que está se passando nessa sua cabeça? — perguntou Erik, apoiado no cotovelo, a outra mão descansando na curva nua da cintura de Helen.

— Eu estava pensando que deveríamos ter feito isso meses atrás — disse ela.

Não era de todo mentira. O pensamento lhe ocorrera várias vezes enquanto eles faziam amor. Haviam desperdiçado semanas em uma dança que teve um desfecho inevitável. Como Helen escapara da química que havia entre eles até aquela noite?

Erik abriu um sorriso.

— Você não estava pronta meses atrás. Nem eu.

Ela teve vontade de rebater, dizendo que havia esperado sua vida adulta inteira por um homem que prestasse tanta atenção ao seu prazer, mas preferiu ficar quieta. Tal comentário, que teria sido natural em outras circunstâncias, agora a deixava abalada. Não esperava se sentir tão ligada àquele homem depois de apenas uma vez. Aliás, não esperava nada além de um prazer momentâneo, uma satisfação mútua. De alguma forma, ela se convenceu de que poderia ter relações com Erik pelo tempo necessário para engravidar e, ainda assim, não se apegar. Aquela noite tinha praticamente destruído tal ilusão. Helen poderia ir embora quando chegasse a hora porque seria necessário, mas não ficaria indiferente.

— Você ainda está pensando muito em alguma coisa — disse Erik, examinando o rosto dela. — Converse comigo. Tente dizer a verdade desta vez.

Em vez disso, Helen se aproximou.

— Conversar é uma perda de tempo — respondeu ela antes de beijá-lo.

Erik se afastou, mantendo o olhar fixo no dela. Por um momento, Helen pensou que ele ia começar a discutir, mas acabou retribuindo o beijo.

O corpo dela cantava, percebeu Helen com espanto, conforme ele tocava, acariciava e explorava, demorando-se aqui, roçando ali, provocando e atiçando até que cada centímetro de seu ser estava gritando por outra magnífica liberação.

— Adoro como seus olhos ficam escuros quando você está prestes a se desfazer — disse ele, encarando-a.

— Eles estão escuros agora?

Erik assentiu.

— Então o que você está esperando? Quero você dentro de mim, Erik. Agora, por favor.

— Ainda não — disse ele, e começou a explorar o corpo dela de novo, sem pressa, claramente saboreando cada toque.

Helen nunca se soltara por completo com outro homem. Talvez fosse porque era obsessivamente controladora, ou apenas porque tinha medo de ficar vulnerável.

Erik não lhe dava escolha. Ele parecia conhecer o corpo dela como se o estivesse estudando havia muito tempo. Sabia quando Helen estava dolorosamente perto do êxtase, e era então que desacelerava o ritmo. E sabia direitinho por quanto tempo deixar o calor esfriar antes de recomeçar. Na verdade, para frustração e deleite dela, Erik era um especialista em seduzir e provocar.

A cada vez ele a levava um pouco mais longe, então recuava de novo até que ela estava pronta para assumir o controle e pôr um fim ao tormento.

— Agora — ordenou ela, o olhar inflexível fixo no dele.

— Agora? — perguntou ele em tom inocente. — Você acha?

— Sim!

Os quadris de Helen se contorceram enquanto Erik deslizou os dedos pela área úmida e quente de seu corpo. Naquele momento, a urgência dela não tinha nada a ver com engravidar, mas sim com chegar ao êxtase que ele estava ardilosamente negando. Era só sobre os dois e uma ligação tão poderosa que a teria aterrorizado se ela estivesse conseguindo pensar com clareza.

— Tudo bem — disse ele por fim, posicionando-se por cima dela. — Se você tem certeza.

— Tenho toda a certeza — sussurrou Helen, erguendo os quadris.

Quando ele a penetrou, Helen sentiu uma completude incrível, como se tivesse passado a vida inteira esperando por aquilo, não só a última meia hora. Ela se mexeu, tentando tomá-lo mais fundo, mas Erik controlou os movimentos, fazendo-a aceitar o ritmo dele. Devagar, então mais rápido, então devagar de novo até que ela estivesse entregue, apenas precisando de mais.

A primeira onda de prazer a pegou de surpresa, uma explosão rápida e poderosa que se espalhou por seu corpo. Enquanto ainda estava saboreando a sensação, o deleite se tornou mais intenso, ganhando força como as erupções de um vulcão, cada uma cobrindo-a com ondas sensuais.

Quando Erik finalmente gozou e seu corpo ficou mais rígido, Helen já estava trêmula, cada centímetro do corpo coberto por suor. Bastou um toque rápido do dedo dele, a boca contra seu seio, e ela o seguiu na explosão incrível que deixou seu coração em disparada e a mente dando voltas.

Mais sem palavras do que jamais ficara na vida, Helen encarou Erik. O momento exigia uma resposta, alguma expressão de aprovação ou, pelo menos, um "Uau!". Ela não conseguiu dizer nem isso.

— Você está bem? — perguntou ele, olhando para ela com preocupação. — Você parece um pouco atordoada.

— Atordoada é pouco — sussurrou Helen.

Erik sorriu com uma presunção masculina.

— É mesmo?

— Você sabe que é bom nisso. Precisa saber.

— Já faz algum tempo. Achei que poderia ter perdido o jeito.

— Não faz tanto tempo assim. É a segunda vez esta noite.

Ele riu.

— Eu quis dizer antes de hoje.

— Bem, obviamente você lembra — disse ela.

— Você também não se saiu nada mal.

— Posso fazer melhor — retrucou Helen. — Também estou um pouco enferrujada.

— Se fosse melhor, nós dois estaríamos mortos — comentou ele. — Agora vem a parte mais complicada.

— É?

— Você vai passar a noite aqui ou vai fugir como uma coelha assustada?

Helen não gostou muito da comparação, ainda mais porque tinha pensado em inventar uma desculpa para ir embora.

— O que faz você pensar que estou com medo?

— Dá para ver nos seus olhos.

— Bem, eu não estou — protestou ela. — Vou ficar.

Mérito dele, Erik não se gabou, e apenas assentiu com a cabeça.

— Fico feliz. Você está com fome? Posso preparar alguma coisa.

Helen pensou um pouco.

— Sabe, eu não costumo comer tão tarde, mas estou morrendo de fome.

— Ótimo. Eu também. Fique aqui, eu já volto.

— Tudo isso e ele ainda cozinha — murmurou ela enquanto Erik saía da cama. — O que eu fiz para merecer isso?

— Acho que nós dois sabemos a resposta — respondeu ele em tom irônico. — Já volto.

Quando Erik saiu do quarto, Helen deu uma boa olhada a sua volta. Quase não reparara na casa quando chegaram. Tinham ido para lá não por insistência dele, mas porque era um quarteirão mais perto do que a casa dela. Àquela altura, os dois estavam decididos a arrancar as roupas e ir para a cama. Só agora ela teve tempo de examinar a decoração austera e simples. A cômoda não tinha porta-retratos, apenas uma pequena TV em uma extremidade. A mesinha de cabeceira tinha apenas um abajur, além da vela que Erik pegara de uma mesa na sala quando passaram por lá. A chama daquela vela sem cheiro era a única iluminação no ambiente, mantendo a maior parte na penumbra, mas apesar disso dava para perceber que ele não fizera nada para personalizar o quarto. Helen chegou até a se perguntar se Erik havia alugado o lugar já mobiliado, considerando os móveis de aparência resistente e sem graça. Até mesmo a única poltrona do quarto era simples — um lugar para jogar roupas, em vez de um modelo confortável que um homem poderia escolher se pretendesse relaxar em seu quarto vendo TV tarde da noite ou assistindo a um jogo.

Na verdade, mesmo sem examinar a sala de estar, Helen tinha a sensação de que aquela era a casa de um homem que nunca tivera a intenção de se estabelecer em Serenity. Ela ficou surpresa com o quanto isso a incomodava. Sem dúvida, em certos aspectos, seria até mais conveniente se Erik decidisse partir em algum momento, mas a ideia fez o coração dela se contrair de dor.

Ainda estava pensando nisso quando ele voltou trazendo uma bandeja com dois pratos. Erik fizera uma fritada, juntando ovos, lascas de cebola, pimentão, tomate e vários tipos de queijo, que foi então assada e cortada em fatias grossas e fofas.

— Está maravilhoso — disse Helen quando deu a primeira mordida.

— Não pareça tão chocada. Eu *sou* um chef.

— Eu sei, mas não consigo nem imaginar ter ingredientes suficientes na geladeira para preparar algo assim.

— Eu percebi na noite em que estive lá que sua despensa estava quase vazia. Você não cozinha?

— Eu consigo seguir receitas — admitiu ela. — Mas minha falta de habilidade na cozinha é uma coisa muito boa para o Sullivan's. Sou sua melhor cliente.

— É verdade — disse ele, ainda a olhando com curiosidade. — Se você não cozinha, o que me faz presumir que você não gosta da tarefa, por que está tão disposta a ajudar no restaurante?

— Por causa de Dana Sue. Eu faria qualquer coisa para ajudar uma amiga.

— E o Spa da Esquina? Sei muito bem que você não é doida por exercícios. Você deu o capital inicial só porque Maddie precisava de um emprego?

— De certa forma — respondeu Helen. — E, em teoria, era para me encorajar a fazer exercícios. O médico estava pegando no meu pé por causa da minha pressão.

— Está alta? — perguntou Erik, preocupado. — Por que você não falou nada?

— *Estava* alta — disse ela. — Mas já está sob controle. Consigo me obrigar a fazer exercícios suficientes para aliviar pelo menos um pouco do estresse. E um remédio completa o serviço. Nada de mais. Por que eu comentaria com você? Não é tão relevante assim.

Helen gesticulou para os lençóis emaranhados.

Ele franziu a testa com seu tom eloquente.

— Você é muito jovem para ter problema de pressão. Você precisa se cuidar.

— Estou tentando, especialmente nos últimos tempos.

— Bom — disse Erik, então ficou em silêncio. Quando ele falou de novo, parecia em dúvida. — Como você quer lidar com isto?

— Isto o quê?

— Nós dois — respondeu ele, então gesticulou para a cama desarrumada como ela fizera um momento antes. — Isto.

— Podemos fingir que nunca aconteceu — sugeriu ela, apenas parcialmente de brincadeira.

— O que pressupõe que não vai acontecer de novo — disse ele. — Acho que nós dois sabemos que não será bem assim.

Helen estremeceu com a insinuação.

— Sabemos?

— Eu sei. Você não?

— Seria uma pena não repetir algo tão incrível — admitiu ela, sorrindo para ele.

— Certo, então vamos contar a Dana Sue ou não?

— De jeito nenhum — respondeu Helen na hora, o que o fez franzir a testa ainda mais.

— Certo, consigo pensar em um motivo racional, mas algo me diz que o que você tem na cabeça é completamente diferente — disse ele.

Helen não estava com a menor vontade de explicar que Dana Sue poderia ver os sinais e adivinhar o plano dela sobre ter um bebê, então respondeu:

— Não é óbvio? Dana Sue acharia que é mais do que é. Além disso, seria insuportável vê-la se vangloriando por causa disso. Faz meses que ela está prevendo que nós dois íamos acabar juntos.

Erik riu.

— Sim, seria difícil aturar Dana Sue toda cheia de si. Então, por enquanto, vamos manter isso entre nós?

— Certo — disse ela.

— E você tem alguma ideia de como vamos fazer isso? — perguntou Erik.

— Nada de beijos, contato físico ou olhares demorados em público — sugeriu ela. — E vou agir como se estivesse com raiva de você. Não deve ser difícil. Todos os dias você faz ou diz algo que me deixa furiosa.

— Então vou continuar — prometeu ele.

No entanto, apesar de estar convencida de que manter segredo era o melhor caminho a seguir, Helen não podia deixar de sentir uma pontada de tristeza por não poder dividir aquilo com suas duas melhores amigas.

Mas dividir o quê?, ela se perguntou. Não era como se aquele fosse o início um relacionamento que poderia dar em alguma coisa e deixar Dana Sue e Maddie felizes. Helen começara um caso que esperava que resultasse em uma gravidez, o que era melhor não contar. Lá no fundo, sabia que nenhuma das amigas iria parabenizá-la por aquilo. Naquele exato momento, ela também não tinha certeza se estava muito orgulhosa de si mesma.

Erik estava na despensa do Sullivan's quando ouviu Maddie conversando com Dana Sue. Embora soubesse que ele estava por perto, a dona do restaurante não parecia estar preocupada em se censurar ou avisar Maddie que poderiam ser ouvidas. Dana Sue tomava a discrição do cozinheiro como certa. Ele já havia ficado sabendo de muito mais detalhes da recuperação pós-parto de Maddie do que o necessário.

— Você faz ideia do que está acontecendo com Helen? — perguntou Maddie à amiga. — Faz semanas que não a vejo. Não é normal ela nos evitar assim.

— Você acha que é isso que ela está fazendo? — perguntou Dana Sue, parecendo surpresa. — Eu só achei que ela andava ocupada. Você sabe como ela fica quando está trabalhando em um grande caso, entra em hibernação. A audiência final do caso dos Holliday está chegando e ela está decidida a dar a Caroline tudo que ela merece.

— Não acho que seja isso — disse Maddie. — É verdade que o divórcio dos Holliday tem sido bastante desgastante para ela, mas Caroline me disse que está quase tudo certo. E ela já resolveu o problema de Tess com Jimmy Bob West.

— Eu sei — respondeu Dana Sue. — Tess está nas nuvens. Diego já voltou para casa e está até trabalhando. Ela acha que Helen é a melhor pessoa do mundo.

— Certo, então se essas duas coisas estão sob controle, Helen deveria ter algum tempo livre. Cadê ela? Você tem falado com ela, pelo menos?

— Agora que você comentou, não — disse Dana Sue. — Ela estava passando aqui quase todos os dias por um tempo, mas de repente parou.

— Bem, o que você acha disso?

— Talvez tenha um novo homem em sua vida?

— E por que ela não nos disse nada? — questionou Maddie. — Ela nos conta tudo.

Erik decidiu que era hora de aparecer antes que a mente sagaz de Dana Sue chegasse a uma conclusão indesejada. Ele sabia que a ausência constante de Helen geraria especulações. Também sabia que ela optara por evitar frequentar o Sullivan's em vez de arriscar que Dana Sue captasse algum deslize da amiga que revelasse o novo relacionamento — a advogada não tinha tanta certeza assim de que os dois conseguiriam executar bem aquele plano.

Saindo da despensa com sacos de farinha e açúcar, Erik sorriu para Maddie, que estava começando a recuperar a forma após a gravidez. Ele achara que a amiga de Dana Sue estivera incrível durante a gravidez, mas suspeitava que ela gostava mais de ter um corpo mais esguio.

— Como está a nova mãe? — perguntou Erik. — Você está parecendo em forma.

— Estou ótima — respondeu ela. — Mas morrendo de tédio. Dana Sue e Helen insistiram que eu deixasse Jeanette administrar o spa por seis semanas. Passei um mês completamente impaciente, mesmo com Elliott indo lá em casa nas duas últimas semanas para me obrigar a fazer aqueles treinos horríveis dele.

— O que significa que você tirou exatamente uma semana para relaxar depois de ter o bebê — disse Erik após fazer a conta de cabeça.

Maddie sorriu sem culpa.

— Por aí.

Erik viu que Dana Sue estava franzindo a testa para ele.

— Quanto da nossa conversa você ouviu? — questionou ela. — Não que eu ache que você vai sair por aí espalhando o que falamos, mas preciso saber.

— Querida, tenho mais o que fazer do que ficar ouvindo suas conversas.

— Isso nunca o impediu — respondeu Dana Sue. — Quanto?

— Está bem, está bem. Tudo. Por quê? Se sabe que sou confiável, que diferença faz?

— Então você nos ouviu falando sobre Helen. Quanto você sabe sobre o que ela anda fazendo? Ela contou para você?

— Não — respondeu Erik, evitando o olhar da chefe. — Por que ela contaria para mim? Eu, hein.

— Porque meus instintos me dizem que você sabe mais do que está dizendo, ou então teria voltado dez minutos atrás. Não demora muito para ir buscar algumas coisas da despensa.

— Demora se uma certa pessoa entra lá e muda tudo — rebateu Erik, aproveitando a oportunidade para mudar de assunto e resolver um problema chato ao mesmo tempo. — Por que você faz isso, aliás? Eu tenho um sistema.

— Eu também — respondeu ela. — E o meu é que vale.

— Não quando o assunto é confeitaria — rebateu ele.

— Certo, para mim já deu. Estou indo — disse Maddie. — Quando vocês dois começam a brigar por questões de controle, é melhor não ter nenhum inocente no meio. — Ela abraçou Dana Sue. — Me avise se tiver notícias de Helen.

— Você também — respondeu a dona do restaurante.

Maddie deu um beijo na bochecha de Erik e sussurrou:

— Não dê o braço a torcer. As sobremesas são a melhor parte do cardápio.

— Eu ouvi isso — disse Dana Sue.

Maddie sorriu.

— Então lembre-se disso na hora de discutir a arrumação da despensa. Erik pode ter alguns pontos válidos.

— Pode — admitiu Dana Sue a contragosto.

Quando Maddie foi embora, a cozinheira o olhou com atenção.

— Você quer brigar por causa da despensa ou vai me dizer o que sabe sobre Helen?

— Vamos brigar por causa da despensa — disse ele.

— Então você sabe algo sobre Helen — concluiu Dana Sue.

— Eu não disse isso — insistiu Erik.

— Você não precisou dizer — retrucou ela em tom presunçoso. — Dá para ver na sua cara. Tudo bem. Vou deixar passar desta vez. Vou arrancar a informação quando você não estiver na defensiva.

— Eu estou sempre na defensiva perto de você — garantiu ele.

Mas, só para o caso de estar errado a respeito daquilo, Erik ficaria muito atento. Ou talvez apenas passasse o problema para Helen e a deixasse lidar com as amigas. Ela queria manter as duas fora de sua vida amorosa tanto quanto ele.

Karen estava indo muito bem havia várias semanas. Talvez fosse porque Mack e Daisy estavam se comportando melhor do que nunca, quase como se achassem que poderiam ficar longe da mãe outra vez se as coisas não corressem bem. Ou talvez fosse porque suas sessões com a dra. McDaniels estivessem dando resultado. Torcia para que fosse esse o caso, porque mais cedo ou mais tarde as crianças fariam algo que testaria seus limites.

Os dois também tinham gostado de Elliott de primeira, que tinha paciência infinita com os longos relatos de Daisy sobre sua rotina na escola. Na verdade, ele parecia realmente interessado no dia a dia da menina no jardim de infância, nos trabalhinhos de arte que ela trazia para casa e no menino de quem ela gostava. Quanto a Mack, Elliott havia conseguido milagrosamente, em apenas três visitas, fazê-lo parar de chupar o dedo, objetivo que Karen tinha falhado em cumprir.

Frances também aprovava Elliott.

— Ele é um jovem muito atencioso — dissera ela a Karen. — E bem sarado — acrescentou a vizinha com uma piscadela.

Apesar do sucesso que ele fizera, Karen ainda estava cautelosa em relação a Elliott. Tinha a impressão de que em breve ele tocaria no assunto, talvez naquela mesma noite, já que iriam jantar sozinhos enquanto Frances ficava com Daisy e Mack.

Uma batida na porta anunciou a chegada da vizinha. Frances olhou para Karen, que ainda vestia seu velho roupão surrado, e balançou a cabeça.

— Por que você não está pronta? Elliott está para chegar, não?

— Não consigo decidir que roupa usar — disse Karen.

Frances a encarou com um olhar astuto.

— Acho que você está com medo.

— Medo de quê? — perguntou a jovem, em um tom defensivo.

— Medo de que esse homem ache você atraente e queira ficar com você. Você fez o possível para botá-lo para correr, mas nada funcionou, não é?

Karen franziu a testa.

— Eu não tentei botá-lo para correr — protestou ela.

— É mesmo? Bem, você deu a ele a missão de fazer Mack parar de chupar o dedo como se a vida do menino dependesse disso

— disse Frances. — Tenho certeza de que foi para fazê-lo pensar duas vezes antes de se envolver com a mãe de dois filhos pequenos. Qual é a próxima tarefa? Deixá-lo responsável por planejar a festa de aniversário de Daisy na semana que vem? Sinto muito, querida, mas Elliott me parece um homem capaz de lidar com uma dúzia de crianças de 6 anos com uma mão nas costas.

Karen suspirou.

— Você provavelmente está certa. Achei que ele estava brincando quando comentou que seus sobrinhos haviam lhe ensinado muito sobre crianças, mas pelo visto é verdade.

— Então por que você está tentando afastá-lo?

Karen se deixou cair na ponta do sofá.

— Você acha mesmo que é isso que estou tentando fazer?

— Acho que cada encontro que você teve com ele foi uma espécie de teste. O que você vai fazer quando ele passar por todos eles em vez de sumir?

— Bem que eu queria saber — disse Karen com um suspiro. Ela olhou para Frances. — Ele realmente é um cara legal, não é?

— Parece que sim — respondeu Frances. — Além do medo, como você se sente em relação a ele?

— Eu gosto dele — admitiu Karen. — De verdade.

— Então dê a ele uma chance de verdade. Vocês dois precisam de mais noites como esta, sozinhos, para que possam realmente se conhecer. — Ela sorriu para Karen. — E não se preocupe com a hora. Posso dormir bem aqui no seu sofá.

Karen corou com a insinuação.

— Frances! Não vou passar a noite toda fora.

O sorriso de Frances se alargou.

— Isso fica a seu critério, é claro, mas eu queria que você soubesse que não seria problema se fosse o caso.

— Você teria dito isso à sua filha? — perguntou Karen com curiosidade.

— De jeito nenhum! — disse Frances com uma risada. — Mas ela tinha 20 anos quando morava na minha casa e, quando o assunto era namoro, fazia o que bem entendia sem que eu lhe desse qualquer incentivo extra.

— Você aprovava quando ela passava a noite toda fora?

— Na verdade, não, mas ela tinha idade suficiente para tomar as próprias decisões, assim como você. Eu era sábia o suficiente para não dar minha opinião não solicitada.

— Não quero que você pense menos de mim — disse Karen. — Você é como uma mãe para mim.

— Fico orgulhosa de saber que você se sente assim e vai ser um prazer dar conselhos sempre que pedir, mas não vou julgá-la, querida. Nunca. Agora vá se arrumar antes que Elliott chegue e veja você nesse roupão. Isso *realmente* pode botá-lo para correr. Se ele chegar antes de você estar pronta, aproveito esses minutos para ver quais são as intenções dele.

Karen riu.

— Vou ser rápida.

— Não seja, por favor. Sem pressa. Não tenho muitas oportunidades de passar tempo com um homem tão lindo.

— Nem eu — disse Karen.

— Então está na hora de começar a aproveitar cada minuto, não acha?

— Acho que você está coberta de razão — respondeu Karen.

Porém, quando entrou em seu quarto, Karen descobriu que as roupas que tirara do armário enquanto tentava decidir o que usar estavam todas espalhadas pelo chão com Mack em meio a elas e Daisy estava sentada em frente ao espelho testando sua maquiagem... toda. Ela passara batom, pó, blush e sombra sem economia, espalhando os produtos por toda parte.

As semanas de serenidade conquistadas a duras penas por Karen desapareceram em um instante. Uma bolha de raiva cresceu em seu peito ao ver aquela bagunça.

— Daisy, que ideia foi essa? — gritou ela.

Daisy, que estivera olhando para o espelho com uma expressão satisfeita apenas um segundo antes, começou a chorar no mesmo instante em que ouviu o tom brusco de Karen. Então ela se virou para Mack.

— Olha o que você fez com as roupas da mamãe! — gritou ela para o menino, o que o fez fugir do quarto cambaleando.

Um momento depois, Frances apareceu na porta, de mãos dadas com Mack, que estava aos prantos.

— O que está acontecendo? — começou ela, então olhou a seu redor. — Ai, caramba.

Semanas de progresso desapareceram quando uma sensação de fracasso avassaladora tomou conta de Karen. O quarto estava um caos e, pior ainda, seus filhos estavam chorando, tudo porque ela havia gritado com os dois por fazerem coisas típicas de crianças.

— Está tudo bem — disse Frances, embora não estivesse claro a quem ela dirigia a mensagem. — Daisy, você e Mack vêm comigo. — Ela deu um sorriso encorajador para Karen. — Não se preocupe. Volto logo para ajudar a resolver isso. Vá se vestir. Eu arrumo tudo.

— Mas você não deveria. Não é sua bagunça — respondeu Karen, desanimada.

— Bem, verdade seja dita, não é sua bagunça também, mas duvido que os culpados sejam capazes de arrumar isso seguindo nosso parâmetro de exigência. Vai ser rapidinho. Vá se arrumar, Karen. Então vá para o seu encontro e deixe o resto comigo.

— Eu não deveria ter gritado com Daisy e Mack — disse ela, exausta. — Eu deixei os dois chateados.

— Gritar é uma reação bastante comum. Você pode pedir desculpas. Agora, ande logo. Vou ver como os dois estão.

Karen ainda estava tremendo depois da descarga de adrenalina que havia percorrido seu corpo quando entrou no quarto e viu toda aquela bagunça, mas conseguiu salvar uma das roupas do chão e se maquiar com dedos trêmulos.

Assim que se aproximou da sala de estar, ouviu Daisy dizer a Elliott:

— Eu e Mack deixamos a mamãe com raiva.

A menina soava tão arrasada que o coração de Karen doeu.

— Mas não estou mais brava — disse ela à filha, abaixando-se quando a menina correu para abraçá-la. — Está tudo bem, querida. Eu não deveria ter ficado tão chateada.

— Não fiz bagunça de propósito — sussurrou Daisy junto a sua bochecha.

— Eu sei.

— Eu só queria ser bonita como você.

Com os olhos marejados de lágrimas, Karen lançou um olhar impotente para Elliott. Ele tirou Daisy dos braços da mãe na mesma hora.

— Você é ainda mais bonita do que sua mãe — disse ele. — Quando for mais velha, os meninos farão fila atrás de você. Você será a garota mais popular da escola.

Os olhos de Daisy brilharam.

— É mesmo?

Elliott assentiu.

— Mesmo.

Daisy o olhou com ar pensativo.

— Talvez eu me case com você quando crescer.

Elliott sorriu.

— Acredite em mim, eu já estarei tão velho que você não vai me querer.

— Então talvez você devesse se casar com a minha mãe — sugeriu Daisy.

Elliott olhou para Karen.

— Talvez — respondeu ele com toda a calma. — Pode ser que um dia desses a gente tenha que conversar sobre isso.

O coração de Karen disparou quando Elliott a olhou diretamente. Ele não podia estar falando sério! Eles mal haviam trocado mais do que um beijo de boa-noite até então. Como ele poderia estar considerando se comprometer tão rápido?

— Acho melhor irmos nessa — sugeriu Karen, fazendo um esforço para manter a voz calma. Ela colocou a mão na bochecha de Daisy. — Eu te amo, querida. — Então pegou Mack e deu um beijo estalado em sua bochecha. — Também te amo, rapazinho. Não vou chegar tarde — disse ela para Frances.

— Divirtam-se — respondeu Frances. — Nós ficaremos bem.

Karen quase saiu correndo porta afora, ansiosa para dizer a Elliott que ele não deveria fazer promessas como a que acabara de fazer a Daisy.

Porém, já do lado de fora, ele segurou a mão dela.

— Eu falei sério — disse Elliott, mantendo o olhar fixo no dela. — Nós vamos falar sobre casamento. Eu sei o que quero, Karen, mas vou lhe dar um pouco mais de tempo para estarmos em sintonia.

— Você não pode ter certeza sobre uma coisa dessas — protestou ela, incapaz de conter o tremor que as palavras dele haviam provocado. Karen não tinha certeza do que a assustava mais, a expectativa que ele despertara nela ou sua certeza inabalável. — Este é o nosso primeiro encontro de verdade.

— Todos os nossos outros encontros com as crianças me disseram tudo o que eu precisava saber — insistiu ele. — Aquelas ocasiões valeram, sim. Eu sei como seria ter uma família com você. O que poderia ser mais importante?

— Mas eu sou uma péssima mãe. Fiz meus filhos chorarem — sussurrou Karen, envergonhada da cena que ele presenciara ao chegar na casa dela.

— Você está sendo muito dura consigo mesma — disse ele. — Acha que é a primeira mãe a perder a paciência quando seus filhos se comportam mal? Minha mãe tem toda a paciência do mundo, mas perdeu a cabeça mais de uma vez. E não estou exagerando quando digo que minhas irmãs já levantaram a voz para meus sobrinhos mais de uma vez. — Elliott a observou com atenção. — Você não ficou descontrolada, não é?

Karen pensou um pouco e percebeu que era verdade. Não havia sentido aquela perda completa de controle de alguns meses atrás.

— É, não fiquei.

— Então tudo bem. Você não é uma mãe terrível. Acho que podemos concordar com isso, né?

Ela sorriu.

— Talvez.

— Ótimo. — Elliott tocou os lábios de Karen com um dedo. — Não precisamos falar sobre o resto agora. Só achei que deveria deixar claro o futuro que vejo para nós.

Ela franziu a testa.

— Bem, só para você saber, agora estou morrendo de nervoso.

— Por quê?

— Porque não quero estragar o que poderia ser a melhor coisa que já aconteceu comigo — respondeu ela sem rodeios.

Elliott segurou a bochecha dela.

— Você não conseguiria, mesmo se tentasse.

Karen não tinha tanta certeza. Mas talvez, por enquanto, Elliott acreditar nisso já fosse suficiente.

CAPÍTULO QUINZE

———— ❖ ————

A audiência para o divórcio de Caroline e Brad Holliday finalmente aconteceria. Helen havia reunido material suficiente sobre as finanças de Brad para garantir a Caroline e seus filhos um futuro seguro. No entanto, a advogada não tinha ilusões de que tudo ocorreria sem problemas. Ela duvidava que Jimmy Bob tivesse conseguido convencer seu cliente. Brad iria chegar com tudo, brigando por cada centavo.

No tribunal, Helen se virou para Caroline.

— Você está pronta?

— Isso realmente vai acabar hoje? — perguntou Caroline, com a voz instável. — Acabaram os truques?

— Sim — disse Helen. — Aqueles papéis provando os bens ocultos de Brad finalmente acenderam o alerta de Jimmy Bob, sem falar em como o juiz Rockingham ficou irritado. Ele sabe que, se não acabarem com isso agora, não há como saber o que mais podemos descobrir.

Caroline engoliu em seco e olhou para Helen com uma expressão culpada.

— Brad me ligou ontem à noite.

Helen por muito pouco conseguiu conter sua reação, embora não estivesse muito surpresa. Era exatamente o tipo de coisa que um homem prestes a perder aprontaria.

— Ah, é? — perguntou a advogada, em tom neutro.

— Ele queria conversar.

O coração de Helen gelou.

— Sobre?

— Uma reconciliação.

Helen reprimiu um gemido.

— O que você disse para ele?

Caroline se endireitou um pouco.

— Que ele poderia vir conversar, mas que uma reconciliação estava fora de cogitação — explicou ela.

Antes que Helen pudesse dar um suspiro de alívio, porém, Caroline perguntou, incerta:

— Será que eu fiz a coisa certa?

— Só você pode responder a essa pergunta — disse Helen. — Como você se sentiu quando disse isso a ele?

— Péssima — admitiu Caroline. — Em algum lugar dentro de mim, me lembrei do homem que ele era antes e que eu amava. Se eu pudesse ter aquele homem de volta... — A voz da mulher falhou.

— Ele não existe mais — emendou Helen em tom gentil. — Pelo menos não é o homem que eu vi, mas podemos interromper o processo caso você esteja mudando de ideia. Ainda dá tempo. Você acredita de verdade que há esperanças para o seu casamento?

Caroline olhou para o outro lado do corredor na direção do marido, que estava sussurrando para Jimmy Bob. Brad encarou Caroline com uma expressão dura. Ao que parecia, ela percebeu o que significava, porque ficou tensa em resposta.

— Foi tudo uma estratégia para me amolecer, não foi? — disse Caroline, consternada. — Na cabeça de Brad, se ele conseguisse que eu o aceitasse de volta por algumas semanas ou mesmo alguns meses, teríamos que começar todo o processo do zero. Foi só uma tática de adiamento, não foi?

— O que você acha? — perguntou Helen.

— Acabei de ver nos olhos dele — respondeu Caroline, envergonhada. — Ele está com raiva porque não deu certo. Percebi na voz dele quando falei que não estava interessada em uma reconciliação. Ontem à noite ele não queria tentar voltar comigo, ou então teria ido me ver para tentar me convencer. Foi só uma tentativa de me desequilibrar para me deixar confusa.

Helen segurou a mão da cliente e a apertou.

— Não é bom que você seja inteligente o suficiente para enxergar a verdade?

Caroline olhou novamente para o outro lado do corredor, então se voltou para Helen, parecendo muito mais certa.

— Tire cada centavo que eu merecer — pediu ela.

Helen sorriu.

— Será um prazer.

Três cansativas horas depois, haviam estipulado os termos do acordo, com Brad Holliday protestando o tempo todo. Felizmente, Jimmy Bob sabia o possível desfecho daquela história e foi capaz de manter o processo em andamento, avisando Brad de vez em quando que a atitude dele o estava impedindo de ganhar pontos.

— Ela não vai ganhar um centavo! — gritou Brad em determinado momento, recebendo um olhar furioso do juiz Rockingham, que estava perdendo a paciência com o homem.

— Então você vai passar a noite em uma cela por desacato — ameaçou o juiz. — Estou sendo claro, sr. Holliday?

— Com certeza, meritíssimo — respondeu Jimmy Bob, lançando um olhar de repreensão para Brad, que parecia querer socar alguma coisa.

O homem estava vermelho, com os punhos cerrados.

Helen pensou nas ameaças que Jimmy Bob não havia levado a sério e se perguntou se seria prudente solicitar uma medida protetiva para Caroline. Ela se inclinou na direção da cliente.

— Caroline, há alguma chance de que Brad tente descontar a raiva em você por causa da decisão de hoje?

A mulher pareceu abalada com a sugestão.

— Não, claro que não — respondeu ela na mesma hora.

— Eu poderia pedir uma medida protetiva — explicou Helen.

— Não — disse Caroline. — Não precisa.

Helen assentiu com a cabeça.

— Se você tem certeza, tudo bem, mas me avise se mudar de ideia.

Mesmo sem Helen pedir uma medida protetiva, pelo visto o juiz Rockingham reconheceu que o temperamento de Brad estava instável. Quando a audiência terminou, ele pediu ao oficial de justiça que encontrasse um policial para escoltar Brad do local e outro para garantir que Helen e Caroline não fossem abordadas na saída.

— Você tem alguém que possa ficar com você por alguns dias? — perguntou Helen a Caroline, percebendo a preocupação do juiz. Se Rockingham via perigo no comportamento de seu parceiro de golfe, então a questão precisava ser levada a sério. — Eu não acho que você deveria ficar sozinha.

— Concordo — disse Jimmy Bob, para surpresa da advogada. — Melhor ainda, fique na casa de uma amiga, Caroline, ou viaje com as crianças por uma ou duas semanas. Brad vai se acalmar, mas agora eu não confio que ele não vá fazer uma loucura. Como falei para Helen, ele tem dito muitas coisas nos últimos dias. A maioria é da boca para fora, mas acho que essa raiva toda justifica o cuidado.

Helen assentiu com a cabeça.

— É um bom conselho, Caroline.

A mulher pareceu preocupada, mas se manteve firme.

— Mais cedo ou mais tarde, vou ter que me resolver com ele — argumentou ela. — Brad nunca foi violento.

— Ele nunca esteve numa situação dessa. Melhor se resolver com ele daqui a um tempo — insistiu Jimmy Bob. — Eu o conheço há muito tempo e nunca o vi assim. — O advogado se virou para

Helen. — Você também não é muito querida por ele agora. Sei que falei que achava que ele só estava fazendo ameaças da boca para fora, mas é melhor prevenir do que remediar. Cuidado, viu?

Helen estremeceu ao ouvir a preocupação genuína na voz do colega.

— Pode deixar — prometeu ela.

Nos últimos tempos, Helen passava quase todas as noites com Erik, em sua casa ou na dele. Conversaria com o cozinheiro sobre a possibilidade de ficar na casa dele por um tempo até que Brad Holliday se acalmasse e começasse a ver as coisas de forma mais sensata.

— Caroline, e você? — insistiu a advogada.

— Acho que vocês dois estão se preocupando sem motivo — disse Caroline. — Brad está com raiva, mas nunca levantou a mão para mim. Mesmo assim, vou visitar minha irmã por uma ou duas semanas até as coisas se acalmarem. Ela está querendo que eu vá faz um tempo, mas eu achava que era melhor não ir no meio disso tudo.

— Perfeito — respondeu Helen. — Ligue lá para o escritório e passe o telefone de sua irmã para Barb. Quer que eu fique em casa enquanto você faz as malas?

— Não precisa — disse Caroline.

O policial que as escoltara na saída do tribunal olhou para Helen.

— Eu posso acompanhá-la, srta. Decatur.

— Obrigada — respondeu Helen.

Não importava o que Caroline dissesse, a advogada confiava mais na avaliação de Jimmy Bob a respeito do humor instável de Brad do que na opinião da mulher que ainda queria ver algo de bom no ex-marido.

Enquanto observava Caroline se afastar com a patrulha de polícia seguindo-a, Helen ainda se sentiu inquieta. Virando-se para Jimmy Bob, a advogada percebeu que ele também parecia preocupado.

— Quão perigoso você acha que Brad é? — perguntou ela.

— Eu gostaria de pensar que estamos todos exagerando — disse Jimmy Bob. — Mas Brad perdeu muito hoje. Não estou falando só de dinheiro e bens, mas do grande golpe em seu ego. Lembra de como essa história toda começou, com ele querendo provar que ainda era homem? Vou ser sincero com você. Um homem nesse estado emocional não vai lidar bem com nada disso. — Ele a olhou diretamente. — Vou repetir mais uma vez: tome cuidado, Helen.

A advogada estremeceu ao ouvir o tom sombrio. Ela tinha lidado com dezenas de divórcios difíceis, alguns deles ainda mais desagradáveis do que aquele, mas, pela primeira vez em sua carreira, estava com medo de verdade. Se Brad era tão instável quanto Jimmy Bob e o juiz Rockingham pensavam, quem sabia o que ele seria capaz de fazer?

Erik não parava de olhar de soslaio na direção de Helen. Ela chegara ao Sullivan's pouco antes da hora de fechar, dando um abraço em Dana Sue e um beijo na bochecha dele que fez a cozinheira erguer as sobrancelhas.

— Você está bem? — perguntou Dana Sue na mesma hora, mas a amiga não dera muita atenção à pergunta.

Ela estava bem, insistia, mas então pegou uma esponja e foi lavar as panelas e frigideiras empilhadas na pia. Era uma tarefa que Helen em geral evitava, especialmente quando estava vestindo um de seus ternos elegantes. Naquela noite, porém, a advogada nem se deu o trabalho de usar um avental.

Dana Sue se aproximou da amiga.

— O que está acontecendo? — sussurrou ela, com um olhar incisivo na direção de Helen enquanto ela atacava uma assadeira especialmente engordurada na qual Dana Sue tinha assado lasanha.

— Eu não tenho a mínima ideia — admitiu Erik. — Mas não estou gostando nada disso. Ela está nitidamente chateada e muito quieta.

— Talvez você devesse ir embora — sugeriu Dana Sue. — Ela pode desabafar comigo.

— De jeito nenhum — respondeu Erik, sem desviar os olhos de Helen.

Dana Sue o olhou com uma expressão intrigada.

— Erik, o que está acontecendo entre vocês dois?

— Somos amigos — disse ele secamente. — Se Helen está chateada, não vou sair daqui até saber o motivo.

— Bem, nem eu — respondeu Dana Sue.

Só então Helen se virou e olhou feio para eles.

— Vocês dois já podem parar de sussurrar pelas minhas costas. Dana Sue, vá para casa.

Dana Sue a olhou chocada.

— O quê?

— Por favor — implorou Helen. — Eu converso com você amanhã. — De repente, a expressão dela ficou alarmada. — Erik, você precisa levar Dana Sue até o carro.

— Não preciso que ninguém me acompanhe — retrucou a cozinheira.

Erik percebeu pela expressão tensa de Helen que ela estava prestes a desabar.

— Pegue sua bolsa, Dana Sue — disse ele. — Eu acompanho você.

— Mas...

— Anda logo.

Erik olhou atentamente na direção de Helen.

As costas dela estavam rígidas. Ela parecia prestes a perder as estribeiras. Ao que parecia, Dana Sue havia percebido o mesmo que ele, porque finalmente concordou.

Lá fora, no estacionamento, o olhar dela era de impotência.

— Ligue se precisar de mim — instruiu Dana Sue. — Não estou gostando disso. Não estou gostando nada disso.

— Nem eu. Um de nós vai dar os detalhes amanhã. Eu prometo.

Com um último olhar para o restaurante, Dana Sue entrou no carro. Ela começou a sair do estacionamento, mas então parou e abriu o vidro.

— Cuide bem dela — ordenou a cozinheira. — Prometa.

— Prometo.

— E prepare-se para responder um monte de perguntas sobre por que ela foi atrás de você, em vez de falar comigo ou Maddie.

Erik conseguiu esboçar um sorriso discreto diante da indignação de Dana Sue.

— Eu sabia que isso deixaria você tão incomodada quanto o resto.

— Bem, é normal, não? Ela é nossa amiga desde sempre.

— E você acha que agora é hora de debater quem de nós é um amigo melhor para ela? — perguntou Erik.

— Não.

Dana Sue suspirou e foi embora.

Quando Erik voltou para o restaurante, Helen havia tirado os sapatos e estava sentada em um banquinho, com os ombros caídos e a expressão sombria.

— Você pode me dizer o que está acontecendo? — perguntou ele baixinho.

— Você pode me abraçar?

— Claro que posso — respondeu ele, aproximando-se para tomá-la nos braços. Senti-la tremendo o deixou preocupado. — Vamos lá, meu bem, pode falar. O que aconteceu hoje para deixar você assim?

— Consegui um ótimo acordo de divórcio para Caroline Holliday — respondeu ela, com voz abafada contra o peito de Erik.

Ele ainda estava confuso.

— Mas isso não é bom?

— Era para ser, não é?

— O que foi que eu perdi?

— O marido dela, ou futuro ex-marido, está descontrolado.

Erik ficou tenso.

— Como assim?

— O advogado dele, o juiz, todo mundo parece pensar que ele pode ir atrás de Caroline — respondeu Helen, então o encarou, com uma expressão pouco comum de medo nas profundezas de seus olhos. — Ou de mim.

— Meu Deus! — disse Erik. — Então o que você estava fazendo sozinha tão tarde da noite?

— Não estou com medo — insistiu a advogada, embora tudo em sua postura dissesse o contrário. — Eu só queria ver se poderia ficar na sua casa por alguns dias, só até tudo isso passar. Nada permanente ou coisa do tipo.

— Claro que você pode ficar comigo — disse Erik na mesma hora. — Você nem precisava perguntar.

— Precisava, sim. Não é como se tivéssemos conversado sobre, sei lá, morar juntos. Eu não queria que você ficasse pensando que isso é um plano para mudar as coisas entre a gente.

Erik suspirou.

— Helen, acho que conheço você bem o suficiente para ver quando você está morrendo de medo.

— Eu não estou — protestou ela, indignada.

Ele sorriu para ela.

— Está bem então. Você não está com medo, está apenas sendo muito cuidadosa.

— Exatamente. Melhor prevenir do que remediar. Não é esse o ditado?

— Aham. Você precisa passar em casa para buscar suas coisas?

— Tenho uma mala no carro — respondeu ela. Um lampejo de raiva iluminou os olhos da advogada. — Odeio deixar esse idiota me tirar da minha própria casa.

— É só se lembrar do que você me disse há menos de cinco segundos — disse Erik. — Melhor prevenir e tudo mais.

— É.

— E quanto a Caroline? Ela está segura?

— Ela foi para a casa da irmã com os filhos mais novos. O mais velho está na faculdade. Tomara que Brad esfrie a cabeça antes de eles voltarem.

No entanto, pensou Erik, isso significava que Helen era o único alvo imediato no radar daquele idiota. Não era nada bom.

— Vamos lá — disse ele. — Vamos para casa.

Erik a manteria em segurança, nem que tivesse que ficar de vigia dia e noite. Claro, tudo aquilo teria que acontecer enquanto se esquivava da curiosidade de Dana Sue e Maddie. Haveria uma avalanche de perguntas logo de manhã cedo.

Helen não conseguia acreditar que tinha permitido que Jimmy Bob e o juiz Rockingham a deixassem tão abalada. Ela nunca teve medo de ninguém e sempre foi capaz de cuidar de si mesma, mas por algum motivo a reação de Brad no tribunal e a resposta de seus amigos a deixaram apavorada.

Tinha ido para casa no fim do dia decidida a lutar contra o medo e não sair dali contra sua vontade, mas uma ou duas horas depois de escurecer ela tremia ao ver a própria sombra. Quando ouviu o estouro do escapamento de um carro na rua, Helen quase pulou para trás do sofá. Foi então que fez as malas e dirigiu até o Sullivan's.

— Você já jantou? — perguntou Erik depois que a advogada guardou o último de seus pertences em uma gaveta que ele havia esvaziado para ela.

Os terninhos de Helen estavam pendurados no armário quase vazio, ao lado de algumas das camisas sociais e de alguns ternos escuros de Erik. Ela arrumara os sapatos logo abaixo, três pares favoritos com salto agulha.

Quando Helen ergueu os olhos da gaveta cheia de lingeries, Erik a estava encarando, sentado da ponta da cama, com uma expressão preocupada no rosto. Ela se aproximou e se sentou ao seu lado, apoiando o corpo nele.

— Não precisa se preocupar comigo — disse Helen. — Com certeza Brad é inteligente demais para fazer uma besteira.

— Então por que você está tão assustada?

— Para ser sincera, me sinto meio boba. Eu provavelmente deveria ir para casa.

— Sem chance — disse Erik, curto e grosso. — Pelo menos não por alguns dias, até vermos o que esse cara vai fazer. Talvez eu devesse falar com ele.

Helen balançou a cabeça.

— Se Brad começar a pensar que todos na cidade estão se voltando contra ele, isso só vai piorar as coisas.

— Mas também poderia assustá-lo — rebateu Erik. — Esses caras valentões, especialmente os que intimidam as mulheres, não gostam de ser confrontados pelos outros, ainda mais se for alguém maior e mais forte.

Helen sorriu para ele.

— Você nem conhece Brad Holliday. Ele pode ter o dobro do seu tamanho.

— Verdade, mas posso ser bastante intimidador quando estou com raiva. — Erik olhou de soslaio para ela, um sorriso no canto da boca. — Ele é maior do que eu?

— Não, mas achei muito bom que você estivesse disposto a enfrentá-lo mesmo assim — respondeu ela. — Mas ainda melhor seria comer alguma coisa. Você falou em jantar agora há pouco.

— Tem certeza de que não cavou um convite para ficar aqui só para que eu cozinhasse para você de graça?

— Não, mas com certeza é um ponto positivo — disse Helen. — Tem alguma coisa boa na sua geladeira?

Erik ergueu uma sobrancelha.

— O que você acha?

— Alguma coisa com chocolate?

— Você quer sobremesa primeiro?

— Eu quero sobremesa e então você — disse ela, apreciando o calor imediato que se acendeu nos olhos de Erik. — Na verdade, não consigo imaginar nada melhor para tirar Brad Holliday da minha cabeça do que essa combinação.

Ele acariciou a mandíbula de Helen, então ajeitou uma mecha de cabelo solta atrás da orelha dela.

— Você acha que essa situação pede calda de chocolate quente ou um brownie já serve?

— Quero as duas coisas, se você tiver — respondeu ela. Ao ver a expressão divertida dele, Helen disse: — Está bem, eu passei o dia todo com vontade de chocolate.

— E de mim?

— Nos últimos tempos, parece que tenho vontade de ficar com você vinte e quatro horas por dia, sete dias por semana.

— É bom saber que sou pelo menos um pouco mais desejado do que um sundae — disse Erik, então cobriu a boca dela com a sua.

Quando finalmente a soltou, Helen estava sem fôlego.

— Talvez o sundae possa esperar — murmurou ela, puxando-o para mais perto.

Estava ficando especialista em conciliar todas as suas prioridades.

Helen chegou a seu escritório às oito da manhã, acompanhada por um insistente Erik, que se recusara terminantemente a deixá-la sozinha. Por enquanto, ela estava gostando desse jeito protetor, mas tinha a impressão de que logo perderia a paciência. Embora fosse bom e inesperado ser mimada, a advogada estava acostumada a cuidar de si mesma.

Não tinha passado nem quinze minutos trabalhando quando Dana Sue e Maddie invadiram o escritório, dando um susto que diminuiu dez anos de sua expectativa de vida.

— Qual é o problema de vocês? — interpelou Helen, de cara feia, enquanto tentava recuperar a compostura.

— É o que eu queria perguntar — disse Dana Sue sem soar arrependida, sentando-se em frente à amiga. — Você estava um caco na noite passada e quero saber por quê.

— E por que você procurou Erik em vez de nós? — perguntou Maddie.

Dana Sue assentiu.

— Na verdade, essa pode ser a pergunta mais interessante. Fiquei ligando para a sua casa até as três da manhã. Onde você estava ontem à noite depois que saiu do Sullivan's? Por favor, me diga que você estava tendo uma noite apaixonada com Erik.

Helen franziu a testa ao ouvir a suposição inteligente. Já que ela não conseguia mentir abertamente para as amigas, disse apenas:

— E isso seria da conta de vocês porque...?

— Porque você sempre se meteu em nossa vida e agora é a nossa vez — respondeu Maddie. — Tem algo acontecendo entre você e Erik?

Helen olhou para as duas com uma expressão severa.

— Isso é muito pessoal.

Dana Sue franziu a testa ao ouvir a resposta. No entanto, aos poucos a cara feia deu lugar a um sorriso enorme.

— Isso é um sim, não é? — disse ela, triunfante. — Você não vai admitir, embora eu não consiga imaginar por que não, mas vocês dois estão juntos. Sei que estou certa e tive certeza quando Erik ficou todo protetor e estranho ontem à noite.

— Se é verdade, por que você não admite logo? — perguntou Maddie.

— Não estou confirmando que seja verdade — disse Helen.

— Você também não está negando — respondeu Dana Sue. — Eu sabia! Eu sabia que vocês dois seriam perfeitos juntos. Por que está escondendo isso da gente? Está com vergonha porque Erik não é um advogado famoso ou algo do tipo?

Helen ficou horrorizada que uma de suas melhores amigas pudesse pensar assim dela.

— Claro que não. Não sou, nem nunca fui, esnobe desse jeito. Além disso, você, mais do que todo mundo, sabe como Erik é um cara incrível.

— Ela foi bem rápida em defendê-lo — disse Dana Sue a Maddie.

— Eu diria que é mais uma confirmação.

Maddie, no entanto, não parecia convencida.

— Eu odeio estragar seu entusiasmo, Dana Sue, mas acho que há outra coisa acontecendo aqui — especulou ela.

— Não seja ridícula — emendou Helen bem rápido, preocupada que Maddie pudesse preencher as lacunas e surgir com uma bomba que poderia arruinar tudo. — Talvez a gente... supondo que haja mesmo algo rolando... não quisesse vocês duas se metendo na nossa vida.

— Faz sentido — disse Dana Sue. — Ainda mais porque ele trabalha para mim. Então, vamos voltar um pouco na história. Por que você estava tão assustada ontem?

Helen as atualizou sobre o divórcio dos Holliday.

— Há uma chance, embora muito pequena, de que Brad possa fazer uma besteira — concluiu a advogada. — Ouvir a preocupação de Jimmy Bob depois da audiência me deixou um pouco nervosa. Hoje eu já estou bem melhor, foi uma maluquice ficar tão preocupada sem motivo.

— Eu imagino que Erik também tenha ficado preocupado — disse Dana Sue. — Aquele homem tem um dos instintos mais protetores que já vi. Ele cuida de Annie como ninguém. Vigia cada migalha de comida que coloco na boca. É um pouco cansativo, mas muito fofo.

Helen pensou em como Erik ficara em volta dela naquela manhã até finalmente ser expulso de seu escritório com a promessa de que mantivesse as portas trancadas até a chegada de Barb. Maddie e Dana Sue tinham usado as respectivas chaves para entrar. As Doces Magnólias tinham as chaves umas das outras para tudo.

Os lábios de Maddie se contraíram.

— Deve ser por isso que ele ainda está lá no estacionamento — disse ela.

Helen a encarou.

— Erik está lá agora? — Ela foi até a janela espiar. E, de fato, Erik estava acomodado dentro do carro, no banco do motorista, fingindo ler o jornal da manhã. Ela balançou a cabeça. — Achei que ele tivesse ido embora. Isso é uma maluquice. Eu vou lá agora...

— Não, não vai — interrompeu Maddie. — Ele precisa fazer isso e, para ser sincera, não estou convencida de que você esteja tão segura e seja tão invencível quanto pensa. Alguns homens agem de forma completamente irracional quando pensam que não têm mais nada a perder.

— Eu concordo — disse Dana Sue, depois sorriu. — Além disso, que mulher não iria querer um homem como Erik cuidando dela? Acho que você deveria aproveitar enquanto dá. Quem sabe o que pode acontecer?

— Só tome cuidado — advertiu Maddie. — E não estou falando só sobre Brad Holliday.

Helen estremeceu sob o olhar da amiga. Pela segunda vez naquela manhã, a advogada sentiu que Maddie havia percebido exatamente as intenções dela com Erik e não gostara muito do que descobrira.

E, se Maddie achava que Helen estava se comportando de maneira abominável por envolver Erik em seu plano de ter um filho, então Dana Sue com certeza iria ficar uma fera. Helen tinha que rezar para que aquilo não causasse um dado irreparável à amizade de uma vida inteira.

CAPÍTULO DEZESSEIS

Havia um ar de empolgação na cozinha do Sullivan's e nada da tensão que costumava pairar em uma noite movimentada. Na verdade, o restaurante estava fechado para o público. Eles recusaram todas as reservas e puseram uma placa na porta para evitar a entrada de clientes.

— Você acha que ela sabe? — sussurrou Tess para Dana Sue.

Erik sorriu.

— Confie em mim, Helen sabe.

Dana Sue fez uma careta para o colega.

— Como ela poderia saber que vamos dar uma festa de aniversário surpresa, a menos que você tenha dado com a língua nos dentes?

— Ei, a ideia foi minha. Por que eu iria contar alguma coisa? Só estou dizendo que ela não é fácil de ser enganada e é muito inteligente — começou Erik, então enumerou mais motivos pelos quais nunca conseguiriam fazer daquela festa uma surpresa completa. — Helen é observadora e suspeita de tudo por natureza. — Ele sorriu para Dana Sue. — E nenhuma de vocês é boa em guardar segredo.

— Eu discordo — disse Dana Sue. — Não abri a boca sobre um monte de coisas ao longo dos anos.

Erik não pôde deixar de ficar um pouco intrigado.

— Por exemplo? — perguntou ele.

Dana Sue franziu a testa.

— Ah, não, seu espertinho. Não vou cair nessa e contar nenhum dos segredos profundos e sombrios de Helen. Arranque dela você, se quiser saber.

— Helen tem segredos profundos e sombrios? Interessante...

Seria um ótimo assunto para mais tarde naquela noite, depois que ele a deixasse distraída, algo em que estava se tornando cada vez mais habilidoso.

Dana Sue olhou para ele com uma expressão preocupada.

— Não se atreva a insinuar para ela que eu já contei — advertiu a cozinheira. — Talvez eu devesse avisá-la, para que você não possa armar nada.

Tess olhava de um lado para o outro fascinada, então se virou para Erik.

— Há algo acontecendo entre você e a srta. Decatur?

Erik estremeceu. Para falar a verdade, era provável que Tess era a última a ficar sabendo. Ele suspeitava que Dana Sue e Maddie soubessem da verdade havia semanas, sem dúvida desde que Helen havia ido morar com ele. Dana Sue, em especial, andava incrivelmente quieta sobre o assunto, o que significava que ela concluíra que seus serviços de casamenteira não eram mais necessários. Entretanto, Erik duvidava que a cozinheira estivesse ciente do combinado de que não haveria compromisso no relacionamento dos dois. Se soubesse, não o deixaria em paz.

— Somos amigos — disse ele a Tess, com uma ênfase que fez os lábios de Dana Sue se contorcerem em um sorriso malcontido.

— É assim que se chama hoje em dia? — perguntou Dana Sue. — Uma amizade colorida, talvez?

— Xô — ordenou Erik com raiva fingida. — Você está no meu caminho.

— Não, na verdade estou falando a verdade e você odeia isso — respondeu ela em tom alegre. — Mas vou dar uma olhada no salão para ver como Maddie e Jeanette estão se saindo com as decorações.

Depois que Dana Sue saiu, Tess continuou a estudá-lo.

— Eu consigo ver — disse ela depois de um tempo. — Você e a srta. Decatur juntos. Vocês dois se equilibrariam.

Erik sentiu necessidade de desencorajar a colega de pensar que o relacionamento entre ele e Helen seria permanente.

— Somos dois opostos, Tess. Isso pode funcionar como algo passageiro, mas nunca a longo prazo.

Tess balançou a cabeça.

— Você está muito enganado. As pessoas diziam que Diego e eu éramos muito diferentes, mas dá certo. — Um sorriso floresceu no rosto dela. — Na verdade, funciona muito bem. Sou tão grata à srta. Decatur por trazê-lo de volta para mim.

— Foi um prazer para ela, Tess.

Karen entrou a passos rápidos na cozinha, seguida por um homem musculoso que Erik nunca tinha visto.

— Erik, Elliott Cruz — anunciou Karen. — Elliott, este é Erik. Vocês podem se conhecer melhor mais tarde. Agora tenho uma missão. Dana Sue quer os guardanapos de pano cor-de-rosa, não os verdes, e ela quer para já.

Erik riu.

— Diga a ela que, se insistir em transformar a decoração em algo superfeminino, os homens vão acabar indo embora.

— Diga você se tiver coragem — rebateu Karen. — Eu vou procurar os guardanapos cor-de-rosa.

— Eu sei onde estão — interveio Tess. — Vou lá buscar.

Enquanto as duas mulheres foram até o armário, Erik estudou Elliott, cujo olhar seguiu Karen para fora da cozinha.

— Elliott Cruz — disse Erik, chamando a atenção do outro homem, que desviou o olhar da direção em que Karen tinha ido. — Já ouvi esse nome antes.

— Eu sou personal trainer no Spa da Esquina — explicou Elliott. — Foi assim que conheci Karen.

— E agora você tem uma queda por ela — adivinhou Erik.

Elliott o olhou com ironia.

— Você poderia dizer isso. Estamos saindo há algumas semanas.

— Ah, é por isso que ela anda tão sorridente — concluiu Erik. Então seu lado protetor veio à tona. — Você tem intenções sérias com ela? Porque, caso não tenha, tenho que dizer que ela não precisa de mais decepções.

— Ah, muito sérias — respondeu Elliott sem hesitação. — Karen é quem não quer falar sobre o futuro. Ela acha que não faço ideia de onde estou me metendo.

— Mas você faz? — disse Erik, gostando da sinceridade do homem e de como estava sendo aberto a respeito de seus sentimentos.

Ele próprio tinha feito isso uma vez, mas nunca mais.

— Seria difícil não perceber, porque ela se esforça muito para me fazer ver o pior lado de estar perto dela e das crianças. Quando Mack regrediu para as fraldas, Karen me fez ensiná-lo a usar o penico de novo.

Erik mal conseguiu conter uma risada. Karen não havia comentado sobre aquele episódio.

— E como foi?

Elliott deu de ombros.

— Eu tenho cinco sobrinhos, então conversei com minhas irmãs e foi fácil. Assim como quando Daisy vomitou depois que comeu demais na feira do condado. E Karen sumiu por quinze minutos durante o aniversário de Daisy e me deixou sozinho com um bando de crianças de 6 anos tentando prender o rabo em um burro. E me pediu para levar Mack ao pronto-socorro quando ele cortou o joelho em um pedaço de vidro no parque. — O personal olhou para Erik com uma expressão resignada. — Você já entendeu.

— Duvido que Karen tenha planejado tudo isso só para você — disse Erik.

— É verdade, mas cada incidente foi um teste, vai por mim — respondeu Elliott.

— E como você se saiu?

Elliott deu de ombros.

— Faz parte da vida com as crianças. A gente vai levando.

Erik invejava a atitude imperturbável do homem a sua frente. O cozinheiro também tinha bastante experiência com os próprios sobrinhos, o que era um dos motivos pelos quais não queria ter filhos. Aquelas crianças queridas, mas bagunceiras, com idades entre 3 e 12 anos, eram mais do que suficiente. E ele ainda podia voltar para casa ao fim de um dia cansativo e dormir sem medo de ser incomodado por um dos inúmeros imprevistos que faziam parte da vida com as crianças. Em outros tempos, quando Sam estava viva para dividir tudo — a alegria e o trabalho —, ele tinha outra opinião, mas estava satisfeito com o estado das coisas naquele momento.

Antes que Erik pudesse responder, Karen e Tess voltaram cheias de guardanapos cor-de-rosa.

— Vamos lá — disse Karen a Elliott. — Você pode me ajudar a dobrá-los.

Elliott se mostrou intrigado.

— Eu não sei fazer cisnes — informou ele.

Karen sorriu.

— Mas vai saber depois que eu ensinar.

Elliott lançou um olhar triste na direção de Erik enquanto seguia Karen para o salão. Erik não conseguia sentir pena dele. Quase desejou estar apaixonado daquela maneira por Helen, em vez de apenas sentir desejo por ela.

Claro, aquilo por si só já era incrível. Havia noites em que ficavam enroscados sob os lençóis e ele não conseguia imaginar uma vida diferente. Talvez estivesse apenas um pouquinho apaixonado, no fim das contas. No entanto, uma hora ou outra teria que cortar o mal pela raiz antes que as coisas caminhassem numa direção que ele não desejava. Erik não podia arriscar seu coração.

Helen estava prestes a terminar a papelada no escritório e encerrar o expediente quando Barb enfiou a cabeça pelo vão da porta.

— Você está quase acabando? — perguntou a secretária.

— Sim, graças a Deus.
— Então vamos tomar alguma coisa — sugeriu Barb.
Helen franziu a testa para ela.
— Você não tem que ir para casa?
— Eu tenho tempo e achei que poderíamos brindar ao seu aniversário. Também tenho um presente, mas entrego quando chegarmos lá.

Helen olhou surpresa para a secretária, então se virou para o calendário em sua mesa e viu que era, de fato, seu aniversário. Tinha se esquecido completamente. Ela havia chegado aos 43 anos, e a verdade é que não estava com muita vontade de comemorar. A cada dia que passava sem qualquer sinal de que pudesse estar grávida, Helen ficava cada vez mais desanimada. Estava ficando sem tempo rapidamente e não precisava ser lembrada disso.

— Não sei...

Barb a interrompeu.

— Nada de desculpas. Aniversários precisam ser comemorados. Sei que você não tem planos para hoje ou então teria comentado.

Sem saída, Helen admitiu com relutância:

— Certo, vamos tomar alguma coisa.

Por que não? Ela estava evitando beber havia algum tempo, para o caso de estar grávida, mas de que adiantava? Helen merecia uma taça de champanhe para comemorar a data especial.

— Aonde você quer ir? — perguntou a advogada a Barb enquanto pegava a bolsa.

— Só tem um lugar na cidade elegante o suficiente para uma festa de aniversário — insistiu Barb. — Nós vamos ao Sullivan's. Talvez eu até jante por lá.

— Tudo bem — respondeu Helen, então pensou em como Dana Sue e Maddie não tinham falado com ela o dia todo.

Normalmente eram as primeiras a telefonar para dar os parabéns. Claro, com tudo que estava acontecendo na vida das duas, não era de admirar que tivessem esquecido. Ainda assim, eram suas melhores amigas. Nunca haviam esquecido um aniversário em todos aqueles anos de amizade. Mais uma vez, Helen se lembrou de que nos últimos tempos não tinham passado muito tempo juntas e parte daquilo era culpa sua. Estava evitando as amigas para não ter que responder a perguntas sobre seu relacionamento com Erik.

O estacionamento do Sullivan's estava lotado como sempre, mas Helen enfim conseguiu encontrar uma vaga no beco nos fundos.

— Podemos entrar pela cozinha — sugeriu ela a Barb.

A secretária franziu a testa.

— Eu não acho que Dana Sue iria querer você passando pela cozinha com outras pessoas em uma noite tão movimentada como esta. Podemos andar até a porta da frente.

Helen ia discutir, mas deu de ombros. Talvez Barb tivesse razão. Helen sabia muito bem o caos que ficava lá dentro às vezes.

Quando chegaram na frente do restaurante, Barb abriu a porta para ela. Assim que Helen entrou, o salão explodiu com flashes de luzes e o que parecia ser uma centena de pessoas gritando:

— Surpresa!

Cobrindo a boca, chocada, Helen se virou e fez uma careta para Barb.

— Você sabia disso?

— Não teriam conseguido sem mim. — A secretária parecia muito feliz consigo mesma. — Você jamais suspeitaria que seria eu a levá-la para uma armadilha.

— Você é uma mulher muito ardilosa — acusou Helen, mas a abraçou. — Obrigada.

— Não me agradeça. A festa não foi ideia minha.

Dana Sue e Maddie apareceram.

— Você ficou realmente surpresa? — perguntou Dana Sue.

— Chocada — assegurou-lhe Helen. — Não consigo acreditar que vocês duas fizeram isso. Eu estava meio para baixo, achando que vocês tinham esquecido.

— A parte mais chocante é termos conseguido organizar tudo sem você suspeitar de nada — disse Maddie. — Quanto a esquecer seu aniversário, parece até que você não conhece a gente.

— Eu achava que conhecia.

— Aliás, você não deveria agradecer somente a Maddie e a mim — acrescentou Dana Sue. — A festa foi ideia de Erik.

O olhar atravessou a sala e pousou em Erik, que estava parado do lado de fora da porta da cozinha.

— Você fez isso? — murmurou a advogada.

Erik deu de ombros e assentiu com a cabeça, envergonhado.

— Como ele sabia que era meu aniversário? — perguntou Helen a Dana Sue.

— Ele me disse que viu na sua carteira de motorista na manhã em que você esqueceu a carteira na casa dele — disse Dana Sue em tom significativo. — Adoraria ouvir a história por trás disso um dia desses. Sei que você está ficando lá por causa de Brad Holliday, mas ser avoada e esquecida assim? É um verdadeiro choque.

— Concordo — emendou Maddie. — Agora, venha dar oi para todos.

A sala lotada estava cheia de velhos amigos e ex-clientes, bem como advogados e juízes, incluindo Lester Rockingham e Jimmy Bob West, que estava mantendo distância de Tess.

— Brad não tem incomodado você, certo? — perguntou Jimmy Bob quando Helen o cumprimentou.

— Não até agora — respondeu Helen. — Já se passaram algumas semanas. Ele já deve ter superado.

— Eu não teria tanta certeza — disse Lester Rockingham. — Ele ainda se recusa a vir jogar golfe com a gente. Na verdade, não está nem atendendo meus telefonemas. Se Brad acha que Jimmy Bob e eu o traímos, nem imagino o que ele sente por você.

Erik se aproximou bem a tempo de ouvir o aviso e ficou visivelmente tenso.

— Acha mesmo que esse cara é um perigo para ela? — perguntou aos dois homens.

— Só estou dizendo que é bom ela ficar de olhos abertos — disse Jimmy Bob.

— Por que não podem prendê-lo de uma vez? — questionou Erik.

— Não há motivo para isso — respondeu o juiz. — Ele nem sequer fez ameaças explícitas, muito menos tomou qualquer atitude. Jimmy Bob e eu só temos um pressentimento de que Brad vai acabar perdendo as estribeiras uma hora ou outra. Ouvi dizer que ele está trancado em casa bebendo e resmungando sobre como o tribunal e Helen foram injustos com ele. Isso nunca é bom.

Erik franziu a testa para Helen.

— Então você não vai voltar para a sua casa ainda e pronto — disse ele.

Embora parecesse um pouco assustado, Jimmy Bob assentiu com a cabeça.

— Para mim, faz sentido continuar onde não esteja sozinha e Brad não pense em procurar por você.

Helen não sabia como se sentia em ter mais pessoas a par de seu atual arranjo de vida. Isso significava que muito mais gente saberia a verdade se ela finalmente aparecesse grávida. Todos teriam perguntas, e Erik sairia como o vilão da história se os dois não se casassem. Helen não queria que isso acontecesse.

— Vou pensar — disse ela a todos. — Agora preciso dar oi para mais algumas pessoas.

Quando Helen se afastou, Erik foi atrás dela.

— Certo, por que você ficou toda rígida e estranha agora? Foi porque comentei que você estava ficando na minha casa?

— Eu só achei que tínhamos concordado que quanto menos gente soubesse, melhor — respondeu ela. Helen decidiu esconder o motivo verdadeiro para querer que o relacionamento deles continuasse em segredo. — Você quer mesmo que Brad saiba exatamente onde me encontrar?

Erik pareceu culpado na hora.

— Eu não tinha pensado nisso — disse ele. — Mas talvez seja bom se ele souber que tem alguém cuidando de você.

— Não quero contar com isso — respondeu Helen, ficando na ponta dos pés para dar um beijo na bochecha de Erik. — Obrigada por pensar na festa. Nunca tive uma festa-surpresa antes, pelo menos não surpresa de verdade.

— Nunca?

Helen balançou a cabeça.

— Eu sou muito curiosa. Sempre acabava descobrindo.

— Eu tinha certeza de que você descobriria sobre esta também, mas eu ia culpar Dana Sue e Maddie por não serem capazes de guardar segredo — disse ele.

— Elas realmente são péssimas nisso — concordou ela. — Mas não tenho visto muito as duas nas últimas semanas. Andei ocupada com outras coisas.

— É mesmo? — perguntou ele, puxando-a para seus braços. — E eram coisas agradáveis?

— Muito agradáveis — respondeu Helen, erguendo a boca para a dele.

Quando Erik finalmente a soltou, ele a olhou com uma expressão estranha.

— Essa é a primeira vez que você me beija... quero dizer, me beija de verdade... em público.

— É meu aniversário. Tenho o direito de ser impulsiva e parar de me preocupar. Além disso, a maioria das pessoas aqui já percebeu que tem algo acontecendo entre nós. Não vejo problema em admitir, pelo menos entre amigos. Guardar segredo não está dando muito certo, de qualquer maneira.

— E Brad?

— Ele não vai descobrir por nenhuma dessas pessoas — disse ela.

Erik olhou para o outro lado da sala, onde Maddie e Dana Sue os observavam com interesse.

— Só espero que você esteja preparada para as consequências dessa abertura toda — alertou ele. — Na verdade, a principal consequência parece estar vindo aí. Acho que vou me esconder na cozinha para dar os retoques finais em seu bolo.

— Você é um homem ou um rato? — perguntou Helen enquanto Erik se afastava.

— Um rato — respondeu ele, rindo enquanto sumia de vista.

— Por que vocês dois não admitem logo o que está acontecendo? — interpelou Maddie.

— Não tenho a mínima ideia do que você está falando — disse Helen.

— Esse teatrinho não está mais convencendo — rebateu Dana Sue. — Você está tendo um caso. Isso está claro. O que eu quero saber é quando você vai deixar as coisas mais sérias.

— Tipo...? — perguntou Helen.

— Casamento — respondeu Dana Sue.

Helen balançou a cabeça.

— Não está em discussão — disse ela categoricamente.

— Isso é ridículo — declarou Maddie.

— Por que você não ia querer se casar com um homem como Erik? — perguntou Dana Sue. — Ele é perfeito para você.

— Estamos em uma festa — retrucou Helen. — E não vou discutir minha vida amorosa com vocês agora.

— Amanhã, então — disse Dana Sue. — Esteja no spa às oito ou vamos atrás de você. Não seria interessante se a encontrarmos justamente na cama de Erik?

Helen suspirou enquanto as amigas se afastavam. De repente, seu plano estava fugindo do controle. Ela não tinha dúvidas de que as perguntas de Maddie e Dana Sue seriam difíceis de responder, mas não conseguia pensar em uma maneira de evitá-las.

Karen viu que Elliott estava se enturmando bem na festa. Fazia sentido, claro, já que ele trabalhava com Helen, Maddie e Dana Sue no spa, mas o personal também se dera bem com o marido de

Maddie, Cal, o marido de Dana Sue, Ronnie, e até mesmo Diego, o marido de Tess. Ao que parecia, também tivera uma boa conversa com Erik na cozinha.

Isso deveria tê-la deixado feliz. Embora trabalhasse para Dana Sue, Karen tinha começado a pensar naquelas pessoas como suas amigas. Pela primeira vez na vida, tinha uma rede de apoio de verdade e sabia que conseguiria sobreviver sozinha. Não queria arriscar tudo aquilo por um relacionamento com um homem que poderia destruir sua independência conquistada a duras penas e acabar indo embora, como seu ex-marido fizera.

— Você tem andado muito quieta — disse Elliott enquanto a levava para casa. — Não se divertiu na festa?

— Ah, foi maravilhosa — respondeu ela. — Foi muito divertido ver a cara de Helen quando entrou no salão. Acho que ela ficou surpresa de verdade.

— Ela claramente amou a foto de Daisy e Mack que você deu de presente — Elliott disse. — Ficou com lágrimas nos olhos.

Karen franziu a testa ao lembrar.

— Lágrimas de felicidade, espero, mas não tenho tanta certeza.

— E por que não seriam?

— É só uma suspeita que tenho — admitiu ela. — Acho que ela quer sua própria família.

— Então talvez ela e Erik fiquem juntos. Com certeza há algo acontecendo entre os dois.

— De fato, tem muita química entre eles — concordou ela.

Elliott a olhou.

— Que nem entre a gente.

Mais uma vez, Karen franziu a testa.

— Elliott, por favor. Eu não quero falar sobre a gente.

Pela primeira vez, ele não deixou o assunto morrer.

— Por que não, Karen? — perguntou Elliott. — Estamos bem juntos. Mais do que bem.

Era verdade. Ele era incrível com seus filhos e gentil e amoroso com ela. Mas a ideia de se permitir se entregar aos sentimentos que Elliott despertava nela a assustava.

Karen segurou a mão dele.

— Eu sei que você não consegue entender, e peço desculpas. Gosto de você, Elliott. Adoro passar tempo com você.

— Mas...? Você não está apaixonada por mim?

— Eu não disse isso. Não sei o que sinto.

Elliott parou o carro em frente ao prédio dela e desligou o motor. Olhando para a frente, ele perguntou:

— Você quer terminar?

— Não — sussurrou Karen, enquanto as lágrimas brotavam nos olhos dela. — Mas não posso prometer nada a você. E não é justo deixá-lo esperando.

— Nada disso está fazendo o menor sentido — acusou ele. — Você está confusa? Assustada? O que foi?

Karen respirou fundo, então despejou a verdade:

— Todas essas coisas. Eu apenas comecei a pôr minha vida de volta nos eixos e finalmente sinto como se tivesse algum controle sobre ela. Ficar apaixonada, bem, significa abrir mão de parte desse controle. Não sei se consigo fazer isso de novo.

Elliott pousou um dedo sob o queixo dela e a obrigou a encará-lo.

— Eu entendo, Karen, de verdade. Sei o que você passou e provavelmente é muito cedo para eu pressioná-la assim. Só preciso que você saiba o que sinto. Se você me disser que há uma chance para nós, eu posso esperar. Se não for o caso, se você não consegue se imaginar confiando que outro homem não vai magoá-la, então me diga e eu deixo você em paz. Não vou passar anos tentando provar que não sou igual ao seu ex-marido.

— Eu quero confiar em você — disse Karen baixinho, com o rosto úmido de lágrimas. — Consigo ver que você é gentil e bondoso.

— Então dê uma chance para a gente — pediu Elliott delicadamente. — Só isso, só uma chance. Mas se você tem certeza de que nunca será capaz de abrir seu coração, por favor, não siga em piloto automático.

Seria tão fácil dizer sim, Karen pensou. Tão fácil começar um relacionamento e ver no que daria. Mas o pânico que tomou conta dela só de considerar a ideia provou que era cedo demais.

Devagar, ela balançou a cabeça. Tocando a bochecha dele, Karen disse:

— Eu não consigo, Elliott. Não estou pronta para correr esse risco. Se eu estivesse, você seria o homem que eu escolheria, mas não consigo.

O personal recostou-se no banco com um suspiro pesado.

— Então está bem. Se é realmente o que você quer, vou manter distância.

Tentando conter o choro, Karen assentiu.

— Acho que é melhor.

— Vou acompanhá-la até a porta.

— Não precisa.

— Preciso, sim — disse ele, saindo do carro e dando a volta para abrir a porta.

Elliott permaneceu em silêncio enquanto caminhavam até o apartamento dela. Na porta, Karen ergueu os olhos para ele.

— Eu sinto muito.

— Eu também.

Karen destrancou a porta, mas Elliott a parou assim que ela fez menção de entrar.

— Você é uma mulher incrível, Karen. Sei que você ainda está começando a perceber isso, mas estava óbvio para mim desde o dia em que nos conhecemos. Espero que um dia você acredite em si mesma o suficiente para deixar um homem fazer parte da sua vida.

Então Elliott se virou e foi embora, deixando-a sozinha na porta... e dominada por uma solidão ainda maior do que a que sentira nos últimos anos.

CAPÍTULO DEZESSETE

Karen entrou no apartamento na ponta dos pés, tentando não acordar Frances, que pegara no sono no sofá com a televisão ligada em um programa de entrevistas. Infelizmente, quando voltou depois de ter ido olhar as crianças, Karen encontrou a vizinha bem desperta e cheia de perguntas.

— Como foi a festa? — perguntou Frances, alerta e ávida por respostas.

— Foi ótima — murmurou Karen, sem pressa nenhuma para conversar com a mulher que conseguia lê-la como um livro.

Sabia que Frances ficaria chateada quando contasse que havia terminado com Elliott. Ela dissera centenas de vezes que Karen tinha sorte por tê-lo encontrado.

— Eu conto tudo amanhã — prometeu ela. — Já que está acordada, por que não vai para casa dormir na sua própria cama, em vez de ficar desconfortável no meu sofá?

Frances ignorou a sugestão e a olhou com desconfiança.

— Venha cá para eu poder olhar você direito — ordenou ela. — Você estava chorando?

Como as bochechas dela ainda estavam úmidas, Karen não podia negar.

— Não foi nada.

— Conte — exigiu Frances. — O que Elliott fez?

Karen sorriu ao ver a indignação imediata de Frances a favor dela.

— Ele não fez nada — respondeu Karen. — Fui eu. Terminei com ele.

Frances ficou atordoada.

— Por que você faria uma loucura dessas? — Antes mesmo que Karen pudesse responder, a vizinha disse: — É porque você está com medo, não é? Eu deveria ter imaginado. Quanto mais tempo Elliott passava aqui, mais distante você ficava.

Karen assentiu, admitindo a verdade.

— Ele está pronto para algo mais sério, Frances. Quer um relacionamento de verdade com um futuro, mas eu não posso prometer nada disso a ele. Mal consigo pensar no dia de amanhã.

— Isso tem a ver com sexo? — perguntou Frances, voltando a ficar indignada. — Ele estava pressionando você para dormir com ele?

Karen ficou meio sem graça por falar sobre o assunto com Frances. Nunca tinha discutido essas intimidades com as mulheres que cuidaram dela. Aprendeu tudo o que sabia sobre sexo com os outros alunos da escola e, mesmo assim, não se sentira bem-preparada para o casamento. Ainda assim, aquela era Frances, que ouvia e não julgava.

— Não — admitiu ela. — Não foi isso. Temos bastante química, mas a questão era um compromisso emocional. Elliott está pronto para isso. Eu, não.

— Entendi. Facilitaria para você se a questão fosse apenas sexo, não é?

Karen assentiu.

— Transar com ele seria incrível, tenho certeza. Mas mais? Eu simplesmente não vejo isso acontecendo. Mal consigo andar com as minhas próprias pernas — disse ela a Frances. — Você viu tudo o que aconteceu. Sabe como eu estava há alguns meses. Não posso botar todo o progresso que fiz em risco. Estou mais forte agora, mas não quero acabar dependendo de outro homem.

— Mas não seria bom ter alguém em quem se apoiar, alguém com quem você pudesse contar?

— É claro — admitiu Karen. — Mas poderia não acabar assim. Em outros tempos, pensei que poderia contar com o meu marido, mas veja no que deu.

— Elliott não é nada como o seu ex-marido e nunca abandonaria a mãe de seus filhos — disse Frances com convicção. — É só ver como ele aguenta pacientemente todas as suas tentativas de mandá-lo para escanteio. Elliott é estável e confiável, um homem de família. Dá para perceber por ele ser tão próximo de todas as suas irmãs e sobrinhos. Nem todo homem da idade dele ficaria tão disposto a namorar uma mulher com dois filhos pequenos, ainda mais alguém que tem tantas opções. Imagino que muitas mulheres no spa tenham ido atrás dele, provavelmente sem querer compromisso, mas Elliott escolheu você, Karen. Isso diz muito para mim. Isso diz que ele valoriza e respeita você.

— Eu sei — respondeu Karen, cansada. — Como eu disse, o problema sou eu. Não confio mais no meu próprio julgamento.

— Então dê um tempo — propôs Frances. — Você não precisa tomar uma decisão sobre o seu futuro esta noite.

— É tarde demais — Karen disse, com voz embargada. — Não achei justo enganá-lo quando na verdade talvez nunca estivesse pronta para dar os próximos passos. Acabou, Frances. Botei um ponto-final.

Frances a olhou com compaixão.

— Ah, querida, só acaba quando ele vai embora e se casa com outra mulher. Se vocês forem mesmo feitos um para o outro, vão se resolver. Se ele desistir de você sem nem tentar lutar, então não é o homem que eu penso que ele é.

Karen engoliu em seco ao confrontar a ideia de nunca mais ficar perto de Elliott. Daisy e Mack também ficariam arrasados. As crianças o adoravam.

— Tomara que você esteja certa. Tomara que eu não tenha acabado de cometer o maior erro da minha vida.

— Sem chance — disse Frances. — Quando olho para Elliott, vejo um homem que está perdidamente apaixonado e sabe que vale a pena esperar por você.

Karen pensou na expressão sombria de resignação que vira no rosto de Elliott naquela noite e rezou para que tivesse interpretado mal. Esperava que Frances, com todos os seus anos de experiência com a natureza humana, fosse quem estivesse avaliando a situação da maneira certa.

Erik chegou ao Sullivan's bem cedo, na esperança de adiantar o preparo da sobremesa do dia. Estava experimentando uma receita nova, o que exigia uma concentração que ele raramente conseguia ter quando a cozinha começava a fervilhar com os preparativos para o almoço.

Infelizmente, mal tinha conseguido juntar os ingredientes — farinha, açúcar, creme e um chocolate escuro e saboroso — quando alguém bateu na porta dos fundos. Praguejando, Erik foi abrir e encontrou Cal Maddox e Ronnie Sullivan lá fora.

— Eu poderia ter usado a minha chave — disse Ronnie ao entrar —, mas não gosto de fazer isso quando tem gente aqui. Dei um susto em Dana Sue outro dia quando apareci sem avisar. Quase levei uma frigideira de ferro fundido na cabeça. A capacidade de autodefesa daquela mulher é assustadora.

Erik sorriu, apesar da interrupção inoportuna.

— Ela tem seus momentos, não é?

— Chega de papo-furado — resmungou Cal. — Cadê o café? Ronnie prometeu que haveria café.

— Ali — respondeu Erik, apontando para o bule que tinha feito quando chegou. — Então, o que vocês dois estão fazendo aqui?

— Culpe nossas esposas — disse Ronnie. — Elas estão preocupadas com Helen e acham que você pode precisar de ajuda para protegê-la.

— E Maddie quer saber quais são suas intenções — acrescentou Cal, dando a Erik um sorriso de comiseração. — Sugiro que você responda com muito cuidado ou corra para as montanhas.

Erik ignorou a pergunta de Cal, pois parecia muito mais perigosa do que a insinuação de que ele não era capaz de manter Helen em segurança sozinho.

— Contanto que Helen aja com bom senso e escute a voz da razão, acho que a situação está sob controle.

Os dois homens trocaram olhares céticos.

— Estamos falando de *Helen* — disse Ronnie, por fim. — Eu conheço essa mulher praticamente a minha vida inteira. Ela é inteligente, mas também muito teimosa. Acha que pode controlar o universo. Se bobear, deve achar que pode algemar Brad Holliday e entregá-lo ao xerife com uma mão nas costas.

Erik sorriu.

— Disso eu tenho certeza.

— E isso não preocupa você? — perguntou Cal. — Isso sugere que ela vai correr riscos.

Erik foi obrigado a admitir que desde aquela primeira noite, quando ela foi procurá-lo e pediu para ficar na casa dele, Helen estava ficando cada vez mais imprudente sobre para onde ia e a que horas. Ele tinha a leve suspeita de que ela havia parado de se preocupar tanto, apesar dos avisos de Jimmy Bob West e do juiz Rockingham na noite anterior.

— Talvez vocês tenham razão — disse Erik por fim. — Mas ela é independente. O que eu deveria fazer?

— Tenho uma ideia — ofereceu Cal. — Eu conheço Brad. Treinei o caçula dele no meu primeiro ano como professor. Brad era um daqueles pais infernais que achavam que todas as decisões do árbitro contra o moleque estavam erradas. Ele também achava que ele era um treinador melhor do que eu e fez da vida daquele garoto um inferno até que conversamos um pouco uma noite e ameacei bani-lo dos jogos se ele não ficasse de boca fechada.

— Aonde você quer chegar? — perguntou Ronnie. — Está querendo dizer que ele é um valentão? Isso não é reconfortante.

— Não, o que estou querendo dizer é que os valentões costumam baixar a bola quando alguém maior e mais forte os intimida — explicou Cal com toda a paciência. — Eu sugiro que nós três tenhamos uma conversinha com o sr. Holliday.

Ronnie sorriu, parecendo um pouco disposto demais para a paz de espírito de Erik.

— Vamos nessa — disse Ronnie. — E você, Erik?

— Por mais que eu queira dar um soco na cara desse sujeito, vejo uma desvantagem — respondeu Erik. — Helen vai ficar furiosa se nos metermos nos problemas dela.

— Antes uma Helen furiosa do que no hospital — argumentou Ronnie. — Jimmy Bob conversou comigo ontem à noite. Não confio muito nele, mas a preocupação que demonstrou com Helen era genuína. Ele me convenceu de que poderia chegar a esse ponto.

Erik estremeceu ao ouvir aquilo.

— Então precisamos de uma medida protetiva — disse ele. — Rockingham vai emitir uma. — Assim que Erik pronunciou essas palavras, Helen entrou na cozinha.

Ao que parecia, ela não tinha o receio de Ronnie de usar sua chave e entrara pela porta da frente.

— O juiz Rockingham vai emitir uma o quê? — perguntou a advogada, franzindo a testa para os três.

Mesmo que não tivesse ouvido parte da conversa, encontrá-los reunidos no Sullivan's tão cedo em um dia de semana sem dúvida a teria deixado desconfiada.

— Uma medida protetiva para manter Brad Holliday longe de você — disse Erik, convencido de que era melhor ser franco com ela. — Quero que o documento esteja pronto ainda hoje.

Helen balançou a cabeça na mesma hora.

— De jeito nenhum. Isso vai deixar Brad com mais raiva ainda. Ele já está convencido de que o sistema judiciário está contra ele.

— Bem, temos que fazer alguma coisa — argumentou Erik.

— Plano A — murmurou Cal.

— É, plano A — concordou Ronnie.

Helen olhou para Erik.

— O que é o plano A?

— Não se preocupe com isso — disse o cozinheiro, olhando-a com firmeza. — Está tudo sob controle.

— E por que isso não me deixa mais tranquila? — perguntou ela.

— Não faço a mínima ideia — respondeu Erik dando de ombros e voltando sua atenção para Cal e Ronnie.

— Ligo para você mais tarde com os detalhes — disse Cal, engolindo o resto do café e indo em direção à porta.

Ronnie o seguiu.

— Boa sorte, campeão. Vejo você em breve.

Depois que os dois foram embora, Erik se virou para Helen, que estava com uma expressão sombria.

— Desembucha — ordenou ela.

— O quê?

— Não comece com essas besteiras — disse ela. — O que vocês três estão tramando? É melhor não ter nada a ver comigo ou com Brad Holliday.

— Só estamos tomando algumas precauções — respondeu Erik em tom alegre, aproximando-se para um beijo que esperava ser capaz de distraí-la. — Bom dia — murmurou quando a soltou. — Como você dormiu?

Helen deu um soquinho no braço dele.

— Não fique pensando que me beijar vai me fazer esquecer o que quer que vocês estejam tramando.

— Você não está nem um pouco distraída? — perguntou Erik.

— Devo estar perdendo meu dom.

— Seu dom está ótimo, mas minha memória também. Desembucha de uma vez, cara. Agora. E, se eu não gostar do que vou ouvir, é melhor você parar com essa história de plano A.

— Não é nada de mais — garantiu Erik. — Não vamos arrastar Holliday para um beco e socar a cara dele.

— Bem, isso é reconfortante — disse Helen secamente. — Porque, se esse for o plano, não conte comigo para tirar você da cadeia. Não acredito em fazer justiça com as próprias mãos. Além disso, acho que vocês estão exagerando. Brad pode estar falando por aí, mas ele não fez nada. Nem mesmo chegou perto de mim.

— Você tem certeza? — perguntou Erik. — Você tem prestado atenção em quem está por perto quando você anda pela rua? Já olhou para ver se tem alguém seguindo seu carro?

— Agora você está exagerando — disse Helen.

Erik ouviu um leve tremor na voz dela, o que foi o suficiente para convencê-lo de que ela não estava sendo tão cautelosa assim.

— Eu estou exagerando? — perguntou ele. — Não sou o único que acha que esse homem é um risco para você. Pessoas que o conhecem muito melhor do que você ou eu também acham.

— Elas *acham* que ele pode ser perigoso — corrigiu Helen. — Há uma diferença. Quanto mais o tempo passa, menos preocupada fico.

— E *isso* me preocupa — disse Erik. — Você precisa tomar cuidado o tempo todo.

— Não quero viver assim — rebateu Helen.

— Então vamos seguir com o plano A. Prometo que nenhum de nós vai se machucar, inclusive Holliday, e talvez isso evite que você se machuque também.

— Ou vai deixar Brad com ainda mais raiva de mim — sugeriu ela. — Vocês não podem deixar isso para lá e pronto?

Erik balançou a cabeça.

— Acho que não. Sinto muito.

— Mas não estou pedindo sua ajuda — disse Helen com óbvia frustração. — Não *quero* sua ajuda.

Erik deu de ombros.

— Que pena. Vou ajudar mesmo assim.

— Homens! — murmurou ela, exasperada. — Faça o que tem que fazer, mas não me culpe se der errado. Só lembre que sou eu quem vai pagar o preço se o tiro sair pela culatra.

Com as costas rígidas, Helen andou em direção à porta. Erik quis dizer algo para tranquilizá-la, mas nada lhe veio à mente. Depois de confrontar Brad Holliday, saberia melhor se tinham melhorado ou piorado a situação. Até lá, os dois teriam que concordar em discordar, simples assim.

Helen entrou no Spa da Esquina com passos duros e foi direto para o pátio dos fundos, onde sabia que Dana Sue e Maddie a estariam esperando. Obviamente, as duas tinham mandado os respectivos maridos para aquela conversinha que ela flagrara no Sullivan's. Talvez soubessem qual era o plano A e se realmente envolvia uma briga.

— Lá vem ela — disse Maddie em tom alegre quando Helen se aproximou. — E não parece um dia mais velha do que antes de seu aniversário.

Helen fechou a cara para a amiga.

— Gostei da festa, mas não quero falar sobre estar mais velha. Além disso, precisamos discutir o que seus maridos andam fazendo. Eu os encontrei no Sullivan's conspirando com Erik.

Maddie e Dana Sue se entreolharam.

— Interessante — disse Dana Sue. — Helen passou no restaurante para ver Erik no caminho para cá. Por que será?

— Porque ele é mais sexy! — explodiu Helen. — Agora parem de fugir do assunto e me respondam. Sei que eles estavam planejando alguma coisa contra Brad Holliday. O que vocês disseram a Cal e Ronnie para deixá-los todos eriçados? Vocês exageraram as ameaças?

— Não houve exagero algum. Eles já entenderam a situação — respondeu Maddie, tentando acalmá-la.

— Mas vocês falaram no ouvido deles para armarem algum esquema, não foi? — perguntou Helen. — Vocês estão doidas? Sabem como são os homens. Alguém vai se machucar e, se algo acontecer, a culpa é de vocês.

— Cal não vai deixar isso acontecer — garantiu Maddie. — Ele é a voz da razão. Erik também.

Dana Sue franziu a testa.

— Você deixou Ronnie de fora.

— E meu palpite seria que foi de propósito — disse Helen. — Ele sempre foi cabeça quente.

— Não mais — insistiu Dana Sue. — Não desde que voltou para a cidade e nós nos casamos outra vez. Você sabe que é verdade.

— O que significa apenas que já passou da hora de ele fazer alguma maluquice — retrucou Helen.

— Não comecem — disse Maddie. — Os três são homens adultos. Só estão tentando cuidar de você, Helen. E sabem se comportar.

Nada segura, Helen recostou-se na cadeira.

— Bem, tomara que você esteja certa.

— Vamos passar para um assunto muito mais interessante — sugeriu Dana Sue. — Como estão as coisas entre você e Erik? Sérias?

— É um caso — respondeu Helen. — Nada de mais.

A expressão de Dana Sue ficou mais séria.

— Eu não estou gostando nada disso. Você só está usando o Erik, Helen?

— Não mais do que ele está me usando — garantiu a advogada.

— Somos dois adultos, Dana Sue. Nós dois estávamos bem cientes da situação quando começamos.

— É mesmo? — perguntou Maddie enfaticamente. — Erik está ciente da situação?

Dana Sue mudou o olhar desconfiado de Helen para Maddie.

— O que você está insinuando? — perguntou ela, curiosa.

— Nada. — Helen apressou-se em responder. — Maddie não sabe de nada que você não saiba, certo, Maddie?

As duas se encararam, mas Maddie foi a primeira a piscar.

— Não, eu não sei de nada com certeza.

Dana Sue aproveitou a deixa.

— Mas você está especulando sobre algo, e tem um bom palpite, não?

Helen encarou Maddie até a amiga balançar a cabeça.

— Eu sei que não é uma boa ideia especular sobre Helen — disse Maddie depois de um tempo. — Ela é muito imprevisível.

Helen forçou um sorriso enquanto tentava disfarçar o alívio.

— Eu vou tomar isso como um elogio.

— Não sei bem se você deveria — rebateu Maddie em tom sombrio.

Com certeza estava na hora de dar o fora dali antes que a conversa ficasse mais complicada.

— Bem, eu preciso ir trabalhar — emendou Helen rapidamente, levantando-se. — Dana Sue, e você?

— Vou ficar por aqui — respondeu a amiga, para consternação de Helen.

— Tudo bem então — disse a advogada. — A gente se vê.

Ela não tinha escolha a não ser confiar que a amiga ficaria em silêncio. O que quer que Maddie soubesse — ou achasse que sabia —, Helen não queria que ela dividisse com Dana Sue.

★ ★ ★

Quando Helen saiu do Spa da Esquina para caminhar até seu escritório, reparou em um carro virando a esquina devagar e depois acompanhando-a. O motorista ficou em sua visão periférica, mas nunca avançou o suficiente para que ela conseguisse ver quem estava atrás do volante. A advogada sentiu um calafrio na nuca.

— Você só está nervosa por causa daquele falatório sobre Brad — murmurou baixinho para si mesma. — Deve ser só uma velhinha que dirige que nem uma tartaruga, só isso.

Ainda assim, quando finalmente virou na rua onde seu escritório ficava, Helen apertou o passo. Quando o carro a seguiu, ela precisou de todo o seu autocontrole para parar de andar e se virar.

— Está nervosa, srta. Decatur? — chamou Brad Holliday, com a expressão fria. — Pois deveria estar.

Antes que ela pudesse responder, ele pisou no acelerador e foi embora.

— Ele é só um valentão, só isso — disse Helen a si mesma com firmeza enquanto Brad desaparecia na esquina seguinte. — Ele só quer me assustar.

Bem, ele havia conseguido, Helen percebeu enquanto olhava fixamente na direção em que o carro partira. Ela sentiu um gosto amargo na boca e achou que estava prestes a vomitar, mas se forçou a respirar fundo algumas vezes, então terminou o trajeto até seu escritório.

A advogada sabia que deveria entrar em contato com o juiz ou a polícia, mas não conseguia. O que Brad realmente havia feito? Dissera que ela deveria ficar nervosa. Grande coisa. Não seria o bastante para conseguir uma medida protetiva. E algo assim não o manteria longe dela se Brad estivesse mesmo decidido a se vingar. Helen tinha visto a ineficácia daquele frágil pedaço de papel muitas vezes.

Talvez aquele misterioso plano A não fosse uma má ideia, afinal de contas.

★ ★ ★

Durante a semana seguinte, Helen estava tão assustada que precisava se forçar a deixar a casa de Erik ou a relativa segurança de seu escritório, onde ninguém passava por Barb sem autorização da advogada. Apenas o orgulho teimoso a mantinha seguindo sua rotina normal.

Quando percebeu, no meio da semana seguinte, que a menstruação não viera, seu pensamento imediato foi estresse, não gravidez. Em seguida, pensou no leve enjoo que sentia havia algumas manhãs. Será...?

Assim que Erik saiu de casa, Helen pegou sua agenda e olhou o calendário. Cada vez que sua menstruação descia no dia certo, ela chorava algumas lágrimas secretas e marcava ali. Com dedos trêmulos, folheou as páginas, voltando uma semana, depois duas, depois três.

— Ai, meu Deus — sussurrou Helen, quando voltou seis semanas e encontrou a pequena marca que ela sempre fazia no canto superior da página.

Estivera tão ocupada, tão distraída com seus sentimentos inesperados por Erik e, mais recentemente, tão nervosa por causa de Brad Holliday, que nem pensara sobre o plano de bebê que havia posto em prática alguns meses atrás. No início, era obcecada por aquelas marcas malditas no papel, mas àquela altura tinha perdido a conta. Ou talvez tivesse simplesmente perdido as esperanças.

Agora, porém, sua menstruação estava atrasada. Muito atrasada.

— Ai, meu Deus — disse ela outra vez. — Estou grávida!

A cautela imediatamente a fez se corrigir.

— Posso estar grávida.

Felizmente, já antecipando aquele dia, ela havia comprado vários testes de gravidez em uma farmácia de Charleston e os escondera em sua mala no fundo do armário de Erik.

Helen empurrou as roupas liberando o caminho, pegou a mala, atrapalhou-se com a fechadura, então pegou os testes e foi para o banheiro. Tremia tanto que mal conseguia segurar a caixa direito para ler as instruções.

Enquanto esperava o resultado, fez um segundo teste só para ter certeza. E um terceiro.

O primeiro resultado positivo lhe trouxe lágrimas aos olhos. O segundo gerou um grito de alegria. O terceiro a fez se sentar com força na tampa do vaso sanitário e colocar a mão por cima da barriga.

— Bebê, se você estiver mesmo aí, vou cuidar muito bem de você. Eu prometo.

Cinco minutos depois, marcou uma consulta para a semana seguinte com o obstetra de quem mais tinha gostado. Se ele confirmasse o que três testes caseiros lhe disseram, a vida dela mudaria drasticamente.

Assim como seu relacionamento com Erik.

Helen estava meio estranha e Erik não achava que a culpa fosse só da discussão sobre como lidar com Brad Holliday. O assunto havia se tornado um ponto de discórdia quase diário.

Naquela noite, porém, ela estava com um pequeno sorriso no rosto desde que Erik chegara em casa, mas ignorou a pergunta quando ele perguntou no que estava pensando.

— Você não estava tão feliz assim hoje de manhã — disse ele, ainda a estudando com desconfiança.

— Na verdade, eu estava — rebateu Helen. — Então meu humor mudou quando Maddie me ligou para dizer que você, Cal e Ronnie estavam se preparando para pôr o plano A em prática. Aí me lembrei de como fiquei irritada com vocês três e essa ideia cheia de testosterona.

— Mas imagino que você já tenha deixado isso para lá — supôs ele.

— O que faz você dizer isso?

— Você está aqui. Se estivesse realmente com raiva, teria ido para sua casa. — Erik examinou o rosto dela. — A menos que, apesar de dizer o contrário, você ainda esteja com medo de Holliday, mais do que está chateada comigo. Para ser honesto, acho isso reconfortante.

— Ah, pelo amor de Deus, nós precisamos continuar falando sobre Brad Holliday? — questionou Helen.

— Não.

Na verdade, quanto menos falassem sobre o homem, melhor. Erik não queria responder a perguntas sobre quando ele, Cal e Ronnie pretendiam botar em prática o plano A. Eles haviam decidido ir até a casa de Brad e confrontá-lo no sábado pela manhã. Não gostava muito da ideia de adiar a intervenção por mais uns dias, mas eles já haviam esperado uma semana e Erik concordara que abordá-lo no trabalho seria contraproducente. Uma discussão pública apenas enfureceria ainda mais um homem cujo autocontrole estava no limite.

— Quer que eu pegue alguma coisa para você? — perguntou ele a Helen. — Pensei em tomar uma taça de vinho antes de dormir.

— Hoje não — disse Helen, então ergueu seu copo. — Já tenho minha água.

Aquilo também era estranho. Helen em geral o acompanhava em uma taça de vinho à noite. Mas não valia criar caso por causa disso.

Quando Erik voltou para a sala, acomodou-se no sofá ao lado dela.

— Que tal assistir a um filme? Vai passar um antigo com Katharine Hepburn e Spencer Tracy hoje à noite. Sei que você adora.

— Hoje não. Estou cansada, foi um longo dia. — Helen se levantou. — Acho que vou dormir.

— Espere aí — disse Erik, franzindo a testa. — Você ainda está chateada por causa de Holliday?

— Não. Eu disse que a decisão era sua. Faça o que tiver que fazer.

— Mas você ainda é contra?

— Sou — confirmou ela —, porque é problema *meu* e cabe a mim resolver.

— Você não poderia só pensar em nós como apoio?

— Apoio é uma coisa — rebateu Helen. — Interferência é algo totalmente diferente.

— Você está chateada de verdade com isso, não é?

— Poxa, você acha?

— Eu posso falar com Cal e Ronnie — disse Erik, contra seu próprio bom senso. — Nós podemos esperar um pouco. É isso mesmo que você quer?

Helen o fitou com um olhar sério.

— É.

— Então vou falar com eles — concedeu Erik. — Você sabe que nenhum de nós está tentando atrapalhar sua independência, né? Só queremos que você fique segura.

Ela suspirou e se sentou outra vez.

— Eu sei. Só não gosto de pensar que sou tão vulnerável a ponto de precisar de proteção.

— Mas não é melhor prevenir do que remediar? Eu nunca me perdoaria se alguma coisa acontecesse com você quando poderíamos ter feito algo para evitar.

Erik não conseguia interpretar a expressão estranha que surgiu no rosto dela. Algo que ele dissera, no entanto, parecia ter impactado Helen de alguma maneira.

— Vá em frente com esse tal de plano A — disse ela, em uma mudança de atitude que o pegou desprevenido. — Apenas prometa que nenhum de vocês vai se colocar em perigo.

— Não vamos — prometeu ele.

Erik teve vontade de perguntar por que a mudança tão súbita, mas se conteve. No fundo, acreditava que seguir em frente com o plano era importante demais para arriscar perder aquele aval conquistado a duras penas. Melhor botar medo em Brad Holliday agora do que precisar matá-lo se ele ousasse pôr as mãos em Helen.

CAPÍTULO DEZOITO

———◆◆———

No andar de cima, Helen pensou na preocupação de Erik com a segurança dela e se perguntou como ele se sentiria se soubesse que também poderia estar protegendo o filho deles. No meio da discussão, percebera de repente que não podia mais pensar apenas em si mesma. Tinha que tomar todas as precauções necessárias para garantir que nada de ruim acontecesse ao bebê que provavelmente estava carregando.

Antes daquela confusão toda com Brad Holliday, Helen planejava terminar aos poucos com Erik assim que descobrisse que estava grávida. As ameaças de Brad, por mais improváveis que fossem de se tornarem realidade, obrigavam-na a ficar com Erik por mais algum tempo. Ela esperava sinceramente que aquele tal de plano A pusesse um ponto-final às intimidações e ela pudesse voltar para casa e enfim terminar com Erik de uma maneira que não o magoasse muito.

Desde o início do caso entre eles, Helen tentou se convencer de que ele ficaria feliz em se livrar do drama que ela trouxera para sua vida, mas sabia que estava se iludindo. Nenhum dos dois sairia do relacionamento completamente ileso, por mais que ela quisesse.

Helen sabia que sua mudança completa de opinião sobre o plano A tinha surpreendido Erik, mas conseguira fugir antes que ele pudesse começar a fazer perguntas inconvenientes. Torcia para que ele tivesse se sentindo tão aliviado com a anuência dela que fosse ficar em silêncio, o que realmente aconteceu, dando-lhe tempo suficiente para fugir.

Quando Erik entrou no quarto, ela estava de lado, virada de costas, fingindo dormir. Helen ouviu o som familiar das roupas dele sendo jogadas na poltrona no canto do quarto, depois o chuveiro ligado. Quando ele finalmente deslizou para baixo dos lençóis ao lado dela e lhe deu um beijo rápido na bochecha, Helen quase se arrependeu de sua farsa.

Teria sido ótimo se aconchegar nos braços de Erik, conversar baixinho sobre o dia, talvez até fazer amor, e então deixar que as batidas constantes do coração dele a embalassem até pegar no sono. Helen estava acostumada demais àquela rotina nos últimos tempos. Sozinha por tantos anos, não esperara se habituar aos pequenos momentos íntimos que constituem um relacionamento, dos quais sentiria saudade quando voltasse para sua casa e sua solidão. A solidão, pelo menos, seria temporária.

Depois de um tempo, teria um bebê em seus braços para amar e cuidar, e seria uma realização. Helen tocou a barriga ainda lisa e tentou imaginar a vida minúscula que crescia dentro de si. Ficava pasma com a ideia. Por favor, Deus, que ela não estivesse errada. Que ela estivesse grávida.

— Helen? — sussurrou Erik. — Você está acordada?

Cedendo ao seu desejo por ele, Helen murmurou:

— Estou.

Erik se aproximou e a puxou para si, a pele nua contra as costas dela, o calor e o cheiro masculino envolvendo-a, despertando-a. Quando ele acariciou seu seio, Helen pensou ter notado uma sensibilidade maior, e foi imediatamente tomada pelo prazer.

Num instante, estava desperta e ansiosa. Como se tivesse percebido a mudança, Erik mudou a forma como a tocava, de gentil a impaciente, e a urgência dele e a reação ávida que percorreu o corpo dela a pegaram desprevenida.

Eles se uniram em uma explosão de paixão, o hálito misturado, as mãos ansiosas e determinadas, os quadris se encontrando em um ritmo descompassado que saiu do controle em um segundo. O clímax violento que a transpassou provocou o dele, parecendo durar para sempre.

Aquela sintonia perfeita a fez se perguntar — quando Helen conseguiu se recompor — como tinham passado a conhecer o corpo um do outro tão bem. Quem dera o coração dos dois estivesse na mesma sintonia, ela pensou com melancolia antes de adormecer nos braços de Erik, o zumbido do ventilador de teto e a brisa suave levando-a para algum esconderijo imaginário em uma ilha tropical romântica. *Quem dera*, ela pensou novamente. *Quem dera...*

Helen estava cuidando de uma enorme pilha de documentos jurídicos quando Barb ligou para seu ramal. Parecendo alarmada, a secretária anunciou que alguém do Hospital Regional estava ao telefone.

— De que se trata? — perguntou Helen.

— Caroline Holliday.

Helen pegou o telefone.

— Helen Decatur.

— Srta. Decatur, aqui é Emily Wilson. Sou médica do pronto-socorro do Hospital Regional. Caroline Holliday disse que você a representou em um processo de divórcio há pouco tempo.

— Sim. Por quê? O que aconteceu?

— Ela foi trazida para cá há cerca de uma hora, quase inconsciente. Foi espancada. Ela disse aos policiais que seu ex-marido era o culpado, mas eles ainda não o encontraram. Estou com um investigador aqui que gostaria muito de falar com você. Pode vir ao hospital?

— Chego aí em uma hora — respondeu Helen, com o coração martelando.

Meu Deus, aquilo era culpa dela! Por que não fizera mais para proteger Caroline? Uma medida protetiva podia não ser a ferramenta mais eficaz do mundo, mas ela deveria ter exigido o documento naquele dia no tribunal, quando todos viram Brad perder as estribeiras. Em vez disso, Helen ouviu Caroline dizer que sairia de Serenity por algumas semanas e se deu por satisfeita. Obviamente, sua cliente havia voltado... e para isso.

— Como ela está? — perguntou Helen, com o coração saindo pela boca.

A médica hesitou, então disse:

— Você não é um membro da família, então eu não poderia divulgar nenhuma informação confidencial, mas Caroline queria muito que você fosse avisada que o marido dela estava fora de controle, então vou dizer a verdade. Ela está em cirurgia, sofreu uma lesão no baço e outros ferimentos internos, e está com um braço quebrado e alguns cortes e hematomas. Brad Holliday estava com muita raiva.

Helen engasgou.

— Meu Deus — sussurrou. — Ela vai ficar bem?

— Os melhores cirurgiões da nossa equipe estão com ela agora. Está nas mãos deles e de Deus. Acho que a única coisa que a manteve consciente foi a determinação dela em avisar você. Não quero lhe dizer o que fazer, mas não deveria ficar sozinha. Caroline insistiu que você precisa de proteção.

— Pode deixar — disse Helen. — Por favor, cuide bem dela. Isso tudo é culpa minha.

— Porque você a ajudou a se divorciar de um valentão? — perguntou a médica, incrédula.

— Não, porque eu o deixei com raiva durante o processo — disse Helen, cheia de culpa.

Sem dúvida havia outra maneira de defender os interesses de Caroline. A advogada deveria ter conseguido encontrar uma alternativa. Mesmo em seus piores pesadelos, não imaginara que Brad fosse fazer algo tão violento. Quando ele a confrontou na rua poucos dias antes, Helen não fazia ideia do quão profundamente perturbado ele estava. Como podia ter ignorado os sinais?

— Por favor, avise o investigador que estou indo agora e diga que pode conseguir mais informações com o juiz Lester Rockingham e o advogado de Brad, Jimmy Bob West.

— Vou repassar o recado — prometeu a dra. Wilson.

Helen estava tremendo quando desligou. Assim que olhou para cima, percebeu que Barb tinha entrado em sua sala enquanto ela estava ao telefone.

— É muito ruim? — perguntou Barb.

— Ela está em cirurgia. Preciso ir até lá.

— Você não pode ir sozinha — disse Barb. — Eles prenderam Brad?

— Ainda não, aparentemente.

— Então você precisa levar alguém com você — insistiu Barb.

Helen olhou para o relógio. Era um pouco antes do meio-dia. Erik devia estar atolado no restaurante.

Barb aparentemente adivinhou o que a advogada estava pensando, porque disse com firmeza:

— Vou ligar para Erik. Não estou nem aí se ele está ocupado. Ele vai querer ir junto. Pegue-o no caminho. Prometa, Helen.

Abalada demais para discutir, Helen assentiu.

— Diga a ele que vou passar lá. Vou parar no beco.

Dez minutos depois, ela entrou no beco atrás do Sullivan's e encontrou Erik e Dana Sue esperando-a ali. A amiga parecia apavorada, e ele, muito preocupado. Erik abriu a porta do carro e entrou.

— Você está bem? — perguntou ele, com uma voz tensa.

Helen conseguiu apenas assentir com a cabeça. Olhando para Dana Sue, disse:

— Ligo para você assim que tiver mais informações.

Dana Sue franziu a testa para Erik.

— Não se atreva a deixar nada acontecer com ela — ordenou a cozinheira.

— Nunca — garantiu ele.

— Precisamos ir — disse Helen, depois pisou no acelerador e disparou para fora do beco.

— Vá mais devagar — ordenou Erik. — Tente não nos matar no caminho.

— Você se sentiria melhor se dirigisse? — retrucou ela.

— Com base no que observei nos últimos dez segundos, sim.

Helen sabia que Erik tinha razão, estava abalada demais para estar ao volante. Virou num estacionamento, pisou no freio e desligou o motor.

— Pode dirigir — disse ela, saindo do carro e dando a volta até o outro lado.

Erik saiu e segurou o pulso dela antes que Helen pudesse se acomodar no banco do carona. Ele a olhou diretamente e disse com a voz mais suave:

— Vai ficar tudo bem.

Lágrimas arderam nos olhos dela.

— Espero que sim, mas você não ouviu o que a médica disse sobre os ferimentos de Caroline. A situação é grave, Erik. Ela pode não sobreviver.

Os olhos dele escureceram.

— Poderia ter sido você.

— Mas não foi — respondeu Helen, sem mencionar que Caroline e a polícia pensavam que ela poderia muito bem ser a próxima.

Depois que o carro voltou a andar, Helen não conseguiu admitir em voz alta o alívio que sentia por Erik estar ao volante, por estar ali com ela. Embora quase pudesse sentir a tensão irradiando dele, sua força e presença a acalmavam.

— Obrigada por vir comigo — disse ela por fim.

Erik olhou para ela.

— Foi ideia sua ou de Barb?

— Das duas — admitiu Helen com um meio-sorriso. — Ela tinha um pouco mais de certeza de que interrompê-lo na hora do almoço era a coisa certa a fazer.

— Você pode me ligar a qualquer hora do dia ou da noite — disse Erik. — Quando a escolha é entre você e assar uma sobremesa chique, você ganha com facilidade, ok?

Helen o estudou com atenção.

— Você está sendo sincero, não é?

— É claro. Você precisa perguntar?

— Preciso, porque você sempre foi muito claro sobre não querer nenhum envolvimento emocional — respondeu ela com franqueza.

— Somos amigos, Helen, e para mim os amigos sempre vêm em primeiro lugar.

Amigos, pensou Helen, recostando-se no assento e contendo um suspiro. Foi bom que Erik a tivesse lembrado disso. Não que serem amigos fosse algo ruim. De jeito nenhum. E ser amigos que também transavam era incrível. Mas havia um limite claro para o relacionamento, que lhe dizia mais uma vez que Erik não iria querer participar da vida da criança que podia estar crescendo dentro dela.

Helen foi tomada por arrependimentos. Pelo pesar de saber que o homem que tinha escolhido para ser o pai de seu filho nunca ofereceria à criança a mesma lealdade e proteção que dava a ela. Que perda terrível para os dois!

Erik olhou para Helen enquanto entrava no estacionamento do pronto-socorro do hospital. As mãos dela estavam apoiadas no colo e cerradas a ponto de os nós dos dedos ficarem brancos, e seu rosto estava tomado por linhas de tensão. Erik supôs que Helen se culpava pelo que acontecera com Caroline Holliday, em vez de culpar o verdadeiro responsável.

Quando Barb explicou rapidamente o que estava acontecendo, Erik sentiu uma raiva avassaladora de Brad Holliday e um medo tremendo de que Helen fosse a próxima vítima. Já estava tirando o dólmã de chef e indo em direção à porta antes de desligar o telefone, com Dana Sue atrás dele, enquanto ele explicava o que estava acontecendo. Nenhum dos dois hesitou um segundo sobre a decisão de que a segurança de Helen vinha antes de qualquer coisa que estivesse acontecendo no Sullivan's.

— Se acabar a sobremesa de agora, vamos servir sorvete — disse Dana Sue. — Pode ir e manter Helen segura.

No caminho para o hospital, Erik ficou de olho em qualquer carro suspeito, temendo que Holliday pudesse ter seguido Helen. Torcia para que o homem estivesse morrendo de medo depois do que tinha feito com a ex-esposa e tentando evitar a polícia, de maneira que não chegaria perto da advogada.

Embora Erik não tivesse visto ninguém os seguindo ou espreitando no estacionamento do hospital, instruiu Helen a ficar no carro até que ele abrisse a porta. Helen tentou argumentar, mas o cozinheiro a interrompeu na hora.

— É só uma questão de bom senso, querida. Não se levante.

Ela suspirou.

— Eu sei, mas seja rápido.

Erik ergueu uma sobrancelha.

— Chegamos em menos de meia hora. Estou sendo rápido.

Ele se moveu a passos rápidos, indo até a porta do carona e usando seu corpo para proteger Helen quando ela se levantou. Com um braço a envolvendo e o olhar disparando de um lado para o outro do estacionamento, Erik a conduziu até o pronto-socorro. Perto da mesa da recepção estavam um policial uniformizado e outro homem em um terno amarrotado que parecia saído de uma série policial antiga, *Columbo*.

— Estamos aqui por causa de Caroline Holliday — disse Erik à enfermeira de plantão, chamando a atenção dos homens.

— Você é Helen Decatur? — perguntou o oficial à paisana. — Eu sou o investigador Myers.

Helen assentiu.

— Vou responder a todas as suas perguntas, mas primeiro preciso saber como Caroline está. — Ela se virou para a enfermeira. — A dra. Wilson está por aqui?

— Vou ver se ela está livre — respondeu a enfermeira. — Vou avisá-la que vocês estão na sala de espera.

— Obrigado — disse Erik quando Helen pareceu querer ir sozinha direto para a área de atendimento procurar a médica.

Ele a guiou pelo corredor.

— Vou pegar um café — disse ele.

— É horrível — alertou o policial uniformizado, com uma careta.

— Eu prefiro um chá, de qualquer maneira — respondeu Helen.

— Certo. Vou buscar um chá — disse Erik. — Não desgrude dela, ok?

— Pode deixar — garantiu o investigador.

Erik saiu para procurar a cantina ou uma daquelas máquinas de venda automática. Os barulhos e cheiros do hospital lhe eram tão familiares quanto os aromas da cozinha do Sullivan's, mas desde a morte de Sam tudo aquilo o deixava enjoado. Ele teve que se controlar para não voltar direto para o estacionamento, onde poderia respirar um pouco de ar fresco e talvez recuperar o autocontrole.

Não demorou muito para Erik encontrar uma máquina de bebidas que vomitou um copo de café ralo pouco convidativo. Depois foi pegar o chá de Helen na cantina.

Ao passar pela mesa de triagem na volta, a enfermeira acenou para ele.

— A dra. Wilson está com outro paciente agora, mas ela disse para avisar a srta. Decatur que vai ver como está a sra. Holliday e informá-la o mais rápido possível.

— Obrigado — disse Erik. — Vou avisá-la.

Quando chegou à sala de espera, ouviu Helen narrando os acontecimentos do dia em que Caroline Holliday havia concluído o divórcio e a preocupação que o juiz e o advogado de Brad manifestaram pela segurança da mulher e dela própria. Sentando-se ao lado de Helen, Erik entregou-lhe o chá revirando os olhos.

— Fique feliz por você ter escolhido chá — disse ele depois de tomar um gole de café.

— Você está bebendo — observou Helen.

— Estou desesperado. Qualquer cafeína serve.

Helen balançou a cabeça.

— Você não deveria ter pegado um descafeinado?

— Não faria muita diferença — explicou o policial. — A única razão para alguém beber esse troço é por desespero. Passo quase todas as noites aqui acompanhando acidentes ou casos de violência doméstica e já faz dois anos que imploro para que tentem fazer uma daquelas redes de café famosas abrirem uma franquia no pronto-socorro. Eles ganhariam dinheiro a rodo.

Ao lado de Erik, os olhos de Helen começaram a brilhar.

— Talvez não precise ser uma franquia de uma rede famosa — argumentou ela, olhando para ele. — O que acha, Erik? Pode ser um Café Sullivan's, igual ao que temos no Spa da Esquina.

O investigador Myers a olhou com surpresa.

— Já tomei o café daquele restaurante. É o melhor da região.

Helen sorriu.

— Ele é um dos chefs — explicou ela, gesticulando em direção a Erik.

Por alguns minutos, a tensão se dissipou enquanto os quatro conversavam sobre a comida e o café do Sullivan's, mas o clima logo ficou pesado quando uma mulher de aparência cansada em um avental cirúrgico verde entrou na sala de espera.

— Oi, doutora — disse o investigador Myers. — Alguma novidade?

— Tenho boas e más notícias — respondeu a médica com um aceno de cabeça na direção de Helen. — Obrigada por vir.

— Quais são as boas notícias? — perguntou o investigador.

— Ela sobreviveu à cirurgia — disse Emily Wilson, mas sua expressão permaneceu sombria.

— Mas? — emendou Erik.

— Ela não está respondendo da maneira que esperávamos e sua pressão arterial ainda não se estabilizou. Na verdade, está caindo.

— Ela ainda está com uma hemorragia — adivinhou Erik, antes que os outros pudessem reagir.

A médica concordou.

— É disso que temos medo. O cirurgião tinha certeza de que havia tratado tudo, mas ele pode não ter visto um dos sangramentos. Os órgãos internos de Caroline sofreram bastante.

— Ele vai operá-la de novo? — perguntou Erik, consciente do olhar de Helen. — Ela pode não ter muito tempo.

— Ele vai avaliar e decidir na próxima meia hora — confirmou a dra. Wilson. — Você parece entender bem do assunto.

— Fui paramédico por um tempo — explicou Erik.

O investigador olhou para ele.

— E agora você é chef. Aposto que tem uma história por trás disso.

Erik deu de ombros.

— Não é muito interessante — respondeu ele.

— Vou mantê-los informados — disse a dra. Wilson. — Você conseguiu entrar em contato com os filhos dela, investigador Myers?

— Consegui falar com o filho mais velho, que está reunindo os outros. Eles devem chegar em breve.

— Quanto antes, melhor — disse a médica.

Ao lado de Erik, Helen estremeceu. Ele a envolveu com o braço e apertou seu ombro.

— Talvez devêssemos ir — sugeriu ele.

— Não — respondeu Helen imediatamente. — Eu tenho que ficar. Se precisar voltar, leve meu carro. Maddie ou outra pessoa pode me buscar mais tarde.

— Sem chance — disse Erik. — Se você vai ficar, eu também fico. Só pensei que talvez não fosse uma boa ideia você estar aqui quando os filhos dela chegassem.

Helen balançou a cabeça.

— Eles podem ter perguntas que eu posso responder.

— Ou podem culpar você por desencadear tudo isso — rebateu Erik. — Lembre-se, eles amam a mãe *e* o pai.

— Ele tem razão — disse o investigador Myers. — Nessas circunstâncias, as pessoas às vezes não são racionais. Você já me passou as informações básicas que preciso por enquanto. Pode ir para casa. — Ele olhou diretamente para Erik, embora continuasse a falar com Helen. — Mas tenha alguém com você o tempo todo até encontrarmos esse cara, está bem? Ele claramente perdeu o controle.

— Pode deixar — garantiu Erik.

— Vou avisar o xerife que ele precisa ficar de olho na sua casa e no seu escritório — disse ele.

— Ela está passando muito tempo lá na minha casa — explicou Erik. — Não está sozinha na maior parte do tempo. — Ele lhe deu o endereço.

— Vou avisar isso também — disse o investigador Myers. — Você precisa levar isso a sério, srta. Decatur. Sei que a sra. Holliday estava preocupada, e o juiz e o advogado de Holliday também expressaram preocupação por você quando falei com eles. A última coisa que qualquer um de nós deseja é que você acabe aqui nas mesmas condições da sra. Holliday.

— Eu entendo — assentiu Helen, com o rosto pálido. — Vou tomar cuidado.

Os dois policiais os acompanharam até o carro de Helen. Pareceu ser um gesto casual, mas Erik notou que estavam bem alertas, olhando para todas as direções do estacionamento e esperando até que ele manobrasse o carro e se afastasse antes de voltarem para dentro.

— Eu deveria ter ficado — disse Helen quando fizeram uma curva para a rodovia.

— Não — discordou Erik. — É melhor assim. Você pode voltar quando Caroline estiver em um quarto e precisar de companhia. Agora ela precisa de suas orações.

Helen não parecia totalmente convencida, mas ficou em silêncio. Na verdade, passou tanto tempo quieta que Erik começou a ficar preocupado, até que percebeu que ela havia adormecido. Obviamente, a notícia e a viagem frenética a deixaram cansada.

Na casa dele, Helen o deixou preparar uma sopa e uma salada. Ela comeu três colheradas de sopa e não mais do que uma ou duas garfadas de salada.

— Você pode ligar para o hospital e ver como ela está? — perguntou Helen, empurrando o prato para o lado. — Você parece entender os termos médicos melhor do que eu. Então pode me dizer o que está acontecendo em uma linguagem mais simples.

— Certo. — Erik fez a ligação e conseguiu que chamassem a dra. Wilson. — Você tem alguma notícia sobre Caroline Holliday?

— Ela foi operada novamente e encontraram a origem da hemorragia — explicou a médica. — A pressão arterial está quase normal, então estou um pouco mais otimista. No entanto, Caroline ainda tem um longo caminho pela frente. Seu corpo passou por um grande trauma. Os filhos estão com ela, menos a filha. Ao que parece, a menina não consegue acreditar que o pai faria algo assim. De alguma forma se convenceu de que outra pessoa foi responsável e a mãe está usando isso para se vingar do pai.

— Está em negação profunda — disse Erik. — Não é tão incomum. Tudo bem se eu voltar a ligar para ter informações sobre o estado da sra. Holliday? Helen está muito preocupada com ela.

— Claro — respondeu a médica. — A propósito, o investigador Myers me disse que a srta. Decatur sugeriu abrir um Café Sullivan's aqui no hospital. Espero que você pense nessa ideia. Talvez as horas que passo aqui fossem menos cansativas se eu pudesse tomar uma xícara de café decente ou comer direito de vez em quando.

— Vou falar com minha chefe sobre isso amanhã cedo — prometeu ele. — Ela pode se interessar.

Erik desligou e encontrou Helen andando impaciente de um lado para o outro na sala de estar.

— A conversa demorou bastante — murmurou ela. — Você e a médica se divertiram colocando o papo em dia?

Ele presumiu que era preocupação, não ciúme, que a fez falar naquele tom, então respondeu de forma descontraída:

— Caroline está melhorando. Fizeram uma segunda cirurgia e isso parece ter resolvido a hemorragia. A dra. Wilson está mais otimista.

— Não pode ter demorado tanto para ela dizer isso. Sobre o que mais vocês conversaram?

Erik a olhou com surpresa.

— Não é possível que você esteja com ciúme, já que foi você quem pediu para eu ligar — argumentou ele.

Helen franziu a testa.

— Claro que não estou com ciúme.

— Que bom, porque esse não é o tipo de relacionamento que temos, certo?

Ela suspirou.

— Não, claro que não. Desculpe.

— Você está preocupada. Eu entendo — disse Erik com toda a calma. — Vamos assistir àquele filme de ontem. Assim você distrai a cabeça.

Helen o olhou claramente dividida, mas acabou concordando.

— Está bem.

Ele sorriu.

— Você sempre adora quando Katharine Hepburn faz gato-sapato de Spencer Tracy.

A expressão da advogada se iluminou.

— É, eu adoro — disse ela em tom mais alegre.

Por um instante, Erik se perguntou se algum dia se cansaria das incríveis reviravoltas da mente de Helen. Ele duvidava muito. Mas seguir essa linha de pensamento daria em um futuro que ele não se permitiria contemplar.

CAPÍTULO DEZENOVE

Helen estava prestes a sair na manhã seguinte quando seu celular tocou.

— Quero que você passe no spa — ordenou Maddie. — Quero saber exatamente o que aconteceu ontem. Por que não me ligou? Eu poderia ter levado você para o hospital.

— Fazia mais sentido ligar para Erik — explicou Helen. — Sei que você é durona, Maddie, mas você tem cinco filhos agora. Eu não poderia correr o risco de que algo lhe acontecesse porque você estava comigo.

— É, faz sentido — concordou Maddie, embora ela ainda soasse irritada por ter sido deixada de lado em uma crise. As Doces Magnólias sempre contavam umas com as outras. — Mas ainda quero saber o que aconteceu. Quando você consegue chegar aqui?

— Erik vai me levar até o escritório — explicou Helen. — Realmente preciso trabalhar.

— Dá para esperar um pouco. Peça para ele deixar você aqui em vez disso — instruiu Maddie. — Elliott pode levá-la ao escritório depois. Acho que Erik concordaria que Elliott é um bom guarda-costas.

— Está bem. Vejo você em cinco minutos — concordou Helen, sabendo que Maddie não se daria por satisfeita até que visse com os próprios olhos que a amiga estava bem.

Embora Helen não tivesse lido o jornal, imaginava que, entre as notícias e os boatos de Serenity, o ataque de Brad a Caroline, embora já grave o suficiente, tivesse sido exagerado mil vezes.

No carro, a advogada explicou a mudança de planos para Erik.

— Você não precisa me esperar. Sei que precisa ir para o Sullivan's. Maddie prometeu que Elliott me daria uma carona para o escritório.

Erik franziu a testa.

— Espero que você não mude de ideia na hora para não dar trabalho e acabe indo sozinha.

— Não vou mudar — prometeu ela. — Acredite em mim, depois de ouvir os detalhes do que Brad fez com Caroline, concordo com você que não vale a pena eu me arriscar.

— Então tudo bem — concordou Erik, parando na calçada em frente ao Spa da Esquina. — Me ligue quando chegar ao escritório. Quero saber se tem algum policial do lado de fora, está bem? Se não estiverem oferecendo a proteção adequada conforme prometido, iremos direto ao juiz. Sem discutir, ok?

— Está bem, sr. Preocupado — disse Helen em tom leve, então beijou a bochecha de Erik. — Pode deixar que eu ligo.

Lá dentro, Helen encontrou Maddie no escritório com uma dezena de toalhas espalhadas na mesa.

— Sinta as toalhas — ordenou ela. — Me diga o que acha.

Helen deu de ombros e segurou cada uma. Algumas eram ásperas, outras eram finas demais. Duas eram grossas e macias, mas deviam ser absurdamente caras.

— Isso quer dizer que vamos mudar as toalhas, imagino — supôs a advogada.

— Tivemos que abrir mão da qualidade por causa do preço na primeira compra — explicou Maddie. — Mas agora estão ficando gastas. — Ela apontou para as toalhas finas. — Jeanette acha que devemos gastar um pouco mais e comprar algo mais durável. Além disso, queremos que nossas clientes se sintam realmente mimadas quando vierem aqui. Sempre me surpreendo com quantas mulheres na região estão dispostas a pagar por um dia de luxo. Os treinos na academia são só por obrigação, mas os tratamentos do spa são por prazer, algo que elas acham que merecem ou que querem dar de presente às amigas. Você viu como as vendas dos vale-presentes estão superando as nossas projeções? E imagine só quando chegarem as festas de fim de ano. Precisamos fazer a nossa parte para tornar esses sonhos uma realidade.

— Confio em você e Jeanette para decidir — garantiu Helen. — Quanto estas duas custam?

A advogada tocou nas mais macias, aliviada por estar conversando sobre algo tão banal em vez de falar sobre Brad Holliday.

Maddie empurrou uma folha de papel pela mesa.

— Essas duas são as preferidas de Jeanette, mas o preço...

— Você precisa pesar quanto economizaríamos por não ter que trocá-las logo. Jeanette estava certa sobre os roupões, não estava? Estão durando, diferentemente das toalhas baratas.

— Verdade — admitiu Maddie. — Certo, qual das duas?

Helen deu de ombros.

— Não consigo ver muita diferença, e o preço é bem parecido. Um fornecedor é mais confiável do que o outro?

— Um é o mesmo dos roupões e tem sido ótimo trabalhar com ele.

— Então compre com ele de novo. Talvez dê até para conseguir um desconto, já que você vai comprar mais coisas com ele — disse Helen, pondo as toalhas de volta na mesa. — Você não me fez vir até aqui para me envolver nas decisões do dia a dia, já que isso é tarefa sua. Você está apenas tentando me fazer baixar a guarda antes de começar a fazer perguntas difíceis?

Maddie sorriu.

— Você me conhece bem demais.

— Anda, desembucha. Vamos acabar logo com isso.

— Você está grávida de Erik? — perguntou Maddie, deixando Helen desnorteada.

— De onde veio isso? Achei que você queria conversar sobre Brad e o que ele fez com Caroline Holliday — disse a advogada, irritada.

— Foi isso que eu falei ao telefone, mas achei que poderia arrancar uma resposta sincera de você sobre Erik se a pegasse desprevenida.

— Por que você acha que estou grávida?

— Como você mesma falou ao telefone, tenho cinco filhos. Conheço os sinais. Você andou enjoada algumas manhãs e está mais irritada do que o normal. Está dizendo que estou certa?

— Eu não disse nada — murmurou Helen. — E nem vou dizer.

— Por que não? Porque você sabe que tudo isso vai explodir assim que você confessar o que fez, não é?

— Maddie, não se meta — implorou Helen. — Deixe que eu cuido disso.

Maddie ergueu as mãos.

— Acredite em mim, eu ficaria mais do que feliz em deixar você lidar com a situação se eu achasse que você sabe como fazer isso.

— Eu tenho um plano — disse Helen.

— E é aí que está o problema — acusou Maddie. — Você tinha um plano que não levava em consideração como as outras pessoas poderiam se sentir, especialmente Erik. Dana Sue também.

— Eu *levei* os sentimentos de Erik em consideração — disse ela, em tom defensivo. — Nós conversamos e estamos totalmente de acordo sobre os limites do nosso relacionamento.

Maddie a olhou com óbvio ceticismo.

— Pois eu duvido que essa conversa tenha incluído uma discussão sobre você engravidar dele. Estou errada?

Helen suspirou.

— Não, você não está.

Maddie ficou com a expressão preocupada.

— Ai, meu bem, o que você vai fazer agora?

— Vai dar tudo certo — respondeu Helen com confiança.

— Vai mesmo? Você acha que Dana Sue vai ficar feliz com essa situação?

— Não é da conta dela. Isso é entre mim e Erik.

— No momento, só está pensando no que *você* quer — argumentou Maddie. — Erik não teve voz nessa história. Quando você planeja contar a ele?

— Não tenho nem certeza de que há algo para contar ainda — disse Helen. — Vou ao médico na segunda-feira e aí vou decidir o que fazer. As coisas ficaram um pouco complicadas por causa dessa história com Brad Holliday. Erik vai surtar se eu tentar sair de seu apartamento agora e me distanciar enquanto Brad ainda pode ser uma ameaça.

Maddie a olhou chocada.

— *Esse* é o seu plano? Você vai voltar para casa e não vai contar que está grávida?

— Erik não quer se casar. Não quer ter filhos, então sim, esse é o plano. Ele não precisa saber de nada. Posso lidar com a gravidez e o bebê sozinha.

— Você está delirando — retrucou Maddie. — O homem sabe fazer contas, pelo amor de Deus. Não acha que ele vai ver você daqui a, digamos, cinco meses e concluir que o bebê é dele? Que bela coisa a se fazer com um homem que você diz ser no mínimo seu amigo. E, pelo que vi, Erik se preocupa com você. De verdade. Você não pensou na possibilidade de ele ficar feliz com a notícia?

— Ele não vai ficar — disse Helen, embora sua confiança tivesse sido abalada pelas palavras de Maddie.

Maddie pareceu preocupada.

— Ai, Helen, o que você estava pensando? — Ela gesticulou, afastando a própria pergunta. — Deixa para lá. Está óbvio que você não estava pensando, pelo menos não direito.

— Obrigada pelo apoio — respondeu Helen friamente.

— Eu sempre vou apoiar você — disse Maddie. — Mas não vou ficar de braços cruzados vendo você cometer um erro idiota desses. Conte a Erik e depois a Dana Sue, antes de acabar perdendo dois dos melhores amigos que você já teve. Eles merecem saber a verdade, Helen. E precisam ouvir de você antes que alguém mais descubra e conte tudo.

As palavras duras de Maddie abalaram Helen de uma forma que nem mesmo as ameaças de Brad haviam sido capazes de fazer.

— Eu não posso perdê-los — sussurrou ela. — Eles significam tudo para mim.

— Mas não o suficiente para você ser sincera com eles — repreendeu Maddie. — Estou falando sério, Helen. Conte para eles ou eu contarei.

A advogada olhou para Maddie em choque.

— Você não faria isso.

— Faria, sim — respondeu Maddie, em tom inflexível. — Sei que não sou a pessoa certa, mas não posso ficar parada assistindo a você estragar a sua vida. Farei tudo que estiver ao meu alcance para impedi-la. Dê a Erik a chance de fazer a coisa certa. Ele pode surpreender você. — Ela encarou Helen. — Você tem até terça-feira.

— Terça-feira? — repetiu Helen.

— Você vai saber com certeza até lá. Não demore para contar a novidade, está bem? Estou falando sério.

Helen viu a determinação no olhar de Maddie e soube que ela não estava brincando. A amiga não estava nem aí se a deixaria furiosa desde que pensasse que estava fazendo a coisa certa a longo prazo.

— Ainda é muito cedo para contar — disse Helen, procurando qualquer desculpa que fizesse Maddie voltar atrás. — Você sabe que o risco de aborto espontâneo é bem alto na minha idade. Você não contou para ninguém sobre sua última gravidez até ter completado o primeiro trimestre.

— Não tente usar essa desculpa comigo — retrucou Maddie. — Eu contei a Cal porque o pai da criança tem o direito de saber tudo desde o início. Por esse mesmo motivo, você precisa contar a Erik.

— Mas se eu perder o bebê não terei outra chance, pelo menos não com Erik.

— É um risco que você vai ter que correr — disse Maddie, com um olhar inabalável.

Helen suspirou.

— Vamos lá, Maddie, isso precisa ser feito no meu tempo, não no seu.

— Terça-feira — repetiu Maddie com firmeza. — Vou chamar Elliott. Ele pode levá-la ao seu escritório.

— Quando você aprendeu a ser tão durona? — perguntou Helen com uma admiração relutante.

— Passei a maior parte da minha vida perto de você — replicou Maddie. — Uma hora eu ia aprender.

— Eu deveria saber que uma hora ou outra lamentaria minha influência sobre você — disse Helen. — A gente se fala.

Maddie assentiu.

— É bom mesmo.

Helen não conseguiu conter o sorriso que apareceu em seus lábios.

— Pode parar agora. Já entendi.

Na verdade, Maddie expusera a situação de maneira tão eficaz que Helen se perguntou se seria capaz de salvar alguma coisa do caos que havia criado para si. A única coisa que a impedia de ficar desesperada era a ideia de que, em apenas alguns meses, estaria com um bebê em seus braços, o que faria qualquer consequência valer a pena.

Karen estava entrando no Spa da Esquina para fazer seus exercícios matinais quando viu Elliott saindo com Helen. Uma onda de puro ciúme a invadiu. Ficou tão absorta observando os dois, olhando como Elliott se abaixava para ouvir mais atentamente o que quer que Helen estava dizendo, que acabou esbarrando em Maddie. A dona do spa estava saindo de seu escritório.

— Desculpe — murmurou Karen.

Maddie seguiu a direção do olhar da jovem.

— Achei que você tivesse terminado com Elliott.

— Terminei — admitiu Karen.

Maddie a olhou com compaixão.

— Mas agora está arrependida?

— Eu posso ter sido um pouco precipitada — disse Karen. — Mas parece que ele já superou.

Maddie balançou a cabeça.

— Não sei qual é o problema das mulheres que conheço — lamentou ela. — Nenhuma de vocês tem um pingo de bom senso.

Karen olhou para Maddie.

— Oi?

— Não importa — respondeu a dona do spa com um aceno desdenhoso. — Elliott não está interessado em Helen e, vai por mim, ela com certeza não está a fim dele. Elliott só está dando uma carona até o escritório dela porque um cara a ameaçou e nesse momento Helen não deve andar por aí sozinha.

O alívio que tomou conta de Karen foi revelador.

— Entendi — disse ela bem baixinho.

— Se você gosta dele, tome uma atitude — aconselhou Maddie. — Helen é a menor das suas preocupações. Elliott passa o dia todo cercado por tentações. Pelo que vi aqui no spa, ele não demonstrou interesse por nenhuma das mulheres que se jogam em cima dele, mas isso pode mudar rapidinho.

— O que eu devia fazer?

— Diga a ele como você se sente. Seja sincera. As pessoas parecem não estar usando essa estratégia o suficiente hoje em dia — disse Maddie, irritada.

Karen ficou surpresa.

— Ainda estamos falando sobre mim e Elliott?

— Não só sobre vocês — admitiu ela. — Só se lembre do que eu disse. Franqueza e honestidade são características que devem ser valorizadas em todo relacionamento. A falta de qualquer uma das duas pode significar o fim.

Karen assentiu.

— Vou me lembrar disso.

Maddie apertou o ombro da jovem e foi em direção à área de tratamentos do spa.

Quinze minutos depois, quando Elliott voltou pela entrada principal, Karen o viu imediatamente. Ela desligou a esteira na qual estava fazendo uma caminhada desanimada, desceu, então marchou até estar quase cara a cara com o personal. Era a primeira vez que ela tomava uma atitude de se aproximar dele desde que tinham terminado.

Karen pôs as mãos nos ombros dele, ficou na ponta dos pés e lhe deu um beijo na boca que teria sido suficiente para aumentar a temperatura da sauna em uns bons dez graus. Quando deu um passo para trás, Elliott pareceu atordoado.

— Achei que tivéssemos terminado — disse ele por fim.

Karen deu de ombros.

— Eu mudei de ideia. Acho que foi uma péssima decisão. E você?

Os lábios dele se contraíram.

— Sempre achei que era uma péssima decisão.

— Então podemos sair no domingo? Só nós dois?

Elliott balançou a cabeça, e o coração de Karen doeu.

— Só podemos sair no domingo se você levar as crianças. É aniversário de um ano da minha sobrinha Ângela. Temos uma comemoração em família.

Karen olhou para o personal.

— E você quer que a gente vá com você?

— Quero — respondeu ele solenemente.

— Sua família vai fazer um monte de perguntas — advertiu ela.

— Acredite em mim, eu tenho plena consciência disso, até mais do que você. Está preparada?

Karen pensou um pouco no assunto e em como Frances insistira que Elliott era um homem de família que ficaria ao lado dela nos bons e maus momentos. Talvez a festa fosse sua chance de ver isso com os próprios olhos. Quem sabe aquela oportunidade não lhe diria tudo o que ela precisava saber antes de se entregar por completo.

Ela ergueu o olhar para ele e fez que sim com a cabeça.

— Acho que estou.

— Então, pego vocês ao meio-dia. Não precisa comprar presente. Vou dar algo em nome de todos nós.

— De todos nós? — repetiu ela.

Seria uma espécie de declaração.

Elliott assentiu.

— Isso é um problema?

— Não — disse Karen devagar. — Não, não é um problema.

Pela primeira vez, ele abriu um sorriso de verdade, então tocou a bochecha dela.

— Fico feliz que você tenha mudado de ideia, *cariño*.

Era a primeira vez que ele a chamava daquela maneira. O gesto tocou um lugar dentro dela que estivera frio e solitário por muito tempo.

— Eu também — respondeu Karen. — Mas não vamos nos precipitar, está bem?

— E o que conta como se precipitar? — perguntou Elliott. — Só para entender as regras.

De repente, sentindo-se mais ousada do que em anos, Karen disse:

— Nada de regras. Vamos só improvisar.

— Improvisar bem devagar — concluiu Elliott. — Está bem. Na verdade, mal posso esperar.

Karen também mal podia esperar. Isso não queria dizer que não estava com medo, muito menos que o futuro era certo. Mas agora o aguardava ansiosamente, em vez de sentir pânico e medo. Era uma sensação maravilhosa.

Helen se vestiu depois do exame e foi para a sala do obstetra. Não tinha conseguido ler a expressão do dr. Matthew Dawson enquanto ele a cutucava sem parar, de um jeito meio desconfortável.

Na sala, sentou-se na cadeira diante dele enquanto o médico fazia anotações no prontuário. O coração de Helen batia descontrolado enquanto ela esperava pelas palavras que confirmariam se finalmente teria o bebê que tanto queria.

Depois de um tempo, o médico olhou para cima com uma expressão grave. Mais uma vez, o pulso de Helen disparou. Ele não pareceria feliz se ela estivesse grávida? Ou pelo menos com uma expressão mais neutra?

— Você estava mesmo ansiosa para engravidar, não é? — disse o dr. Dawson por fim. — Nós conversamos sobre isso na última vez que você esteve aqui.

Sem conseguir falar, Helen apenas assentiu com a cabeça.

— Bem, a boa notícia é que você conseguiu o que queria. Está grávida.

Helen ouviu um *mas* no fim da frase, um *mas* muito preocupante.

— Por que tenho a impressão de que você não está tão feliz com isso quanto eu?

— Não é que eu esteja infeliz — explicou ele. — Estou apenas preocupado. Sua pressão arterial não está tão baixa quanto eu gostaria de ver a esta altura. Levando em conta seu histórico, vai ser muito difícil para você gestar este bebê com segurança até o fim.

— Passei por um grande estresse inesperado nos últimos dias, mas vou me esforçar mais para baixá-la — prometeu Helen, ansiosa. — Farei tudo o que você mandar. Quero esse bebê mais do que tudo.

— O suficiente para concordar em ficar de repouso absoluto se eu decidir que é necessário? — perguntou o médico, cético.

— Com certeza — respondeu ela na mesma hora.

Encontraria uma maneira de resolver aquela situação. Encaminharia seus clientes para outros advogados. Contrataria uma empregada doméstica. Faria o que precisasse. Jamais arriscaria aquela chance de se tornar mãe.

— Você diz isso agora — argumentou ele —, mas é uma mulher muito motivada, Helen. Foi assim que chegou ao seu quadro atual. O estresse faz parte do seu dia a dia. Como vai eliminá-lo?

Ver Brad Holliday atrás das grades sem dúvida ajudaria, mas Helen não queria entrar nesse assunto. O médico provavelmente recomendaria que ela passasse toda a gravidez em alguma ilha remota.

— Vou fazer aulas de ioga. Meditar. Vou me exercitar.

— São coisas que você tem me prometido fazer há meses — lembrou o médico.

— E eu tenho feito — disse ela. — Pelo menos na maior parte do tempo.

— Não é o que diz sua pressão arterial.

— Vou melhorar — prometeu ela. — Mesmo. Serei a paciente ideal. Nada é mais importante para mim do que ter um bebê saudável.

Para alívio de Helen, o dr. Dawson pareceu acreditar nela enquanto escrevia as receitas.

— Um é um multivitamínico pré-natal e o outro é um diurético mais forte do que aquele que você estava tomando. Precisamos evitar a retenção de líquidos. Tome os dois e faça todas as outras coisas que me prometeu. Quero vê-la de novo em duas semanas, em vez de um mês. Vamos precisar monitorar sua saúde de perto se você quiser chegar até o fim da gestação.

— Você pode dizer com quantas semanas estou?

— Eu diria quatro, talvez seis semanas no máximo. Faremos um ultrassom na próxima consulta e saberemos mais. — Pela primeira vez, o médico sorriu. — Parabéns, Helen. Farei tudo que estiver a meu alcance para que você tenha o bebê saudável que deseja. Você só precisa fazer a sua parte. Evite o estresse acima de tudo. Entendido?

— Sim — tranquilizou Helen.

Ela só tinha duas conversas estressantes pela frente e, com sorte, Brad logo seria preso. Depois disso, pretendia eliminar qualquer coisa minimamente estressante de sua vida.

Helen decidiu que começaria conversando com Dana Sue e, assim que a amiga se acalmasse, pensaria em algumas possibilidades sobre como contar a Erik. E, por pior que fosse a reação deles, ela teria que superar. Dali em diante, o bebê seria sua maior prioridade. Ponto-final.

Durante três meses, Erik se viu em uma situação que não conseguia explicar, quase morando com uma mulher que parecia não ter expectativas além da cama que dividiam. Helen não pedia muito, tampouco parecia interessada em marcar território. Só se importava com o sexo quente e apaixonado com que os homens sonhavam. Na verdade, ele andava até meio cansado depois de tantas noites em que iam dormir tarde. Por mais incrível que fosse, Erik não conseguia deixar de pensar que havia algo acontecendo que ele não entendia totalmente, ainda mais na última semana.

Ele sabia que Helen tinha ficado chateada com a forma protetora como ele agira, apesar de também estar preocupada com a possibilidade de Brad Holliday ir atrás dela, mas era mais do que isso. Ela andava mais quieta do que o normal, retraída, mais ainda desde que Caroline Holliday tinha ido parar no hospital. Num primeiro momento, ele poderia pensar que era medo, mas Helen era o tipo de mulher que encarava seus temores. Erik estava começando a suspeitar que a situação tinha algo a ver com ele.

Ele estava a caminho da cozinha do Sullivan's quando ouviu gritos vindos do escritório de Dana Sue. Reconheceu a voz de sua chefe e a de Helen e, sem conseguir se conter, aproximou-se da porta.

— Caramba, Helen, que ideia foi essa? — gritou Dana Sue. — Como você pôde fazer algo assim? Maddie sabe, não é? É por isso que ela tem andado tão irritada ultimamente.

— Maddie adivinhou, mas não entendi por que você está tão irritada — respondeu Helen, tensa. — Você sabia o tempo todo que Erik e eu estávamos saindo. Caramba, estamos morando juntos desde que Brad Holliday se tornou uma ameaça.

— Claro, e eu não poderia estar mais feliz com isso — disse Dana Sue. — Vocês dois são perfeitos um para o outro. Já faz semanas que estou esperando um de vocês admitir que está se apaixonando. Em vez disso, você vem aqui me dizer que está grávida e que vai terminar com ele. Você o usou, atingiu seu objetivo e pronto? Como pôde fazer uma coisa dessas, Helen?

Erik ficou imóvel enquanto assimilava as palavras de Dana Sue. Helen estava grávida? Como aquilo tinha acontecido? Ela lhe disse... O que ela lhe disse *mesmo*? Ele revirou suas lembranças, tentando trazer à mente uma única conversa sobre métodos anticoncepcionais. Sem dúvida no início eles haviam conversado sobre isso, Erik pensou. Então se lembrou de uma afirmação que ela fizera às pressas de que estava tudo bem, de que ele não precisava se preocupar. Ele tinha acreditado. Por que não acreditaria? Em tese, Helen era uma das pessoas mais confiáveis da cidade.

E agora ela estava grávida? E, se ele estava interpretando direito a conversa dela com Dana Sue, aquele havia sido seu plano? Helen aparentemente queria um bebê e o escolhera para ajudá-la na missão, apesar de ele ter dito inúmeras vezes que não queria ter filhos.

Erik foi tomado por uma raiva cega. Antes que pudesse pensar ou reconsiderar, escancarou a porta e entrou no escritório apertado de Dana Sue. As mulheres o olharam chocadas. Ele enfrentou a chefe primeiro.

— Fora — ordenou Erik, curto e grosso.

Dana Sue saiu às pressas de trás da mesa, lançou-lhe um último olhar solidário e saiu.

Após o choque inicial, Helen o encarou com uma expressão surpreendentemente calma.

— Pelo visto, você ouviu.

— Ouvi o suficiente — disse Erik. — Mas talvez você deva começar do início e esclarecer tudo para mim. Quero ter certeza de que estou sabendo de tudo.

— Não há motivo para você ficar chateado — começou Helen em um tom razoável que o fez querer começar a quebrar as coisas no escritório.

— Talvez você devesse me deixar decidir se estou chateado ou não. Você está grávida, certo?

Ela assentiu.

— Mas não espero nada de você. Estou feliz, Erik. Muito feliz. Há muito tempo quero um bebê mais do que qualquer outra coisa.

— Mais do que qualquer outra coisa — repetiu ele, com uma voz gélida. — Mas você não viu motivo para mencionar isso para mim?

— Na verdade já conversamos sobre isso, pelo menos de uma maneira geral — lembrou Helen.

— Uma maneira geral? — repetiu Erik. — Ah, sim, eu me lembro dessa parte. Mas não me lembro de você sequer mencionar o *meu* papel nessa história. Você não considerou que talvez minha opinião devesse ser *minimamente* levada em conta?

Helen engoliu em seco.

— Eu entendo o que quer dizer. Provavelmente devia ter discutido isso com você.

Erik ficou furioso.

— Provavelmente? — Ele quase gritou, então lutou para se controlar.

Ela o olhou com uma expressão séria.

— Erik, eu juro que posso dar a esse bebê tudo de que ele precisa. Você não tem nenhuma obrigação de fazer parte da vida dele. Não é como se eu tivesse feito isso para prendê-lo ou coisa do tipo.

— O que não resolve o problema, não é? — respondeu Erik. Cerrando os punhos para não a agarrar e sacudi-la, ele disse: — E se eu *quiser* fazer parte da vida do bebê?

Aquela pergunta pareceu desestabilizá-la.

— O quê?

— Eu perguntei como você se sentiria se eu participasse da vida do bebê.

— Eu disse que não é necessário — respondeu Helen. — Eu sei que você não quer ter filhos.

— E, no entanto, aqui estamos — disse ele sarcasticamente —, com você grávida de um filho meu.

— Mas não há motivo para você se sentir obrigado a se envolver nisso tudo — insistiu ela. — O filho é meu e assumo a responsabilidade pelo que aconteceu.

— Aconteceu porque você fez acontecer — retrucou ele. — Não é mesmo?

Helen estremeceu.

— Talvez você até possa dizer dessa maneira. Eu sabia que era uma possibilidade. — Ao ver a cara feia de Erik, ela acrescentou: — Tudo bem, fiz todo o possível para que isso acontecesse, e é por isso que estou assumindo a responsabilidade e não espero nada de você.

— Não funciona assim, meu bem — disse Erik em tom sombrio, sem saber se estava mais furioso com a decisão que Helen tomara de ter o bebê sem consultá-lo ou com a disposição dela de excluí-lo de sua vida como se ele não passasse de um doador de esperma anônimo.

É verdade que Erik não planejava se tornar pai, não depois de perder seu bebê quando a esposa morreu. Ele ainda carregava a dor daquela perda e era algo que não queria arriscar sentir de novo.

Jamais tinha cogitado se casar outra vez, muito menos com Helen. Aquele relacionamento casual sem cobranças, com sexo incrível e conversas interessantes estava de bom tamanho. Mas, de repente, toda a situação havia mudado e ele não tinha a menor intenção de ser excluído da vida dela ou de seu filho.

Erik levantou a cadeira que estava atrás da mesa de Dana Sue, colocou-a bem na frente de Helen, passou a perna por cima e se sentou com o peito apoiado no encosto. O escritório era bem apertado, então ela não tinha espaço para fugir. Não tinha escolha a não ser ficar onde estava e ouvi-lo.

— É o seguinte — começou Erik, olhando-a com toda a atenção. Apesar do choque ao ouvir a notícia, ele tinha certeza de quais deveriam ser os próximos passos. — Pelo visto, você conseguiu o que queria e está grávida. Agora é a minha vez de ter as coisas como *eu* quero. Está ouvindo, Helen? Preciso que você preste atenção em cada palavra.

Helen assentiu. Ela tinha os olhos arregalados e a expressão abalada.

— Nós vamos nos casar — disse ele categoricamente. — Vamos passar por essa gravidez juntos. Depois que o bebê nascer, se você ainda quiser ser uma supermãe sozinha, conversaremos sobre um divórcio, mas vamos compartilhar a guarda da criança. É isso.

Helen o olhou com uma expressão de pânico inconfundível.

— Você não pode estar falando sério.

— Mais sério impossível.

— Mas por quê?

— Porque já perdi um bebê e não pude fazer nada para impedir. Não vou perder outro. E, se está achando que vou mudar de ideia quando tiver mais tempo para pensar ou que você vai encontrar uma maneira de me enrolar para evitar um compromisso, pode ir tirando o cavalinho da chuva.

— Você não pode me *obrigar* a casar com você — protestou Helen. — Nós não estamos apaixonados.

— Você deveria ter pensado nisso antes de bolar esse seu plano idiota — disse ele em tom descontraído. — Mas há um consolo. Pelo menos você sabe que o sexo será ótimo.

Erik se levantou e saiu do escritório.

Foi só depois de se ver na cozinha — quando Dana Sue correu de volta para o escritório — que Erik percebeu que não estava tão chateado com a ideia de casamento quanto imaginara que estaria. Ele podia estar morrendo de raiva por ter sido enganado. Podia estar em pânico com a ideia de perder mais um filho. Afinal, Helen tinha 43 anos e aquela seria uma gravidez de risco.

No entanto, conforme sua raiva esfriava, Erik percebeu que passar o resto de sua vida com Helen era algo que ele queria havia muito tempo e apenas estivera com medo de ir atrás desse desejo. Parecia que o destino — com uma ajuda muito deliberada e calculista de Helen — havia interferido e o obrigado a tomar uma atitude.

CAPÍTULO VINTE

— Ai, meu Deus, o que foi que eu fiz? — perguntou Helen quando Dana Sue voltou para ver como ela estava.

— Eu diria que você cutucou a onça com vara curta — disse a amiga sem um pingo de pena. — Estou um pouco surpresa por você ainda estar inteira. Parecia que tinha fumaça saindo das orelhas de Erik quando ele voltou para a cozinha. Nunca o vi assim antes. Ele estava com muita raiva?

— Ele disse que vai se casar comigo — respondeu Helen, olhando espantada para Dana Sue. — Acho que ele não vai aceitar *não* como resposta.

Pela primeira vez desde que Helen deu a notícia da gravidez, a expressão desconsolada de Dana Sue se suavizou.

— Bem, essa é uma reviravolta interessante, embora não totalmente inesperada.

— Não tem a menor graça e é totalmente inesperada — resmungou Helen. — Eu não engravidei para fazê-lo se casar comigo. Isso nem me passou pela cabeça.

— Talvez devesse ter passado — retrucou Dana Sue. — Você sabe como Erik é. É um sujeito estável, confiável e protetor. Você viu como ele cuida de mim e de Annie. Por acaso não parou para pensar como ele agiria com um bebê na história, ainda mais sendo filho dele?

— Certo, entendo ele se sentir um pouco protetor em relação ao bebê, ainda mais depois do que aconteceu com Caroline Holliday, mas casamento? Isso não é ir longe demais?

— Ele claramente não acha — respondeu Dana Sue.

— Mas e quanto ao amor? — perguntou Helen, melancólica.

Mais uma vez, Dana Sue olhou para a amiga sem um pingo de pena.

— Mais uma coisa em que você deveria ter pensado antes de decidir resolver tudo sozinha. Além disso, qualquer um consegue perceber que vocês dois têm sentimentos fortes um pelo outro. Chame do que quiser, mas me parece o suficiente com amor. Mesmo que eu não esteja nem um pouco feliz com a maneira dissimulada como você lidou com a situação, ainda acho que essa é a melhor coisa que poderia ter acontecido com você. Caso contrário, vocês dois podiam passar anos evitando admitir o que sentem. São teimosos demais para o próprio bem e acho que esse é o empurrão de que vocês dois precisavam para chegar aonde deveriam.

— Mas nada disso tinha a ver com casamento — protestou Helen.

Dana Sue sorriu.

— Bem, agora tem. — Ela pegou o calendário da mesa. — Então, vamos marcar a data. Se vai haver um casamento, preciso de tempo para planejar. E imagino que, dada a sua vaidade e sua preferência por roupas de grife e sapatos elegantes, você não vai querer estar do tamanho de uma baleia quando estiver caminhando até o altar. Então é melhor que seja logo.

Helen fez cara feia para a amiga.

— Não vai haver um casamento — disse ela em tom severo.

Dana Sue apenas sorriu.

— Quer apostar? Acho melhor você aceitar logo ou o dia mais importante da sua vida vai acontecer e você não vai conseguir controlar um detalhe sequer.

— Nada de casamento — repetiu Helen.

Dana Sue continuou como se a amiga não tivesse falado.

— Já sei, nós podemos encontrar Maddie no spa amanhã de manhã e começar a preparar as listas. Você vai adorar. E nós três podemos conversar sobre os detalhes às oito. Mal posso esperar para ver a cara dela quando você contar a novidade.

— Ela não vai ficar tão chocada quanto você pensa — murmurou Helen. — Maddie tentou me avisar que eu estava fazendo tudo errado, embora ela não conseguisse me fazer admitir o que eu estava fazendo.

— Ainda estou com raiva por ela ter descoberto enquanto eu não fazia a menor ideia — queixou-se Dana Sue. — Eu devia estar tão envolvida na minha própria vida com Ronnie que não reparei. Vou ter que prestar mais atenção nas coisas, ainda mais se agora você vai começar a tentar escondê-las de mim.

— Não foi isso — argumentou Helen. Ao ver a sobrancelha arqueada de Dana Sue, ela emendou: — Não exatamente, de qualquer maneira. Eu só sabia que você tentaria me fazer mudar de ideia ou avisaria Erik e estragaria tudo.

— Se eu tivesse descoberto, talvez você não estivesse prestes a se casar com um homem que está uma fera com você — sugeriu Dana Sue.

— Já falei, nós *não* vamos nos casar — respondeu Helen.

— Acho que você precisa parar de repetir isso — disse Dana Sue. — Ninguém vai acreditar, pelo menos não depois de ver a determinação nos olhos de Erik. Vamos nos encontrar com Maddie amanhã e organizar o casamento do jeito que você quiser. — O humor dela melhorou visivelmente. — Vai ser muito divertido.

— Esqueça o casamento — pediu Helen mais uma vez. — Não vai dar certo essa história de tentarem se unir contra mim. E desde quando você e Maddie ficam do lado de outra pessoa contra uma das Doces Magnólias?

— Desde que seja a coisa certa a se fazer — respondeu Dana Sue sem hesitação. — Você e Erik são bons um para o outro. E serão ótimos pais.

— Do jeito que você fala, parece até que vamos ser uma pequena família feliz fazendo churrasco no quintal — resmungou Helen.

— Você mesma falou, Dana Sue. Ele está uma fera comigo. Esse é o problema. Nada de bom pode vir de um casamento que começa assim. Não vou me casar e nenhum de vocês pode me obrigar.

No entanto, mesmo enquanto dizia essas palavras, ela se lembrou da determinação nos olhos de Erik — a mesma determinação que Dana Sue obviamente tinha visto — e estremeceu. Talvez devesse consultar o que a legislação dizia sobre uma mulher poder ser obrigada a se casar. Tinha certeza de que a lei estava do lado dela, mas, se houvesse alguma brecha que não conhecesse, sem dúvidas Erik a encontraria.

Barb tinha um monte de recados esperando por Helen quando a advogada chegou ao escritório na manhã seguinte depois de faltar à reuniãozinha que Dana Sue havia marcado para as oito horas. Ela suspeitava que pagaria caro por aquele ato de rebeldia, mas não estava preparada para enfrentar suas melhores amigas quando as duas estavam decididas a fazê-la se casar com um homem que estava forçando o compromisso só porque estava com raiva.

— Dez das mensagens são de Erik — anunciou Barb, com uma expressão curiosa. — Ele parecia nervoso. Está acontecendo alguma coisa?

— Eu saí da casa dele ontem — respondeu Helen. — E ele me ligou várias vezes e eu não atendi.

Barb a olhou chocada.

— Por que você faria uma coisa dessas, ainda mais agora com Brad Holliday irritado?

— Era a coisa certa a se fazer — disse Helen, que havia pegado suas coisas na casa de Erik por volta das sete da noite, muito antes de ele voltar do Sullivan's.

Se não tivesse tantos compromissos marcados para as semanas seguintes, teria feito as malas e ido relaxar em alguma ilha tropical até que a raiva de Erik passasse e ele deixasse de lado aquela ideia maluca de casamento.

Helen ficou um pouco surpresa ao saber que Erik aparentemente tinha ficado tão chateado com a partida dela. Ele deveria saber que não poderiam continuar vivendo juntos, o que ela explicou no bilhete que havia deixado para que o homem não ficasse preocupado, achando que Brad a havia sequestrado ou coisa do tipo. Ao que parecia, pelo teor das mensagens dele, isso só lhe dera mais motivos para ficar com raiva de Helen. Barb certamente também havia notado, porque estava de cara fechada para a chefe.

— Esse homem é a melhor coisa que já aconteceu com você — repreendeu a secretária. — Por que você está querendo sabotar isso?

— Olha, acontece. As pessoas mudam. Emoções não são confiáveis. Estava na hora de seguir em frente.

Os olhos de Barb de repente foram tomados de compreensão.

— Em outras palavras, você ficou com medo. Ele queria mais do que você estava preparada para oferecer e você entrou em pânico.

Helen não viu motivo para contar toda a verdade para Barb, embora a secretária fosse mais amiga do que funcionária. No momento, quanto menos gente soubesse a confusão que ela tinha aprontado, melhor.

— Por aí — concordou a advogada. — Agora, se você já tiver acabado de se meter na minha vida pessoal, acho que vou para a minha sala trabalhar um pouco.

Barb a olhou com uma expressão decepcionada.

— Como quiser — disse a secretária em tom formal. — Apenas me diga o que você quer que eu faça quando Erik...

Helen a interrompeu.

— Não vou atender às ligações dele.

— Mas...

— Não discuta comigo — disse ela, e Barb simplesmente deu de ombros e acatou a ordem da chefe.

Dois segundos depois, Helen entendeu por que sua secretária havia cedido com tanta facilidade. Erik andou rapidamente atrás da advogada, entrou na sala e bateu a porta. Barb estivera tentando avisar a chefe que ele estava chegando. Helen concluiu que realmente precisava começar a ouvir as pessoas em vez de sair dando ordens.

— O que você está fazendo aqui? — perguntou ela, dando a ele um de seus olhares mais arrogantes.

— Você não costumava fazer perguntas idiotas — respondeu Erik, sentando-se no sofá e dando alguns tapinhas no lugar ao lado dele.

Helen deliberadamente caminhou até sua mesa e se afundou na cadeira.

— Vamos lá. Diga o que está pensando. Sei que você está com raiva.

— E preocupado — disse ele. — Não vamos esquecer que um maníaco pode estar atrás de você, mas você resolveu sair de um lugar onde estava segura. Desde quando é o tipo de mulher que corre riscos desnecessários só para evitar uma discussão, ainda mais de uma que sabe que não pode evitar para sempre?

Helen estremeceu. De alguma forma, em sua pressa de fugir de Erik antes que as coisas piorassem ainda mais, ela não levara em consideração o perigo que Brad Holliday representava.

— Tenho certeza de que a polícia sabia onde eu estava — respondeu a advogada. — É para eles estarem de olho em mim.

— Ah, agora estou feliz e confiante, que nem quando não consegui falar com você por horas a fio.

Mesmo sob o sarcasmo inconfundível, Helen conseguiu ouvir a preocupação genuína na voz de Erik.

— Sinto muito que você tenha ficado preocupado — disse ela com sinceridade. — Foi por isso que deixei um bilhete, para que você soubesse onde eu estava. Eu só achei que era melhor eu ir para casa.

— Melhor para quem?

— Para nós dois — respondeu Helen.

— E o bebê? É melhor para o bebê que você coloque sua vida em risco só para se esquivar das perguntas incômodas que eu possa fazer?

— Não são suas perguntas que me preocupam — replicou ela. — São suas exigências.

— Fugir não vai mudar isso — disse Erik com toda a calma. — Nós vamos nos casar, Helen.

O tom enfático a deixou abalada.

— Mas por quê?

— Porque meu filho vai ter meu sobrenome. Vai crescer com uma mãe e um pai, não importa que tipo de relacionamento louco consigamos ter.

Helen balançou a cabeça e suspirou.

— Quem teria imaginado que você seria tão tradicional? Alguns dias atrás, tudo o que importava era sexo bom e algumas conversas interessantes de vez em quando.

Erik a olhou com ironia ao ouvir a visão que Helen tinha do relacionamento deles, então deu de ombros.

— Certo, eu admito. Também fiquei bem surpreso. Mas é assim que as coisas são. É bom se acostumar. Nunca se sabe, talvez você acabe sendo tradicional também.

Uma parte de Helen ansiava exatamente por isso, mas não sabia como seria possível com um casamento tão pouco convencional como seria o dos dois caso Erik a obrigasse a pôr o plano dele em prática. E, mesmo que de alguma forma durasse, ela sempre se perguntaria se ele a amava ou se estava apenas tentando ficar bem com uma situação que não escolheu, uma situação que ela impôs com sua obstinação cega para ter o que queria. Erik se inclinou para a frente e a olhou com atenção.

— Vamos esquecer essa questão do casamento por um instante. Temos que falar sobre a sua segurança e a do bebê. Você precisa voltar para a minha casa, Helen. Agora não é hora de você morar sozinha.

— Eu vou ficar bem — insistiu ela.

— Você não vai nem pensar no assunto? — perguntou Erik em tom frustrado.

— Não.

— Então me deixe ficar na sua casa — sugeriu ele.

Helen estava incrédula.

— Acho que você não está entendendo. Estou tentando terminar.

Erik *sorriu* ao ouvir aquilo.

— E eu já disse que isso não vai acontecer. A única coisa que você vai conseguir fazer é me deixar com dor nas costas.

Ela franziu a testa.

— Como vou fazer isso?

— Você já dormiu no banco da frente de um carro?

Helen o olhou embasbacada.

— O quê? Você ficou doido? Está me dizendo que vai dormir no seu carro na frente da minha casa?

— Você não está me dando escolha. Vou ficar com dor nas costas por meses depois de passar a noite lá ontem. Prefiro não repetir a experiência, mas, até que Brad esteja preso ou nós dois estejamos casados e sob o mesmo teto, tenho que ficar de olho em você de alguma forma.

— Ah, pelo amor de Deus — reclamou Helen. — Você sabe que está sendo ridículo, não é?

Ainda assim, ela precisava admitir que era muito gentil da parte dele se importar tanto.

— Não acho — respondeu Erik. — Nada vai acontecer com você ou com o bebê se eu puder evitar.

Ela o encarou diretamente, mas Erik não vacilou.

— Você está falando sério, não é? — perguntou Helen, resignada.

— Pode apostar.

— Está bem. Vou voltar para a sua casa, mas vou ficar no quarto de hóspedes.

Ele deu de ombros.

— Como quiser.

Aparentemente satisfeito, Erik se levantou, foi até a porta e depois se virou.

— A propósito, o casamento é no último sábado do mês. Dana Sue e eu decidimos a data. Faremos a cerimônia no parque e a recepção no Sullivan's. Já organizei todos os preparativos.

Erik foi embora antes que Helen pudesse reagir. Não sabia o que a deixava mais furiosa, a ousadia dele de fazer planos sem consultá-la, de envolver uma de suas melhores amigas ou de não parecer se importar com a reação dela. Erik apenas presumia que ela seguiria adiante com os planos dele.

Ainda estava fervendo de indignação quando Dana Sue e Maddie entraram, carregando revistas de noivas, paletas de cores e álbuns com arranjos florais. Obviamente, tinham se unido a Erik.

— Como você não apareceu lá no spa, já filtramos algumas opções — disse Dana Sue em tom alegre. — Isso vai poupar tempo. Só temos três semanas para organizar o casamento se você quiser estar elegante e esbelta. Depois disso, seu corpo começará a mudar e seu vestido pode precisar de muitos ajustes de última hora.

— Então, você escolheu a data por causa do tamanho do meu vestido? — perguntou Helen, boquiaberta. — Isso pode ser ainda mais absurdo do que a ideia de nos casarmos.

— Querida, não adianta chorar sobre leite derramado — disse Dana Sue. — Erik está decidido.

— Desde quando o casamento diz respeito ao que Erik quer? — perguntou Helen, petulante.

— Ter um bebê era o que você queria. Parece justo que agora seja a vez dele — respondeu Dana Sue. — Além disso, Erik parece um pouco mais interessado nos preparativos do que você. Já falei isso antes, mas vou dizer de novo, talvez você deva aceitar logo.

— Já estou ficando cansada de todos ficarem me dizendo o que fazer! — retrucou Helen. — Se vai haver um casamento, e isso não é certeza, então *eu* tomarei as decisões.

Ela pegou a revista com o maior número de post-its amarelos nas páginas.

— O que vocês marcaram aqui?

— Vestidos — respondeu Maddie, animada. — Tem um da Vera Wang que ficaria fabuloso em você. — Ela olhou para Helen com malícia. — E os sapatos combinando são um escândalo.

— Quero ver — disse Helen.

Finalmente estavam começando a falar a língua dela. Não havia nada como comprar sapatos absurdamente caros para melhorar seu humor, embora, levando em conta a semana que estava tendo, Helen teria que comprar dezenas de pares.

Tess estava olhando por cima do ombro de Erik enquanto ele rascunhava o bolo de casamento que estava planejando para a própria recepção. Tinha a vantagem de poder ser alterado de três andares para cinco ou mais, dependendo do grau de persuasão de Dana Sue e Maddie. Se Helen aceitasse logo os planos, a lista de convidados poderia crescer. Caso contrário, bem, três andares eram o mínimo que Erik aceitava para o bolo. Se fosse menor, pareceria ter sido comprado no supermercado.

— Vão ser orquídeas? — perguntou Tess, apontando as flores que ele desenhara escorrendo da lateral do bolo simples.

Ele assentiu.

— É o que eu estava pensando. Gostou?

— Muito elegante — respondeu Tess. — Como Helen. — Ela o olhou com uma expressão intrigada. — Você não parece muito feliz para alguém que está prestes a se casar.

— É complicado — disse Erik, o que era um eufemismo e tanto.

Até então, a noiva ainda estava se recusando a se casar com ele, embora na noite anterior Dana Sue tivesse lhe contado que Helen havia encontrado alguns sapatos de que gostara.

— Por pouco não conseguimos definir o vestido de noiva — dissera a cozinheira. — Acho que com um pouco mais de insistência podemos arrastá-la até Charleston para experimentar. Já fizeram uma reserva para ela. Felizmente Helen é do tamanho da modelo, então não teremos que esperar para fazê-lo sob medida.

— Talvez devêssemos esquecer essa história de casamento formal — sugerira Erík. — Fazer só uma cerimônia civil...

— De jeito nenhum! — declarara Dana Sue. — Helen pode reclamar de tudo isso, mas nunca vai nos perdoar, nem a si mesma ou você, se não tiver o casamento dos sonhos, mesmo que seja coagida e às pressas.

— Não deve ser o casamento dos sonhos se ela está resistindo a cada passo — retrucara Erik.

— É por isso que você precisa andar logo e usar sua mágica. Por baixo de todo esse jeito marrento e rebelde, ela ama você, Erik. Só está com medo de admitir porque teme que você esteja se casando por obrigação. É hora de você corrigir esse mal-entendido.

— Não sei se consigo — respondera Erik, mas a verdade era que ele estava tão pouco disposto quanto Helen a abrir seu coração.

Os dois eram um par e tanto, ambos cheios de dúvidas, inseguranças e teimosia suficientes para uma semana de episódios de um daqueles realities de casos de família.

Quando voltou ao presente, Tess o estava olhando com preocupação.

— Você deveria dizer a ela como realmente se sente — aconselhou a colega, quase como se tivesse lido os pensamentos de Erik.
— Lá no fundo, você ama Helen. Qualquer um pode ver isso.

— Mas, apesar do que Dana Sue pensa, Helen não está apaixonada por mim — rebateu ele, sem negar o que Tess afirmara sobre os sentimentos dele. — Ela deixou isso bem claro.

Tess revirou os olhos.

— Fico me perguntando se todos os homens são assim tão idiotas.

Erik franziu a testa para ela.

— Como assim?

— Aquela mulher é tão doida por você que fica radiante quando você está por perto.

— Acho que ela está radiante porque está grávida — disse ele antes de se lembrar que Tess não sabia daquela parte da história.

Os olhos dela brilharam.

— Um bebê — disse Tess, maravilhada. — Mas isso é perfeito. Vai dar tudo certo, Erik. Se Helen está negando seu amor por você, é só porque os hormônios dela estão uma loucura. Fiquei igualzinha nas minhas duas gestações. Passava do amor ao ódio por Diego em questão de um minuto. É um milagre ele ter me aturado, mais ainda ter topado passar por isso uma segunda vez.

Erik não achava que os hormônios tinham qualquer relação com a determinação de Helen de não se casar com ele. Ele tinha certeza de que ela havia tomado aquela decisão quando sua cabeça estava clara e seus hormônios estavam se comportando normalmente.

Mas Helen era teimosa. Depois de tomar uma decisão, qualquer decisão, ela não mudava de ideia, por mais equivocada que pudesse estar.

Felizmente, Erik era um desafio à altura.

— Vocês estão me deixando estressada — declarou Helen enquanto Dana Sue e Maddie a arrastavam até uma butique de Charleston lotada de vestidos de noiva de grife. — Eu não deveria estar passando nervoso algum. Vocês sabem disso. Meu médico vai ficar uma fera com vocês.

Maddie lançou-lhe um olhar de censura.

— Agora estamos aqui. Relaxe e divirta-se. Você adora experimentar roupas.

— Adoro experimentar roupas que vou usar — corrigiu Helen. — Não vou usar vestido de noiva, porque não vai haver casamento.

— Ah, para com isso — disse Dana Sue, impaciente. — Essa frase já está ficando velha. Você vai se casar em menos de três semanas e pode muito bem fazer isso linda, mesmo com apenas catorze convidados para vê-la indo até o altar.

Helen franziu a testa.

— Você convidou catorze pessoas para esse casamento sem nem me consultar?

Maddie e Dana Sue trocaram um olhar que Helen não conseguiu interpretar.

— Presumimos que você fosse querer minha presença, além da de Cal e das crianças — disse Maddie. — Bem, talvez não o bebê, já que ele é meio agitado. Acho que Jessica Lynn poderia ser daminha se não precisar andar muito. Ela ainda cambaleia um pouco.

— E Ronnie, Annie e eu estaremos lá — acrescentou Dana Sue. — Além de Tess e Diego, Karen e Elliott e Barb. Acho que é suficiente. — Ela lançou a Helen um olhar intrigado. — A menos que você queira algo mais elaborado. Conseguimos trazer sua mãe da Flórida sem grandes problemas. E, claro, você conhece quase todo mundo na cidade, além de todos os advogados, juízes e clientes com quem trabalhou. É só mandar e vamos transformar isso em um evento dos grandes.

Helen estava prestes a dizer o que poderiam fazer com a lista de convidados quando uma mulher alta e elegante em um terno de grife simples e sapatos Manolo Blahnik veio cumprimentá-las. Ela sorriu para Helen.

— Você deve ser a noiva — disse a mulher na mesma hora. — Suas amigas a descreveram perfeitamente. Tenho vários vestidos que vão ficar lindos no seu corpo. Vamos começar?

Helen queria desesperadamente recuar, mas estar naquele salão decorado com tanto bom gosto, com cadeiras antigas estofadas em seda, iluminação suave e buquês de flores frescas, despertou um sonho enterrado havia tempos. Como muitas meninas, ela sonhava com seu casamento até nos mínimos detalhes, das flores e velas em cada banco da igreja ao órgão tocando na entrada da noiva. Até então, suas visitas a butiques de noivas tinham acontecido em função dos primeiros casamentos de Maddie e Dana Sue. Não tinha sido a mesma coisa. Uma pequena parte dela ansiava por um dia como aquele, quando enfim fosse a *sua* vez.

Conforme Helen crescia, o sonho ia ficando mais refinado e simples. O vestido incrustado de pérolas que ela imaginara foi substituído por um de cetim brilhoso. Os arranjos de flores elaborados deram lugar a ramos de delicadas orquídeas brancas. O cenário mudou da igreja que ela quase não frequentava para o gazebo no parque da cidade com as azaleias em flor, o lago brilhando com o sol e cisnes deslizando pela água.

Com o tempo, porém, o sonho se desvaneceu por completo. Ela se convencera de que nunca haveria um casamento, assim como se conformara com a ideia de que não teria filhos. Agora, pelo visto, tudo mudaria — se Helen cedesse à insistência de Erik em seguir em frente com a cerimônia.

Mas como ela poderia fazer uma coisa dessas? Como poderia concordar em se casar com um homem que nunca disse amá-la, cujo único objetivo era ser pai do filho em sua barriga? Como poderia se casar sabendo que o divórcio era quase inevitável?

Quando a vendedora voltou com o primeiro vestido, era exatamente o modelo que ela imaginara, o tecido cintilante justo na cintura. Helen perdeu o foco por um instante e um desejo poderoso a arrebatou enquanto ela deslizava os dedos sobre o tecido.

— Onde posso experimentar? — perguntou Helen, ciente dos sorrisos conspiratórios que Maddie e Dana Sue trocaram. Ela olhou para as amigas. — Não fiquem animadinhas. Não significa nada.

— Claro que não — murmurou Maddie, com os olhos cheios de triunfo.

Poucos minutos depois, Helen saiu do pequeno provador para ficar diante do espelho triplo. A barra do vestido mal chegava aos tornozelos na parte da frente, exibindo os sapatos que a vendedora a convencera a experimentar. Atrás, havia uma cauda curta e esvoaçante. Ela estava tão esguia e delicada quanto um lírio-de-leite.

A vendedora se aproximou e pôs uma faixa trançada simples de seda combinando com o vestido da qual caía o véu, e de repente Helen era a noiva de seus sonhos. Olhando fixamente para seu reflexo no espelho, ficou encantada. Engoliu em seco, lutando contra o fascínio enquanto as lágrimas ardiam nos olhos.

— Você quer fazer isso — sussurrou Maddie, aproximando-se. — Você sabe que quer. O casamento completo, com muitos convidados e sua mãe presente.

Helen desviou o olhar do espelho para falar diretamente a Maddie.

— Mas eu quero que seja *de verdade* — disse Helen, com a voz embargada.

— Mas *é* de verdade — respondeu Dana Sue, juntando-se a elas. A amiga olhou para Helen com uma expressão irônica. — Talvez o pedido de casamento tenha deixado um pouco a desejar...

— Deixou *muito* a desejar — interrompeu Helen. — Foi uma ordem, não um pedido.

— O que quero dizer é que isso não significa que a festa e o casamento não possam ser tudo o que você deseja — continuou Dana Sue com impaciência. — Você pode fazer isso dar certo, querida. Eu sei que pode.

Maddie assentiu.

— Desde quando uma Doce Magnólia não faz o que for necessário para conseguir exatamente o que quer? Eu sei que você quer ficar com Erik. Apesar de como essa história começou, você o ama. Corra o risco e admita.

Helen balançou a cabeça.

— Acho que não consigo. Estraguei tudo. Como ele vai confiar em mim de novo? Sem confiança, que tipo de relacionamento podemos ter?

— Você vai fazer o que você e Maddie disseram que Ronnie e eu deveríamos fazer quando voltamos depois da traição dele — respondeu Dana Sue. — Você vai reconquistar a confiança dele, um dia de cada vez. Erik está oferecendo uma vida inteira para você fazer isso. Não é um mau negócio, se você parar para pensar.

Helen considerou as palavras de Dana Sue enquanto se via no espelho mais uma vez. Se dissesse sim, poderia ser a noiva que sempre quis ser. Se dissesse sim, teria a chance de construir a família que queria. Já havia arriscado muito para chegar àquele ponto. Sem dúvida poderia correr mais um risco para ter tudo o que desejava.

Respirando fundo, ela se virou para a vendedora.

— Eu vou comprar o vestido — disse Helen com voz firme.

— Você não quer ver os outros? — perguntou a vendedora, claramente surpresa por uma mulher querer o primeiro vestido de casamento que experimentava.

— Eu quero este — confirmou Helen.

Ao que parecia, ainda havia algumas decisões que ela conseguia tomar de forma impulsiva. Agora só tinha que rezar para não se arrepender.

CAPÍTULO VINTE E UM

Depois de guardar as compras em casa, Helen decidiu que estava na hora de visitar Caroline Holliday. Ela vinha ligando para o hospital todos os dias para ter notícias sobre sua cliente, e até falara com Caroline uma vez ao telefone, mas estivera adiando o momento de vê-la ao vivo. Queria culpar o caos de sua vida desde que Erik descobrira sobre o bebê pela sua falta de consideração, mas era uma saída fácil. A verdade era que Helen não queria ver com os próprios olhos a violência de que Brad era capaz, porque aquilo tornaria as ameaças dele reais demais.

Para a frustração geral, o homem ainda não estava atrás das grades. Helen queria acreditar que ele tinha ido embora para sempre, quem sabe até fugido do país, mas não podia contar com isso.

Maddie, que insistira em acompanhá-la até em casa para que Helen não ficasse sozinha, olhou para a amiga com desconfiança.

— Você está fazendo cara de criança que vai comer jiló. O que houve?

— Preciso ir até o Hospital Regional para visitar Caroline — explicou ela. — Não estou muito animada.

— Eu vou com você — disse Maddie.

— Não precisa — respondeu Helen, então notou a tensão teimosa na mandíbula de Maddie.

— Eu dei a entender que você tinha escolha? — perguntou a amiga, em voz doce. — Se temos que ir, então vamos logo. Vou ligar para Cal e avisá-lo.

— Isso é ridículo — resmungou Helen. — Brad não chegou perto de mim desde aquele dia em que me seguiu até meu escritório.

Os olhos de Maddie se arregalaram.

— Brad seguiu você? Você contou a alguém? Onde estava o policial que deveria estar de olho em você?

— O xerife não tem policiais suficientes para me vigiar vinte e quatro horas por dia, sete dias por semana — explicou Helen.

— Então você precisa contratar um segurança — disse Maddie.

— Eu não vou contratar um guarda-costas. Além disso, foi só uma vez. De lá para cá não o vi mais. Ele deve ter se mandado há muito tempo.

Maddie franziu a testa.

— Você acredita nisso tanto quanto eu.

— Ficar discutindo não vai nos levar a lugar algum — interrompeu Helen. — Vamos embora.

— Tudo bem — disse Maddie, mas em um tom que sugeria que o assunto não estava encerrado.

Depois de deixar Maddie sentada em uma sala de espera do hospital, Helen ficou surpresa ao encontrar um policial parado na porta do quarto de Caroline. A advogada se apresentou e perguntou:

— Houve mais algum problema com o ex-marido?

— Não, estou aqui só por precaução. A família me contratou. O filho dela não quer correr nenhum risco até que o sr. Holliday esteja preso.

Helen assentiu.

— Eu entendo a preocupação deles.

Ela bateu na porta e entrou. O quarto estava banhado pela luz do sol da tarde e lotado de flores. De uma poltrona no canto, Caroline ergueu os olhos quando Helen entrou e abriu um sorriso vacilante. Considerando os hematomas amarelados no rosto da mulher e os cortes na mandíbula e nas bochechas, foi um esforço e tanto. Helen teve que piscar para conter as lágrimas.

— Como você está? — perguntou ela, atravessando o quarto para dar um beijo leve na bochecha machucada de Caroline.

— Feliz que *você* esteja inteira — respondeu Caroline. Ela balançou a cabeça. — Espero que esteja tomando cuidado, Helen. Eu não fazia ideia de que Brad era capaz de uma coisa dessas. Ele nunca pôs a mão em mim antes e quase não gritava quando estava com raiva. Quando foi me procurar na noite em que voltei da casa da minha irmã, eu o deixei entrar. Achei que ele só queria conversar ou pegar as coisas dele. Em vez disso, Brad começou a me bater antes mesmo de eu fechar a porta e não parou até que um dos vizinhos ouviu meus gritos e veio ver o que estava acontecendo.

Caroline engoliu em seco e olhou para Helen diretamente.

— Brad estava com um arma — sussurrou ela. — Não tenho ideia de onde ou quando conseguiu uma, mas acho que estava planejando usá-la para... — Carolina estremeceu. — Se meu vizinho não tivesse chegado...

— Está tudo bem — disse Helen. — Agora já passou, e você está bem.

— Ainda não passou e não vou me sentir segura até que ele seja preso — respondeu Caroline. — Você também não deveria. — Ela agarrou a mão de Helen. — Por favor, tome cuidado. Me prometa.

— Não vou correr riscos — prometeu Helen, ainda mais sabendo sobre a arma.

Ela se iludira pensando que seria páreo para Brad em um confronto físico, mas um revólver mudava tudo. Em um gesto protetor, cobriu a mão com a barriga. Daquele momento em diante, ela engoliria seu orgulho idiota e aceitaria toda a proteção que lhe fosse oferecida.

Erik estava cortando legumes para um ensopado encorpado quando Dana Sue voltou das compras em Charleston. O cozinheiro estava com os nervos à flor da pele desde que ela saíra com as amigas, perguntando-se se Helen teria se recusado mais uma vez a ir adiante com o casamento. Por mais determinado que fosse, Erik não havia descoberto uma maneira de fazê-la andar até o altar se realmente se recusasse.

Desde que voltara para a casa dele, Helen andava quieta e distante, falando apenas quando não tinha escolha e mesmo assim em um tom frio. Como não estava muito alegre também, Erik deixava passar, mas a atmosfera tensa não poderia ser boa para ela ou para o bebê. Se continuasse assim, o cozinheiro teria que voltar atrás e desistir dela, pelo menos por causa da gravidez. Sabia, por sua experiência como paramédico e pelo aviso feroz de Dana Sue, que o estresse era perigoso para Helen, ainda mais naquela fase inicial da gestação. A última coisa que queria era contribuir para qualquer coisa que pudesse levar a um aborto espontâneo. Não só Helen ficaria arrasada; ele também.

Ali, Erik estudou a expressão de Dana Sue e tentou avaliar como havia sido o passeio, mas ela não estava deixando nada transparecer.

— E então? — cutucou ele finalmente. — Vocês ainda estão se falando? Ela queimou a butique de noivas quando descobriu para onde vocês a estavam levando? O que houve?

Os lábios de Dana Sue se contraíram, então se curvaram em um sorriso completo.

— Ela comprou um vestido.

— Um vestido de noiva? — perguntou Erik, atordoado. — É mesmo?

Dana Sue balançou a cabeça.

— Você realmente não entende nada sobre mulheres, não é?

— Como assim?

— Assim que ela viu o vestido perfeito, aquele com o qual ela sonhou a vida toda... bem, a vida adulta toda, pelo menos... pronto. Ela não conseguiria simplesmente dar as costas para isso.

— Então, isso tudo é para dar a ela a oportunidade de usar um vestido de que goste?

Erik não tinha certeza de como se sentia a respeito. Talvez devesse ficar grato por isso significar que Helen ao menos caminharia até o altar.

Dana Sue deu um tapinha na bochecha dele.

— Não fique com esse bico. A princípio pode parecer que tudo isso tem a ver com o vestido, mas Helen jamais se casaria se não quisesse. Ela passou toda a carreira lidando com divórcios bem feios e não iria se casar se não achasse que poderia encontrar uma maneira de fazer dar certo. Não faria a menor diferença o quanto qualquer um de nós a pressionasse, inclusive você.

Uma pequena fagulha de esperança se acendeu dentro dele. No fim das contas, talvez pudessem vencer a resistência de Helen e a raiva que ele sentia sobre as mentiras que ela contara.

— Você se importaria se eu desse um conselho? — perguntou Dana Sue.

— Nós dois sabemos que você vai dar de qualquer maneira, então por que perguntar? — brincou Erik.

— Antes do dia do casamento, você poderia fazer um pedido de verdade. Não acho que você vá querer que Helen passe o resto da vida lembrando que você exigiu que ela se casasse com você. Meio que tira o romance da coisa toda.

— Não é uma questão de romance — lembrou Erik.

Dana Sue o encarou.

— Não é?

— Olha, tem um bebê na história — respondeu ele. — Esse é o motivo.

Talvez estivesse sendo teimoso, talvez fosse uma maneira de preservar seu orgulho, mas Erik se recusava a admitir qualquer coisa além de sua determinação de fazer parte do futuro de seu filho.

Dana Sue balançou a cabeça e o olhou com pena.

— Você é tão idiota. Você ama aquela mulher. Diga isso a ela antes que seja tarde demais. Vai fazer toda a diferença, Erik, para vocês dois.

Ele franziu a testa.

— Tarde demais para quê? Você acha que ela vai desistir no último minuto?

— Não, mas acho que, se Helen seguir em frente com a cerimônia sem ouvir essas palavras, vai passar anos tendo dúvidas sobre o que você sente por ela, não importa quantas vezes você diga que a ama depois de estarem casados. Helen precisa ouvir isso agora, Erik. Precisa saber que isso não é só uma maneira de você garantir que tem os direitos legais sobre seu filho.

— Mas...

— Ouça bem — disse Dana Sue. — Apesar de todo o sucesso e todo o respeito que ela conquistou no tribunal, quando se trata de amor, Helen é tão insegura quanto qualquer outra pessoa. Nunca abriu seu coração para ninguém, a não ser para a mãe, Maddie e eu. Acredite em mim, Maddie e eu tivemos que nos esforçar muito para ganhar a confiança dela também, mesmo quando ainda estávamos na escola, quando nos conhecemos. Ela já estava traumatizada com a morte do pai e de ver a mãe ter que batalhar tanto.

— Mas foi Helen quem fez isso virar uma questão da guarda da criança — retrucou Erik. — Ela é quem ia me negar a chance de estar com meu próprio filho. Tive que tomar uma atitude.

— Você está absolutamente certo — concordou Dana Sue, um tanto rápido demais. Ela o encarou diretamente. — E estar certo vai fazer você feliz?

Erik pensou sobre o assunto nos dias seguintes, mas, toda vez que tentava falar sobre seus sentimentos com Helen, as palavras ficavam entaladas na garganta. Ele simplesmente não conseguia superar a quebra de confiança e o medo de arriscar o coração outra vez.

E, depois de cada tentativa frustrada de se abrir e expressar suas emoções — por mais confusas que fossem —, Erik notava que Helen parecia se distanciar um pouco mais. Eram como dois estranhos vivendo sob o mesmo teto, em nada se pareciam com duas pessoas que iriam se casar dali a quinze dias, ou duas pessoas que faziam um sexo tão íntimo e espetacular apenas algumas semanas antes.

No fundo, Erik sabia que alguém teria que ceder àquele impasse ou estavam fadados ao fracasso, mas ele não tinha coragem de tomar uma atitude.

Em mais de uma ocasião, sozinho na cama à noite enquanto Helen dormia no outro quarto no fim do corredor, ele se perguntava se não deveriam cancelar a cerimônia, mas então pensou em seu filho e sua determinação voltava. Erik iria adiante pelo bem do bebê. E talvez algum dia, de alguma forma, ele e Helen encontrassem um jeito de se reencontrarem.

O casamento sem dúvida não parecia saído de uma revista de noivas. Ah, a paisagem perto do lago era espetacular. Exatamente como Helen imaginara, havia muitas flores, embora já tivesse passado a temporada das azaleias, os cisnes deslizavam sobre as águas e os catorze convidados — ela não permitira que as amigas fizessem um evento maior — pareciam irritantemente satisfeitos. Cal e Maddie estavam de mãos dadas. Dana Sue estava de braços dados com Ronnie. E Annie lançava olhares apaixonados para Ty.

Helen, destoante, estava estoicamente parada ao lado de Erik, desejando estar em uma capela de casamento em Las Vegas com um oficiante fantasiado de Elvis. Teria sido mais adequado, visto que a cerimônia era uma piada.

Mais de uma vez Helen pensou que Erik estava prestes a se abrir com ela e dividir o que realmente sentia. Se ele tivesse gritado um pouco mais com ela ainda teria sido melhor do que a determinação implacável e o silêncio que a saudava todas as manhãs na mesa do café da manhã. A advogada quase o obrigara a tocar no assunto, mas sua coragem fraquejou e estava com nojo de si mesma por isso.

Ela havia enfrentado oponentes poderosos no tribunal e vencera a maioria deles, mas não conseguia iniciar uma conversa importante com o homem com quem estava prestes a se casar, um homem de quem gostava o suficiente para escolher como pai de seu filho.

Milhares de vezes dissera a si mesma para desistir daquela farsa, mas ali estava ela, esperando para dizer as palavras que a uniriam a Erik para sempre — ou pelo menos até que um deles conseguisse se livrar daquilo.

— Você promete... — começou o pastor.

Era tudo um blá-blá-blá, até onde Helen podia dizer. Ainda assim, ela disse "Sim" quando chegou a hora porque qualquer outra resposta causaria um escândalo que ninguém na cidade esqueceria pelo próximo século.

Erik proferiu seus votos com apenas um pouco mais de entusiasmo.

E então a cerimônia acabou e o pequeno grupo saiu para a recepção no Sullivan's que Dana Sue insistira que eles fizessem. Erik até preparara um de seus bolos de casamento espetaculares, com cobertura de fondant de baunilha e uma profusão de orquídeas brancas descendo pelas laterais. Quando Helen viu aquilo, quase caiu no choro. De alguma forma, Erik vira dentro do coração dela e fizera o bolo perfeito.

Pela primeira vez desde que descobrira a gravidez, Erik a olhou com algo diferente de raiva ou indiferença.

— O que foi? — perguntou ele, parecendo realmente preocupado. — Você está se sentindo bem?

Enxugando uma lágrima que escapara, Helen só conseguiu fazer que sim com a cabeça.

Ele seguiu a direção do olhar dela.

— É o bolo?

Ela assentiu.

— É tão lindo.

A expressão dele se suavizou.

— Bolos de casamento são minha especialidade. Como o nosso poderia ser menos do que perfeito?

Então, para seu desespero, Helen começou a chorar, culpando mentalmente os hormônios pela reação, e não a doçura do gesto de Erik. Ele segurou a mão dela e a puxou em direção à cozinha, então a abraçou. Helen sentiu um alívio desproporcional ao se ver nos braços dele. Talvez Erik não a odiasse, afinal.

— Está tudo bem — disse ele, dando tapinhas desajeitados nas costas dela. — Vai ficar tudo bem, eu juro.

— Como? Eu estraguei tudo. Nenhum casamento deveria começar assim.

Helen sentiu o peito dele se mover com um suspiro.

— Também fiz várias besteiras ultimamente — confessou. — Me desculpe.

Ela o olhou, percebendo o arrependimento no rosto dele mesmo através do borrão das lágrimas.

— Nunca foi minha intenção magoá-lo ou deixá-lo com raiva — disse Helen.

— Nem a minha — respondeu Erik. Ele tocou a bochecha de Helen, enxugando as lágrimas. — Vamos começar hoje e ver como as coisas se saem, está bem? Podemos tentar fazer isso?

— Você fala como se tivéssemos todo o tempo do mundo para resolver as coisas.

— Pelos meus cálculos, temos pouco mais de seis meses até o bebê nascer — respondeu ele. Os lábios dele se contraíram com um leve sorriso ao dizer: — Já que um de nós tem uma personalidade obsessivo-compulsiva, sem dúvida é tempo suficiente para chegar a algumas conclusões sobre para onde vamos a partir daqui.

Helen sabia identificar quando estavam lhe estendendo uma bandeira branca.

— Combinado — disse ela, sugerindo um aperto de mão.

Erik ignorou o gesto e colou a boca na dela. Era a primeira vez que a beijava desde que descobrira sobre o bebê, o que serviu como um lembrete de que nem tudo era ruim naquela situação. O desejo floresceu dentro de Helen como a promessa de um novo começo, mas, antes que pudesse se deixar levar, ela pensou em outra coisa, e um soluço ficou preso na garganta.

— O quê? — perguntou Erik.

— Não vamos nem mesmo ter uma lua de mel — sussurrou ela.

Desperdiçar a única coisa que funcionava tão bem entre eles parecia uma maneira terrível de começar a vida juntos.

— Eu não tinha certeza se você ia querer ficar sozinha comigo — admitiu Erik, depois sorriu. — Mas resolvi arriscar, de qualquer maneira.

Os olhos de Helen se arregalaram.

— Como assim, arriscar?

— Reservei uma suíte para nós em Paris por alguns dias.

Ela ficou boquiaberta e olhou para Erik maravilhada.

— Paris? Como você sabia que eu sempre quis ir para lá?

Ele riu.

— Uma ida às compras em Paris não era sua recompensa caso você cumprisse suas metas naquela competição que tinha com Maddie e Dana Sue há um tempo?

— Você sabia disso?

— Você não faz ideia das coisas que eu sei — disse ele. — Então, quer ir ou não?

— Tenho um compromisso no tribunal na segunda-feira de manhã — lamentou ela.

Erik balançou a cabeça.

— Não, você não tem. Barb falou com o juiz e remarcou só para garantir caso você concordasse com a viagem. Ela reagendou todos os seus compromissos da semana que vem também. Voltaremos na quinta-feira, você pode dar uma passadinha no escritório na sexta para se atualizar e ainda terá o fim de semana para se recuperar do *jet lag*. O que acha?

— Incrível! — respondeu ela, cruzando as mãos atrás da cabeça dele e dando-lhe um beijo. — Vamos, sim.

Foi então que Dana Sue enfiou a cabeça para dentro da cozinha e sorriu.

— Está sabendo sobre Paris? — adivinhou ela.

Helen assentiu.

— Bem que achei que você ficaria feliz — disse a amiga.

— Você teve algo a ver com isso? — perguntou Helen.

— Foi ideia do Erik — respondeu Dana Sue. — Ele só pediu a minha opinião. Apenas falei que esperava que ele tivesse um limite alto no cartão de crédito.

Helen não gostou de ouvir isso.

— Ele não vai precisar. Tenho o meu.

Erik balançou a cabeça.

— Estamos casados agora. Posso comprar algumas daquelas blusas chiques que você tanto ama. — Os olhos dele brilharam. — Talvez até uma lingerie sensual.

Annie entrou na cozinha bem no instante em que ele dizia isso e, dramática, Dana Sue foi tapar as orelhas da filha e empurrar Ty para fora da cozinha.

— Mãe! — protestou Annie, ficando onde estava. — Eu sei que homens gostam de lingeries sensuais. — Ela sorriu para Erik. — Mas adoraria ver a sua cara quando você for comprar uma.

— Estarei no Le Cordon Bleu tendo uma aula de culinária — disse ele.

— Vocês deveriam fazer coisas *juntos* na lua de mel — repreendeu Annie.

Erik deu uma piscadinha para a menina.

— Você consegue imaginar Helen em uma aula de culinária?

— Com a mesma facilidade que imagino você em uma loja de lingerie — brincou Annie. — Vamos lá. Vocês têm que ficar juntos. Prometa. Quero fotos.

Helen ouviu as brincadeiras com certa admiração. A atmosfera estava surpreendentemente leve e normal, quase como era entre Erik e ela antes de ele ficar sabendo sobre o bebê. Talvez pudessem restaurar aquela ligação outra vez, no fim das contas.

— Como foi o casamento? — perguntou Frances quando Karen e Elliott voltaram para casa naquela noite.

— Tenso — disse Karen. — Mas alguma coisa aconteceu durante a recepção. Não sei o quê, mas as coisas pareciam melhores. — Ela se virou para Elliott. — Você reparou?

O personal deu de ombros.

— Eu não estava prestando muita atenção em Helen e Erik — respondeu ele. — Estava pensando em outras coisas.

De repente, Frances se levantou e começou a andar pela sala recolhendo suas coisas.

— Vejo vocês dois amanhã — disse ela.

Karen franziu a testa.

— Não fuja. Fique mais um pouco e coma um pedaço de bolo que eu trouxe para você.

Frances piscou para Elliott.

— Vou comer em casa, acompanhado de uma boa xícara de chá. Vocês dois têm coisas mais importantes para fazer.

— Não, não temos — protestou Karen. — Vamos só sentar um pouco e relaxar.

— Divirtam-se. Isso é o que vou fazer lá em casa, relaxar. Mack e Daisy deram trabalho esta noite. Estou um pouco cansada.

Karen a olhou preocupada.

— Eles deram muito trabalho para você?

— Não, claro que não — respondeu Frances. — Boa noite.

Ela foi embora antes que Karen pudesse fazer mais perguntas.

— Isso foi estranho — disse ela a Elliott. — Frances adora ficar e conversar sobre o que temos feito. Espero que as crianças não a tenham deixado exausta.

— Acho que ela estava apenas tentando ser sutil.

— Sutil?

— Ela sabia que eu queria ter você só para mim — explicou Elliott.

Karen o olhou diretamente e de repente soube no que Elliott andava pensando, no que andava pensando havia semanas.

— Isso tem a ver com nós dois, não é?

— Vamos sentar — disse ele, puxando-a para uma poltrona e acomodando Karen em seu colo. — Eu não conseguia parar de pensar sobre nós hoje.

— Isso é só porque estávamos em um casamento. Todo mundo fica um pouco sonhador e romântico em um casamento, mesmo um tão apressado e louco como esse.

— Inclusive você? — perguntou Elliott. — Você pensou em nosso futuro?

— Achei que tínhamos concordado em ir devagar — respondeu Karen, embora sentisse o coração bater mais rápido com a expectativa.

Ele traçou o contorno dos lábios dela.

— Mudei de ideia. Eu sei o que quero. Quero que a gente seja uma família, Karen. Não quero que você tenha que batalhar tanto. Se formos parceiros, posso dividir as coisas com você, aliviar um pouco o peso dos seus ombros. Amo seus filhos como se fossem meus. Até gostaria de adotá-los, se isso for possível e vocês todos quiserem.

O futuro que Elliott pintava era muito tentador, mas Karen ainda estava com o pé atrás. Sabia que seus sentimentos por ele eram profundos, que poderiam até ser amor. E confiava que o que Elliott sentia por ela era sólido e sincero. As crianças o adoravam. Frances, a coisa mais próxima que Karen tinha de uma mãe, o aprovava. Então por que ela estava hesitando?

Ironicamente, era por causa de uma das coisas que Karen tanto admirava nele — o apego à família. Católicos convictos, os parentes do personal não estavam felizes por ela ser divorciada, e não escondiam a desaprovação. Karen tinha visto a verdade estampada no rosto da mãe e das irmãs de Elliott quando os dois apareceram na festa de aniversário da sobrinha dele.

— Sua família não vai ficar muito feliz — disse ela por fim. — E não suportaria ser a causa de uma briga entre vocês.

— Eu cuido da minha família — afirmou ele. — Eles vão mudar de ideia.

— Elliott, o fato de eu ser divorciada vai contra as crenças deles — lembrou Karen. — Eu deveria ter previsto isso antes mesmo de conhecê-los. Você também.

— Você poderia anular seu casamento — sugeriu Elliott.

— Eu não sou católica — disse Karen. — Não me casei na igreja. Foi uma cerimônia civil.

— Então a igreja não vai reconhecer isso como um casamento, de qualquer maneira — explicou ele. — Olha, não conheço todas as doutrinas católicas sobre isso, mas para mim não importa. Eu te amo. Você é a mulher com quem quero passar o resto da minha vida. Nós vamos dar um jeito. Podemos conversar com um padre e ele vai dizer o que fazer.

Elliott fazia tudo parecer tão simples, mas havia uma coisa que ele não estava considerando, a coisa que mais importava para Karen.

— Eu não farei nada que vá transformar meus filhos em bastardos — disse Karen, decidida. Ela o olhou diretamente. — Não farei isso com eles, Elliott. De jeito nenhum. Por mais inútil que meu ex-marido tenha se mostrado, ainda *era* o pai deles. Foram filhos legítimos. Cresci sem a mínima ideia de quem era meu pai, o que fez com que eu me sentisse indesejada e envergonhada. Minha mãe me abandonar, primeiro emocionalmente e depois fisicamente, só aumentou isso. Nunca me senti boa o bastante. Agora sei que sou uma pessoa boa e decente, mas tive que lutar para aceitar isso. Não quero que meus filhos sofram com esse tipo de insegurança.

— Mas eles vão ter *a mim* — disse Elliott, tocando a bochecha de Karen, um gesto que tentava confortá-la. — Juntos, vamos garantir que eles saibam quem são, que são amados, respeitados e queridos. Se conseguirmos resolver a parte legal, vou adotá-los. Eles não vão passar pelo que você passou, eu prometo.

Karen queria acreditar que isso fosse possível, queria acreditar que não havia chegado tão perto de encontrar o homem dos seus sonhos apenas para perdê-lo.

— Podemos falar com o padre — cedeu ela por fim. — Vamos ver o que teríamos que fazer para nos casarmos na igreja e ganhar a aprovação de sua família. Isso é tudo que posso fazer por enquanto.

Os olhos de Elliott se encheram de alívio.

— Então estamos noivos?

— *Não* — disse ela sem deixar espaço para discussão, então moderou o tom ao ver o olhar ferido dele. — Estamos pré-noivos.

Um sorriso apareceu nos lábios de Elliott.

— Por enquanto, isso basta. Vai dar tudo certo — disse ele com uma certeza que Karen estava longe de sentir.

Ela se lembrava da desaprovação nos olhos da mãe de Elliott quando percebeu que Karen era divorciada. As irmãs dele foram mais gentis, mas não estavam mais entusiasmadas com o relacionamento. Karen sabia que conquistar aquela família seria uma batalha difícil.

Então ela olhou nos olhos de Elliott, viu o amor brilhando ali e pensou que talvez, apenas talvez, fosse uma batalha que valia a pena lutar.

Helen voltou de Paris com sete pares de sapatos novos, seis ternos de grife e uma mala inteira de lingeries sensuais. Também voltou para casa com novas esperanças para o futuro de seu casamento. A lua de mel havia sido breve, mas foram quatro dias idílicos. Até havia aprendido a preparar um *roux* na escola de culinária de elite, embora não soubesse quando iria usar esse conhecimento na prática. Porém, tinha sido divertido ver Erik à vontade. E, como Annie havia insistido, voltaram para casa com muitas fotos. Centenas, ao que parecia, incluindo uma de Erik todo vermelho cercado de manequins com calcinhas e sutiãs rendados.

Agora, as fotos estavam espalhadas sobre uma mesa no pátio do Spa da Esquina enquanto Maddie e Dana Sue se debruçavam para vê-las. Helen ignorava os suspiros de inveja enquanto estendia o pé e admirava um de seus sapatos novos, mules com salto alto e bico fino em um couro tão macio que parecia manteiga. Ela imaginava que só tinha mais algumas semanas antes de ficar desajeitada demais para andar por aí com sapatos como aqueles.

Maddie notou a direção do olhar da advogada.

— Você fez alguma coisa em Paris além de comprar sapatos? — perguntou a amiga.

— Claro que sim. Você está olhando as fotos que provam isso. — Helen abriu um sorriso malicioso. — E fizemos mais algumas coisas que não vêm ao caso. Não há fotos delas.

— Então vocês estão bem de novo? — perguntou Maddie, com os olhos cheios de preocupação.

— As coisas não são perfeitas, mas estão melhores a cada dia — respondeu Helen. — Vai demorar um pouco antes de Erik confiar em mim de novo, e eu não sei como as coisas vão ficar depois que o bebê nascer.

Dana Sue franziu a testa.

— O que você quer dizer com isso?

— Ele me disse desde o início que poderíamos nos divorciar se eu quisesse — explicou Helen com a voz embargada, apesar de tentar não pensar tão à frente.

— Ele só disse isso porque você estava determinada a criar o bebê sozinha — disse Dana Sue, exasperada. — Erik te ama.

— Ele nunca disse isso — argumentou Helen. — Não para mim.

Dana Sue suspirou.

— Eu avisei que isso ia ser um problema — murmurou ela. — Olha, enquanto Erik está trabalhando a questão da confiança, talvez você precise dar um voto nesse sentido também.

Maddie olhou para Dana Sue com um ar irônico.

— Você está falando com uma mulher que vê as coisas em preto e branco.

— Engraçado — disse Dana Sue, com o olhar fixo em Helen. — Sempre achei que ela fosse uma mulher que entendia que as atitudes dizem muito mais do que as palavras. Quantas vezes você disse a uma cliente para não dar ouvido às palavras doces de seu marido mentiroso, e sim prestar atenção às atitudes dele?

Helen não sabia como responder, então juntou suas fotos e se levantou.

— Eu preciso ir para o escritório. Barb diz que minha agenda está lotada a partir de segunda-feira e tenho uma pilha de recados, embora tenha passado menos de uma semana fora. Preciso dar uma adiantada nas coisas hoje.

Maddie pareceu alarmada.

— Não se atreva a tentar trabalhar demais no seu primeiro dia de volta. Uma viagem de última hora até o outro lado do oceano já exige o suficiente do seu corpo. Você não precisa de mais estresse.

— É só um dia — lembrou Helen. — Terei o fim de semana inteiro para me recuperar enquanto Erik estiver ocupado no restaurante.

— Só estou dizendo... — começou Maddie, mas Helen a interrompeu.

— Eu sei o que você está dizendo — disse ela, abaixando-se para dar um abraço na amiga. — E eu te amo por se preocupar, mas não vou fazer nenhuma besteira, eu prometo.

— Está bem, então — respondeu Maddie. — Mas vou ligar para o seu escritório mais tarde. Barb vai me dizer se você estiver se comportando mal.

— Só se ela quiser perder o emprego — retrucou Helen enquanto pegava sua pasta e andava em direção à saída pelo pátio.

— Espere aí! — gritou Maddie atrás dela. — Você precisa sair pelo spa. Elliott vai acompanhá-la até o escritório.

— Eu o vi quando entrei. Ele já está com uma cliente — disse Helen. — Vou ficar bem.

Maddie franziu a testa.

— Helen, por favor. Ainda não é seguro para você sair por aí sozinha.

A imagem de Caroline no hospital lhe veio à mente, assim como a promessa que havia feito, não apenas para Caroline, mas para si mesma.

— Certo, tudo bem, vou chamar Elliott — disse ela, dando meia-volta e indo para o spa.

— Se ele não puder, eu levo você! — gritou Maddie.

Helen se irritou com aquela atitude superprotetora, mas sabia que havia motivo. Resolveu que ligaria para a delegacia assim que chegasse ao escritório para saber em que pé estava a busca por Brad. Se sentisse que encontrar o homem não era uma prioridade alta o suficiente para eles, então contrataria detetives particulares para ficar na cola dele. Já estava na hora de tudo aquilo acabar.

CAPÍTULO VINTE E DOIS

Escoltada por Elliott, Helen foi para o escritório, tentando aproveitar o lindo dia. O ar severo do pessoal não estava ajudando. Ele obviamente levava a sério seus deveres como guarda-costas. Olhava para cima e para baixo da rua enquanto caminhavam e respondia a todas as perguntas dela em monossílabos, sem olhá-la. Helen finalmente desistiu de tentar conversar.

Enquanto andavam pela avenida principal, avistou Ronnie dentro de sua loja de ferragens e acenou para ele. Na Wharton's, pediu a Elliott para esperar enquanto colocava a cabeça porta adentro para cumprimentar Grace e Neville.

— Trouxe uma lembrancinha de Paris para você — disse ela a Grace. — Trago mais tarde.

Grace carregava pratos de ovos mexidos e panquecas.

— Você teve uma lua de mel maravilhosa, então?

— Foi incrível — confirmou Helen, sabendo que metade da cidade estaria falando sobre o assunto antes do fim da manhã.

Talvez isso pusesse fim aos boatos que provavelmente circulavam sobre ela ter sido obrigada a se casar. Assim que chegaram ao escritório, Helen sorriu para Elliott.

— Sua missão está cumprida — disse ela. — Você me trouxe sã e salva.

— Por que não entro com você? — sugeriu Elliott.

— Barb está aqui — disse Helen, vendo o carro da secretária estacionado. — Eu vou ficar bem.

— Está bem, então. Se precisar que eu a acompanhe a algum lugar, é só me dizer, ok?

— Obrigada, Elliott.

Quando o personal começou a correr de volta para o spa, Helen abriu a porta e entrou. Barb, ao telefone, ergueu os olhos e sorriu para ela, então murmurou:

— Bem-vinda de volta.

Helen estava prestes a pegar os recados e entrar em sua sala, mas Barb gesticulou para que ela esperasse enquanto encerrava o telefonema.

— Só queria avisar que há um cliente esperando lá dentro — disse Barb. — Ele disse que é uma emergência e, como você não tinha nada marcado para hoje, falei que ele poderia entrar se não se importasse de esperar.

— Quem é ele e que tipo de emergência? — perguntou a advogada, irritada, porque estivera contando com o dia inteiro para colocar os casos em dia.

Barb olhou para uma anotação em sua mesa.

— Ele disse que se chama Bryan Hallifax.

— Não me lembro de nenhum Hallifax em Serenity.

Barb deu de ombros.

— Ele não disse se morava aqui na cidade. Eu também não o reconheci.

— E qual é a emergência?

— Ele falou que a esposa está ameaçando tirar os filhos dele — explicou a secretária. — Ela começou com essa história assim que ele voltou de uma viagem de negócios e ele entrou em pânico. Não me deu muitos detalhes.

— Está bem, então. Vou falar com ele, mas não quero mais ligações e nenhum outro cliente por hoje.

— Pode deixar — disse Barb. — Sinto muito, mas ele estava muito desesperado.

Helen apertou o ombro da secretária.

— Não se preocupe. Sei que você tem um coração mole.

Quando abriu a porta de sua sala, não viu o homem imediatamente. Foi só depois de fechá-la que o notou parado nas sombras. Quando ele se virou, o coração de Helen ficou preso na garganta. Era Brad Holliday, com os olhos cheios de raiva e satisfação por tê-la pegado desprevenida.

Helen instintivamente fez menção de abrir a porta e gritar para que Barb chamasse a polícia. Mas então viu a arma na mão de Brad e congelou. Estava apontada para ela.

— Muito bem — disse Brad quando Helen se afastou da porta. — Você é uma mulher inteligente.

— O que você quer, Brad?

— Justiça, satisfação — respondeu ele, então deu de ombros. — Veremos o andar da carruagem.

Helen andou a passos cautelosos até sua mesa, onde poderia se sentar. Torcia para que o móvel maciço oferecesse alguma proteção para o bebê caso Brad decidisse disparar a arma. Infelizmente, nunca instalara o botão de pânico que alguns advogados insistiam em colocar no chão ao lado da mesa. Ela lidava com divórcios, não com direito penal.

Helen se obrigou a olhar diretamente para Brad. Os olhos dele estavam cheios de ódio. Ainda assim, ela conseguiu falar em um tom razoável.

— Brad, você não acha que já está com problemas suficientes depois do que fez com Caroline? Quer mesmo piorar as coisas?

Brad lançou a ela um olhar irônico.

— Como você mesma disse, já estou com problemas. Que diferença faz um a mais ou a menos? Não tenho muito a perder. Você tirou tudo de mim.

Helen sabia que era melhor não entrar em uma discussão com alguém que não estava pensando com clareza. Algum instinto, porém, a fez tentar persuadi-lo, talvez salvá-lo de si mesmo.

— Brad, você sabe que isso não é verdade — disse ela com toda a calma. — Você ainda tem muito dinheiro. Tem seus filhos.

— Eles me odeiam agora.

Helen sabia que os filhos estavam com raiva, mas a filha era outra história.

— Sua filha não o odeia. Ela está querendo muito acreditar em você, mas, se fizer algo contra mim, será o fim. Ela não vai poder ignorar a verdade, que você não é o homem que ela pensava ser.

A risada de Brad foi amarga.

— Mas você não entende? Eu *não* sou o homem que ela pensava que eu era. E é tudo por culpa sua. — A expressão do homem endureceu. — Agora quero que você saiba como é ter a vida arruinada.

A arma na mão de Brad vacilou enquanto ele falava, mas ainda estava apontada para ela.

Helen estava começando a duvidar de sua capacidade de fazer Brad baixar o revólver, e um medo gelado tomou sua barriga. Ela examinou a mesa em busca de algo pesado o suficiente para servir de arma. Um peso de papel de cristal, prêmio da Ordem dos Advogados, provavelmente poderia causar algum estrago e estava a seu alcance. Sabia que só teria uma fração de segundo para jogá-lo em Brad e rezar para que sua mira fosse boa. Talvez, se o fizesse continuar falando, conseguiria pegar o objeto antes que ele percebesse sua intenção.

O suor escorria por suas costas enquanto Helen punha as mãos em cima da mesa, esperando que o gesto o fizesse baixar a guarda.

— Brad, você não quer fazer nada de que possa se arrepender. Por que não solta a arma e a gente conversa? Talvez eu possa ajudá-lo a encontrar uma maneira de sair da confusão em que se meteu.

— Você é melhor do que Jimmy Bob — respondeu ele —, mas nem mesmo você é inteligente o suficiente para consertar as coisas. Minha vida acabou.

— Vamos lá. Não precisa ser assim. Você vai passar um tempo preso, talvez até receba liberdade condicional depois do que fez com Caroline — disse ela, propositalmente minimizando as consequências. — Então pode começar de novo.

Brad balançou a cabeça.

— Você não pode sair dessa na lábia, sabichona.

A mão de Helen estivera se arrastando em direção ao peso de papel e então se fechou ao redor dele. Parecia pesado, mas seria o suficiente?

Foi então que Barb bateu na porta. A cabeça de Brad se virou naquela direção e Helen aproveitou a distração para arremessar o peso de papel no homem. Brad foi atingido com um golpe de raspão que não foi suficiente para causar ferimentos graves, mas ele se virou e atirou em Helen sem mirar. A bala estilhaçou a madeira no canto da mesa. Do lado de fora, Barb gritou.

Helen tentou se enfiar embaixo da mesa, mas não foi rápida o bastante. Um segundo tiro acertou seu braço, provocando uma dor lancinante. Um terceiro tiro quebrou a janela.

— Sua vaca! — gritou Brad, assim que o som das primeiras sirenes cortou o ar.

Helen demorou um segundo para perceber que não eram sirenes, mas sim o alarme do prédio que disparou quando a janela foi quebrada. Mesmo assim, o barulho foi suficiente para fazer Brad fugir.

De repente Barb surgiu de novo, ajudando Helen a se sentar na cadeira, murmurando desculpas enquanto usava uma toalha que pegara no banheiro para estancar o sangramento.

— Eu não fazia ideia — repetia a secretária sem parar. — Me perdoe. Eu deveria ter feito mais perguntas. Deus, o que eu estava pensando?

Helen apertou a mão dela.

— Barb, está tudo bem. Como você poderia saber? Nunca viu Brad antes.

— Mas eu deveria ter desconfiado. Todo mundo na cidade sabia que você tinha viajado para a sua lua de mel. Assim que ele ligou querendo marcar uma reunião justo no dia em que você só deveria estar colocando as coisas em ordem, eu deveria ter adivinhado que algo estava errado.

— Barb, você não pode adivinhar os motivos de cada cliente em potencial.

— Mas ele quase matou você! Nunca vou me perdoar por isso.

— A secretária olhou ao redor com uma expressão de pânico. — Cadê a polícia, caramba? E os paramédicos? Você está sangrando!

Então, de fora, outro tiro soou, seguido por um suspiro coletivo de horror vindo da multidão que deveria ter se aglomerado depois que o alarme disparara.

— O que aconteceu? — perguntou Helen a Barb, balançando o corpo para a frente e para trás, segurando o braço ensanguentado e tentando ignorar a dor.

— Não sei — disse Barb, apertando a toalha contra o ferimento com uma expressão sombria. — Os paramédicos devem estar chegando. Respire fundo e devagar, você está hiperventilando. Vamos lá, querida. Respire bem fundo. Isso.

— Ai, meu Deus, meu bebê — sussurrou Helen, com a mão na barriga ainda lisa.

— Shhh. Seu bebê vai ficar bem — tranquilizou Barb.

Finalmente, depois do que pareceu uma eternidade, os paramédicos chegaram. Quando Barb fez menção de liberar o caminho para eles, Helen agarrou a mão da secretária.

— Não vá embora.

— Eu não vou a lugar nenhum. Me deixe só ligar para Erik e já volto.

— Não — pediu Helen. — Ele só vai se preocupar.

— Ele tem o direito de se preocupar, não acha? — repreendeu Barb.

Helen deve ter respondido uma centena de perguntas, primeiro feitas pelos paramédicos, que insistiam que ela fosse ao hospital, depois pela polícia, que surpreendentemente não mencionou se Brad havia sido preso ou não.

Pareceram horas, mas provavelmente não se passaram mais do que alguns minutos até que Erik chegasse. Ajoelhando-se na frente dela, ele segurou suas mãos.

Esperando ouvir um sermão sobre sua imprudência, Helen ficou surpresa quando ele voltou sua fúria contra a polícia.

— Onde vocês estavam? Alguém deveria estar vigiando Helen o tempo todo!

O policial mais próximo, um garoto que deveria ter começado havia não muito tempo, estremeceu.

— O xerife pensou que vocês ainda estavam em lua de mel. Ninguém nos notificou que tinham voltado.

Erik empalideceu.

— Então, a culpa é minha — disse ele, olhando-a diretamente. — É por minha culpa que você foi baleada.

— Mas que maluquice — começou Helen, mas, antes que pudesse dizer outra palavra, Erik se levantou e saiu da sala. Ela ficou olhando na direção da porta, confusa.

— Senhora, precisamos levá-la ao Hospital Regional para fazer alguns exames — avisou o paramédico. — O ferimento não é grave, mas, como você está grávida, deveria consultar um obstetra enquanto estiver lá.

Helen assentiu e olhou para Barb.

— Chame Erik.

— Ele estará lá. Vou cuidar disso. Você pode ir com os paramédicos, e eu vou logo em seguida. Vou ligar para Maddie e Dana Sue também. Elas vão querer saber o que aconteceu.

— Você não precisa incomodá-las — disse Helen, mas Barb apenas lançou um olhar que dizia que era ela quem estava tomando as decisões no momento. Helen não perdeu tempo discutindo.

Sem demonstrar resistência, deixou os paramédicos a levarem para a ambulância em uma maca. Conseguiram impedir que ela visse o que estava acontecendo na rua. Talvez fosse melhor assim. Helen de repente se sentia esgotada.

Dentro da ambulância, fechou os olhos e tentou afastar a preocupação que sobrepujava tudo o que sentia, até mesmo a dor. Não conseguia compreender a expressão sombria nos olhos de Erik logo antes de ele ir embora, mas, bem lá no fundo, sabia que era a responsável. Ele se sentia culpado. Ela entendia, não importava quão errado achasse aquele raciocínio. Helen também suspeitava que a profundidade daquela culpa era o verdadeiro motivo pelo qual Erik nunca quis se casar ou ter filhos.

Ela soube de repente e com absoluta clareza que poderia perdê-lo devido ao que acontecera. E saber disso a deixou morta de medo.

Erik estava mexendo o equivalente a três receitas de brownie quando Maddie e Dana Sue foram atrás dele na cozinha do Sullivan's. Pareciam furiosas e prestes a puni-lo.

Não que ele estivesse surpreso. Sabia que uma hora ou outra alguém iria contar a elas o que tinha acontecido com Helen e como ele a abandonara. Mas simplesmente não fora capaz de ficar com ela. O sofrimento de Helen, o sangue, tudo aquilo trouxera à mente muitas lembranças dolorosas.

Ainda pior tinha sido o medo excruciante de perder a esposa e o bebê. Embora sua formação de paramédico lhe dissesse que Helen ficaria bem, Erik entrara em pânico. Não havia como contornar aquilo. Ele era humano, o que todos talvez devessem enfim entender. Não era o herói de ninguém.

— Por que você está aqui? — interpelou Dana Sue.

— Alguém tem que pensar no restaurante — replicou Erik enquanto continuava a preparar a massa. — Abrimos daqui a algumas horas para o almoço.

— As pessoas podem comer fast-food ou um hambúrguer na Wharton's — disse Dana Sue. — É o que faziam antes de o Sullivan's abrir e o que podem fazer de novo por um dia.

Erik franziu a testa para ela.

— Você não está falando sério.

— Ah, se estou — respondeu Dana Sue. — Sua esposa acabou de ser baleada por um maníaco. Ninguém na cidade quer saber de brownies agora. Todos estão preocupados com Helen e o bebê. Se você acha que brownies são mais importantes, tem alguma coisa errada com você. Você deveria estar com Helen. No mínimo, deveria estar a caminho do hospital.

— Eu fui vê-la. Ela está em boas mãos — insistiu ele, embora seu pulso ainda acelerasse quando ele pensava em como quase a perdera.

— É isso? — perguntou Dana Sue, incrédula. — Você passou dois segundos com ela e depois a entregou a estranhos?

— Não eram estranhos. Helen conhecia todos naquela sala — murmurou ele em tom defensivo.

E todos eram capazes de lidar com a crise que o deixara sem chão. Maddie, que estava em silêncio até então, finalmente falou.

— Erik, você não tem motivo para se culpar pelo que aconteceu — disse ela, estudando-o com atenção. — E agora não é hora de culpar ninguém. Você precisa ir ao hospital e ficar com a sua esposa.

Dana Sue puxou a tigela de massa de brownie para longe dele.

— Vai logo, caramba! Sou capaz de fazer esses brownies idiotas pelo menos uma vez. Já fiz isso várias vezes antes de contratar você.

— Eu vou levar você — ofereceu Maddie.

Parte de Erik quis discutir. Parte dele queria ficar onde estava, bem escondido em um mundo que fazia sentido para ele, mas no fundo sabia que Maddie e Dana Sue estavam certas. Precisava estar com Helen. Não estava pensando com clareza depois de perceber quão perto chegara de perdê-la. A sensação de *déjà vu* era avassaladora.

— Ok, vamos lá — cedeu Erik por fim.

Dana Sue pareceu triunfante, mas Maddie apenas ficou aliviada.

— Ligaremos para você do hospital — prometeu ela a Dana Sue.

— E eu voltarei a tempo para o jantar — disse Erik.

— De jeito nenhum — respondeu Dana Sue. — Ainda mais se Helen for liberada do hospital. Você precisa ficar com ela. Tess e Karen podem vir. Vou ligar para as duas agora e explicar o que houve.

— Vamos ver como as coisas vão ficar — disse ele, e era o máximo que estava disposto a ceder.

No carro, Maddie olhou para Erik.

— Você está bem?

— Não fui eu que levei um tiro.

— Dizem que quando você ama alguém, é possível sentir a dor do outro.

— Ah, por favor, me poupe da psicologia — zombou ele. — Mas entendo o que você está querendo dizer. — Erik esfregou os olhos. — Quando Barb me ligou, você não tem noção do que passou pela minha cabeça.

— Ah, acho que tenho, sim — respondeu Maddie. — E suspeito que foi muito parecido com o que Dana Sue e eu estávamos pensando... E se for mais sério do que Barb está dizendo? E se a perdermos? — Ela o olhou diretamente. — Foi algo do tipo?

Erik sorriu, aliviado por saber que não estava sozinho.

— Bem por aí.

— Imagino que Barb também esteja se sentindo culpada agora — continuou Maddie —, já que foi ela quem deixou Brad entrar no escritório de Helen. Mas a verdade é que Brad é o único responsável por tudo isso. Foi ele quem se descolou da realidade só porque seu divórcio não saiu da maneira que esperava. Era ele que tinha uma arma e atirou em si mesmo quando viu a polícia se aproximando. Não é o comportamento de um homem racional. Aceite o que ele fez, talvez até sinta pena dele, mas deixe para lá. A única coisa que importa agora é ter certeza de que Helen e o bebê estão bem.

— Isso tudo me parece muito maduro e racional, mas ainda sinto uma culpa avassaladora. — As palavras do policial ecoaram na cabeça de Erik. — Você sabia que nem considerei avisar a polícia que tínhamos voltado de Paris? Se eu tivesse avisado, alguém estaria vigiando Helen.

— Você acabou de voltar de uma lua de mel incrível. Dá para entender por que não parou para pensar com mais calma sobre uma ameaça que foi feita semanas atrás em um momento de raiva. Todos nós tínhamos algum motivo para achar que o perigo havia passado.

— Você não achou — contrapôs Erik. — Você insistiu para que Elliott a acompanhasse até o escritório.

Os lábios de Maddie se curvaram de leve.

— Eu sou mãe e me preocupo com tudo. Pergunte a meus filhos. Embora Ty esteja na faculdade, ainda fico pensando se ele está agasalhado quando faz frio, se ele escovou os dentes à noite ou comeu direito. É costume.

— Não imagino que você ligue para perguntar sobre todas essas coisas, não é? — disse Erik, certo de que a estrela do beisebol de 19 anos não reagiria bem a um possível inquérito daqueles feito pela mãe.

— Está maluco? — perguntou Maddie, rindo. — Ele nunca mais colocaria os pés em casa. Eu deixo Cal maluco perguntando se *ele* acha que Ty está fazendo todas essas coisas direito. De vez em quando, flagro Cal dizendo a Ty que encho o saco dele com essas coisas. Eles ficam se lamentando por eu ser doida, por eu ser tão *mãe*.

Ela parou o carro na porta do pronto-socorro.

— Pode entrar. Vou estacionar — disse Maddie. — Helen precisa mais de você agora do que de mim.

— Não tenho tanta certeza — respondeu Erik. — Nessa crise específica, mandei muito mal.

— Talvez, mas você tem um monte de outras coisas a seu favor, incluindo o fato de que a ama muito. É isso que importa. Talvez você possa finalmente dizer isso a ela.

Com as palavras de Maddie ecoando em sua cabeça, Erik entrou para encontrar sua esposa.

Sua *esposa*. Chamá-la assim ainda parecia surreal.

— Estou procurando Helen Whitney — disse ele à enfermeira na recepção. — Ou Helen Decatur. Não sei como ela fez o cadastro.

— Recém-casada — adivinhou a enfermeira. — Ela também não estava conseguindo decidir. Está no leito oito. Acho que ela ficaria feliz em ver seu rosto bonito agora. Está esperando o obstetra.

Erik se desesperou.

— Algum problema com o bebê?

— Não até onde a gente saiba. É só uma precaução após o trauma que ela passou. A dra. Wilson recomendou.

Erik assentiu, aliviado por Emily Wilson estar de plantão. Pelo menos era um rosto familiar para Helen.

— Obrigado — disse ele enquanto se dirigia para os leitos.

— A propósito — gritou a enfermeira atrás dele —, ela fez o cadastro como Helen Whitney. Acho que levou os votos a sério.

Erik não conseguiu conter o sorriso enquanto procurava Helen. Se ela quisesse terminar o casamento por ele ter falhado em protegê-la ou porque saíra correndo de seu escritório, teria usado o nome de solteira. Talvez ele tivesse mais uma chance de fazer a coisa certa, no fim das contas.

O analgésico havia deixado Helen meio grogue, mas ela percebeu quando Erik entrou no cubículo e se sentou ao lado dela.

Lutando para abrir os olhos, Helen esboçou um sorriso fraco.

— Oi. Você veio. Eu não tinha certeza se você viria.

— Maddie e Dana Sue foram muito persuasivas — admitiu ele.

Seu sorriso vacilou.

— Elas bateram em você? — perguntou Helen, parecendo um pouco preocupada com a possibilidade.

Erik riu.

— Não, não precisaram chegar a esse ponto. — A expressão dele ficou séria. — Como você está se sentindo?

— Grogue. Eles cuidaram do meu braço.

— Sentiu alguma coisa com o bebê?

Helen balançou a cabeça. Sua mão instintivamente foi para a barriga.

— Acho que ela está bem, mas o médico vai verificar.

Erik lançou a ela um olhar estranho.

— Ela?

— Ou ele — respondeu Helen. — Só não chame de feto, está bem?

— Entendido. Olha, você precisa descansar. Eu estarei na sala de espera com Maddie.

Erik fez menção de se levantar, mas Helen agarrou a mão dele.

— Não — ordenou ela. — Não me deixe sozinha, por favor. Estou com medo, Erik. De verdade. E ninguém me diz o que aconteceu com Brad. Ele não fugiu, não é?

— Você não precisa se preocupar com Brad nunca mais.

— Por quê? Me diga.

— Ele atirou em si mesmo. Morreu — respondeu Erik, sentando-se ao lado da esposa.

Continuou de mãos dadas com ela, o polegar acariciando preguiçosamente os nós dos dedos, os pensamentos distantes.

O alívio que Helen sentiu pela notícia sobre Brad foi apenas momentâneo.

— Erik?

Ele a olhou diretamente.

— O que foi?

— Por que você saiu correndo do meu escritório? Você sabe que nada disso foi culpa sua, não é? Você não estava lá e não havia nada que pudesse ter feito para impedi-lo.

— Não tenho tanta certeza — respondeu ele. — Mas Maddie me convenceu de que talvez não seja só eu quem está se sentindo assim.

— Mas havia algo mais passando pela sua cabeça, algo que ia além do que o que aconteceu hoje. Dava para sentir.

A expressão dele se fechou.

— Não precisa se preocupar — disse Erik. — Tudo o que importa agora é ter certeza de que você e o bebê estão bem. Feche os olhos e descanse até o médico chegar.

Quando Helen tentou continuar a conversa mais um pouco, ele lhe lançou um olhar de advertência.

— Estou falando sério. Descanse ou vou embora.

Ela suspirou e fechou os olhos. Talvez Erik pensasse que poderia adiar as perguntas, mas ele devia saber que não conseguiria fugir delas para sempre. Helen era profissional em interrogatórios, pelo menos quando estava bem. Em alguns dias, até menos, caso se empenhasse para ter uma recuperação rápida, ela conseguiria as respostas que procurava.

Karen e Tess se entreolharam enquanto Dana Sue disparava pela cozinha bradando ordens. Finalmente Karen a agarrou pelos ombros e a levou até um banquinho.

— Sente-se — ordenou a funcionária. — Você precisa se acalmar e comer alguma coisa.

— Não consigo comer — resmungou Dana Sue, mas aceitou o prato de salada de frango que Karen lhe entregou. — Por que não tivemos notícias do hospital?

— Provavelmente porque eles ainda não têm notícias — disse Karen, procurando tranquilizá-la. — Tenho certeza de que Helen está bem. Maddie teria ligado na hora se a situação fosse ruim para que você pudesse ir até lá.

— É, acho que sim — respondeu Dana Sue, comendo uma garfada da salada de frango e depois outra. Finalmente olhou para cima, com uma expressão curiosa. — Está diferente. O que você colocou nisso? Endro?

— Só um pouco — disse Karen. — Está bom?

— Está maravilhoso.

— Eu estava pensando em adicionar nozes torradas também, ou quem sabe amêndoas. O que você acha?

Dana Sue comeu outra garfada.

— Amêndoas, eu acho. Adoro nozes em saladas, mas é melhor salpicá-las por cima. As pessoas precisam saber que estão lá. Senão podem pensar que estão mordendo um pedaço de osso. As amêndoas não são tão crocantes.

— Bem pensado — disse Karen. — De qualquer forma, achei que poderia ser uma boa alternativa à salada de frango com abacaxi que temos agora. Podemos alterná-las de acordo com as estações ou algo assim.

— Eu estava pensando nisso também — respondeu Dana Sue. — Acho que devemos ter um novo cardápio a cada estação. Mantendo alguns dos favoritos, é claro, mas alguns pratos novos também. Ainda teríamos nossos especiais, mas acho que a mudança pode manter nossos clientes regulares interessados... Sabe, caso enjoem das mesmas comidas de sempre.

— Tenho algumas ideias, se você tiver interesse em ouvi-las — disse Karen, mal conseguindo conter sua empolgação.

Diante do aceno de Dana Sue, a jovem puxou um banquinho para seu lado.

— Ainda é época de tomate. E nós nunca tentamos uma salada de tomate e muçarela de búfala, ou brusqueta. São ótimas no calor e temos pelo menos mais alguns meses quentes pela frente.

— Seria uma grande mudança em relação à salada da casa ou a tomates fatiados e cebolas — concordou Dana Sue. — Acha que nossos clientes estão prontos para esse tipo de novidade?

Karen assentiu, animada.

— Com certeza. Basta ver o quanto amaram o gaspacho. O Sullivan's é conhecido por ser inovador. As pessoas podem preparar uma salada simples em casa. Não precisam de nós para isso.

Dana Sue sorriu.

— Bom ponto. Ok, o que mais?

— No último verão, Erik fez muitos *cobblers*, mas que tal tentarmos algumas tortas de frutas?

— Ótima ideia — respondeu Dana Sue, contagiada pelo entusiasmo da funcionária. — Ele pode fazer uma massa maravilhosa, depois adicionar uma camada fina de creme e cobrir com frutas frescas e frutas vermelhas. Serão uma delícia e ficarão lindas se finalmente conseguirmos aquela foto grande e colorida em uma das revistas regionais. — Ela estudou Karen. — Você é boa nisso. Espero que eu diga isso o suficiente para você.

— Você diz, sim — respondeu ela.

Dana Sue a estudou.

— E as coisas estão melhores em casa agora, não estão? Sua vida se acalmou?

Karen assentiu.

— Finalmente me sinto como se estivesse no controle da situação de novo. Elliott ajudou. Ele tem me apoiado sempre. Frances também.

— Você e Elliott estão sérios?

— Ele está — admitiu Karen. — Mas há algumas complicações.

Dana Sue a olhou com preocupação.

— Ah, é? Quer falar sobre isso?

— Não — respondeu Karen. — Não quero trazer meus problemas pessoais para o trabalho, não mais.

— Talvez você possa ver isso como se estivesse dividindo-os com uma amiga — disse Dana Sue.

— Você ainda é minha chefe — lembrou Karen.

Dana Sue franziu a testa de leve.

— Somos uma equipe, Karen. Você, Tess e Erik são como uma família para mim. Sim, é uma família *do trabalho*, mas ainda gosto de vocês. Eu me importo com o que está acontecendo na sua vida, de verdade. Sei que talvez não tenha parecido algumas semanas atrás, mas, mesmo quando Erik e eu estávamos estressados e irritados por causa das suas faltas, ainda nos importávamos com você.

Os olhos de Karen ficaram cheios de lágrimas.

— Eu sei, é só que preciso sentir que sou capaz de resolver meus próprios problemas. Talvez isso mude um dia, mas por enquanto é importante para mim.

Dana Sue estendeu a mão e apertou a dela.

— Desde que você saiba que estou aqui se precisar de mim, posso respeitar sua necessidade de fazer as coisas do seu jeito. — A cozinheira se levantou. — Agora é melhor voltarmos ao trabalho ou os clientes do jantar vão comer as sobras de papa de milho do almoço. Podem até ficar uma delícia com uma fatia de presunto, mas com certeza não vão ser suficientes como prato principal.

Antes de se afastar, Dana Sue se virou para Karen.

— Obrigada por me distrair e me impedir de ficar maluca.

— Sem problemas. Foi instinto de sobrevivência.

Dana Sue estremeceu.

— Eu estava tão desagradável assim?

— Aham, mas não se preocupe. Tenho certeza de que teremos notícias em breve e você vai poder relaxar de verdade.

Depois disso, voltaram à rotina normal, inclusive Tess, que sumira enquanto Karen conversava com Dana Sue.

Eram quase cinco horas da tarde quando o telefone começou a tocar. Dana Sue atendeu ao primeiro toque, murmurou algo que Karen não conseguiu ouvir e desligou. Quando se virou, porém, estava sorrindo.

— Helen e o bebê estão bem. Erik e Maddie estão levando todos para casa. Os médicos nem mesmo pediram que ela passasse a noite em observação. — Dana Sue sorriu. — Provavelmente porque acharam que iam se arrepender se tentassem.

— Graças a Deus — disse Karen enquanto Tess fazia uma cruz sobre o peito.

— Amém — concordou Dana Sue. — Agora, mãos à obra. As multidões famintas chegarão a qualquer minuto. E, se não disse isso ainda, obrigada por colaborarem e virem hoje. Vocês são dois anjos.

A sinceridade na voz de Dana Sue encheu Karen de felicidade e orgulho. Apenas alguns meses antes, estivera prestes a perder o emprego. Agora sabia que era capaz de contribuir de verdade. E parecia que ela havia encontrado mais do que um simples trabalho — havia encontrado uma família. Com Daisy e Mack, Elliott e Frances, sua vida estava completa.

Erik sabia que tinha acusado Helen de ser obsessivo-compulsiva, mas, no fim das contas, no que dizia respeito ao bebê, ele era mil vezes pior. A lembrança de outra gravidez, de outro bebê, lançava uma sombra sobre o presente. Desde que ela escapara por um triz de Brad Holliday, Erik passara quase todo o seu tempo cuidando de Helen. Ia a todas as consultas médicas, mas não ficara tão tranquilo quanto a esposa ao receber a notícia de que ela estava bem de saúde. Erik fez tantas perguntas na última visita que o obstetra brincou que da próxima vez marcaria dois horários, um para cada um deles.

Se Helen acordava no meio da noite com um desejo, ele fazia com que fosse atendido. Se parecia cansada, ele não sossegava até que ela estivesse na cama ou no sofá com os pés para cima. Temia pelo dia em que o médico pedisse que Helen ficasse em repouso absoluto, porque não tinha dúvidas de que seria uma batalha. Ela era incapaz de ficar parada por tanto tempo, mas felizmente havia conseguido manter a pressão sob controle até então.

Assim que Erik viu o bebê pela primeira vez em uma ultrassonografia, o resto da raiva que sentia pelas circunstâncias da concepção desaparecera, e ele ficou completamente cativado pelo filho que jamais esperara ter. O poder que aquele bebê tão pequeno tinha sobre ele era surpreendente.

Os dois concordaram que não queriam saber o sexo com antecedência, mas Erik estava convencido de que era um menino, e Helen estava igualmente convencida de que era uma menina. Passaram horas discutindo nomes. A primeira lista deles tinha duas páginas, mas já haviam conseguido reduzir para dez possibilidades para um menino e oito para uma menina. Tudo isso tornara o bebê real para Erik, algo que jurara que não deixaria acontecer. Não queria começar a amar aquele serzinho demais. Não queria começar a aguardar ansiosamente o momento em que o bebê enfim chegaria ao mundo.

Helen suportou aquele lado atencioso de Erik com surpreendente docilidade. Na verdade, com o passar das semanas, ela pareceu passar a gostar de ser mimada, embora ainda o olhasse com curiosidade quando o marido insistia em cuidar das tarefas mais simples.

Finalmente, quando a gravidez chegou aos seis meses e Helen continuava com a saúde perfeita, ela reagiu como Erik esperara antes, perdendo a paciência e se rebelando abertamente contra a atitude protetora dele.

— Certo, já chega. O que está acontecendo aqui? — perguntou Helen quando Erik se levantou de um pulo para buscar a caneta de que ela precisava para fazer anotações para sua declaração final no tribunal na manhã seguinte. — Você sabe que consigo atravessar a sala para pegar uma caneta. Também sou plenamente capaz de buscar um copo d'água, mesmo que isso signifique que vou cambalear pelo corredor até o banheiro dez minutos depois. Sei que Ronnie ficou meio exagerado quando Dana Sue estava grávida, e Cal quase deixou Maddie maluquinha, então tentei ser tolerante. Mas você é outro nível, Erik. Por quê? Isso tem que parar.

Erik balançou a cabeça.

— Não vai parar — respondeu ele em tom tenso.

— Então vou perguntar de novo: por quê? Não é só por minha causa, é? Nem mesmo por causa do nosso bebê. Tem alguma coisa por trás disso. Já tinha imaginado quando você saiu correndo depois que Brad atirou em mim. Deixei você escapulir sem me dar respostas, mas agora cansei. Fale comigo.

Erik não sabia exatamente por que ainda não contara a história. Havia tocado no assunto de forma indireta quando descobriu que Helen estava grávida, mas os dois estavam tão chateados naquele dia que seu comentário sobre já ter perdido um bebê acabou passando batido.

Depois da morte de Sam, todos pisavam em ovos perto dele, na maioria das vezes nem mesmo mencionando o nome dela, então Erik se acostumara a reprimir seus sentimentos.

Pior ainda, todos fingiam que o bebê simplesmente nunca existira, mas a criança tinha sido tão real para ele como se a tivesse segurado em seus braços. Erik a sentira se mexendo na barriga de Sam. Embora se sentisse muito bobo, cantara para ela e até lia histórias. Sabia que a menininha chutava muito quando Sam comia algo apimentado e descansava ao ouvir a voz dele.

Mesmo agora, quase sete anos depois, as emoções de Erik estavam quase tão cruas quanto na época, ainda mais nos últimos tempos. Ele encarou Helen, viu a expectativa nos olhos da esposa. Ela não ia desistir. Ficar calado sobre os detalhes da morte de Sam e de seu primeiro bebê não era mais uma opção, não se quisessem fazer o casamento dar certo.

— Você sabe que já fui casado — começou Erik, tentando manter a voz firme.

Helen assentiu.

— E ela morreu, não foi?

— Sim, ela morreu — disse ele, com a voz tensa.

O rosto dela se encheu de compaixão.

— Você nunca contou o que aconteceu. Ela devia ser tão jovem... Ficou doente ou foi algum acidente?

Ambas eram suposições naturais, dada a idade de Sam quando morreu. Erik hesitou em falar a verdade, ainda mais com o bebê chegando em alguns meses. O momento para fazer aquela revelação era péssimo, mas o único culpado era ele mesmo.

— Não sei se deveria falar sobre isso agora — começou Erik. — É um mau momento.

— Eu preciso saber — disse Helen. — Por favor.

Ainda assim, ele hesitou, mas o olhar dela permaneceu firme. As perguntas claramente não iam desaparecer.

— Certo. Sam estava grávida. Ela entrou em trabalho de parto prematuramente, começou a sangrar e eu não consegui estancar a hemorragia. Você sabe que eu era paramédico, e eu *estava* com ela nesse dia. Fiz tudo o que deveria. Foi o que todo mundo disse.

Erik fechou os olhos, lutando contra as lembranças ou talvez tentando evitar a preocupação que provocaria em Helen. Por fim, forçou-se a encará-la, preparado para o choque e desânimo que veria refletidos nos olhos dela assim que contasse o resto da história.

— Antes de chegarmos ao hospital, Sam havia perdido sangue demais. Nada do que tentei funcionou, e Deus sabe que tentei de tudo. Quando a ambulância chegou para levá-la, já era tarde demais. Perdemos o bebê também. — Enquanto falava, ele sentia a mesma sensação de impotência daquele momento. — Eu sei que estou deixando você maluca com o meu excesso de cuidado, mas não consigo me conter, Helen. Me recuso.

— Ah, Erik, eu sinto muito — sussurrou ela. — Não consigo nem imaginar como você deve ter sofrido.

Helen pegou a mão dele e o puxou para perto de si, então fez com que Erik tocasse a barriga dela, onde o bebê chutava como se soubesse que precisava demonstrar alguma coisa.

— Viu só, estamos bem — disse ela bem baixinho.

Erik se estirou ao lado de Helen, a mão ainda descansando na barriga dela.

De novo não, ele implorou a Deus. *Não me deixe perder esta mulher ou este bebê.* Em algum momento, Erik se apaixonara por Helen. Aquela criança ainda por nascer, como a primeira, havia conquistado o coração dele. Começara a acreditar que seriam uma família. Se isso mudasse, se ele os perdesse, não sabia se sobreviveria à angústia uma segunda vez.

CAPÍTULO VINTE E TRÊS

Perto do nono mês, Helen se sentia um balão. Seus pés estavam tão inchados que ela não conseguia calçar nenhum de seus inúmeros sapatos escandalosamente caros. Estava usando um par de tênis velhos sem cadarços havia duas semanas. Felizmente, por causa do tamanho de sua barriga, não conseguia ver aquele calçado horrendo.

O verão chegou com força total, arrastando-se de tal modo que todos na cidade começaram a resmungar que sofreriam com uma onda de calor em fevereiro se as coisas continuassem daquele jeito. O calor só colaborava para a infelicidade de Helen. Ela estava irritada e intragável, o que na verdade parecia ser surpreendentemente vantajoso na maioria das negociações de acordos de divórcio de que participava. Os maridos e os outros advogados pareciam temer que ela fosse entrar em trabalho de parto ali na frente deles, ou talvez se lembrassem da gravidez das próprias esposas, e acabavam tratando-a com respeito por causa disso. Helen vinha ganhando muitas concessões nos últimos tempos.

Ela teria mais uma audiência no tribunal em Charleston na semana seguinte e então ficaria mais perto de casa até o bebê nascer. Andava fazendo o possível para descansar bastante, principalmente porque Erik enlouquecia se ela não fizesse isso. Agora que entendia o que ele havia passado, tentava não aumentar o estresse do marido, deixando de fazer qualquer coisa que pudesse colocar o bebê ou a si mesma em risco. E discutir com ele só aumentaria o estresse de Helen, algo que fora provado várias vezes com o monitoramento constante que ela fazia da pressão.

Naquela manhã, porém, Helen insistiu em se arrastar para fora da cama e caminhar até o Spa da Esquina para se encontrar com Dana Sue e Maddie. Para surpresa dela, Erik não discutiu. Ele tomou banho e caminhou com ela, despedindo-se na porta da frente com recomendações para que pegasse uma carona ou o chamasse para vir buscá-la na hora de ir trabalhar.

— Não quero mais você andando nesse calor, ouviu?

— Acredite em mim, não tenho o menor interesse em ficar desidratada caminhando depois que a temperatura subir mais alguns graus — respondeu ela, então entrou no spa, onde o ar-condicionado estava ligado.

Foi maravilhoso. Helen fechou os olhos e respirou fundo, então foi em direção ao escritório de Maddie.

No caminho até lá, percebeu que o spa estava estranhamente vazio. Àquela hora, em geral as esteiras estavam em pleno uso e era possível ouvir o tilintar de pesos e os gemidos de protesto de algumas dezenas de mulheres. Naquele momento, o único barulho que Helen ouvia era o da música. Ainda mais estranho, não era a música clássica ou o jazz que Maddie em geral escolhia, mas algo antigo, de Little Richard, sobre uma carinha fofa de bebê.

Quando ela entrou no café, o lugar explodiu em coro:

— Surpresa!

Helen perdeu o fôlego, chocada que as amigas tivessem conseguido organizar mais uma festa-surpresa para ela tão pouco tempo depois de seu aniversário. Ela olhou para o mar de rostos familiares — Maddie e Dana Sue, é claro, e Jeanette, Barb, Karen, Tess e algumas ex-clientes. Ao ver Caroline Holliday, lágrimas brotaram dos olhos de Helen. Era a primeira vez que a via desde que a mulher deixara o hospital e se mudara com os dois filhos mais novos, ambos adolescentes, para morar mais perto da irmã. Ela disse a Helen que os meninos tinham adotado uma postura protetora que a deixava preocupada.

— Sei que eles estão de luto pelo pai e se culpam por não terem me protegido — disse Caroline em uma conversa por telefone algumas semanas depois de sair do hospital. — Estão com medo de que algo aconteça comigo e acabem sozinhos. Achei que morar mais perto da minha irmã e da família dela ajudaria os dois a perceberem que sempre terão alguém com quem contar, mas não está dando muito certo.

Helen havia lhe contado sobre a dra. McDaniels e recomendado que falasse com a psiquiatra se as coisas não melhorassem.

— Ela é ótima com adolescentes. Ajudou muito com a filha de Dana Sue, Annie.

Caroline abriu um sorriso tão grande para Helen que a advogada soube que as coisas estavam finalmente melhores na vida de sua cliente. Mal podia esperar para ouvir as últimas novidades. No momento, porém, mais de dez rostos a observavam com expectativa.

— Rápido, pegue uma cadeira para ela — disse Maddie, pegando o braço de Helen. — Não queremos que ela caia para a frente antes de abrir os presentes.

— Muito engraçado — retrucou Helen enquanto afundava na *chaise longue* que haviam trazido do pátio.

Maddie sorriu para a amiga.

— Você parece uma rainha deitada aí. Qual é seu desejo? Comida ou presentes?

— Acho bom a comida ser mais gostosa do que mingau de aveia, que é tudo o que Erik me deixa comer de manhã — resmungou ela.

Dana Sue deu uma risadinha.

— Eu fiquei encarregada da comida. O que você acha?

— Então quero ver — disse Helen.

Passada uma hora, estava entupida depois de comer a omelete de queijo e cogumelos de Dana Sue e meia dúzia de minimuffins de laranja e cranberry, além de beber o que deve ter sido meio galão de chá gelado. Helen havia se arrastado até o banheiro mais próximo duas vezes e já estava quase sentindo vontade de ir de novo, mas a pilha de presentes do outro lado da sala era demais para resistir.

— Ainda não — repreendeu Maddie, ao notar a direção do olhar de Helen. — Precisamos fazer pelo menos uma brincadeira.

— Essas brincadeiras de chá de bebê são muito bobas — disse Helen, ainda olhando para as enormes caixas de presente. — Sempre odiei.

— Mesmo assim, a gente quer que você tenha a experiência completa do chá de bebê — insistiu Dana Sue. — Você esperou muito tempo por isso.

— Ai, pelo amor de Deus — disse Helen. — Escolha uma brincadeira e vamos acabar logo com isso.

Maddie riu.

— É bom ver que você ficou mais tranquila com a gravidez.

Helen ficou quieta e participou obedientemente de uma brincadeira boba de adivinhação relacionada ao tamanho de sua barriga e então outra envolvendo nomes de bebês, nenhum dos quais jamais daria a seu filho, pelo menos não se a palavra final fosse sua.

Quando terminaram a segunda brincadeira e Helen foi ao banheiro mais uma vez, Maddie declarou que estava na hora de abrir os presentes.

— Mas nós queremos que você saiba como dificultou as coisas ao se recusar a saber o sexo do bebê com antecedência — alertou Maddie.

Helen franziu a testa para a amiga.

— Antigamente ninguém sabia e as pessoas ainda tinham chás de bebê ótimos. Tenho certeza de que todos vocês superaram as adversidades.

Dana Sue entregou-lhe o primeiro presente e leu o cartão.

— Este é de Tess — disse ela.

Helen tocou o elaborado laço amarelo.

— É lindo demais para eu abrir.

Dana Sue revirou os olhos.

— Você está querendo chegar nesta parte faz uma hora. Pare de enrolar.

Helen se sentiu um pouco como uma criança mimada abrindo presentes na manhã de Natal. Sorriu com deleite, então rasgou o embrulho. Levantou a tampa da caixa e encontrou uma linda roupinha de batizado. Não havia dúvida de que o delicado tecido branco havia sido costurado e bordado à mão. A atenção aos detalhes era impressionante.

— Foi minha mãe quem fez — disse Tess timidamente. — Queríamos dar a você algo especial por trazer Diego de volta para mim.

Lágrimas arderam nos olhos de Helen.

— É lindo — sussurrou ela, com a voz embargada. — Nunca esperei nada assim. Eu te daria um abraço se conseguisse ficar de pé.

Os olhos de Tess brilharam.

— Que bom que você gostou. Minha mãe vai ficar feliz.

— Diga a ela que estou encantada com a habilidade dela para costurar — pediu Helen. — Quero que sua família venha ao batizado, para vocês poderem ver como o bebê vai ficar.

— Agora, este aqui é da Karen — disse Dana Sue, entregando-lhe outro presente.

Eram três macacões de bebê, nas cores verde-claro, amarelo e lilás.

— Achei que o lilás poderia ficar muito feminino se fosse um menino — explicou Karen. — Mas era tão fofo. Precisava comprar para você.

Helen ganhou mais roupas, um cobertor de bebê feito à mão por Frances e vários presentes mais práticos para o dia a dia. Caroline Holliday trouxera um copinho de bebê de prata e uma colher combinando, ambos personalizados.

— Sei que as pessoas não usam mais essas coisas — disse ela. — Mas, mesmo que você nunca use, serão lembranças maravilhosas.

— Ah, vá por mim, o filho de Helen vai usar. Nada de utensílios de plástico cafonas para essa criança — emendou Maddie. — Esse bebê vai nascer com o bumbum virado para a lua. Prevejo que ele ou ela vai ser muito mimado. Se Helen não atender a todos os seus caprichos, pode contar com Erik para fazer isso.

— E por que não atenderíamos? — perguntou Helen. — Vai ser um bebê incrível.

— É por isso que Maddie e eu compramos isto aqui para você — explicou Dana Sue, lutando para conter um sorriso enquanto entregava outro pacote à amiga.

Quando Helen abriu, descobriu que se tratava de um livro ensinando os pais a lidarem com um filho superdotado.

— Só para o caso de você ter dificuldades de acompanhar o pequeno gênio — brincou Maddie.

Helen fez uma careta.

— Até parece — respondeu ela.

— Ah, espere, tem mais uma coisa — disse Dana Sue. Ela foi até a porta e chamou Elliott, que havia desaparecido durante aquele evento exclusivo para mulheres. — Você poderia trazer aquele outro presente para mim? — Ela sorriu para Helen. — Ronnie que mandou e era grande demais para embrulhar, pelo menos de uma forma que não dissesse de cara o que é.

Um momento depois, Elliott entrou com um pacote enorme e mal embrulhado, que deixou na frente da advogada. Em seguida, foi para trás de Karen para olhar Helen abri-lo, e pousou a mão de leve no ombro da namorada. Helen viu quando Karen olhou para o personal. Eles brilhavam com tanto amor que Helen teve vontade de chorar. Mas quase tudo lhe dava vontade de chorar nos últimos tempos.

Helen voltou a atenção para o presente, puxou o enorme laço e então rasgou o embrulho. Dentro havia um berço esculpido à mão, tão bem trabalhado que ela perdeu o fôlego. Vários patinhos que quase pareciam vivos decoravam a cabeceira do móvel. A grade lateral era igualmente delicada. E, ao pé do berço, a mamãe pata e o papai pato descansavam juntinhos, os olhares amorosos voltados para a ninhada do outro lado do berço.

Todos na sala explodiram em exclamações ao ver o berço, e o olhar de Helen voou para Dana Sue.

— Este não era o berço de Annie? — perguntou ela.

Dana Sue balançou a cabeça.

— Não, vamos guardar aquele para os filhos dela, mas é igualzinho. Ronnie disse que é a única coisa que ele fez que você realmente demonstrou aprovar, então queria que você tivesse um do mesmo modelo. Está esculpindo há meses, desde que ficamos sabendo sobre o bebê. Ele sabia o quanto você amou o berço feito antes de Annie nascer.

Mais uma vez, os olhos de Helen se encheram de lágrimas. Ela e Ronnie nem sempre se deram bem. Na verdade, viraram quase inimigos depois que ele traiu Dana Sue, mas a atitude de Helen em relação ao marido da amiga tinha se suavizado quando ela finalmente viu o quanto Ronnie ainda amava Dana Sue e Annie e tudo que estava disposto a fazer para tê-las de volta. O fato de ele fazer algo tão atencioso e incrível para o filho dela provava que ele estava pronto para deixar as diferenças entre os dois no passado.

— Avise que vou dar um beijo nele quando o vir — disse Helen a Dana Sue, que estava radiante de orgulho.

— Acho que ele está contando com isso — respondeu Dana Sue. — Só não se empolgue muito ou terei que matá-la.

Helen recostou-se na espreguiçadeira, emocionada.

— Não sei como agradecer a vocês, não só pelos presentes, mas por terem ficado ao meu lado. Sei que posso ser chata às vezes.

— Só às vezes? — provocou Dana Sue.

— Na maioria das vezes — Maddie entrou na conversa.

— Mas nós amamos você — acrescentou Dana Sue. — Para sempre.

— E nós podemos não ser as ousadas e endiabradas Doces Magnólias, mas nós amamos você também — disse Caroline Holliday. — E somos muito gratas por você estar ao nosso lado quando precisamos de você.

— Isso mesmo — concordou Tess baixinho.

Era a primeira vez que Helen realmente assimilava como havia tocado tão profundamente a vida de algumas pessoas para quem trabalhara ao longo dos anos. Para ela, tinha sido algo que estava determinada a fazer bem, mas, para algumas das mulheres ali, Helen mudara a vida delas para melhor.

E ainda haveria muitos outros anos maravilhosos por vir.

Karen tinha plena consciência de que nada do que Elliott dissera e nenhuma das tentativas dela de se abrir mais tivera muito efeito com Maria Cruz ou suas filhas. A contínua desaprovação do relacionamento dos dois estava começando a pesar. Na noite anterior, tinham brigado por causa disso mais uma vez quando Karen se recusou a comparecer a um evento da família dele.

Mais cedo naquele dia, os dois estiveram tão próximos durante o chá de bebê de Helen, quando a advogada viu o berço que ganhara de Dana Sue e Ronnie. Elliott apertara o ombro de Karen em um gesto que ela sabia que significava que ele estava pensando em um futuro em que teriam um bebê a caminho, quando estariam tão felizes quanto Helen e Erik.

No entanto, quando Elliott lhe contou sobre o jantar que a mãe havia planejado para aquela noite, Karen se recusou a ir. Nada do que ele dizia conseguia persuadi-la a mudar de ideia. Elliott tinha que ver que as coisas estavam longe de ser perfeitas. Mais cedo ou mais tarde, a mãe dele encontraria uma maneira de destruir o que tinham.

— Não vou submeter a mim mesma ou meus filhos a outra noite em que somos tratados como gentalha — disse Karen por fim.

— Temos que continuar tentando — respondeu Elliott em tom razoável. — Ou o quê? Você vai excluí-los da nossa vida?

— Não da *nossa* vida — corrigiu ela. — Da minha. É a sua família. Nunca pediria a você para evitá-los.

Elliott franziu a testa.

— Isso não é solução.

— É para mim. Qual é a alternativa? Você tem uma?

Ele não tinha sido capaz de elaborar uma resposta e acabou indo jantar na casa da mãe sozinho.

Karen sabia que não podiam continuar assim. Elliott era muito próximo da família e a amava demais. Se eles não pudessem chegar a algum tipo de acordo, ficaria arrasado. Ela terminaria o relacionamento antes de chegarem a esse ponto.

Mas, primeiro, talvez pudesse tentar mais uma coisa. Pondo seu melhor vestido depois de levar as crianças para a escola e a creche, Karen passou um tempo a mais arrumando o cabelo e fazendo a maquiagem, então pegou a bolsa e atravessou a cidade até a casa vitoriana antiga e confortável onde Elliott e as irmãs cresceram sob os cuidados de Maria Cruz.

Ao estacionar em frente à casa, podia imaginar como o lugar devia ser anos antes. Provavelmente havia brinquedos espalhados pelo quintal, assim como os dos netos agora. O balanço que pendia do carvalho no jardim da frente parecia novo, mas Karen imaginou que também houvesse um daquele mesmo tipo anos antes.

Ela andou com cuidado pelo caminho pavimentado, evitando caminhões de brinquedo, um triciclo e alguns blocos de plástico espalhados. Quando Karen pisou na varanda da frente, a porta de tela se abriu e Maria Cruz lançou um olhar desconfiado na direção dela. A jovem teria ficado intimidada em outros tempos, mas naquele momento a expressão da mulher apenas fortaleceu sua resolução de enfrentar aquela proteção maternal tirana.

— Eu gostaria de conversar — disse Karen, sem tirar o foco daqueles olhos escuros que em nada lhe davam as boas-vindas.

— E o seu telefone está quebrado? — perguntou a sra. Cruz. — Eu teria dito a você para não vir.

Karen se permitiu um pequeno sorriso.

— É exatamente por isso que não liguei primeiro.

Isso pareceu surpreender a mulher mais velha. Depois de um tempo, a sra. Cruz deu de ombros.

— Agora você já está aqui. Pode entrar — disse ela a contragosto.

— Obrigada — respondeu Karen, com cuidado para não soar vitoriosa.

Para uma mulher que detinha tanto poder na família, Maria Cruz era surpreendentemente pequena, quase frágil. O cabelo ainda grosso e preto estava preso em um coque. O penteado combinava com sua personalidade severa, mas não ajudava a embelezar as feições marcantes.

— Vamos para a cozinha — anunciou ela, indo na frente. — Estou com alguns biscoitos no forno. Adelia vai trazer os filhos depois da escola.

— Os biscoitos estão com um cheiro maravilhoso — disse Karen. — Minha vizinha também faz biscoitos para Daisy e Mack.

A sra. Cruz franziu a testa.

— Não é algo que você mesma deveria fazer?

Karen tentou não se ofender com a insinuação de que ela estava deixando de fazer algo por seus filhos que deveria ser sua obrigação. A mãe de Elliott havia sido bem direta ao dizer que o fato de Karen ter um emprego em vez de ficar em casa com os filhos era mais uma de suas falhas.

— Às vezes até faço, mas Frances gosta de ter crianças de quem cuidar, da mesma forma que a senhora, imagino.

A possibilidade de Karen estar pensando nas necessidades da vizinha em vez de apenas estar sendo negligente pareceu pegar a sra. Cruz de surpresa.

— É um bom ponto — disse ela, e indicou uma cadeira para Karen. — Sente-se. Vou pegar um chá gelado.

Depois de encher dois copos e colocá-los na mesa, a sra. Cruz deu uma olhada dentro do forno e fechou a porta. Por fim, sentou-se em frente a Karen e lançou um olhar desafiador.

— Por que você veio aqui hoje?

— Você já deve ter adivinhado — respondeu Karen, decidindo ser direta e franca. — Sei que você não gosta de mim porque sou divorciada. Talvez por outros motivos também. Mas amo o seu filho, sra. Cruz. Você o criou para ser um homem maravilhoso e atencioso. E você o ensinou a amar de coração. Ele se doa por completo. — Karen encarou a sra. Cruz. — Ele me ama.

Quando a mulher fez um sinal de desdém, Karen ergueu a mão.

— Você sabe que ele me ama — insistiu ela. — E sei que isso a incomoda. De alguma forma, porém, temos que fazer isso dar certo, pelo bem de Elliott. Não é justo que ele fique sentindo que precisa escolher entre nós.

— Você diz que o ama e o obrigaria a fazer uma coisa dessas? — interpelou a sra. Cruz, quase tremendo de indignação. — Que amor é esse?

— Não sou eu quem o está obrigando a escolher — respondeu Karen em tom comedido. — É a senhora. Se não conseguirmos viver em paz, então irei embora. Ele acha que é possível conciliar as duas partes, mas eu sei que não é tão simples. Em cada feriado, cada comemoração familiar, sua ou nossa, Elliott ficaria triste por não estarmos todos juntos. É isso que a senhora quer? Quer tanto assim que eu vá embora, a ponto de deixar seu filho infeliz se conseguir isso?

O olhar da sra. Cruz vacilou.

— Então você está disposta a sair da vida dele, em vez de causar problemas entre meu filho e a família dele?

— Eu não quero que chegue a esse ponto — explicou Karen. — Ele é tudo o que sempre sonhei em um homem, mas, se for o caso, sim. Ele ama vocês. Ele a respeita. Família é tudo para ele. A senhora deve saber, porque foi quem ensinou isso a ele. Não vou tirar isso de Elliott, mesmo que isso signifique perder a melhor coisa que já me aconteceu.

Por um instante, a expressão da sra. Cruz se suavizou.

— Ele é um bom filho. Desde que meu marido morreu, é o homem da família. Todos nós contamos com ele.

— Eu sei. E ele será um marido e pai maravilhoso — disse Karen. — Elliott pode ser todas essas coisas, mas só se nós duas pudermos fazer isto dar certo.

— Você é divorciada — lembrou a sra. Cruz, com uma expressão teimosa. — É um pecado.

— Não é pecado o pai dos meus filhos me abandonar? — perguntou Karen. — Não é pecado ele não pagar um centavo de pensão alimentícia? Devo continuar casada para sempre com um homem desses, um homem que abandonou os próprios filhos?

A mãe de Elliott pareceu oscilar ao ouvir o que Karen dizia.

— Ele deixou você sozinha com dois bebês?

Karen assentiu.

— Não foi igual ao que aconteceu com a senhora quando o pai de Elliott morreu. Meu marido não era rico e não deixou um seguro de vida como foi o seu caso. Trabalho porque preciso e gosto do que faço.

— O pai não manda dinheiro para os filhos? — perguntou a sra. Cruz, sua expressão incrédula.

Mais uma vez, Karen assentiu.

— Houve um tempo em que eu acreditava que o casamento deveria durar para sempre. Estava sendo sincera quando fiz esses votos, mas meu marido, não. Depois que ele foi embora, que percebi que ele nunca mais voltaria e que nunca seria um pai para os nossos filhos, pedi o divórcio. Ele não era um homem bom e decente, sra. Cruz. Não era nada como o seu filho. Se Elliott e eu nos casarmos, seria na sua igreja e seria para sempre. Ele quer adotar os meus filhos. Teríamos o tipo de família com a qual só pude *sonhar* até agora. — Karen lançou um olhar inocente à mulher mais velha. — E a senhora teria mais dois netos que a adorariam. Eles precisam da senhora tanto quanto precisam de um pai. Precisam de tias, tios e primos. Quero isso para eles, mas não se for causar uma briga entre a senhora e seu filho.

Devagar, a sra. Cruz assentiu. A expressão da mulher havia se suavizado um pouco, mas ainda estava longe do olhar afetuoso que reservava para o filho, as filhas e os netos.

— Vou dizer a Elliott para trazer você e as crianças para jantar no domingo — disse ela por fim.

Karen permaneceu cética.

— Você vai nos dar uma chance? Uma chance de verdade, desta vez?

— Quero que meu filho seja feliz — respondeu a sra. Cruz. — Você também. Parece um bom começo.

Uma tênue centelha de esperança brilhou dentro de Karen.

— Obrigada.

— Então vocês vêm? — perguntou a sra. Cruz, soando surpreendentemente hesitante.

— Claro — garantiu Karen.

O gesto podia não ser grande, mas bastava por enquanto. A mãe de Elliott poderia não morrer de amores por Karen ou pela situação, mas pelo menos aceitava que tinham uma coisa importante em comum: seu amor por Elliott.

Quando a contração provocou uma dor aguda e lancinante em sua barriga, Helen engasgou e tirou o carro da estrada, amaldiçoando aquele último caso que a levara até Charleston.

Não!, pensou a advogada. Não era possível que estivesse entrando em trabalho de parto quase três semanas antes em uma estrada isolada a quilômetros do hospital mais próximo. Bem quando estava sozinha, sem ninguém à vista. Pensar no que Erik faria se algo acontecesse com ela ou com o bebê atravessou a dor e a fez se sentir mais forte. Ela conseguiria aguentar, disse a si mesma com firmeza. Tinha que aguentar.

Por fim, a dor diminuiu e ela procurou o celular na bolsa. *Por favor, tomara que esteja com sinal*, ela orou enquanto ligava para o Sullivan's. Um momento depois, Dana Sue atendeu.

— Graças a Deus — murmurou Helen. — Sou eu. Estou a cerca de trinta quilômetros de Serenity. Estou na Rota 522 no meio do nada e... — A voz dela falhou em um soluço. — Acho que estou em trabalho de parto.

— Vou chamar Erik — disse Dana Sue na mesma hora.

Por mais desesperadamente que quisesse o marido com ela, Helen só conseguia pensar no que ele passara quando viu a primeira esposa morrer no parto.

— Não — implorou ela. — Você não pode contar a ele. Talvez seja só um alarme falso. Aquelas contrações de Braxton-Hicks, sabe?

— Não importa — respondeu Dana Sue. — Erik precisa saber.

Helen pensou um pouco.

— Certo, você está certa, mas ele não pode vir até aqui, não sozinho, pelo menos. Por favor, Dana Sue. Sei que você não entende o motivo, mas não posso fazer com que Erik passe por isso. Se algo der errado...

— *Nada* vai dar errado — rebateu Dana Sue com uma certeza tranquilizadora. — Vou fechar o restaurante e irei aí com ele. Não se atreva a tentar dirigir, está bem? E, se precisar de mim de novo, ligue para o meu celular. Estaremos aí em meia hora, talvez um pouco mais. Menos, se eu deixar Erik dirigir.

— Então não o deixe dirigir — ordenou Helen, então perdeu o fôlego quando outra contração a fez agarrar a barriga, largando o celular, que ficou esquecido no chão do carro.

Quando a dor diminuiu, ela alisou a barriga, que estava enorme.

— Sei que você está impaciente — disse Helen ao bebê. — Você é que nem eu, mas pode aguentar mais um pouco, por favor? Seu pai e Dana Sue estão trazendo ajuda. Você não quer nascer na beira da estrada. Vai ser muito melhor se você puder chegar em um hospital limpo, cercado por pessoas que sabem o que estão fazendo e que têm um cobertor quente para você.

O bebê respondeu com outra contração lancinante. Meu Deus, ela era igualzinha a Maddie. Sentira algumas pontadas estranhas nas costas no início do dia, mas pensou que fossem apenas por ficar muito tempo no carro durante a viagem até Charleston. Maldita resistência à dor! Ao que parecia, passara horas em trabalho de parto sem perceber.

— Isso não é bom — sussurrou Helen, olhando para o relógio. As contrações estavam próximas e fortes demais para que fosse um alarme falso. E, como tantas outras coisas em sua vida, parecia que ela também iria dar à luz às pressas.

Entre as contrações, conseguiu sair e rastejar para o banco de trás do carro, onde poderia se deitar, embora de maneira desconfortável.

Intermináveis trinta minutos depois, ouviu uma sirene, então viu a poeira ao longe.

— Graças a Deus — disse Helen, cerrando os dentes ao sentir outra contração.

Então Erik chegou, o rosto todo pálido, apenas um minuto antes dos paramédicos. Dana Sue estava ao lado dele parecendo quase tão preocupada quanto o homem.

— Como você está, querida? — perguntou Erik em uma voz embargada de emoção.

Por mais feliz que estivesse em vê-lo, Helen franziu a testa.

— O que você acha? — retrucou ela, agarrando a mão do marido com um aperto que poderia quebrar ossos.

— Vamos levá-la para o hospital, então — disse Erik, em um tom leve, mas a tensão irradiava dele.

— Não acho que temos tempo. As contrações estão muito próximas.

Erik olhou para ela, confuso.

— Há quanto tempo as dores começaram?

— Hoje de manhã, eu acho.

Erik praguejou.

— Sinto muito — sussurrou Helen, ainda agarrada à mão dele.

— Não, não, não é culpa sua — disse ele. — Você não sabia. Você nunca esteve em trabalho de parto antes. Às vezes essas primeiras contrações enganam.

Dois paramédicos correram para o carro, mas, quando tentaram tirar Erik do caminho, Helen protestou.

— Meu marido é paramédico! — exclamou ela, com o olhar fixo no de Erik. — Quero que ele faça o parto.

Erik pareceu horrorizado.

— Não. Eu não consigo. Esses caras sabem o que estão fazendo.

— Você também — respondeu Helen com toda a calma. — Eu acredito em você. Vamos fazer isso juntos, nós dois.

Só então a porta do outro lado se abriu e Dana Sue entrou.

— Acho que isso quer dizer que sou sua instrutora de respiração — disse a amiga alegremente, dando uma piscadinha para Erik.

Erik encarou Helen. Os olhos dele estavam cheios de tanta preocupação, tanto amor, que ela quase foi cegada pelas emoções.

— Você tem certeza? — perguntou ele.

— Tenho — disse Helen. — Não tenho a menor dúvida. E o bebê parece ter certeza também.

— Talvez dê tempo de chegar ao hospital — sugeriu Erik, parecendo um pouco desesperado.

Helen balançou a cabeça.

— Eu já pedi à bebê para esperar — sussurrou ela quando conseguiu recuperar o fôlego. — Mas ela não pareceu gostar muito da ideia.

Um leve sorriso apareceu nos lábios de Erik.

— Pelo visto ele já é um pouco rebelde. Não é um bom presságio para a adolescência.

— Então ela vai precisar de nós dois em sua vida para que possamos apoiar um ao outro — sugeriu Helen, observando o rosto do marido bem de perto.

— Pelo visto, sim — concordou Erik. — Tudo bem por você?

Helen engoliu em seco, o desejo de fazer força tomando conta de seu corpo.

— Hã, Erik, não acho que vamos conseguir ter essa conversa agora — disse ela, ofegante.

Ele imediatamente se posicionou entre as pernas de Helen. Momentos depois, mandou que fizesse força.

De repente, ela sentiu o bebê nascendo e foi tomada por alegria. Ficou esperando ouvir o primeiro choro da criança. Quando ele não veio, Helen lançou um olhar de pânico para Erik, mas ele estava ocupado, executando movimentos seguros e confiantes. Os outros paramédicos estavam por perto, assentindo com a cabeça, prontos para intervir se necessário, mas Erik claramente tinha tudo sob controle.

Então, por fim, houve um berro alto e saudável e Helen foi tomada pelo alívio. Seus olhos se encheram de lágrimas.

— Menina ou menino? — perguntou ela, tentando se levantar para poder ver.

Pouco tempo depois, Erik estava segurando o bebê embrulhado em um cobertor.

— Mamãe — disse ele, colocando o bebê nos braços de Helen —, eu gostaria que você conhecesse sua filha. E, a menos que eu esteja muito enganado, não nasceu prematura. Os pulmões dela parecem totalmente desenvolvidos.

— Sarah Beth — sussurrou Helen, olhando admirada para a bebê de rosto rosado chorando em seus braços. Ela olhou de volta para Erik, que estava encantado e não conseguia desviar sua atenção da filha. Helen o cutucou com o cotovelo. — Uma garota realmente precisa do pai. — Ela ergueu o olhar para Erik. — Eu também preciso do pai dela.

Erik acariciou a bochecha do bebê, depois a dela.

— Meu bem, você não sabe ainda o quanto eu te amo? Você não conseguiria se livrar de mim nem se tentasse.

Helen examinou a expressão dele para ver se ainda restava alguma dúvida, mas Erik parecia estar falando sério.

— Você tem certeza?

Um sorriso se espalhou aos poucos pelo rosto dele.

— Certeza absoluta. Podemos ter tropeçado algumas vezes pelo caminho, mas me parece que fomos feitos para ser uma família.

Em um gesto igual ao de Erik, Helen tocou a bochecha suave e sedosa da bebê. Em seguida, estendeu a mão e acariciou a bochecha com a barba por fazer de seu marido.

— É o que sinto também. — Ela olhou para Dana Sue, que chorava. — E você? Acha que o mundo está pronto para mais uma Doce Magnólia? Somos uma família também.

— Pense só — disse Dana Sue, sorrindo em meio às lágrimas. — Annie, Katie, Jessica Lynn e agora Sarah Beth. Serenity nunca mais será a mesma.

— Algo me diz que será melhor do que nunca — respondeu Erik. — Mal posso esperar para ver o que vem por aí.

Helen trocou um olhar com Dana Sue, depois sorriu para sua garotinha preciosa.

— Amém.

Este livro foi impresso pela Cruzado, em 2021,
para a Harlequin. O papel do miolo é pólen soft 70 g/m²
e o da capa é cartão 250 g/m².